I0679308

DÖDENS BERÖRING

EN KUSLIG MORDMYSTERIEROMAN

DS TOMEK BOWEN – BRITTISK DECKARTHRILLER
BOK 3

JACK PROBYN

CLIFF EDGE PRESS

E-bokens ISBN: 978-1-80520-280-6
ISBN: 978-1-80520-289-9
Första upplagan

Besök Jack Probyns webbplats på www.jackprobynbooks.com.

KAPITEL
ETT

D et var något i luften i kväll. En råhet, ett elektriskt pirr som gick som vågor genom John Burrows Park. Som om, när klockan hade passerat midnatt, allt hade nollställts. Gatlyktorna runt parken hade blinkat av och på och hade nu fått nytt liv. Till och med vinden verkade föra med sig ny energi. Mer självsäker, kraftfull, på väg åt ett bestämt håll i stället för ett slumpmässigt fladdrande, den skingrade molnen och blottade de otaliga konstellationerna av blinkande ljus där uppe.

Det var verkligen något i luften i kväll.

Och framför allt lukten.

Lukten av kåta tonåringar dränkta i liter parfym och rakvatten, lukten av alkohol som låg i deras andedräkt. Lukten av desperation, obeslutsamhet, begär.

Och snart även lukten av död.

Han bevakade dem på avstånd, från andra sidan parken, insvept av ett valv av lågt hängande träd på en bänk. Deras skrik och rop hördes ända hit, ljuden rullade över den böljande gräsplanen, burna av den målmedvetna vinden. Varenda ord fick det att pirra i kroppen på honom.

Men ett i synnerhet.

Hennes.

Det högsta, livligaste.

Hon hade knappt något på sig. En liten svart, nätt kjol med en vit magtröja. Ett djärvt men naivt val i det här vädret. Temperaturen hade sjunkit under noll och ett tunt lager frost började lägga sig på gräset och parkbänken. Han kämpade för att hålla andedräkten från att imma framför honom, så att han inte skulle bli upptäckt. Men i efterhand var det ett meningslöst företag; de var för upptagna med att ha kul, för upptagna med att bli fulla som ungdomar i deras ålder brukade, för att ens ägna honom minsta uppmärksamhet.

Ändå skadade det inte att vara försiktig.

Han tittade på klockan. Nästan kl. 1. Med lite tur skulle de gå snart, ha gett vika för elementen och tvingats söka skydd, tak över huvudet någonstans varmare.

Tajmningen var avgörande. Tajmningen var kanske den viktigaste delen av kvällen. För tidigt och han riskerade att bli sedd. För sent och han riskerade att tappa bort henne, förlora sin enda chans att få det här helt rätt. Som Guldlock måste han tajma det till perfektion.

Medan han väntade blundade han och lät elektriciteten i luften stråla genom kroppen och kittla sinnena.

Det hade gått ett tag. Så länge. För länge, faktiskt. En del av honom hade nästan glömt hur det var. Hungern, känslan, euforin.

Men väntan hade varit ett nödvändigt ont. Allt måste förberedas minutiöst. Grundarbetet behövde läggas. Steg behövde följas upp. Varje hörn av hans historia behövde redovisas för.

I kväll var kvällen då han skulle döda. Och han behövde se till att han skulle komma undan med det.

Tiden gick som den alltid gjorde: långsamt, särskilt när man väntade på att något skulle hända. En bevakad gryta kokar aldrig, och så vidare. Klockan var lite efter 1.30 när gruppen bestämde att de hade fått nog av kylan. När han såg dem maka sig mot parkens kant, reste han sig tungt från bänken och följde efter på avstånd, maskerad av mörkret. Deras jubel och skratt fortsatte att eka mot husen som omgav parken. Strax därpå styrde gruppen in på en smal stig som ledde ut till huvudvägen.

Han visste att han inte hade lång tid på sig för nästa del, så han skyndade den hundra meter långa sträckan till gränden lite längre ner och sprang till sin bil. Han hoppade in, startade motorn, dimmade strålkastarna och slog sedan på värmen. Full fräs. Under hans frånvaro hade nattens kyla strypt bilen och klätt den i ett tunt frostlager.

Ungefär som det han hade planerat för henne i kväll.

Han grep ratten och masserade den med sina handskklädda fingrar.

Latex, svart till färgen för att matcha rattstången och hans rock. För att inte slösa mer tid backade han ut från bakom den parkerade bilen och rullade mot gruppen. När han körde förbi dem, stående vid mynningen av den andra gränden, pratade de fortfarande, hopkurade för att skydda sig mot kylan.

Inte än. För tidigt.

Han skulle behöva vänta och komma tillbaka, dröja i bakgrunden lite längre, någonstans där han kunde se utan att synas. Precis som han hade gjort de senaste dagarna. Han hade spanat på henne ett tag, följt hennes rörelser, sett henne gå ut med sina vänner på samma sätt som i kväll. Men varje gång hade det funnits ett problem, ett störningsmoment. Hon hade aldrig varit ensam, alltid med någon, alltid fastklistrad vid sin vän eller den där killen som verkade förälskad i henne. I kväll såg ut att bli likadan. Med undantaget att han kände det i luften. Något annorlunda.

Han vevade ner bilrutan och lyssnade. Rösterna var avlägsna och han lyckades bara uppfatta slutet av samtalet.

"Kommer du klara dig hem?" frågade en av killarna Lily.

"Jag klarar mig. Jag går. Jag bor bara runt hörnet", sa hon med en trotsig ton som han beundrade.

Han väntade några minuter på att gruppen skulle försvinna åt andra hållet och på att hon skulle komma mot honom. När hon hade passerat honom på andra sidan vägen startade han motorn och masserade den tjocka gummiratten. Sedan vände han i gatan och hann upp henne två hörn senare.

Förståndig tjej, tänkte han, som höll sig till huvudvägarna, stannade i ljuset, gjorde sig så synlig som möjligt. Han saktade in och lade sig intill henne, hjulen rullade, bilen gled. Han vevade ner rutan och lutade sig så långt han kunde, med ena ögat på vägen och det andra på hennes korta kjol.

"Lily? Är det du? Lily, är du okej?"

Hennes reaktion var omedelbar – och precis som han hade väntat sig. Först ryckte hon till vid ljudet av sitt namn men tittade inte på honom, vågade inte titta på honom. Sedan höll hon huvudet nere, blicken fäst vid trottoaren framför sig, handen som skyddade väskan och drog den närmare kroppen. Men när hon började förstå att rösten var vän och inte fiende, slappnade hon av, sänkte handen och vände sig om.

"Du borde inte gå omkring här vid den här tiden på natten", sa han till henne. "Det finns främlingar och knäppskallar i farten."

Ja, det gjorde det visst. Fast de var inte alltid på trottoaren; en del föredrog en bil som färdmedel.

"Så du kallar mig knäpp då?" sa hon, med en antydan till lekfullhet i rösten.

"Börja inte lägga ord i min mun." Han lät bilen stanna i lugn takt, överblickade omgivningarna och fortsatte sedan: "Kom igen, jag skjutsar dig. Du borde inte vara här ute ensam. Det är en djungel där ute."

"Och det kryper äckelkryp överallt."

Det kan du ge dig på.

Lily gled ner från trottoarkanten och hoppade in i bilen, bakdelen först. När hon vred sig in åkte kjolen upp över låret, och han tvingade sig att inte titta.

Det skulle finnas gott om tid för det senare om han behövde det.

"Vad gör du här omkring vid den här tiden på natten?" frågade Lily efter att han hade kört iväg.

Han vände sig mot henne, med hopknipna ögonbryn. "Jag skulle kunna fråga dig samma sak. Och jag skulle till och med kunna fråga varför du luktar alkohol."

Hennes ansikte färgades som hennes läppstift, ett uttryck som fick henne att se fem år yngre ut.

"Det är en poäng", medgav hon.

"Om du måste veta", svarade han, "så var jag och hälsade på min mamma. Hon ligger på sjukhus. Jag kan bara träffa henne vid den här tiden på natten, annars får jag inte se henne alls."

"Jag är så ledsen", sa hon. "Är hon okej?"

"Inte direkt, men det är okej. Det är som det är. Jag har förlikat mig med det."

De körde resten av vägen under tystnad. Det vill säga tills de nådde återvändsgränden där Lily bodde. I stället för att svänga in på hennes gata fortsatte han rakt fram, manövrerade sig runt de parkerade bilarna.

"Vi körde just förbi min gata", sa hon och vred på huvudet för att titta tillbaka.

Han förblev tyst, med blicken på gatan. Hans hand gled vant till panelen vid dörren och låste bilen.

"Vart är vi på väg?" frågade Lily. Rädslan och ångesten hördes tydligt i hennes röst. Precis som han ville ha det. "Vart tar du mig?"

"Omväg."

"Vart då?"

"Ett litet ställe jag känner till."

"Vilket ställe?"

Hon ställde för många frågor. Han ville inte ha frågor. Tyckte inte om dem.

Nu var det dags för henne att hålla käft. Han tvärbromsade, grep tag i hennes bältesspänne för att hålla det på plats och hindra henne från att lossa det, och slog henne sedan rakt i halsen. När hon kvävdes och flämtade efter luft sträckte han sig efter väskan i baksätet och drog fram en tunn latexhandske. Svart, liknande dem han hade på händerna. Sedan, med ena handen över hennes mun, pressade han hennes huvud mot nackstödet och började dra handsken över hennes ansikte, hela vägen bak till bakhuvudet.

Hon slog vilt omkring sig, naglarna svingade mot honom, men de missade varje gång. Och då började hon inse vad som höll på att hända henne.

Vad som *skulle* hända henne.

Det sista hon gjorde innan han slog henne medvetslös var att skrika tills lungorna nästan brast.

KAPITEL
TVÅ

"**K**an jag få den här?"
        "Nej."
"Men det kommer—"
"Nej."
Hon vände sig mot honom som sista utväg. De där hundvalpsögonen.
"Fortfarande nej."
"Men jag tycker att den skulle se fin ut!"
"Jag tycker att en Ferrari skulle se fin ut, men du ser mig inte köpa en."
"Bara för att du inte har råd."
Tomek ignorerade pikens och suckade tungt. Sedan sträckte han ut handen efter föremålet i hennes hand och tvekade. En blick av förväntan och upphetsning blommade upp i hennes ansikte.
"Herregud, *på riktigt?*" sa hon, oförmögen att behärska sig.
Utan att säga något tog Tomek juldekorationen från henne och ställde tillbaka den på hyllan tillsammans med alla andra julgranar som hade designats för att se ut som marijuanablad. Bredvid stod ett urval av barnsliga och omogna julprydnader som Tomek uppskattade och såg det roliga i, men aldrig skulle erkänna: en figur av Jultomten som böjt sig fram och visade röven; Jesus som rökte en joint och gav peace-tecknet till förbipasserande; och en svart tomte som spelade basket.
Julen var för honom lika mycket slöseri med tid som alla andra helger. Alla hjärtans dag, Halloween, påsk. Även om han kom från en djupt religiös

polsk familj var han inte den enda som vek av från de samhälleliga och kulturella förväntningar som hans föräldrar – framför allt hans mamma – hade lagt på honom. Hans äldre bror Dawid hade, sedan han blivit pappa och skapat en egen familj, rört sig bort från det religiösa och mer mot det kapitalistiska. Tomek var varken eller. Det var inte för att han inte trodde på det, eller för att han inte gillade tanken på att få presenter varje år. Det var för att han historiskt sett aldrig hade kunnat njuta av julen för vad den var. Han visste att det var en tid för familj, för skratt, för gemenskap. Men när han hade bott ensam så länge och blivit utestängd från familjens inbjudningar till föräldrarnas julmiddag varje år, var det lite svårt att bli entusiastisk.

Det fanns inget värre än någon från motsatta änden av spektrumet. Någon som var julgalen. Någon som började lyssna på George Michael och Mariah Carey månader innan det var socialt acceptabelt. Någon som var besatt av de icke-existerande juldekorationerna i hans lägenhet.

"Du måste inte vara en sådan..." Kasia funderade på det snällaste ordet som fanns. "Du måste inte vara en sådan *bajspåse* om det."

"Det är jag inte." Han tittade ner på vagnen framför dem och de flera påsarna med varor i hans händer. "Tycker du inte att vi har tillräckligt?"

Han hade redan lagt ett par hundra pund på en splitterny låda med glittergirlang; en gigantisk låda med fyrtio julgranskulor i olika färger; en krans som såg ut att passa bättre i ett fågelbo högt uppe i ett träd någonstans; över tio meter blinkande ljus som han utan tvekan skulle få riskera livet med för att hänga över fönstren högst upp på huset; och en helt ny julgran som han omedelbart ångrade att han köpt. Dumt nog hade han ljugit och sagt till Kasia att han köpte en färsk varje år för att rädda världen från plastavfall, men då hade hon påmint honom om att det var skadligt för miljön att fälla levande träd och att en plastgran var återanvändbar och mer hållbar. Han hade argumenterat för att det största steget mot hållbarhet vore att inte köpa en från första början, ja att inte köpa *något* av det, men den striden hade han förlorat, och så hade plastgranen hittat sin väg in i hans armar, tillsammans med några extra kilo till hans klimatavtryck.

"Man kan aldrig ha för mycket, pappa", svarade hon. "Mamma och jag brukade gå all in. Vi hade allt i jultema: pepparkakshus, fotoramar, chokladburkar. Vi täckte huset i glitter och satte snögubbar och renar som utskärningar på rutorna. Vi hade till och med en jättetomte ute i trädgården, med fejkad snö över hela gräset."

Ja, och din mamma hade väl knarkpengar att betala allt med.

Det hade inte han. Han hade sin futtiga sergeantslön som snabbt sinade – med den senaste flytten, att försörja sin dotter, betala skolkläder och alla andra utgifter som följde med att ha ett barn du inte visste något om.

"Jag tycker att vi har tillräckligt för nu..." sa han till henne medan han manövrerade bort vagnen från väggen av dekorationer och styrde mot kassan.

"Du är en riktig Scrooge."

"Det är orättvist", svarade han och undrade om hon kände till hela Dickens berättelse. "Åtminstone har jag *spenderat* pengar. Det här är mest julpynt jag har haft på ungefär tjugo år."

"Du måste ha varit en så sorglig liten man", sa hon. Om hon visste vilken skada de orden hade kunnat göra på någon annan än honom, så visade hon det inte. Det fanns inget snett leende, ingen antydan till sarkasm. Som tur var var han tjockhudad och hade fått höra mycket värre i sina dagar – från ännu yngre ungar.

De stannade längst bak i kön som redan hade vuxit till en löjlig längd på den korta tid som gått sedan han senast tittade.

"Jag är mer än villig att lämna tillbaka allt om du vill?"

Hon lade en bekymrad hand på hans arm. "Nej. Snälla, nej. Vi kan inte ha jul utan en julgran eller dekorationerna."

"Då föreslår jag—"

Han hade förlorat Kasias uppmärksamhet. Något hade distraherat henne. En julig växt, kanske. Eller en eldgaffel täckt av glitter. Han visste inte. Allt såg ut som samma skit för honom. Men vad det än var hade det fängslat henne. Utan ett ord skyndade hon bort till ett bord, grep något och kom tillbaka triumferande, som en katt som just släpat hem en råtta till sin ägare. Tomek tittade ner och såg en keramiktallrik som hade schablonmålats med en skrikig illustration av tomten som klättrade ner i en skorsten.

"Vad i helvete är det där?" sa han, med rösten flera toner högre.

"Är de inte jättesöta?"

"Nej. Det är precis sådant man köper och sedan ger bort till välgörenhet, för att man till slut har sansat sig och insett hur dumt det var att köpa dem från början."

Den förbryllade blicken i hennes ansikte talade om att hon inte hade en aning om vad han pratade om.

"Okej då", sa han. "Det där är ett specifikt exempel, men de är fortfarande hemska. Och vi ska *inte* ha dem."

"Men vi *behöver* jultallrikar!"

"Nej. Vi *behöver* luft. Vi *behöver* mat. Vi *behöver* vatten. Vi *behöver* inte de här. Dessutom kommer vi bara att använda dem en gång om året."

"Precis. Högtider. Åtminstone blir de använda. Och om de används hamnar de inte i någon second hand-butik som du sa."

Tomek öppnade munnen för att svara men kunde inte. Hon hade satt dit honom. Använde hans egna ord mot honom. Han kunde inte klandra henne för det. Inte heller, skulle det visa sig, kunde kvinnan som stod framför dem i kön.

"Jag tycker hon har en poäng", sa kvinnan och trängde sig in i deras privata samtal. "De ser verkligen fina ut. Och de matchar resten av sakerna ni har köpt."

"Toppen. Tack för ditt oombedda inlägg."

Tomek blev snabbt medveten om att han inte kunde skälla ut den här nyfikna kärringen framför Kasia, så i stället fick han hålla sig till passivt aggressiva leenden och en ännu mer aggressivt passiv min.

"Varsågod", sa hon med ett flin, och när hon vände tillbaka till det hon gjorde i kön gav hon Kasia en slug blinkning.

"Jag såg det där..." viskade Tomek till sin dotter.

"Så... Får vi? Får vi ta dem?"

Tomek suckade djupt. Han hade förlorat slaget, ett av många slag. Men han tänkte inte förlora kriget. Eller, nej. Vem försökte han lura? Klart han skulle göra det. Hon hade honom lindad kring sitt lillfinger och tänkte inte släppa taget.

Inte på ett tag, i alla fall.

Strax efter att de hade betalat för sina grejer lämnade de John Lewis och började gå tillbaka mot bilen på andra sidan Chelmsford High Street. Ute hade himlen blivit mörkare skiffergrå, och ett lätt duggregn hade börjat falla. Han hade bara varit i området och handlat några gånger tidigare, och allt var ganska nytt för honom. Men Kasia visste precis vart hon skulle och vad hon skulle göra, trots att hon aldrig hade varit där förut. Det var som om hon hade en medfödd känsla för riktning som pekade henne mot hennes favoritbutiker, som en blodhund som kunde nosa upp lukten av H&M och Primark på en knapp kilometer bort.

När de strosade mot bilen och spände sig mot kylan, granskade Tomek omgivningarna. När han såg den medelålders kvinnan ensam med påsar från olika kedjor, på väg i ilfart till nästa, undrade han vad som fanns i dem, vad hon hade lagt sina pengar på. Vilka godsaker hennes släktingar skulle vara otacksamma för. Om det var rätt saker eller inte.

Det påminde Tomek om något.

"Vad vill du ha i julklapp?" frågade han och insåg plötsligt att han kanske var lite sent ute. Några veckor kvar... det skulle väl gå, eller?

"Vad menar du?"

"Till jul. Presenter. Du vet... man får dem den här tiden på året... Vad vill du ha?"

Hon gav honom en förvirrad rynka, som om hon just ätit en sur godis och försökte hålla masken. "Vill du att jag, typ, ska ge dig en lista eller något?"

"Helst, ja..."

"Men... Det är inte... Det är inte så man gör jul."

"Jo. Du säger vad du vill ha. Jag köper det. Du får det. Du är glad. Jag är glad. Alla vinner."

"Men var är det roliga i det? Var är överraskningen?"

"Det här är inte Secret Santa, Kasia. Om jag hade velat ge dig en skitpresent som du slänger efter fem minuter, hade jag köpt fler tallrikar. Jag köper hellre något du vill ha än gissar. Jag är inte så bra på att gissa. Jag måste bli *tillsagd*. Du behöver ge mig en lista."

Hon funderade ett ögonblick och kliade under ögat.

"Vad sägs om några AirPods?" frågade hon när de gick över en liten bro över floden Chelmer som rann genom staden.

"Nej. Absolut inte. Vet du hur dyra de är? Och du kommer bara tappa bort dem i skolan. Tänk om."

"Så jag kan alltså inte få någonting jag vill ha, eller hur?"

"Det har jag aldrig sagt. Jag sa: ge mig en lista, så tar jag det jag kan från den—"

"Men det sa du inte heller."

Hon hade satt dit honom igen. Använde hans egna ord mot honom. Hon blev för smart för sitt eget bästa. Och han skulle få tänka noga på vad han sa i hennes närhet i framtiden.

De kom fram till bilen. Tomek släppte ner påsarna och julgranen på marken och låste upp bilen.

"Nåväl, jag säger det nu: ge mig listan på saker du vill ha så köper jag vad jag kan, och jag ser till att du inte vet vilka jag köper åt dig... *Där* har du din överraskning."

Så snart de kom hem, innan de ens funderade på vad de skulle ha till middag, insisterade Kasia på att de skulle tillbringa resten av kvällen med att vända upp och ner på lägenheten och förvandla den till en billigare, mindre (men på inget sätt mindre kitschig) version av Tomtens grotta. Det tog dem sammanlagt två timmar. Och under den tiden hade de lyckats montera granen och förse den med allt glitter, alla kulor, ljus och andra onödiga dekorationer som han hade köpt. De hade också hängt upp en krans, komplett med glittriga kulor och plastlöv som föll av varje gång Tomek andades, på lägenhetsdörren. Tomek hade varit bestämd med att inte sätta den på ytterdörren, eftersom han sa att den var som en fyr för tjuvar och banditer, en signal om att det fanns dyra presenter och mycket pengar någonstans i lägenheten. Inget av det stämde för honom just nu, men han ville inte gärna att någon skulle tro att de kunde kliva in i hans hem när som helst.

Den största och tuffaste uppgiften som hade drabbat dem när de gjorde om lägenheten, var att skapa plats för själva julgranen. Den nästan två meter höga besten, som Tomek tyckte var större än någon julgran behövde vara, och definitivt större än *de* behövde, krävde minst fyra kvadratmeter i ett rum som knappt var stort nog för dem båda (trots att de precis hade bytt upp sig från något ännu mindre), vilket betydde att alla möbler behövde flyttas. När Tomek köpte lägenheten några veckor tidigare hade han inte räknat in en konstgjord växt i sina begränsade inredningskunskaper. Nu, efter att allt hade flyttats, såg rummet avsevärt mindre ut, och platsens feng shui var helt ur fas. Inte för att han trodde på sådant, han använde bara orden för att få henne att känna skuld över att de behövde flytta runt allt.

"Nu kommer min nacke att göra ont när jag tittar på tv", sa han till henne. "Och min nacke är inte gjord för den vinkeln."

"Jag tror inte någons är—"

"Och det kommer göra min ryggvärk ännu värre."

"Den hade du inte för två minuter sedan."

Tomek ignorerade henne och masserade i stället ryggslutet där han kände att det högg till när han lyfte granen på plats.

"Varför är du så Scrooge-ig?" klagade hon.

"Det är jag inte. Förlåt. Jag bara skojade. Ryggen blir bra." Han masserade lite hårdare för att lindra smärtan. "Är du nöjd med den?"

"Ja."

"Då är jag också det."

För att fira beställde Tomek en pizza från den lokala pizzerian. En pepperoni till honom, full av smak och förföriska mättade fetter. Och en tråkig quattro formaggi till henne, utan gluten, utan flärd och utan något som helst kul. Pizzerian de brukade använda, den enda de någonsin använde, kände till Kasias nötallergier, och gjorde därför den glädjelösa pizzan särskilt åt henne. Till ett högre pris, förstås. Så långt bort som möjligt från alla andra ingredienser som kan innehålla nötter.

När de satt i vardagsrummet som nu saknade all form av feng shui slog Tomek på tv:n och slog över till en naturdokumentär. David Attenborough lärde dem om djuren på den afrikanska savannen. Lejon, hyenor och andra bestar strök fram över öknen, jagade, smög och dödade.

Tills skärmen visade en bild av en hjord fridsamma bufflar, som skötte sitt och betade av gräs och gyttja vid en oas.

"Tror du att du skulle kunna slåss mot en ko?" frågade Kasia och överraskade honom. Han vände sig mot henne. Hon hade ätit upp sin pizzabit och stirrade intensivt på honom, med ett allvar i blicken.

"Jag tror du får fråga mig igen. Jag tror inte jag hörde dig ordentligt..." svarade han, medan han långsamt lade tillbaka sin halvuppätna bit på tallriken.

"En ko. Tror du att du skulle kunna slåss mot en?"

Det visade sig att han hade hört helt rätt första gången.

"Vad är det för fråga?"

"Jo, när vi var på bondgården häromdagen på skolresan, ställde Billy Turpin sig öga mot öga med en av korna och höjde knytnävarna mot den. Miss Wells fick dra bort honom."

Så många frågor. Så mycket han ville säga, kommentarer han ville göra.

Han hade helt glömt att hon hade varit på gården på en av sina geografiutflykter. Fast han mindes att han sett lappen om det och tänkt att de var lite gamla för att titta på kor och getter och höns i högstadiet. Att det var något mer lämpat för lågstadiet. Uppenbarligen inte. Och uppenbarligen såg Billy Turpin inte malplacerad ut där.

"Billy Turpin låter som lite av en idiot", svarade han.

Hon såg synbart stött ut. "Han tror att han skulle kunna slåss med en och slå den medvetslös."

Tomek skakade på huvudet och försökte greppa samtalet. "Att slåss mot en ko och att slå den medvetslös är två olika saker. Vem som helst kan *slåss* mot en ko, men det betyder inte att de vinner. Och det betyder definitivt inte att de slår den medvetslös."

"Men skulle *du* kunna göra det?"

"Jag har aldrig tänkt på det. Jag kan ärligt säga att tanken aldrig slagit mig."

Och han oroade sig, för nu när den hade gjort det, skulle han inte kunna tänka på något annat än en ko i andra änden av hans knytnäve.

"Vad sa Miss Wells?" frågade Tomek.

Kasia ryckte på axlarna, som om hon plötsligt hade tappat intresset för samtalet. "Hon kallade Billy dum."

"Där har hon rätt. Billy låter som lite av ett pucko. Håll dig borta från Billy."

Kasia tystnade och blicken föll mot mattan precis framför tv-bänken. Hon korsade benen i soffan och lade båda händerna i gapet mellan dem.

"Alltså..." började hon, utan att kunna möta hans blick. Tvekan färgade orden. "Jag tänkte fråga dig..."

Ojdå. Tomek kunde känna vart det barkade. B-ordet. Pojkar. Närmare bestämt *en* pojke. En pojke som trodde att han kunde slåss med en jävla ko.

"Skulle Billy kunna komma över en eftermiddag efter skolan?" sa hon blygt. När orden väl var ute spände hon sig ännu mer och satt stel kvar i soffan. "Bara för att titta på tv eller något..."

Eller något. Tomek visste exakt vad det där *något* var. Det hände precis framför honom på tv-skärmen. Två vilddjur som parade sig, hanlejonet som red upp och gjorde sig redo att befrukta lejoninnan.

Bara för att titta på tv eller något...

Fantasins hästar skenade när paranoia och överbeskyddande tog över.

"Jag måste fundera på det..." sa han. "Men jag är inte så sugen på att ni två ska vara hemma ensamma. Jag behöver väl inte dra blommor och bin, va?"

"Usch, pappa! Nej, äckligt! Jag är tretton! Billy är bara en vän. Han är en kille... *vän*", förklarade hon och la extra betoning på ordet *vän* för att undanröja eventuella tvivel han kunde ha. "Dessutom, vi har redan lärt oss allt det där i skolan. De har lärt oss det i flera år. Snälla, berätta inte för mig hur barn blir till."

"Om ni två bara är vänner behöver du inte oroa dig för att jag ska berätta hur sånt där funkar."

På det hade hon inget svar. Och det gjorde honom ännu mer orolig.

"Jag vill inte att Billy ska komma över", sa han till henne. "Dina kvällar är redan tillräckligt fulla med dina polsklektioner och dina läxor. Jag vill inte att han distraherar dig mer än han förmodligen redan gör på lektionerna... eller på gården."

KAPITEL
TRE

S om han hade misstänkt hade frågan inte lämnat honom i fred. Den där dumma, idiotiska och rent ut sagt vansinnigt irriterande frågan. Skulle han kunna slåss mot en ko? Självklart kunde han inte det. Han visste att han inte kunde. Det var löjligt att tro det. Djuret vägde tio gånger så mycket som honom. Och var starkare än han med ännu större marginal. Men han var smidigare... kvickare. Han hade fördelen av två ben mot fyra. Ändå var det en helt jävla idiotisk sak att ligga sömnlös över.

Och ändå släppte inte tanken. Så till den grad att när han kom till Southend CID:s huvudkontor morgonen därpå, kände han att den förtjänade vidare diskussion. Ett större samtal med vuxna, sådana som hade mer logik och intelligens än en trettonårig, pubertal kille.

Han hade suttit vid sitt skrivbord i över en timme och betat av resterna av gårdagens jobb, när han till slut samlade mod.

"Sean..." började Tomek och kände plötsligt samma osäkerhet och rädsla som Kasia hade visat kvällen innan när hon hade ställt frågan.

"Ja, kompis," svarade DS Campbell.

"Har en fråga till dig..."

Sean slutade med det han höll på med och vände sig mot Tomek. De senaste dagarna hade de möblerat om på kontoret, och nu skildes de åt bara av ett skrivbord. Det var trevligt att sitta så nära sin bästa vän; det gjorde arbetsmiljön både mer trivsam och mer produktiv. Den enda nackdelen var det fåniga, ständiga pladdret. Som att sitta längst bak i klassrummet och störa resten av klassen.

"Det här låter viktigt," sa Sean.

"Det är det inte," svarade Tomek. "Ärligt talat. Det är helt jävla dumt, det är vad det är."

Sean grymtade och lutade sig fram. "Du kan verkligen sälja in det, kompis. Jag sitter på nålar."

Tomek önskade att han inte hade gjort det; kriminalassistent Rachel Hamilton och kriminalassistent Nadia Chakrabarti bakom Sean hade också vänt sig mot honom och kilat in sig i deras samtal.

Han drog djupt efter andan innan han ställde frågan.

"Tror du att du skulle kunna slåss mot en ko?"

Det blev ett kort ögonblick, en bråkdels sekund av total tystnad, lugnet före stormen, precis innan rummet exploderade i en kakofoni av skratt.

"Det där är möjligen den bästa fråga jag någonsin har fått," sa Sean när han hade lyckats tygla skrattet.

"Och jag hoppas att ditt svar är lika bra som frågan," sa Nadia och kastade sig in.

Sean flätade ihop fingrarna, sträckte på armarna och knäppte knogarna i en enda smidig rörelse. "Jag tror att jag skulle kunna..." sa han. "*Lätt.*"

"Lätt?"

"Japp," sa han med en axelryckning. "Jag fattar att de är stora å allt, men de är inte särskilt snabba. Och om jag fick lite tid att träna, tror jag att jag skulle fixa det med ett par slag."

Tjejerna skrattade.

"Det är klart du gör," sa kriminalassistent Hamilton. "Ni män och era jävla egon."

Sean viftade med pekfingret i luften. "Egot har inget med saken att göra. I slutändan handlar allt om förberedelser, träning och en hyfsad högerkrok." Seans ansikte föll, som om en tanke plötsligt hade slagit honom. "Fråga: får kon träna?"

"Va?" Tomek hade inte väntat sig en motfråga, en fråga som skulle leda dem ännu djupare ner i kaninhålet av ko-boxning.

"Får kon också träna inför fajten?"

"Jag har ingen jävla aning. Hur ska jag kunna veta det?"

"Det var ju du som ställde frågan, kompis."

Tomek kliade sig vid tinningen. "Öh. Jag antar det. Ja. Jag menar, det är bara rättvist."

"Nå, i så fall, nej. Inte en chans. Kon vinner veckans alla dagar." Sedan vände Sean sig till Nadia och Rachel, som satt på andra sidan av deras skrivbordsrad, och sa: "Vad var det jag sa, egot har inget med saken att göra. Det handlar om logik och om man tror på sig själv."

"Och i det här fallet tror du uppenbarligen inte på dig själv," sa Nadia, medan hon gungade i skrivbordsstolens fjädring med ena handen på gravidmagen.

"Inte om kon har samma träning som jag. Jag är inte dum."

"Det märks," sa hon sarkastiskt. Sedan vände hon sig mot Tomek. "Vilka andra dumma frågor har du som snurrar i huvudet?"

Då kände Tomek sig tvungen att berätta historien bakom frågan. Han kunde inte låta dem tro att han tillbringade större delen av sin fritid med att fantisera om att hamna i slagsmål med boskap. Ingen av dem verkade dock tro honom utan var övertygad om att frågan var hans egen.

"Du kan inte fortsätta använda Kasia som ursäkt för allt längre, Tomek," sa Nadia.

"Jag gör inte det!" protesterade han. "Hon frågade till och med om hon fick ta hem en kille efter skolan. Samma kille som ställde den där jävla idiotiska ko-frågan från början."

"Wow," sa Nadia. "Hon tar hem killar redan, alltså? Jag trodde du hade åtminstone ett eller två år kvar innan det där började."

"Innan vad började hända?"

Nadias ansikte blev varmt. Sedan formade hon två ovaler med tummar och pekfingrar och började trycka dem mot varandra medan hon gjorde pussljud.

"Håll käften," sa han och skakade kraftigt på huvudet. "Det händer inte. Ingenting händer. För hon får inte ta hem honom. Hon får inte ta hem någon. Så, det är bestämt."

"Litar du inte på henne?" frågade Rachel, med mjuk och låg röst som om hon gav röst åt förnuftet.

"Det är inte henne jag har problem med," svarade han. "Det är Billy, ko-slagsmåls-hjälten Turpin, jag har problem med. Vem som helst som tror att han kan slåss mot en ko ska inte vara i närheten av min dotter... inklusive dig, Sean."

Mannen kastade upp händerna i luften i förtvivlan. "Varför ska du dra in mig i samtalet på det där sättet?"

Innan Tomek hann förklara sig lade han märke till kriminalassistent Martin Brown som svävade i utkanten av samtalet, med en lapp i handen. Martin hade anslutit till gruppen bara för några veckor sedan. Överförd från Colchester tillsammans med teamets nyaste kommissarie, Victoria Orange. Sedan han kom hade Tomek ägnat lite tid åt att lära känna mannen. Han följde sällan med dem till puben efter jobbet, och han deltog inte heller i många av deras kontorsdiskussioner.

"Inspektör," började han efter att tålmodigt ha väntat på Tomeks uppmärksamhet.

"God morgon, Martin."

"Här är en fråga till dig, Martin—" började Sean.

Tomek gav sin vän en blick som beordrade honom att hålla tyst, vilket Sean genast gjorde.

Sedan vände han uppmärksamheten mot mannen med långt hår uppsatt i en hästsvans och ett skägg som Tomek var mer än avundsjuk på.

"Ja, Martin. Hur kan jag hjälpa till?"

"Jag fick precis ett samtal från ledningscentralen, inspektör. En kropp har hittats i John Burrows Park i Hadleigh."

KAPITEL
FYRA

D en sextonde december. Lite drygt en vecka kvar till jul. Det som var tänkt att vara en glad, festlig och härlig tid hade nu blivit en mardröm för en familj.

John Burrows Park låg några hundra meter från A127, vägen som band samman Southend med Rayleigh och vidare. På ena sidan av fältet fanns tennis- och basketbanor, och på den andra låg en rad fotbollsplaner där de vita linjerna hade bleknat med åren. På sommaren var parken, och särskilt tennisbanorna, fyllda av barn från de lokala skolorna som kom för att hänga, snacka och sporta. Nu däremot, i den bitande vinterkylan, hade parken tömts, och klungor av vänner hade ersatts av högar av nedfallna löv på gräset.

Kroppen hade hittats på parkens nordvästra sida, på motsatt sida från banorna. Hopkrupen i buskarna, lemmarna vilande i olika vinklar. En spöklik nyans av vitt under de grå molnen ovanför. Regnet hade piskat ansiktet så länge att det knappt fanns något smink kvar i flickans ansikte. Hon bar en kort svart kjol och en liten vit magtröja som inte skulle ha varit varm nog ens på sommaren. Håret var uppsatt i en hästsvans, naglarna var målade gröna som gräset, och bredvid henne låg en liten kuvertväska som knappt såg stor nog ut för en mobiltelefon. Ett tunt täcke av frost som glittrade i förmiddagsljuset omgav henne som för att skydda henne.

Till en början verkade det för Tomek som om hon hade fallit, segnat ner och kämpat för att ta sig upp på fötter tills hon till slut hade dukat under för det som dödade henne. Inget tydde på brott, inget på att hon hade blivit attackerad. Förutom de blossande kinderna och den lätt svullna halsen. Men även det kunde vara begynnande uppsvällning i förruttnelsen.

Det dröjde innan Tomek verkligen tog in scenen för vad den var: en flicka, i ungefär samma ålder och kroppsbyggnad som hans dotter, som låg död på en äng. Sedan Kasia hade kommit in i hans liv för mindre än tre månader sedan hade han märkt att han började reagera och bete sig annorlunda inför vissa saker, se vissa situationer i ett annat ljus. Brottsplatser var ett perfekt exempel. Särskilt när offret var en tonårsflicka.

För att distrahera sig från tankarna vände han sig mot Rachel.

"Säg något, snälla", sa han till henne.

"Om vad?"

"Vad som helst... bara det inte handlar om kor. Jag har fått nog av den diskussionen för i dag."

Som tur var, innan de hann störta rakt in i en pinsam tystnad medan Rachel försökte komma på något intressant att säga, hasade sig Lorna Dean, rättsläkare vid Home Office, fram mot dem. Bakom henne höll ett team SOCO-tekniker på att resa tältet som skulle sättas upp över kroppen. Längre bort, i utkanten av parken, stod en grupp uniformerade poliser och satte upp den yttre avspärrningen med hjälp av blåvitt polisband.

"Underbar morgon för det här," sa Lorna uppspelt.

Tomek hade alltid tyckt att hon var överdrivet skämtsam om sitt jobb, som om hon fick någon sorts kick av att dissekera döda kroppar dagarna i ända. Han hade inte kunnat göra jobbet själv, och han medgav att det krävde en särskilt avtrubbad person till att börja med, men hon var något annat. Hon var okänslig för allt som hette anständighet och respekt.

"Åtminstone slapp jag min morgonrunda," fortsatte hon.

Det var en tanke. Tomek kunde inte minnas när han senast hade varit ute på en morgonrunda. Han brukade ge sig ut varje morgon, i ur och skur, utan undantag. Tio kilometer längs strandpromenaden och ut mot slutet av Southend Pier. Men nu när hans prioriteringar och ansvar hade förändrats hade det hamnat längst ner på listan. Och när han tänkte efter insåg han att han inte saknade det så mycket. Jobbet, och att ta hand om Kasia, gjorde sitt bästa för att hålla honom frisk och hindra honom från att vräka i sig snacks och godsaker som han annars brukade äta på kvällen. Men en annan del av honom saknade det. Saknade det väldigt mycket, faktiskt. Endorfinerna efter rundan, den friska vinden som piskade ansiktet och väckte honom. Sättet det lät honom rensa huvudet och bearbeta gårdagens händelser. Lät honom se saker i ett annat ljus.

Som varje gång han såg en död tonårsflicka blev han påmind om sin dotter.

Något, han visste inte vad – intuition kanske, men något föranande och djupt oroande – sa honom att han skulle få se fler sådana här situationer. Ständiga påminnelser om Kasia. Det var inte varje morgon en tonårsflicka hittades nästan halvnaken i en park. Men något sa honom att det här inte skulle bli den sista.

"Vad säger vi då, Lorna?" sa Tomek för att tysta tankarna.

"Tja, hon är död. Det vet jag i alla fall."

"Bra. Lovande början. Något mer?"

"Av det jag har kunnat se hittills, nej. Det verkar inte finnas något som tyder på sexualbrott; hon är fortfarande fullt påklädd och har underkläderna på, men med tanke på den svullna halsen och nässelutslagen i ansiktet skulle jag säga att hon har fått någon sorts allergisk reaktion mot något."

"En allergisk reaktion?"

"Ja. Har du aldrig haft en?"

Tomek skakade på huvudet. "Aldrig. Jag tror jag är välsignad på det sättet. Fast jag gillar inte myggbett."

Båda kvinnorna såg på honom utan uttryck.

"Ingen gillar särskilt mycket myggbett, Tomek", sa Rachel strängt.

"Jag menar, jag tål dem inte. De verkar svullna till storleken av en sådan där tefatsgodis man brukade få som barn—"

"Med bruspulver i?"

"Ja."

"Jag minns dem. Utsidan smakade papper och insidan var bara fylld med bruspulver. Jag fattar inte vem som tyckte att de var en bra idé."

"Jag fattar inte varför vi någonsin åt dem. De smakade ägg."

De gav honom samma tomma blick igen, utan att han förstod varför.

"Använde du just ordet "ägg" för att beskriva något dåligt?" frågade Rachel.

Där kom det.

"Ja. Om något inte är särskilt trevligt, är det *ägg*."

Rachel skakade på huvudet, föraktfullt. "Vet Kasia att du använder det ordet?"

"Vad spelar det för roll?"

"Jag tycker hon har rätt att veta. Om jag fick veta att min pappa använde det ordet för att beskriva saker som inte hade något med det att göra, skulle jag nog vilja förskjuta honom."

Tomek log snett. "Bra där. Men tycker du inte att vi borde återgå till saken?"

"Det var du som distraherade oss med ditt idiotiska ordval."

Tomek ignorerade henne och hasade sig lite närmare kroppen i sin brottsplatsoverall. Det tunga regnet som hade börjat falla studsade mot materialet. Innan han tittade ner på kroppen vände han blicken mot himlen och undrade hur vädret hade varit när hon dog, om det hade varit klart eller regnigt. Om det hade gjort någon skillnad för hur hon dog.

När han kom närmare hukade han sig och granskade hennes ansikte. Högst fjorton, femton. Kanske sexton om man tog i. Ung men ändå mogen. Söt, men utan att skylta med det. Diskret återhållsam. Hela livet framför sig.

Då gjorde han något han inte hade gjort på ett tag.

Han började prata med henne.

"Vad hände dig, va?" viskade han för sig själv och höll rösten låg så att Rachel och Lorna inte skulle höra. "Hur gick det här till? Var det någon som gjorde det här mot dig?"

Självklart kom inget svar. Det gjorde det aldrig. Och han hoppades alltid att det inte skulle komma något, för annars skulle han väl få en hjärtattack, men det hjälpte honom att hantera scenen, att bearbeta den. Och han tyckte också om att tänka att det hjälpte dem att gå över till det liv eller den existens de var på väg till. En tröstande bro som förband dem från ena sidan till den andra.

Det lät också hans sinne börja tänka på omständigheterna kring personens öde. Som om han var där och såg det hända på avstånd. Såg det ske i realtid.

Och den här gången var inget undantag. Han föreställde sig en grupp. Kanske sex, sju stycken. En grupp tillräckligt stor för mycket prat och skrik. Kanske med lite alkohol inblandat. En blandning av pojkar och flickor. Alla i liknande ålder. Kanske från samma skola. De drack och umgicks efter timmar, när de inte skulle, när deras föräldrar ville ha dem hemma.

Och kanske hade hon gått hem med de andra. Stött på någon hon kände. Eller någon hon inte kände. Och hamnat i det här tillståndet.

Eller kanske hade hon stannat kvar när de andra vännerna hade gått hem. Stannat med en kille som hon inte fick synas med. Det var tabu att de var tillsammans. Någon hon inte hade velat att resten av gänget skulle känna till. Hon hade stannat, och det hade han också. Det ena hade lett till det andra, och sedan...

Flickans ansikte ersattes genast av Kasias, och han kunde inte längre titta på henne, kunde inte längre tänka på vad som hade hänt, *hur* det hade hänt.

Han drog sig undan och vände sig till sina kollegor.

"Vet vi vad hon heter?" frågade han dem.

Lorna skakade på huvudet och kallade sedan över en SOCO. Strax efter dök en lång gestalt upp, klädd i vitt från topp till tå, lite pipig och andfådd.

"Kan vi titta i hennes kuvertväska?" frågade Tomek. "Jag vill se om det finns någon identifikation på henne."

Det tog mannen längre tid att böja sig ner än att förflytta sig till andra sidan av kroppen. När han sänkte sig ner mot gräset hörde Tomek hur hans knän knakade över ljudet av vinden som visslade förbi materialet som skyddade hans öron. Ett ögonblick senare drog mannen fram kuvertväskan under offrets arm och öppnade den med en kirurgs ömtåliga precision. Sedan stack han in handen och tog upp en mobiltelefon. Skärmen tändes omedelbart och en bild av flickan, sittande med en vän på någon strand, log sprudlande mot selfiekameran. Fotot var nytt, sommar, om inte Tomek hade missat en solig period i början av vintern. Med telefonen varsamt i handen svepte han uppåt, men den krävde ett lösenord. Det borde han ha förstått. Han hade flera gånger gjort misstaget att tro att han kunde komma in i Kasias telefon när hon hade räckt honom den. Varje gång ryckte hon åt sig den och slog in koden själv. Förr eller senare skulle han ta reda på vad den var.

Han lade inte märke till det först, men när han tittade bort från skärmen såg han SOCO:ns hand sväva framför ansiktet. Den höll ett skolbusskort. Med offrets namn och födelsedatum bredvid.

Lily Monteith.

Femton år gammal.

KAPITEL
FEM

D en sista personen Tomek hade väntat sig skulle öppna dörren framför honom var kriminalassistenten Anna Kaczmarek. Men å andra sidan var hon teamets anhörigkontakt, och hennes jobb var att nå ut till de efterlevande och överbrygga klyftan mellan information och desinformation. Det var en viktig roll. En som ibland visade sig avgörande för att fånga en förövare. Oftast hade fallen de arbetade med någon koppling till familjen, och hon var expert på att smälta in i bakgrunden, så pass att man knappt märkte att hon fanns där. Hon lyssnade, antecknade släktingars beteenden, reaktioner, gräl och meningsskiljaktigheter. Ibland behandlade den avlidnas familj henne som en av de egna och erkände något komprometterande i hennes närvaro, eller så råkade de avslöja något som blev avgörande för utredningen. Hon var ormen i gräset och rapporterade allt tillbaka till Tomek och teamet.

Hon var bra på sitt jobb, ja. Men han hade inte väntat sig att hon skulle vara så här bra, att hon skulle dyka upp hemma hos Lily Monteith innan han ens hade hunnit prata med henne.

"*Cześć*", sa han till henne när hon svängde upp dörren.

"*Dzień dobry*, Tomek", svarade Anna.

Han steg in i huset. "Hur i hela friden hann du hit före mig? Skickar du och Rachel direktmeddelanden till varandra eller vad?"

"Hon tyckte att det vore bra om jag hölls uppdaterad."

Det var alltså ett ja.

"Jag är imponerad", sa han. "Hur länge har ni två jobbat så här tätt tillsammans?"

Hon svarade inte, bara ryckte generat på axlarna.

"Innan man vet ordet av är ni båda ute efter mitt jobb..."

Den här gången skrattade Anna, vilket gjorde honom illa till mods. Tanken på att sparkas ner från sin position av dem under honom medan han kämpade för att ta sig till nästa nivå kändes skakande. Han gillade inte idén att hamna mitt i en befordringsmacka. Ännu mindre när det gällde kollegor han beundrade djupt och betraktade som några av sina närmaste vänner. Särskilt Anna. Han hade känt henne tredje längst (efter Sean och Nick), och eftersom de båda var från Polen delade de ett särskilt band.

"De är i vardagsrummet", sa Anna och nickade ditåt.

Tomek kastade en snabb blick nerför hallen och såg rummet hon syftade på.

"Hur mår de?"

"Som alltid."

"Triple-D?"

Anna nickade.

Ah, Triple-D. Ett uttryck som Tomek myntat när han en gång suttit på kontoret och försökt hitta orden för att beskriva känslorna en viss familj kände. Han hade ju orden, förstås hade han det, men just i den stunden, med alla kollegors ögon på sig, hade han haft svårt att få fram dem. Först hade uttrycket landat förfärligt, och han såg ingen framtid för det, men nu när Anna mindes det övervägde han att damma av det, som ett avdankat band som gör comeback från de döda för att de är panka och i desperat behov av ett tillskott av cash.

Triple-D.

Distraught.

Devastated.

Distressed.

Tomek föreställde sig att det oftast var samma känslor de där bandmedlemmarna kände innan de bestämde sig för att tillkännage sin återföreningsturné.

Med kanske en gnutta avsmak på det också.

Han tog sig in i vardagsrummet, öppnade dörren försiktigt och stack in huvudet. Där på soffan mitt i rummet, insvepta i varandras armar, satt herr och fru Monteith.

Herr Monteith var en bred man, med tjocka, kraftiga axlar som vittnade om ett liv som före detta rugbyspelare. Och ölmagen som putade ut framtill på skjortan bekräftade det.

Fru Monteith däremot var motsatsen i allt. Smal, liten, späd. Triple-S. Ändå fanns det en glöd bakom ögonen, och sättet hon satt spikrakt antydde för Tomek att hon var allt annat än den dörrmatta hennes litenhet kunde ge sken av.

"Herr och fru Monteith, jag är detektivsergeant Tomek Bowen. Jag arbetar med Anna i Major Investigation Team. Jag beklagar er förlust. Jag och teamet ska göra allt vi kan för att ta reda på vad som hände er dotter."

Fru Monteith sträckte ut en hand mot Tomek. Han tog den. Handflatorna var våta, antingen av tårar eller svett, och greppet var starkt, lika starkt som han föreställde sig att hennes mans var.

"Tack, detektiv", sa hon. "Tack för att ni kom. Det här borde aldrig ha hänt vår lilla flicka."

Tomek gav hennes hand en mild klämning innan han slog sig ner på kanten av soffan mittemot. I samma ögonblick kom Anna med ett glas vatten till Tomek och satte sig bredvid honom.

"Har min kollega förklarat hur processen går till?" frågade Tomek.

Båda föräldrarna nickade allvarligt och klamrade sig ännu hårdare fast vid varandra än förut.

"Har ni några frågor kring det min kollega har gått igenom?"

Den här gången skakade de på huvudet, och fru Monteith bröt ihop mot sin mans bröst.

Första tecknet på Triple-D.

"Nåväl." Tomek lade båda handflatorna på knäna och drog ett djupt andetag. "Min roll är tyvärr att ställa några obekväma frågor. Om det är något ni inte känner er redo att svara på, eller något ni inte tycker att ni kan förklara för mig, så är det därför Anna är här. Ni kan berätta vad som helst för henne."

Anna log mot honom, som för att säga: "Tack för den introduktionen, Tomek", och vände sig sedan mot de sörjande föräldrarna. Utan att bli ombedd stack hon ner handen i väskan, tog fram ett paket Kleenex-näsdukar och räckte dem till fru Monteith. Kvinnan tackade, duttade försiktigt under ögonen och höjde blicken mot taket medan hon gjorde det, så att ögonvitorna – som inte var vita längre – blottades, ockuperade av en armé av röda ormar.

"Skulle ni kunna berätta vad er dotter gjorde i går kväll?" frågade Tomek när fru Monteith hade torkat bort tårarna.

"Hon... hon var ute med kompisar", sa herr Monteith med den djupa röst Tomek väntat sig. "En sorts hemmafest men inte riktigt en hemmafest. En samling, kallade hon det. Hemma hos en kompis – en kille som heter Marcus. Bara några kompisar från skolan, sitta och snacka. Ni vet hur det är."

"När skulle hon vara hemma?"

"Hon skulle inte det. Hon sa att hon skulle sova över hos Gabby efteråt."

"Gabby?"

"Hennes bästa vän från förskolan. De går överallt tillsammans, gör allt tillsammans."

Tomek visste hur det var. Det var samma sak för Kasia och hennes vän Sylvia. Kasia pratade alltid om henne, träffade henne före och efter skolan. Det var fint, bra att hon hade en så nära vän så snart efter att hon kommit till området.

"Känner ni namnen på de andra som hon var med?"

Lily Monteiths föräldrar tänkte efter en stund och skakade sedan på huvudet. "Bara några. Marcus, Brett och Thomas. Men vi har fått höra att det skulle vara några andra där också. Vänners vänner. De har setts förr."

Tomek nickade eftertänksamt.

Bilderna i huvudet började förändras. Kanske hade Lily och gänget inte varit ute i parken trots allt. Kanske hade de dragit hem till Marcus och att något hade hänt henne på vägen till Gabbys hus. Men varför var hon ensam om hon skulle sova hos sin vän?

"Har ni hört något från Gabby?" frågade Tomek.

"Bara från hennes mamma", svarade herr Monteith. "För att berätta nyheten. Gabby mår bra. Och hon vet ingenting om vad som hände Lily."

Det fick Tomek undersöka. Det förklarade fortfarande inte varför Lily och Gabby hade blivit separerade om de båda skulle tillbaka till Gabbys föräldrars hus för kvällen. Kanske hade de grälat. Kanske hade det handlat om någon av killarna.

"Hade Lily någon pojkvän?" frågade Tomek. Han var på väg in i pinsamt och obekvämt territorium – för alla i rummet, men framför allt herr och fru Monteith – och behövde därför välja orden med omsorg. Något han inte alltid var så bra på.

"Inte vad vi vet", svarade Lilys mamma.

"Några killar som hon kan ha pratat med? Messat med på nätet?"

De såg på varandra och skakade sedan på huvudet.

"Någon hon har gått och träffat?"

Ännu en huvudskakning.

"Har hon haft pojkvän tidigare? Någon som kan ha blivit svartsjuk på henne?"

"Det fanns någon när hon var tretton, men det var aldrig seriöst; aldrig så seriöst att de kunde kallas pojkvän och flickvän." Herr Monteith skruvade på sig på soffan, som om samtalsämnet gjorde honom nervös. Tanken på en kille tillsammans med hans dotter.

Tomek hade känt likadant efter samtalet med Kasia kvällen före.

Billy den jävla Kofajtaren.

"Jag förmodar att den relationen tog slut för länge sedan..." sa han.

"De var bara ihop ett par månader. Sen upptäckte han att hon hade latexallergi och bestämde sig för att göra slut."

"Latexallergi... Vid tretton..." viskade Tomek för sig själv. Och då föll det på plats varför pojkvännen hade lämnat henne.

Latex. Kondomer.

Sex.

Tretton år.

Det gjorde ingenting för att stilla hans oro i huvudet kring Billy Kofajtaren.

För att få samtalet vidare bad Tomek Lilys föräldrar beskriva hennes person, hennes personlighet. Vilken sorts unge hon var, hur hon var i skolan och hemma. Och, som han hade väntat sig, sjöng de hennes lov. Som alla föräldrar skulle ha gjort. Som han själv skulle ha gjort. Lily var en hårt arbetande, omtänksam tjej som fördelade sin tid väl mellan dem, skolan och vännerna. Hennes favoritämnen var geografi, matte och spanska. Och på helgerna gick hon till sin lokala simklubb där hon var en ivrig simmare. Hon kom aldrig för sent till skolan, hade massor av vänner, var skötsam och väluppfostrad. I deras ögon var hon perfekt och utan fel. Hon skulle inte ha gjort en fluga förnär, än mindre stökat med ett bisamhälle för nöjes skull.

Allt detta var sådant Tomek väntat sig att höra. Men det var det som herr och fru Monteith utelämnade som fångade hans uppmärksamhet. Att hon aldrig hade druckit alkohol. Att hon aldrig hade sovit över någon annanstans än hemma hos Gabby. Att hon aldrig hade smugit ut eller stannat ute längre än hon borde. Att hon aldrig hade provat cigaretter eller droger.

Kanske var allt detta sådant de inte kände till, eller så visste de om det och ville bara inte att Tomek skulle få en dålig bild av deras dotter. Hur som helst tvivlade han på att den verkliga Lily Monteith var det helgon hennes föräldrar gjorde henne till.

För han visste av egen erfarenhet att han inte heller var en ängel i den åldern. Att han själv hade upplevt liknande saker. Vilket gjorde det svårare att bestraffa Kasia och hindra henne från att uppleva dem själv.

Samtal till Tomek.

Ja?

Grytan ringde. Något om en kittel...

När han lämnade dem åt sin sorg, en process som Anna och en annan av de yngre kriminalassistenter hon arbetade nära med skulle övervaka, tackade Tomek för tiden och gick mot ytterdörren. När han lade handen på handtaget vände han sig mot herr Monteith, som hade följt honom ut.

"Skulle ni möjligen ha Gabbys adress?" frågade han. "Jag tror att hon kan ha några svar åt oss – åt *er*."

KAPITEL
SEX

Gabby Longhouse var precis så odräglig som han hade väntat sig, även om han för hennes skull skyllde det på arvet, ett olyckligt personlighetsdrag som hon hade ärvt från båda föräldrarna.

Även om de hade bedyrat att de var upprörda över Lilys död och ägnat flera minuter åt att försäkra honom om att de faktiskt sörjde, var det en känsla som varken hade nått deras ansikten eller letat sig in i deras röster.

Han tänkte att det var mer troligt att cockapoon han hade passerat på vägen ner till familjen Longhouse var mer knäckt över Lily Monteiths död.

Till och med Gabbys första ord till honom – "Jag är inte gripen, eller hur?" – bekymrade honom. Om det var hennes inställning redan från start, hur skulle hon då vara när han ställde frågorna?

"Inte såvida du inte har gjort något fel," svarade han. Vanligtvis skulle han ha anpassat sitt sätt att tala till någon i hennes ålder, talat mjukare, vänligare. Men inte med Gabby Longhouse. Inte med någon i familjen Longhouse.

"Jag ville ställa några frågor om var du var i går kväll och vad du hade för dig."

De gick in i vardagsrummet, Tomek och familjen Longhouse. Just som han skulle sätta sig i soffan vände sig Gabby mot sina föräldrar och bad dem lämna rummet. Efter lite ståhej gav de till slut med sig och stängde dörren bakom sig, inte utan att först påminna henne om att om hon behövde dem när som helst så fanns de på andra sidan dörren.

Tomek trodde inte att det skulle dröja länge innan de tryckte öronen mot den med hjälp av ett par glas.

"Berätta vad som hände i går kväll."

Så snart han hade gjort sig bekväm kastade sig Tomek rakt in. Det tog henne en stund att hitta en plats där hon kände sig bekväm. Hon såg nervös ut, tillbakadragen, som om det fanns något hon ville säga honom men var för rädd för. Hon hade trots allt just förlorat sin bästa vän. Kanske borde han ge henne lite svängrum.

"Vi var tio. Jag, Lily, Marcus, Theo, Brett, Thomas, Liam, Henry, Callum och James."

Tomek antecknade genast namnen och lämnade en rad mellan varje för eventuella uppgifter som kunde bli användbara.

"Vi skulle egentligen hem till Marcus, men sedan var hans föräldrar tvungna att ställa in sina planer. Så vi gick allihop till parken i stället."

"Vilken?"

"John Burrows."

Tomek sa ingenting. Han väntade på att hon skulle fortsätta.

"Vi... vi tog med oss lite sprit hemifrån Marcus till parken, och vi tillbringade större delen av kvällen med att dricka och chilla på ängen."

"Bara ni tio?"

"Ja."

"Och vad var planerna efter det?"

"Jag skulle *egentligen* gå hem till Lily när vi var klara."

Tomek stannade upp, tvekade, såg henne i ögonen. Lögnen var lika tydlig i hennes ansikte som i hennes röst.

"Ljug inte för mig," sa han. "Lilys föräldrar sa att hon skulle hem till dig efter festen. Så vart skulle du egentligen ta vägen?"

Gabby sänkte blicken och började pilla med händerna. "Jag... Vi... Vi skulle sova över hemma hos Marcus efter festen från början. Men eftersom hans föräldrar var där var vi tvungna att skrota den planen. Sedan bjöd Henry över oss till sig."

"Vem?"

"Henry."

"Det vet jag. Men vilka bjöd han in?"

"Mig, Lily och Theo."

"Varför just ni fyra?"

"För att... för att vi alla är väldigt nära vänner."

"Och är det något på gång mellan någon av er?"

Långsamt, som för att svara på hans fråga, vände sig Gabby i en enda rörelse mot köksdörren, kontrollerade att den var stängd och att hennes föräldrar inte mirakulöst hade materialiserat sig på andra sidan utan att öppna, och vände sedan tillbaka mot honom.

Han sänkte rösten. "Du kan berätta. Jag säger inget till dem om jag inte måste."

Det verkade lugna henne en aning. "Tja... Theo och jag är tillsammans. Och Lily och Henry är... tja, alltså... de är typ i en situationship, om du fattar vad jag menar."

Det gjorde han inte. Och han kände sig plötsligt väldigt gammal. Ur fas med den yngre generationen, den generation som hans dotter just nu växte upp i.

Medveten om att han inte skulle svära framför henne – *åt* henne – sa han i stället: "Förlåt, men du måste förklara det där för mig."

"Vadå? En situationship?"

"Ja. Jag har ingen aning om vad det är."

"Tja, du vet... Det är en situationship."

Tomek tuggade frustrerat på underläppen. Han stod inte ut med när folk använde samma ord i en definition som de försökte definiera. Det var inte riktigt så det fungerade.

"Vad betyder en situationship?" frågade han igen.

"Du vet. När de inte riktigt är ihop-ihop. De bara... träffas."

"Från andra sidan gatan, klassrummet, var då? Vad menar du? Du kan vara ärlig mot mig. Du kan säga saker som de är. Jag är vuxen. Jag har hört allt, och värre, förut."

Det dröjde inte länge förrän Gabby kände sig bekväm nog att säga ordet, även om hon lutade sig fram lite och viskade det till honom, ifall hennes tjuvlyssnande föräldrar skulle höra och storma in.

"De har sex men de är inte ihop. Du vet... de är typ friends with benefits."

Det där var ett uttryck han kände till, ett uttryck han kände igen. Friends with benefits. Själv hade han haft några sådana, men inte när han var i den åldern. Inte så ung som femton. Han hade gått i en pojkskola och hade inte träffat det motsatta könet förrän under sina universitetsår.

Men *femton*...

Och sedan blev den siffran tretton. Kasia. Billy the Cow Fighter.

Var det det de var? I en situationship? Var det därför hon ville att han skulle komma över? Nåväl, det skulle han verkligen inte tillåta nu, inte när han visste det han visste om vad ungarna höll på med nuförtiden. Inte en chans. Nej, minsann. Inget sex i hans hem på minst sex år framöver. Han själv inräknad.

"Hur länge hade det här pågått mellan dem?" frågade Tomek, fast besluten att få samtalet och sina tankar på rätt spår igen.

"Ett par veckor," svarade hon och fortsatte pilla på naglarna. "Men de gillar verkligen varandra. Jag tror att de hade blivit tillsammans om ett par månader om inte saker hade blivit som de blev."

"Vad då?"

Svaret slog honom så snart han sagt det. Om Lily Monteith inte hade dött kvällen innan. Om hon inte hade hittats mitt ute på en äng, skulle hon och Henry ha uppgraderat sin relation från situationship till pojkvän och flickvän.

Tomek gjorde en notering om att prata med Henry efter den här intervjun.

När han hade skrivit klart den unge pojkens namn i sin bok förde han samtalet vidare till händelserna kvällen innan. Gabby förklarade att de hade druckit. Att de hade lämnat parken strax före två på morgonen, att de hade blivit inbjudna hem till Henry. Gabby hade sagt ja, medan Lily överraskade henne och sa nej.

"Jag hade inte väntat mig att hon skulle säga det," fortsatte Gabby. "Jag trodde att hon skulle vara hur taggad som helst, men helt plötsligt hade hon bestämt sig för att hoppa av."

Tomek nickade eftertänksamt. "Vet du varför det kan ha varit så? Hade hon gett någon signal under kvällen om att något var fel, att hon ville gå hem eller kanske skulle träffa någon annan?"

Gabby funderade en stund. Pillade med händerna, tittade ner i knät. I det ögonblicket såg hon flera år yngre ut än sin ålder. Mer sin verkliga ålder än den person hon försökte vara utåt. Fast han aldrig hade träffat henne förut kände han att det här var den riktiga Gabby Longhouse. Den tysta, tillbakadragna, omtänksamma Gabby Longhouse som inte hade överbeskyddande och odrägliga föräldrar flåsande henne i nacken.

"Jag... jag vet inte om jag borde berätta det här," började hon, med rösten på väg att brista.

"Om det är viktigt så borde du nog det."

"Det fanns... Vi var... Theo hade lyckats få tag i lite gräs, så vi skulle röka det hemma hos Henry. Jag har gjort det förut med Theo massor av gånger, men jag tror att Lily inte var beredd på det, så hon tog sig ur situationen och sa att hon skulle gå hem; hon bodde bara runt hörnet så jag tänkte att det skulle gå bra."

Hon tog sig ur situationen och gick rakt mot sin död.

"Var det någon som gick med henne? Såg någon vart hon gick?"

Gabby sänkte blicken mot knät. Hon förmådde inte titta på honom.

"Nej," svarade hon långsamt. "Hon gick åt ett håll. Vi andra gick åt det andra."

De gick åt ett håll, medan Lily Monteith gick mot sin död.

KAPITEL
SJU

"Jag trodde inte att du skulle ha haft tid att klämma in den här i schemat", sa Tomek.

Han såg hur Lorna svischade från ena sidan av rummet till den andra, med en skalpell i ena handen och en penna i den andra.

"Döden väntar inte på någon", sa hon, insåg sedan att det inte var särskilt vettigt och rättade sig. "Kadavret jag hade planerat in till tidig eftermiddag tog inte så lång tid som jag trodde, så jag har lyckats klämma in vår tonårsflicka."

"Generöst av dig."

Det var inte ofta Tomek kallades till bårhuset för att övervaka en obduktion – han brukade vanligtvis lämna över den uppgiften till någon av kriminalassistenterna i teamet – men i telefon hade Lorna låtit bekymrad. Det var något hon behövde att han såg och det gick inte att ta över telefon.

Skydssförklädet som var fastspänt runt halsen började skava och irritera hans mjuka, känsliga hud, och han var desperat efter att få av sig det. Det var länge sedan han senast bar ett, och ännu längre sedan han ville det. Men nöden har ingen lag. Han kunde inte klaga. Det var bättre än alternativet – att vara den som låg på bordet, med bröstkorgen kluven och huden vikt över revbenen.

"Hur har det gått hittills?" frågade Lorna honom medan hon avslutade det sista av sina förberedelser.

"Hektiskt, men inte det minsta produktivt", svarade Tomek.

Efter intervjun med Gabby Longhouse hade Tomek gjort ett spontant besök i Henry Swallows hus i Benfleet. Tonåringen hade varit hemma då, med sina föräldrar och sin lillasyster. Där hade han förklarat för Tomek sin version av händelserna, som stämde med den Gabby hade gett. Gräs och ett KK-upplägg, inkluderat. Därför hade Tomek lämnat dem sina uppgifter, sagt åt dem att kontakta honom om de kom på något mer som kunde vara viktigt, och sedan låtit dem återgå till sin lördagseftermiddag; en lördagseftermiddag som för alltid skulle bli ihågkommen som en av deras värsta.

"Förhoppningsvis rubbar det jag är på väg att berätta dynamiken då", sa Lorna.

Tomek spetsade öronen. Han korsade armarna över bröstet och tog sig försiktigt fram till bordet där Lily Monteith låg platt på rygg och blänkte i lysrörsljuset.

Utan att säga något vände Lorna sig bort från honom och sträckte sig efter en liten metallbricka på andra sidan bordet. På den vilade, glittrande i det starka ljuset, två föremål. Båda såg ut som grisskinn som skrumpnat och torkat. Men de hade olika färg: ett svart, ett vitt. Lorna tog upp dem, ett i varje hand, som om det vore smutstvätt, och Tomek kände genast igen dem för vad de var.

"Till en början hittade jag inte minsta fel på henne", började Lorna. "Ja, hon hade druckit, rester av det fanns kvar i magen, tillsammans med pizzan hon åt till middag kvällen före. Inga tecken på stickskador, inget som tydde på att hon blivit strypt... ingenting. Tills jag kom till matstrupen."

Lorna lade tillbaka föremålen på brickan och räckte över den till Tomek. Han tittade ner på dem, med stora ögon.

"Tills jag hittade de här...", sa hon.

"Är de vad jag tror att de är?"

"Jag skulle bli förvånad om du gissade rätt."

Tomek såg på henne, föga imponerad.

Hon log, i ett försök att avväpna honom, och pekade på föremålet till vänster. "Kondomen var det första som åkte ner i halsen, långt ner, alltså hela vägen. Sedan latexhandsken."

"Och varför skulle jag inte veta vad någon av de där sakerna är?"

Lorna blev blyg, skamsen. Hon vågade inte säga vad hon egentligen menade. "Inget. Förlåt. Jag menade inte att förolämpa dig."

"Du har inte hunnit förolämpa mig än, för du har inte sagt något."

"Tja, det är bara... du vet. Kondomen... på grund av Kasia. Om inte den du använde för tretton år sedan gick sönder. Och handskarna för att... tja, jag har aldrig tänkt på dig som en särskilt flitig städare."

Tomek tryckte tillbaka brickan till henne. Hon tog den och ställde ner den på bordet.

"Okej, nu är jag faktiskt stött", sa han.

"Är du det verkligen?"

"Kan du klandra mig?"

"Det kan jag väl inte."

"Bra. Nå, nu står du i skuld till mig för det där. Jag vet inte för vad, eller när jag tänker lösa in den, men du är skyldig mig en. Överens?"

Lornas ansikte ljusnade lite vid utsikten att deras relation inte var helt körd i botten tack vare hennes dumma och stötande kommentarer.

"Överens", sa hon.

"Bra. Berätta nu mer om den där kondomen och handsken."

"Tja", började hon, "den ena är till för att stoppa smittspridning av sexuella sjukdomar och oönskade graviditeter."

Den här gången låtsades Tomek bli arg, men han kunde inte hindra ett snedleende från att spricka fram.

"Hur som helst", började Lorna igen. "Som jag sa. Kondomen trycktes ner i halsen först. Väldigt långt ner. Och jag misstänker att vår gärningsman måste ha använt någon sorts redskap för att få ner den."

"Som vad då? En pinne?"

Lorna skakade på huvudet. "En pinne hade varit vass och, om han hade gjort det medan hon var vid medvetande, skulle jag ha sett rivmärken eller skrapsår på insidan av halsen, men det fanns ingenting. I stället var det mjukt."

Snälla säg inte som en babyrumpa.

"Som en babyrumpa."

Tomek grimaserade åt uttrycket och önskade att han inte hade hört det. Det var inte bara pinsamt, det var heller inte rätt tid eller plats att använda det. Fast, när det var sagt, kunde han inte komma på någon gång när det vore lämpligt.

"Så gärningsmannen använde något mjukt för att kila fast kondomen i hennes hals?" frågade Tomek.

Lorna nickade. "Möjligen sin knytnäve."

"Men skulle inte det ha knäckt käken?"

"Inte om han hade en liten hand."

Tomek funderade en stund. Han försökte frammana en bild av händelsen, hur angriparen hade tagit henne vid sidan av gatan, släpat henne tillbaka in i parken och sedan tryckt ner latexen i halsen på henne. Någon stor nog att kontrollera och övermanna Lily Monteith, men liten nog att trycka in sin hand i hennes hals.

Eller värre.

Något mjukare.

Han rös vid tanken.

"Hur var det med handsken?" frågade Tomek. "Användes den för att få ner kondomen från början?"

Lorna ryckte på axlarna och höll upp handsken närmare ljuset. "Svårt att säga. Det vet vi inte förrän labbsvaren kommer tillbaka."

Tomek nickade och tog ett steg tillbaka, granskade den unga flickans kropp framför sig. Den var smärt och spänstig för sin ålder. Huden var slät och på vänster lår löpte en tunn rad fräknar upp mot midjan.

Medan han följde fräknarna med blicken frågade han: "Hade kondomen något annat att göra med hennes död?"

"Hur menar du?" frågade Lorna.

"Jag pratar sexuellt övergrepp."

"Nej. Som jag sa tidigare, inga tecken på det alls. Och, ännu intressantare, hon är fortfarande oskuld."

Fortfarande oskuld? Tomek funderade över vad det innebar. Att någon, någonstans på vägen, ljög om halvrelationen. Någon hade skruvat upp verkligheten om vad de sysslade med. Om det var Henry, som ljög för att verka större och mer vuxen inför sina vänner; eller om det var Lily själv som hade sagt till Gabby att de hade haft sex, av grupptryck eller för att verka äldre, mer mogen än hon var.

"Så hon blev attackerad, möjligen nedtryckt mot marken och sedan fick hon det där nedkört i halsen?"

Lorna nickade dystert. "Det är min professionella bedömning", svarade hon. "Fast jag tycker det är värt att notera att hon inte dog av de främmande föremålen i strupen."

"Var det anafylaxin?" sa Tomek, som om han inte var helt säker på sig själv.

Han hade alltid uppskattat det ordet. Hur det lät. A-na-fy-la-xi. Roligt att säga, roligt att höra. Fast inte i de här omständigheterna. Inte i många, hur man än vände på det, om man ska vara ärlig.

"Ja. Hon var svårt allergisk. Livshotande, till och med." Lorna gick runt till bordets kortända och stannade vid Lilys huvud. Hon lade en lätt hand mot flickans kinder och öppnade sedan käken.

"Jag hittade vad jag tror kan ha varit spår av latex på hennes hud och i håret, men vi vet inte säkert förrän resultaten kommer, vilket får mig att tro att något placerades över hennes huvud. Något gjort av latex. Därifrån fick hon en allergisk reaktion. Först skulle hon ha kämpat för att andas, halsen skulle ha snört ihop sig, och sedan skulle hjärtat ha börjat gå ner i varv när hon gled in i anafylaktisk chock. Hon hade behövt akut vård, och om ingen sådan var på väg, då skulle det inte ha dröjt länge innan organen och hjärtat kollapsade."

"Och det blev förstås inte bättre av de främmande föremålen i halsen."

"Naturligtvis."

Tomek vände bort blicken från henne och hans ögon föll på fräknarna igen. Sex stycken på rad. Som stjärnor i en konstellation. Han försökte ännu en gång föreställa sig vad som hade hänt henne. *Hur* det hade hänt. Och varje scenario som spelades upp i hans huvud var lika otäckt som det förra.

Då stod det klart för honom att den som dödat Lily Monteith hade valt ut henne av en anledning. De hade känt till hennes allergier. De hade vetat att hon var benägen för anafylaxi.

Och det betydde att det var någon som kände henne ingående.

KAPITEL
ÅTTA

M indre än en timme senare befann sig Tomek på Victoria Oranges kontor. Idag bar den nya kriminalinspektören sina platåskor som lät som trummor som bankade i varje steg, och en elegant blus nerstoppad i chinobyxorna. Hon hade satt upp håret och applicerat ett tunt lager smink i ansiktet. Oavsett tillfälle tyckte Tomek alltid att hon såg ut därefter och ledde linjen i det avseendet. Utseende var inget han någonsin tänkte på – ta på sig ett par byxor, en vit skjorta om han kände sig flitig, eller en rutig om han kände sig avslappnad, och var klar med det – men hennes ankomst till teamet hade fått honom att inse vikten av att se professionell ut. Särskilt om han ville leda utredningar som inspektör en dag. Om man ville ha deras respekt handlade det om två saker, människors intryck av en och ens förmåga att göra jobbet. Det fanns inga politiker eller advokater eller läkare klädda i tröjor med Star Wars-logotyper på och jeans som inte hade tvättats på veckor. Och det fanns en anledning till det.

"Jag har pratat med Nick, och han har förklarat för mig att du siktar på en befordran till inspektör", sa hon. "Med anledning av det samtalet har vi bestämt att låta dig leda den här insatsen."

"Verkligen?"

"Verkligen-verkligen."

Tomek strålade. Det var första gången på väldigt länge som han fick chansen att bevisa sig. Särskilt sedan han kom tillbaka från avstängningen. Redan innan dess hade han haft svårt att ta sig i kragen, svårt att bevisa sitt värde, svårt att hitta motivationen. Länge hade han känt att karriären stod och stampade, guppade hopplöst omkring i dammen.

Nu, med Lily Monteith och de misstänkta omständigheterna kring hennes död, kanske det kunde börja ändras.

"Tack, inspektör", sa Tomek, oförmögen att få bort flinet från ansiktet. "Jag uppskattar verkligen chansen."

Leendet blev dock kortvarigt.

"Jag vill ha uppsikt över insatsen", sa hon och tog nästan omedelbart bort leendet från hans ansikte. "Du rapporterar till mig varje vecka, oftare om läget kräver det, och utifrån det sätter vi upp mål och prioriteringar."

"Så det blir som att du säger åt mig vad jag ska göra, jag gör det, och sedan låtsas vi alla att det är jag som bestämmer?"

Victorias rygg blev aningen stel och hon tittade ner i sina anteckningar. "Nej, Tomek", sa hon, bestämd men rättvis. "Jag tror att du kan ha missförstått mig. Du kommer att ha det operativa ansvaret för det här fallet, och jag ger vägledning när det är lämpligt. Jag vill inte trampa någon på tårna, men om jag måste så är det jag som har sista ordet."

Tomek korsade armarna över bröstet och jämnade ut andningen. Han medgav att det var rimligt; han gillade det bara inte. Ända sedan Victorias ankomst till Southend CID hade han inte kunnat skaka av sig bilden av henne, att hon var ute efter honom, den som hade färgats av hennes företrädare, Tony Hunt. Eller "Hunt den Fittan" som Tomek hade kallat honom. De två hade inte alltid varit överens, stångats och startat gräl mitt under genomgångarna, och han ville inte ha samma typ av relation med henne. Inte om han kunde undvika det.

"Jag förstår", sa han lugnt. "Tack för förtydligandet. Jag ser fram emot att se vad vi kan åstadkomma tillsammans."

"Det gör jag också. Och jag antar att en bra början är att du berättar vad du vet hittills."

Så Tomek berättade. Om de misstänkta händelserna fram till Lily Monteiths död. Om parken, spriten, gräset, Henry och lögnerna om deras relation, hemresan som tvärstannade. Till sist förklarade han hur tonåringen hade blivit dödad.

"Latex?"

"Hon var allergisk. A-na-fy-la-xi", sa han och uttalade varje stavelse med hela munnen. "Kondomen var först i hennes mun, sedan handsken. Även om Lorna misstänker att det kan ha funnits en annan handske som användes för att kväva hennes ansikte och hår. Men det vet vi inte förrän vi får labbresultaten."

Victoria nickade eftertänksamt och lutade sig lite tillbaka i stolen. Ett frånvänt uttryck spelade över hennes ansikte medan hon gungade fram och tillbaka.

"Vad tänker du?" frågade hon.

"I största allmänhet, eller...?"

"Om fallet, din dumskalle", svarade hon. "Vilket betyder att jag vet att du inte funderar på att slåss med några kor."

Tomek blossade röd. "Du hörde om det, va?"

"Alla hörde, Tomek. Jag tror det kommer med i vårt nyhetsbrev. Eller så tar jag upp det i min bokcirkel."

"Är du med i en bokcirkel?"

"Konstigt nog har jag faktiskt ett liv utanför de här fyra väggarna."

Nyfiken lade Tomek benet över det andra och började massera hakan.

"Vad läser ni just nu? *Fifty Shades*?"

Victoria himlade med ögonen. "Nej. För helvete. Vi är inte allihop sexsvultna kvinnor i fyrtioårsåldern. Även om det finns rätt många sådana i gruppen. Du skulle höra en del av dem prata, Jesus! Men—"

"När träffas ni? Jag kanske kommer förbi och presenterar mig för några av de där—"

"Håll käften", sa hon åt honom. "Var inte en sådan gris. Och när tog du senast upp en bok, förresten?"

"Just i morse faktiskt", sa han och kände sig nöjd med sig själv. "En av Kasias. *En midsommarnattsdröm*. Shakespeare."

"Ja, jag är bekant med vem som skrev den, tack. Men det räknas inte. Du läste den inte, eller hur?"

Han viftade med fingret i luften. "Det var inte frågan. Hade du frågat när jag senast läste en bok hade vi fått gå tillbaka några månader, kanske till och med ett år."

"Du borde göra det oftare. Det är bra för själen."

"Det är grönt te och att tillbringa mer tid i skogen eller på landet också, men du ser mig inte göra det. Tycker du inte att själva idén med att läsa är fullständigt jävla bisarr?"

Av hennes min att döma valde hon att inte svara på frågan.

"Alltså, tänk på det. Du stirrar bara på döda trädbitar med små svarta krumelurer på, och hallucinerar. Är inte det bara...?" Tomek gjorde en explosionsgest som spred sig ut från sidorna av huvudet.

Som svar stirrade Victoria bara på honom, mållös över hans idiotiska resonemang.

"Jag är väldigt frestad att ta med dig nu. Först kosslagsmålet, nu det här. De skulle slita dig i absoluta småbitar."

"Som kvinnor gör med strippor på möhippor? Eller på Magic Mike-föreställningar? Vildar, vissa av dem."

Det sneda flinet i hans ansikte blev för mycket, och hon styrde tillbaka samtalet till ämnet Lily Monteith.

"Säg vad du tänker", avslutade hon.

"Förutom en grupp sexuellt svältfödda kvinnor i fyrtioårsåldern tänker jag att det här är konstigt, väldigt konstigt. Jag har aldrig haft något sådant här på mitt bord tidigare. Död av a-na-fy-la-xi. Särskilt när det verkar vara, riktat."

"Tror du att den som dödade henne kände henne?"

Tomek ryckte på axlarna. "Omöjligt att inte göra det. Annars, hur skulle de ha känt till hennes allergi?"

"De kan ha hittat det i hennes sjukhusjournaler."

Och om så var fallet kunde det betyda att fler skulle följa.

"Möjligt", svarade Tomek. "Men jag behöver titta på olika vinklar. Om någon bar agg mot henne, några ex-pojkvänner som ville ge igen, även om jag tvivlar på att femtonåringen hade något med det att göra. Kanske var det någon hon retat upp på skolgården. Någon tillräckligt stor för att övermanna henne men med tillräckligt små händer för att få ner handen i halsen på henne. Och jag tror inte att Henry eller någon av de andra killarna i gänget är ansvariga, för de gick alla hem. Teamet har pratat med dem och de har solida alibin för tidpunkten då hon dog. Min magkänsla säger mig att någon visste att hon var ute och väntade på sin chans, och i går kväll fick de den."

Medan hon lyssnade nickade Victoria eftertänksamt. "Har du övervägt möjligheten att hon kanske skulle träffa någon annan i går kväll, någon som var äldre än hon, någon hon kan ha pratat med på nätet?"

Det hade Tomek inte gjort, inte förrän nu. Och om hon ville göra det till en tävling i vettiga argument och spår, var han redo att spela sitt ess.

"Om det är okej för dig", började han, "ville jag lägga lite tid på att titta på tidigare fall."

"Fall av vad? Dödade tonårsflickor?"

"Fall av död genom a-na-fy-la-xi."

Vilken ursäkt som helst för att få använda det ordet.

Han fortsatte. "Det känns bara så bisarrt för mig, så unikt, att en del av mig undrar om det är för unikt, för bisarrt. Något som tidigare kan ha slunkit under radarn vid något tillfälle."

Victoria funderade. Drog fingret över läpparna.

"Jag vill inte att du lägger för mycket tid på det. Det är bara—"

Innan hon hann avsluta meningen knackade det på dörren och båda hajade till. Victoria ropade åt personen på andra sidan att komma in, och en stund senare steg kriminalassistenten Martin Brown in i rummet.

"Ursäkta att jag stör", sa mannen, tung i andningen. "Men, Tomek, jag har den där listan till dig."

"Precis i rättan tid", sa Tomek och vred sig i stolen för att titta upp på Martin. "Vi planerade inte det här. Ärligt." Han räckte ut handen och tog dokumentet från assistenten innan han vände sig tillbaka mot Victoria.

"Vad är det där?" frågade hon, ögonen vidgades, ögonbrynen höjdes.

"En lista över alla dödsfall i kommunerna Southend och Castle Point, för flickor mellan tio och tjugofyra, under de senaste sex månaderna, där dödsorsaken antingen har tillskrivits anafylaxi eller offret har drabbats av anafylaxi."

"Så du gjorde det ändå?"

"Verkar så."

"Varför bad du då om mitt godkännande?"

Tomek ryckte på axlarna. "Jag chansade. Man missar hundra procent av chanserna man inte tar."

Och det här var en chans han var fast besluten att inte missa.

KAPITEL
NIO

Den kvällen gick Tomek den korta sträckan från bilen till ytterdörren med märkbar studs i steget. Och det hade absolut ingenting att göra med julstämningen. Snarare tvärtom. Det gick inte att komma undan den ständiga påminnelsen om vad som bara var några veckor bort: radion spelade samma återvunna klassiker om och om igen; julbelysning och dekorationer hängde från gatlyktorna längs vägen genom Southend; längs hans gata hade flera hus och lägenheter hängt upp flerfärgade festljus i fönstren, så att det såg ut som om de deltog i ett åttiotalsdisco. Och om inte det var illa nog, så fanns det en granne, en av de många han ännu inte brytt sig om att hälsa på ens med en kort nick, som hade pimpat sin framträdgård med en jättelik uppblåsbar snögubbe som blåste rök i ansiktet på en varje gång man gick förbi. Förutom att det var ett enormt slöseri med pengar att köpa den förbannade grejen från början, var Tomek väldigt frestad att gå förbi den flera gånger för att försäkra sig om att ägarna a) fick slut på rök och tvingades köpa nya patroner, och b) fick ta den extra elkostnaden av att driva ett så hiskeligt och överdrivet prydnadsföremål dygnet runt.

Men han var på gott humör i kväll. Hans *bah humbug!*-beteende fick vänta till en annan dag.

När han kom in genom ytterdörren ekade två röster från vardagsrummet högst upp för den lilla trappan. Röster som talade polska.

"«*Latem lubię... podróżować z rodzicami... do Anglii.*»"

"Mycket bra", kom svaret från Phillip Balham, Kasias polsklärare.

Eftersom hon var till en fjärdedel polska hade hon tyckt att det var viktigt att lära sig sitt arvsspråk (med några hjälpsamma och ganska tydliga vinkar från Tomek), och därför hade han glatt letat upp den bästa polskläraren i trakten som undervisade henne minst två gånger i veckan, med möjlighet till en tredje dag om ingen av dem var upptagen. Hittills var de inne på tredje lektionen, men det var tydligt att hon redan tog stora kliv i rätt riktning. Polska var beryktat svårt att lära sig, och han var den förste att medge att om han inte hade varit född där och vuxit upp med att tala, skriva och höra språket från födseln, skulle han aldrig ha gett sig på det. Följaktligen var han oerhört stolt över henne för att hon tagit språnget. Nu var det bara upp till dem båda att se till att hon höll i det.

"Du är ju redan proffs", konstaterade Tomek när han steg in i vardagsrummet. Han fann dem båda sittande vid matbordet, hopsjunkna över en bunt böcker och material.

"Snart blir jag bättre än du", sa Kasia när hon hoppade ur stolen och sprang fram för att ge honom en kram.

"Det tvivlar jag inte ett dugg på", svarade han och masserade hennes rygg. Sedan gick han fram till Phillip och skakade hand med mannen.

"Hur går det för henne?"

"Betydligt bättre sedan förra veckan", sa han till Tomek. "Jag kan till och med misstänka att hon har övat vid sidan av."

"Det ska jag bannemej hoppas, med tanke på vad det kostar."

"Jag, öh—" började Phillip, men Tomek lade en hand på hans axel.

"Jag skojar bara, kompis. Du måste ju tjäna pengar och betala hyran på något sätt. Jag låter henne öva nästan varje dag. Helgerna är hon ledig. Fast om hon dundrar igenom det här kanske jag låter henne lära sig något annat samtidigt. Hur många språk sa du att du kunde?"

Ett uttryck av stolthet svepte över Phillips ansikte och stannade där. Tomek kunde knappast klandra honom när han hörde siffran.

"Sju", sa han med all den självklarhet som någon har när man vet att man är intelligent och inte är rädd att säga det. "Jag är det man skulle kunna kalla polyglott."

"En poly—vadå?"

"Polyglott."

"Att bara upprepa ordet får mig tyvärr inte att förstå bättre. Vad är en polyglott?"

"En polyglott är någon som kan tala flera språk. Vanligtvis fler än tre."

"Men du kan ju sju, så då måste det göra dig till en superpolyglott—"

"En hyperpolyglott", rättade Kasia.

Tomek vände sig mot henne och såg mobilen i hennes hand, med Googlesökningen hon nyss gjort i ett nafs redan på skärmen.

"En hyperpolyglott", sa hon och läste från sin enhet, "är någon som kan tala minst sex språk, enligt Association of Hyperpolyglots."

"Oj. Det finns en *förening*", anmärkte Tomek. "Så du måste vara hett eftertraktad då?"

"Det kan man tro, men tyvärr nej. Jag måste dessutom jobba nätter på casinot i Southend som croupier." Han gjorde en paus. "Dessutom måste man för många sådana översättningsjobb vara auktoriserad och ha rätt meriter."

"Räcker det inte att tala olika språk i ansökan?"

"Vore det så väl. Och, missförstå mig inte, det är fint att de har en förening, men det blir lite av en klubb för inbördes beundran."

"Som Mensa. Eller frimurarna?"

"Nästan. Men inte i närheten så spännande eller hemlighetsfullt." Phillip tog av sig glasögonen och putsade dem med skjortan. "Dessutom liknar många av språken jag talar varandra i hög grad. Så jag tycker inte att det riktigt räknas."

"Jaså?"

"Tja, engelska är det uppenbara. Men kan du engelska kan du plocka upp tyska eftersom de inte är alltför olika. Och kan du tyska så kan du polska och många andra östeuropeiska språk eftersom deras dialekter låter likadant. Och kan du spanska är portugisiska och italienska i princip identiska. Det enda udda är franskan, som lustigt nog var det sista jag lärde mig."

"Fick det dig att tappa lusten att lära dig fler, eller?"

Phillip småskrattade och lade handen mot bröstet medan han gjorde det. "Jag förstår varför du kan säga så", svarade han. "Jag kände bara för att ta en paus ett tag. Men en gång frågade ett barn jag undervisade varför han skulle läsa franska, för han trodde att fransmännen inte fanns."

"Var försiktig med vem du säger det där inför", sa Kasia och kastade sig in i samtalet. "Hör de dig på andra sidan kanalen kan det bli upplopp."

Tomek såg på henne en stund, mållös över att hon kommit på ett sådant skämt i hennes ålder. Han var imponerad. Sedan vände han uppmärksamheten tillbaka till Phillip och började räkna språken på fingrarna. "Så har vi engelska, spanska, portugisiska, italienska, franska, tyska, polska."

"Flytande, ja. Resten kan jag snappa upp fraser och ord i, men jag skulle inte kunna föra något längre samtal med en infödd. Även om jag nyligen kom hem från en resa till Recife där de talade en portugisisk dialekt jag aldrig stött på tidigare, så det var intressant!"

Det lät så, men när Tomek sneglade på klockan insåg han att han inte hade tid att stå i vardagsrummet och diskutera främmande språk. Han hade ett mord att lösa, och det tänkte han inte göra i Phillips eller Kasias sällskap. Så han ursäktade sig, tackade Phillip för att han kommit förbi (varpå Phillip vänligt påminde om att det bara var för att han fick betalt), och gick sedan in i sitt sovrum.

De hade flyttat in i sitt nya ställe bara ett par veckor tidigare, och spåren av flytten syntes fortfarande överallt. Kartonger staplade i hörnet, fyllda med gamla kläder som han behövde gå ner med till den lokala välgörenhetsbutiken. Möbler som tagits ur sina kartongskydd men ännu inte ställts på sin slutliga plats. Och till sist kläder som hade burits, använts och lagts på olika gömställen här och var. Rummet var ett kaos, men det störde honom inte. Han var van.

Det enda som var någorlunda ordnat i rummet var däremot fönsterbrädan och hans skrivbord. En liten yta av klarhet, ordning, och den enda delen av rummet som inte såg ut som om en fjortonårig pojke som just upptäckt mikromat och tv-spel bodde där.

På fönsterbrädan stod några av hans käraste ägodelar. De som han, vid en husbrand, skulle rädda före allt annat, före laptopen, före telefonen, före allting (det enda undantaget var den rock hans bror bar den natt han dog; den skulle han aldrig lämna). Han älskade sina bonsaiträd och växter nästan lika mycket som Kasia, även om det var en jämn kamp och Kasia först på sistone gått om dem på upploppet. Han hade haft dem i årtionden, skött dem nästan varje dag och trimmat, beskurit och pysslat om dem längre än han gärna erkände. Han hade också gett dem namn, men det erkände han ogärna också och delade bara den uppgiften, den noggrant bevarade hemligheten, med människor han verkligen litade på. När han arbetade med dem, fulländade deras form och böjde deras grenar på plats, hamnade han alltid i ett slags zen, en plats av lugn, av eftertanke. Bara han och hans träd, han och hans växter. Världen utanför – världen utanför som han tittade på just nu;

gatan där nere, med bilarna och gatlyktorna – var bara ett sudd för honom.

Bara han och hans träd. Han och hans tankar.

"God afton, herrar", sa han när han slog sig ner vid skrivbordet.

Big Ken, benjaminfikusen.

Dudley, dracenan.

Gandhi, fredskallan.

Grabbarna.

"Och damen", lade han till och nickade åt Freya, monsteran.

På grund av storleken på den han tidigare haft i vardagsrummet i deras gamla lägenhet hade Tomek tvingats köpa ett mindre skrivbord för att det skulle få plats i sovrummet, och det ångrade han varje dag. Det fanns väldigt lite yta att breda ut sig på, och ofta kom han på sig själv med att sitta i sängen med benen i kors och titta på sina anteckningar, tugga på pennan, precis som han brukade se Kasia göra.

De var inte många, men han tyckte om att tänka att det fanns tecken på att hon definitivt var hans dotter (förutom det uppenbara DNA-testet), och det där var ett av dem.

I kväll hade han tagit med sig sin laptop och en liten mapp hem. Fallets skelett. De fakta de visste var sanna. Resten fanns i en anteckningsapp på hans dator. Men det viktigaste beviset han tagit med hem var informationen som DC Martin Brown hade gett honom.

Mannen hade överraskat honom. Han hade börjat i gruppen samtidigt som Victoria, men till skillnad från henne hade han fått fäste i gruppen mycket snabbare. Tomek antog att det var lätt när man var en av de lägst rankade: man kom in, gjorde det man blev ålagd, förtjänade respekt och gick sedan hem. Martin hade inte samma sorters operativa och logistiska tryck på sig som kommissarien hade. Faktum är att ingen av dem hade det. Förutom Tomek. Det hade bara gått några timmar, men nu började han känna en allseende närvaro över axlarna. Som såg på honom. Dömde varje tanke, varje beslut. Som rösten i hans huvud som kritiserade allt han gjorde.

Han sköt den tanken åt sidan och riktade uppmärksamheten mot dokumentet som bekräftade att det inte hade förekommit några anafylaxirelaterade dödsfall i Southend- eller Castle Point-distrikten de senaste sex månaderna. När Tomek hade bett att vidga nätet till dödsfall de senaste två åren hade Martin, i sann *Blue Peter*-anda, plockat fram ett annat dokument ur sin hög och räckt det till Tomek.

"Här är en som jag förberett tidigare, chefen", hade Martin sagt och stått självgod i dörröppningen.

"Bra grejer, Martin. Fortsätt så. Vi ska nog göra en ung Tomek Bowen av dig på nolltid."

"Det är det sista världen behöver", hade Victoria avbrutit.

Varpå Tomek hade uppmanat Martin att strunta i henne, sagt att det inte var något fel på att vara Tomek Bowen, och sedan skickat i väg honom.

När han tittade på dokumentet framför sig nu påmindes han om känslorna han hade känt när han uttalat orden: För två år sedan dog en ung skolflicka, sjutton år gammal, inne i konsertsalen på Cliffs Pavilion. Hon och hennes vän hade gått på konserten tillsammans. En kombination av ecstasy, ibuprofen och paracetamol hittades i hennes kropp. Dödsorsaken fastställdes som en överdos, men anafylaxi sades ha haft stor betydelse. Hon var extremt allergisk mot ibuprofen.

Stolthet, optimism och en förnyad beslutsamhet – att hans magkänsla varit rätt, att hans intuition lett honom till något som möjligen var mycket större än Lily Monteiths död – strömmade genom honom.

Det enda problemet nu var dock att hans upptäckt tydde på något annat. Något större. En möjlig seriemördare som riktade in sig på offer via deras allergier. Först konserten, nu Lily Monteith. Två år emellan.

Och om det var något han visste om seriemördare, så var det att tiden mellan morden, tiden de behövde för att stilla sina begär, blev kortare för varje gång.

Om så var fallet oroade han sig för att fler offer skulle följa.

Snarare förr än senare.

KAPITEL
TIO

Tomek hade fått väldigt lite sömn. Han hade tillbringat större delen av kvällen med att gå igenom vittnesmålen och rapporterna om Mandy Butlers död. Och ju längre natten led, desto mer övertygad blev han om att det låg något i det, en slags metod i galenskapen. Snarare, mördarens galenskap.

Mandy Butler hade varit sjutton när hon dog, på tröskeln till vuxenlivet. Hon hade gått på en konsert med Example med sin vän och kom aldrig hem. Hon hade tagit en blandning av droger och kroppen hade kollapsat som följd. För den ovetande polis som tittade på fallet skulle det ha verkat som ett vanligt fall av överdos, ett beklagligt och förkrossande fall av överdos, enligt alla uppgifter. Men nu när Tomek hade upptäckt sambandet mellan dem – a-na-fy-lak-si – växte en djupare misstanke inom honom. Ja, sambandet var svagt. Så långt han hade kunnat se kände flickorna inte varandra, de hade inte gått i samma skola, och ändå hade de dött till följd av sin allergi. Dödsfall i anafylaxi var extremt ovanliga i Storbritannien, med bara några få dödsfall som tillskrevs den dödliga allergiska reaktionen varje år. Men att två flickor i liknande ålder skulle ha dött under liknande omständigheter på kort tid, i samma område, det var mer än en slump.

Och den tanken hade fått alla varningsklockor att ringa.

Så pass att Tomek, innan han vågade sig in på kontoret den morgonen, hade ringt i förväg för att tala med Mandy Butlers föräldrar. Men som han snart fick veta, fanns det bara en kvar.

"Mandys pappa gick bort sex månader efter att Mandy dog", förklarade Jennifer Butler medan hon ledde honom in på sitt kontor. Hon arbetade på en lokal arkitektfirma i Leigh, vilket innebar att bilresan hade varit kort.

"Jag beklagar", svarade Tomek när han slog sig ner.

"Det har varit tufft, men jag börjar äntligen samla ihop mig igen."

Tomek kunde bara föreställa sig. Att förlora en dotter och en make, som en lunga och ett hjärta, inom loppet av sex månader. Fasansfullt.

"Jag håller mig gärna sysselsatt här", sa hon. "Det hjälper mig att tänka på annat. Och det är bättre än att komma hem till ett tomt hus varje kväll."

Tomek log eftertänksamt och nickade. Kontoret var enkelt, med allt det vanliga för en arkitektbyrå: ett skrivbord, en dator och foton av senaste ritningarna som hängde på väggen. Allt där inne var minimalistiskt, skarpkantat och skrek design.

"Har du gjort något jag kan ha sett?" frågade Tomek och pekade på en av bilderna på väggen.

Hon vände sig om och tittade på den. "Troligen inte. Vi gör mycket inredningslösningar för kontorsmiljöer, och ibland även konstruktionsritningar för byggnader. Om du inte har varit i företagsparken uppe i Colchester kan jag inte tänka mig att du har sett något av vårt."

Tomek medgav att han inte hade det. Men om han var i trakten skulle han titta förbi och ta en titt. När artighetsfraserna var avklarade och de hade presenterat sig, var Tomek angelägen om att få veta så mycket som möjligt om Mandys död. Det fanns bara så mycket man kunde utläsa av en polisrapport.

"Ta den tid du behöver."

"Får jag fråga varför du vill veta?"

Tomek uppskattade frågan och respekterade henne mycket för den. Det fanns ingen poäng med att hon återupplevde livets värsta upplevelse utan anledning.

"Du känner inte till det här än, men i går morse hittades en ung flicka mördad på ett fält, under liknande omständigheter som din dotter."

"På vilket sätt liknande?"

"Jag misstänker att hon dödades av sin allergi."

"Hm."

Och då tappade han henne. Hon vände bort uppmärksamheten från honom och stirrade på tangentbordet framför sig som om hon försökte få tangenterna att skriva ner berättelsen i hennes huvud.

"Hon skulle gå på konsert med sin vän. Hon var sjutton. Det var hennes allra första. Example. Hon hade älskat honom ända sedan hon var liten. Jag funderade på att följa med, att jag och hennes pappa bara skulle stå längst bak i salen, men det var inte coolt, det var inte rätt. Hon ville vara själv, utan att någon av oss skulle hämma henne. Frihet, kallade hon det. Så vi bestämde oss för att släppa taget och låta henne gå."

En klump satte sig i halsen och hon svalde ner den. Det dröjde några ögonblick innan hon fortsatte igen.

"Vi fick samtalet strax innan konserten var slut. Min man skulle hämta dem, så han var redan där. Jag åkte ner separat och när jag kom fram hade de tömt konsertsalen och tystat musiken. Hon hade kollapsat mitt i folkhavet, men det var för sent för ambulanspersonalen att göra något. Rättsläkarens rapport sa att hon hade dött av en överdos. Men, men jag trodde inte på det. Kunde inte. Ville inte. Det fanns ibuprofen i drogerna de hittade i hennes system. Varför? Kanske ville jag inte tro att min dotter kunde vara så dum att hon tog droger efter att vi båda hade förklarat farorna och konsekvenserna så många gånger för henne."

Medan hon talade borrade sig Jennifers blick allt djupare ner i tangentbordet.

"Länge ville jag tro att hon hade blivit drogad. Att någon medvetet hade lagt något i hennes drink. Men efter Elsies vittnesmål om att någon hade kommit fram till dem och erbjudit drogerna, visste jag att det inte stämde. Min dotter hade köpt droger. Hon hade sett dem, betalat för dem och tagit dem. Ännu längre kämpade jag med att vilja veta varför, eller hur, att vilja förstå vad som hade farit i henne, men jag skulle aldrig få några svar. Allt ändrades när Nisha hörde av sig."

Bingo. Den verkliga anledningen till att han hade kommit för att träffa henne. Ett sådant här litet guldkorn.

Som en del av sin research i går kväll hade Tomek hittat flera artiklar i lokaltidningen med intervjuer med Jennifer Butler, där hon hade skällt ut polisen för hur de skött fallet, hur snabbt de hade avfärdat det som en överdos. Hon hade sagt offentligt att polisen inte hade brytt sig om Mandys död, precis som de inte hade brytt sig alla de andra gånger det hade hänt.

När han läste det hade Tomek haft svårt att förstå vad hon menade. Och han hoppades nu att hon var på väg att berätta det.

"Vem är Nisha?"

"Någon jag träffade på nätet."

Tomek tog fram sin penna och anteckningsbok och gjorde en notering.

"Kan du vara lite mer specifik?"

Med blicken fortfarande fäst vid datorns tangentbord fortsatte Jennifer, "Hon hörde av sig till mig på Facebook ett par dagar efter att allt hade hänt. Jag hade inte tid att svara förrän efter begravningen. Allt gick så fort, allt var så hektiskt..." Hon gjorde en paus och drog sig ur sina tankar. "Hon hade kontaktat mig och sagt att hennes dotter hade varit med om något liknande. Liksom Mandy hade hon varit på en konsert och blivit erbjuden något, och liksom Mandy hade hon tagit det. Och, precis som Mandy, hade hon reagerat kraftigt och kollapsat. Skillnaden var att ambulanspersonalen den här gången hann fram i tid för att ge sprutan som skulle rädda hennes liv." Jennifer lyfte huvudet och mötte Tomeks blick för första gången. Hennes orubbliga blick gjorde honom aningen illa till mods. "Det märkliga var att det inte var första gången det hade hänt."

Tomek förblev tyst medan han väntade på att hon skulle tala till punkt.

"Nisha hade pratat med flera andra mammor, alla samlades på Facebook, för att diskutera vad som hade hänt deras döttrar. Vi var fem totalt. Alla med döttrar i liknande ålder. Femton till sjutton. Några av dem gick på samma skola, medan andra aldrig hade hört talas om varandra. Men det fanns något som band dem samman. De hade alla fått droger som var spetsade med ibuprofen och paracetamol, och varenda en av dem hade varit nära att dö på en konsert på Cliffs Pavilion. Det var alltför likt för att vi skulle kunna ignorera det."

"Gick ni till polisen med den informationen?"

Tomek försökte minnas om han någonsin hade sett eller hört något om Mandy Butler och de fem andra flickorna som hade blivit drogade på Cliffs Pavilion för två år sedan, men han mindes ingenting.

"Vi gick så högt upp vi kunde, men han ville inte höra på det."

"Vem?"

"Vi tog det till kommissarien."

Nick.

Elak till namnet, elak till sin natur.

"Och när han inte följde upp någonting, tog vi det till *Southend Echo*."

Den här gången försökte Tomek minnas om han hade stött på den artikel hon syftade på, om den hade dykt upp i hans efterforskningar i går kväll, men inget. Han måste ha missat den.

"Jag har fortfarande ett exemplar hemma", sa Jennifer, med all sin uppmärksamhet nu på Tomek.

"Finns den online?"

"Självklart."

Det tog henne mindre än en minut att hitta artikeln hon syftade på. Tomek sköt sig runt till andra sidan skrivbordet för att se bättre. Några centimeter skilde dem åt. Högst upp på skärmen låg den röda banderollen med *Essex Live*-logotypen. Under den stod artikelns rubrik, med en bild på Cliffs Pavilion vid sidan om.

Under det stod namnet på journalisten som hade rapporterat om fallet.

Ända sedan Jennifer först nämnde det hade ett namn dykt upp i hans huvud. Och nu hade det just bekräftats.

KAPITEL
ELVA

D et fanns ingen perfekt tidpunkt att sitta inne på Morgana's Café på
Hadleigh High Street. Deras ät så mycket du vill-buffé med engelsk
frukost pågick mellan sju och elva, och efter det fortsatte de med en bantad
variant som bestod av allt annat i en full engelsk frukost, minus det ingen ville
ha: tomater, blodpudding och svamp. Det var en dekadent festmåltid för alla
åldrar, och det var alla åldrar som klev in genom deras dörrar. Under den
timme som Tomek hade suttit där och väntat, och druckit plågsamt långsamt
ur sin tekopp, för att få den att räcka så länge som möjligt innan han stod inför
beslutet att beställa mat till nästa runda, hade han räknat till inte färre än sjuttio
personer som satt sin fot i restaurangen, ivriga och glada att hosta upp de tio
pund buffén kostade. Män och kvinnor i alla åldrar och alla storlekar. Vissa var
stammisar som kände ägaren Morgana vid namn (även om det inte krävdes
någon raketforskare för att räkna ut vem hon var), medan andra nämnde att de
hört talas om stället via vänner. Den andra kategorin var typen som lämnar
Google-recensioner om vartenda ställe de besöker: några bra, några dåliga,
några rätt otrevliga, och som faktiskt tror att folk läser dem och bryr sig.

Lukten av stekos, fett och olja var tjock och unken i luften, och hade
satt sig i möblerna; varje gång han rörde sig fick han en extra pust av den
fräna aromen. Men han brydde sig inte. Det här var hur ett urbritiskt kafé
skulle vara. Lukten, ljuden av fräsande fett och rop från det öppna köket
längst bak, de billiga råvarorna, de ännu billigare strassglittrande möblerna

och speglarna på väggarna, allt slukades av gäster som inte brydde sig det minsta om matens effekter på deras hälsa. Konstigt nog kände han sig som hemma. På en trygg plats. Alla här var en vän, en bundsförvant, förenade i sin kärlek till god mat. Det spelade ingen roll vilken bakgrund de hade, var de kom ifrån eller vad de jobbade med; här glömdes alla etiketter och fördomar bort.

Bredvid honom satt en familj i tre generationer. Den äldsta var inte äldre än femtio, och den yngsta inte yngre än tio. Medan Tomek försökte räkna ut det i huvudet blev han avledd av att Morgana presenterade sig för fjärde gången.

"Kan jag hämta en till kopp te åt dig, älskling?"

"Ja tack", sa han och tittade på klockan. Hon var sen. Över en timme. Men han var inte redo att ge upp än.

"Och något att äta?"

Tomek funderade en stund. Magen kurrade. Han hade väntat så här länge. Och han var inte särskilt bekymrad över att verka som en idiot inför henne medan han vräkte i sig bacon och ägg.

"Ja tack."

Hon grep efter anteckningsblocket i förklädet och klickade igång pennan. "Vad får det lov att vara?"

Tomek såg sig omkring i resten av kaféet. På de lyckliga ansiktena, på knivarna och gafflarna som jobbade övertid för att skära upp korvarna och slita isär baconet, på servetternas skick när de torkade bort fettet från munnarna.

"Jag tar det alla andra tar, tack", sa han. "Hjärtinfarktspecialen."

Morgana såg det roliga i det och skrattade. "Kanske borde vi kalla den det."

"Om du gör det vill jag ha minst tio procent i provision på all försäljning."

Hon log snett mot honom och blottade en tandrad nästan lika bländande som reflektionen i strasspegeln. "Det är jag säker på att vi kan ordna", sa hon.

Först hade Tomek inte uppfattat det nonchalanta flirtandet, men när hon stoppade tillbaka blocket i fickan och dröjde sig kvar en sekund till började han lägga märke till det.

"Var kommer du ifrån?" frågade han. "Jag hör en brytning."

"Du har bra öron", svarade hon. "Estland, men jag har bott här nästan hela livet."

"Detsamma."

Nyfiken klickade hon pennan en gång till och stoppade den i förklädesfickan bredvid blocket. "Och du?"

"Född i Polen, flyttade hit när jag var fem."

"Mycket trevligt", svarade hon. "Jag hade inte vetat det om du inte sagt det."

Det fick han höra ofta. Och det borde han, tänkte han; efter över trettiofem år i landet hoppades han att han vid det här laget kunde språket ordentligt. Fast, med det sagt, hade han lyssnat på en del av samtalen vid borden omkring sig och han var säker på att han talade bättre engelska än åtminstone hälften av dem.

"Åker du någonsin tillbaka till Estland?" frågade han henne.

Men innan hon hann svara öppnades dörren och den person han hade väntat på klev in. Hon hade färgat håret en mörkare nyans av blont sedan han såg henne senast. Antingen det, eller så hade vinterns deppiga, annalkande mörker gett det en djupare ton. Hon bar mönstrade byxor och en svart bomullströja, med håret uppsatt i en knut. Efter henne rullade en liten rullväska, överfull av dokument.

"Förlåt att jag är sen", sa hon, lite uppskärrad.

"Precis i tid", svarade Tomek. "Vill du ha mat?"

Det ville hon. Samma som han och alla andra. När hon tog Abigails beställning falnade leendet i Morganas ansikte, och när hon vände sig bort från dem var det, liksom hennes intresse för honom, i stort sett borta.

"Hoppas att du inte har väntat länge", sa Abigail, med lugnare röst nu när hon satt.

"Det vet du att jag har. Det var du som bad mig träffas här för en timme sedan."

"Förlåt. Kaotisk morgon."

Tomek var säker på att det stämde, men han var inte intresserad av att höra det. Mindre än fem minuter senare landade två tallrikar framför dem, kompletta med två ägg, två korvar, två skivor bacon, två toast, två tomater, två svampar, två blodpuddingsskivor och en näve vita bönor i tomatsås.

"Vad ni än vill ha mer av, bara säg till", sa Morgana när hon ställde ner tallrikarna.

Tomek tackade henne och anade konturen av ett leende på hennes läppar.

"Sluta flirta", sa Abigail till honom.

"Det gjorde jag inte."

"Det gjorde du visst. Du flörtar med allt som andas."

"Jag flörtar inte med dig."

"För att du redan har varit där och gjort det."

Tomek himlade med ögonen. Han undrade hur lång tid det skulle ta innan hon tog upp den där fyllekysen som hade uppstått mellan dem en kväll. Det hade varit ett misstag, särskilt från hans sida, men inte från hennes. Hon höll fortfarande fast vid det känslomässiga tumultet över hur han hade behandlat henne efteråt.

"Jag bad dig hit för att prata jobb, tyvärr", svarade han.

"Det vet jag. Jag har inte bilder av dig på väggarna hemma, Tomek. Jag har inga små hjärtan bredvid ditt namn i mobilen. Jag har inte—"

"Bevisa det."

Det tänkte hon inte. I stället ignorerade hon uppmaningen och gav sig i kast med den bottenlösa frukostbuffén. Tomek följde efter, och snart blev han en av de kladdiga gästerna han suttit och iakttagit hela morgonen. Fett över fingrarna, en strimma ketchup som rann nerför skjortans framsida, den smutsiga servetten som gjorde föga för att torka bort kladdet. Men det var värt alltihop. Maten, väntan och den annalkande hjärtinfarkten var värda det. Något av det godaste han ätit på länge.

"Jag behöver hjälp", sa Tomek när tallrikarna hade plockats bort och ännu en omgång bacon och ägg var på väg till honom.

"Låter viktigt."

"Det är det", svarade han.

"Och vad får jag i gengäld?"

"Det är inte bestämt än."

Abigail flätade ihop fingrarna och snörpte på munnen. "Inte så skicklig i förhandlingskonst, eller hur?"

Tomek suckade. "Vad skulle *du* vilja ha i gengäld?"

"Att få vara huvudreporter på det du behöver hjälp med."

Det var inte helt orimligt, särskilt om hon redan hade erfarenhet av ärendet.

"Okej. Men du får bara ett försprång på det vi ändå kommer att berätta för alla andra", svarade Tomek.

"Det får vi se."

Tomeks relationer med pressen liknade i hög grad hans relationer med kvinnor. Ingen av dem hade någonsin gått särskilt bra. Och de hade alltid slutat i hjärtesorg. Han förväntade sig alltid för mycket och gav nästan aldrig något tillbaka. Men kanske var det på väg att förändras.

Runt dem fortsatte gäster att komma och gå, och när klockan passerade lunch blev kaféet ordentligt fullt och en liten kö började bildas utanför. Tomeks andra tallrik mat kom strax därpå, följd av ännu en omgång te till dem båda.

"För ett par år sedan", började Tomek och torkade ketchup från munnen, "när du bara var en nybakad reporter, som levde på de smulor din chef gav dig, kan jag tänka mig, jobbade du med ett reportage om unga skoltjejer i trakten som hade drogats på en rad konserter på the Cliffs."

Det ringde inga klockor.

"De fick var och en allergiska reaktioner på kemikalierna i drogerna", fortsatte han, i ett försök att fräscha upp hennes minne. "Och en av dem dog."

Fortfarande ingenting.

"Hon hette Mandy Butler."

För att väcka minnet stack hon ner handen i sin lilla resväska och tog fram sin laptop. Efter att ha loggat in hittade hon snabbt artikeln hon hade skrivit.

"Nu minns jag", sa hon. "Sjuttonåring. Dog på en konsert med Example."

"Det är den."

"Men det ledde aldrig till något."

"Japp."

Tomek sträckte sig efter datorn och tog den från henne. På skärmen hade hon öppnat mappen på skrivbordet som innehöll vittnesuppgifter, själva artikeln, en mapp med namnet "Photos" och en annan som hette "Master". Men Tomek var inte intresserad av någon av dem. I stället ville han se hennes skärmsläckare. Han minimerade fönstren tills han hittade det han letade efter. Det var en bild från prisutdelningen de hade gått på tillsammans. En selfie på henne och hennes kollegor. Med Tomek i bakgrunden, pratandes med någon annan.

Ett leende spred sig över hans ansikte innan han hann märka det, och Abigail ryckte datorn ifrån honom innan han hann reagera.

"Inte ett ord", sa hon. "Det är ett gammalt foto. Jag har tänkt byta det."

"Mhm."

"Håll tyst. Vill du ha min hjälp eller inte?"

"Snälla", sa Tomek och tog till valpögonen. Han masserade armarna och lade dem mot bordet, sänkte rösten och vinkade åt henne att luta sig lite närmare. "I går hittades en ung flickas kropp. Hon hade dött av en allergisk reaktion mot latex. En kondom och en handske hittades fastkilade i halsen."

"Det är fruktansvärt", svarade Abigail, även om känslan inte nådde hennes uttryck. Liksom han hade hon blivit avtrubbad av jobbets ytterligheter. "Men vad har det med Mandy Butler att göra?"

"Jag tror att de hänger ihop. På samma sätt som du måste ha tänkt att alla de där tjejerna som drogades på konserter hängde ihop. Jag tror att det finns en koppling mellan de två dödsfallen."

Abigail drog åt knuten i håret. "Vad behöver du av mig?"

Hennes uppsyn hade förändrats. Inte längre den skämtsamma, flirtiga Abigail. I stället satt han nu mitt emot den allvarliga, beslutsamma Abigail.

"Jag behöver prata med personerna i din artikel. Jag behöver veta vad de vet, vad de såg, vem de talade med och om de någonsin haft någon koppling till Mandy Butler och Lily Monteith."

"Lily Monteith", upprepade Abigail långsamt. "Det är hennes namn?"

Tomek nickade. Att ge en kropp ett namn gjorde den genast mer verklig.

"Jag är orolig att något kan hända igen", fortsatte han. "Och om jag har rätt behöver jag bevis att ta med till National Crime Agency."

Abigails blick föll på temuggen på bordet, och hon började långsamt vrida på den, flytta den en tum i taget med fingrarna. "Låt mig se vad jag kan göra", sa hon. "Jag ger dig inte namnen. Inte än. Låt mig kontakta dem, prata med dem, se om de vill bli intervjuade. En del var väldigt unga när de gick igenom det de gjorde, så det kan vara det sista de vill prata om. Men ge mig lite tid. Jag ska se vad jag kan göra."

KAPITEL
TOLV

A bigail hade inte kunnat ange någon tidsram för när hon skulle kontakta honom. Det kunde vara allt från slutet av dagen till slutet av veckan. Men hon hade lovat att hon skulle höra av sig till offren var och en. Det skulle hon göra till sin prioritet.

Under tiden, på väg tillbaka till stationen, hade Tomek hamnat på huvudgatan för att leta efter en ersättningsskjorta från M&S. Ketchupfläcken från Morganas Café hade varit större än han först trott, pinsamt stor, och han var i desperat behov av att rädda ansiktet när han kom tillbaka till kontoret. När han lunkade längs huvudgatan mot stationen, redan iklädd sin nya outfit, överblickade han kavalkaden av butiker och kedjor. HMV, Waterstones, JD Sports, Sports Direct, River Island. Inga butiker han någonsin sett Kasia besöka eller hört henne nämna. Ingen av dem kunde han bara hoppa in i och hitta något till henne till jul. Det enda undantaget var Boots, och även när han hade varit i butikerna med henne hade han alltid känt sig så förvirrad och illamående av den svindlande mängden smink och rengöringsprodukter att han försummat att lägga märke till något. Nej, om han skulle köpa något till henne fick det bli från listan, listan som hon fortfarande inte hade skickat till honom. Och om hon inte skickade den snart, fanns det ingen garanti för att hon skulle få det hon ville ha. Det här var deras första jul tillsammans, deras första av många, tills hon fyllde arton och försvann till universitetet, eller stannade hos honom till trettio när hon insåg att bostadsmarknaden var ett enda skämt, och han ville göra den minnesvärd.

När Tomek passerade tågstationen såg han en man i reflexjacka stå vid sidan av huvudgatan med en hink i händerna. Penny Picker Pete. En lokal legend på Southends huvudgata, Pete tillbringade sina dagar och kvällar med att hänga utanför nattklubbar och butiker och plocka upp småpengar från dem som var okunniga nog att tappa dem. Han var en lokal kändis, och nattetid, när klubbarna öppnade, tog festare och klubbfolk foton med honom. Tomek var säker på att han också hade tagit en bild med mannen någon gång i sitt liv. Fast då hade han varit nykter och burit polisväst.

När han kom tillbaka till kontoret tillbringade Tomek resten av eftermiddagen i möten. Klockan var 18 när han var klar för dagen och han hade inte mycket att visa för det. Inga större genombrott, inget ord från Abigail och inget tecken på att mördaren tänkte träda fram. Allt som allt en bedrövlig dag. Och det blev värre av att han lyckades spilla te över sin splitternya skjorta från M&S vid matbordet.

"Jävla förbannade skit", skrek han, tillsammans med några väl valda svordomar, när vätskan forsade nerför bröstet.

"Språket!" sa Kasia. "Du vet, du borde ändå inte dricka koffein efter lunch."

"Jaså? Vem sa det?"

"Vetenskapen."

Tomek himlade med ögonen och torkade framsidan av skjortan med en blöt trasa, förgäves. "Tja, om vetenskapen var något att ha skulle den ha kommit på ett sätt att få bort den här fläcken helt och hållet och låta mig hålla vitt riktigt vitt."

"Du *har* väl hört talas om diskmedel och Vanish?"

Tomek blängde på henne och tog sedan av sig skjortan. Han slängde den i tvättkorgen och bytte till en T-shirt. När han drog tröjan över huvudet ropade Kasia hans namn långsamt, tyst.

"Pappa..." Hennes röst var fylld av tvekan.

"Du ska inte fråga mig om Billy Turpin igen, va? För jag har tänkt på det och jag vill helst att du varken tar hit honom eller går hem till honom heller, för den delen."

När han öppnade ögonen såg han henne sitta med benen och armarna i kors, med en ogillande min i ansiktet. "Varför tror du automatiskt att det är det jag ska säga? Varför låter du mig inte tala till punkt innan du börjar prata?"

"För att jag är föräldern. Det är så vi gör. Det lär du märka själv en dag."

"Får jag tala till punkt?"

Han tvekade längre än vanligt bara för att understryka sin poäng. "Ja..."

"Bra." Hon drog bort en hårslinga från luggen och stack in den i hårbandet. "Jag undrade om jag kunde gå ut någon gång med Lucy och hennes kompisar."

Lucy...

Lucy...

Han körde namnet genom sitt mentala register men fick inget napp.

"Vem är Lucy?"

"Cleaves."

Lucy Cleaves. Fortfarande ingenting.

"Nicks dotter."

"Nicks dotter?" upprepade Tomek, hans tankar låg några sekunder efter. "Som i Nasty Nick? Som i kriminalkommissarie Nick Cleaves? Som i min chef? Du vill gå ut med hans dotter?"

"Ja."

Tja, det kunde Tomek knappast invända emot. Om Lucy Cleaves var det minsta lik sin far visste han att Kasia var i trygga händer. Tryggare än hos en kille som ville spöa upp ett ton nötkött, i alla fall.

"Vad planerar du att göra med henne?"

Kasia ryckte på axlarna. Och om han tyckte att gesten var intetsägande så var svaret ännu mer så. "Bara hänga..."

"Bara hänga som ett gäng slynglar."

"Ingen säger *slynglar* längre, pappa. Jag vet inte ens vad det betyder."

"Då är det bäst att du och Sylvia inte bara "hänger" med Lucy och hennes kompisar, annars lär ni snart vad det betyder."

"Det var bara jag", svarade Kasia defensivt. "Jag tänkte inte bjuda med Sylvia."

Tomek höjde på ett ögonbryn. Han kunde känna att en viktig livsläxa var på väg. "Varför inte? Du tänker väl inte dumpa Sylvia för Lucy och hennes kompisar bara för att de är ett eller två år äldre?"

"Tja..."

Tomek skakade på huvudet och viftade med fingret medan han gjorde det. "Nehej. Det går inte an, unga dam. Det flyger inte. Du kan inte bara dumpa den vän som har funnits där för dig ända sedan du började i den där skolan. Tro mig, du behöver henne mer än du anar, och du kommer att ångra beslutet att lämna henne. Antingen inkluderar du henne också, eller så går du inte."

Han brydde sig inte om ifall det här var en läxa hon kanske behövde lära sig själv, han kunde inte riskera att hon förlorade Sylvia som vän. Den unga tjejen hade varit den enda som tagit kontakt med Kasia i skolan, och det sade honom att hon hade ett gott hjärta, ett snällt hjärta. Lucy Cleaves kunde ha varit den snällaste i skolan, men hon skulle aldrig vara lika snäll som Sylvia. Detsamma kunde sägas om alla andra tjejer i skolan och i Lucys kompisgäng. Annars hade det varit de som pratat med henne på skolgården första dagen.

"Var det så du gjorde med Saskia?" kontrade hon.

Saskia, Tomeks äldsta och närmaste vän.

Saskia, hon som han hade varit kär i längst.

Saskia, hon som han nyligen återknutit kontakten med efter tretton år på drift.

"Ja", sa han. "Jag gjorde samma sak mot henne, och jag ångrade det i åratal."

"Var det därför du inte pratade med henne på så länge när hon var i Skottland?"

"Okej. Nog. Gå till ditt rum."

"Va! Du är helt orättvis."

"Nej, det är jag inte. Det skulle vara orättvist av mig att säga att du har utegångsförbud. Vill du att jag ska säga att du har utegångsförbud? Säg ett ord till så kan jag ordna det."

Han hade aldrig satt henne i utegångsförbud förut. Han hade aldrig haft modet. Men nu var hon på väg att pröva honom. Och han hoppades att hon inte synade hans bluff. Han ville inte vara en sådan förälder, likadan som *hans* föräldrar, där allt var förbjudet. Men hon gjorde det så omöjligt ibland.

För att lugna ner sig letade han upp Saskias mobilnummer i telefonen och frågade om hon hade tid att ta en drink.

"En sen drink på en bar igen?" sa hon kyligt. "Folk kan börja undra, Tomek."

. . .

Han brydde sig inte om vad folk tyckte.

Det enda han brydde sig om just nu var en distraktion. Något som tog honom bort från Lily Monteith och Mandy Butler. Någon som tog honom bort från Kasia och likheterna mellan henne och mordoffren. Någon som tog honom bort från tanken på henne och Billy Kofajtaren.

De sågs på vad som snabbt höll på att bli deras vanliga gömställe. En bar i mitten av Leigh Broadway som hette Moo-Moos, ett namn som inte gick honom förbi.

"Det vanliga?" frågade bartendern när de kom fram till baren.

"Är vi redan där?" svarade Tomek och tittade mellan bartenders och Saskia.

"Jag tror det", svarade hon. "Vi har bara varit här två gånger."

"Vi måste vara de enda som håller stället vid liv", viskade Tomek till henne medan bartendern blandade deras drinkar.

När de fått dem hittade de en plats i hörnet vid ingången. Tomek satt med ryggen mot fönstret, medan hon såg allt som hände bakom honom.

"Hoppas jag inte har förstört din kväll", sa han till henne medan han tog en klunk av sin mojito. Det var en av de godaste han någonsin smakat. Han visste inte varför han hade beställt en, och det på en vardagskväll dessutom; han kände sig äventyrlig.

"Bara det vanliga. Sitta ensam med ett glas vitt vin och barns oläsliga läxor framför mig."

"Jag ska inte hålla dig för länge", svarade han. "Det låter som att du behöver tillbaka till det där så fort som möjligt."

Hon skrattade, och när hon gjorde det lyste ögonvitan upp. De ägnade de följande fem minuterna åt att komma ikapp. Fyllde i luckorna från de senaste veckorna sedan de sågs sist.

"Vad har du för planer för julen?" frågade han henne efter att hon förklarat att hennes rektor stod i begrepp att lämna för en ny tjänst på en bättre presterande skola.

"Inget spännande. Åker hem en vecka. Hälsar på mamma och pappa."

"Trevligt."

"Du?"

"Kasia och jag firar tillsammans. Bara vi. Hon har ett helt schema planerat. Det är väldigt strikt också. Presenter på morgonen. Sen frukost – äggröra på rostat, hennes val. Sen vill hon se Disneys *Moana*. Sen middag, som ska avnjutas vid matbordet utan tv:n på i bakgrunden. Sen ska vi spela lite spel. Sen avslutar vi kvällen med att se någon romantisk komedi på Netflix eller så, vid vilken tidpunkt jag nog somnar i soffan."

"Det låter som en underbar dag, ärligt talat. Så varför låter du som att du inte ser fram emot det?"

"För att jag inte har sagt till henne att vi polacker firar jul den tjugofjärde. Jag är inte säker på vad det gör med hennes planer. Det kan rubba allt och förstöra dem."

Saskia tog långsamt en klunk vin och betraktade honom noggrant. "Hur som helst låter det som min idé om en bra jul."

"Min också. Jag tror vi sparar att hälsa på mina föräldrar till nästa år. Hon behöver inte utsättas för det riktigt än. Det är kaos av högsta graden."

Åtminstone hade det varit det sist han var där.

Strax därefter gled samtalet över till skolan. Och samtalet mellan Billy Nötkreatursboxaren och Kasia.

"Vilken idiotisk sak att säga", sa Saskia. "Det finns absolut inget sätt att någon kan slå en ko medvetslös."

Tomek himlade med ögonen. Det var inte det svaret han hade väntat sig. Han hade hoppats att hon skulle säga att han hade rätt i att hindra sin dotter från att träffa Billy Nötkreatursboxaren, att hon skulle bekräfta hans föräldrabeslut.

"Den verkliga frågan är om du skulle kunna *springa ifrån* en ko."

Tomek sjönk med huvudet i händerna. Det här höll på att spåra ur. Men medan han satt där och stirrade in i glipan mellan bordet och benen kunde han inte låta bli att föreställa sig själv på löparbanan, uppställd mot en tonstung tjur.

"Jag behöver bara vara snabbare än den långsammaste," sa han.

"Det där är en klyscha. Och skit. Förstöra inte det roliga."

Hon gjorde en paus för att ta en klunk till. "En mot en. Vem vinner? Du eller kon?"

"Vad pratar vi om, shetland eller mu-ko?"

"Vad är en mu-ko?"

"En som säger *mu*."

Hon skakade hånfullt på huvudet. "Det spelar ingen roll. Vilken som. Svara bara på frågan. Tror du att du kan springa ifrån en ko?"

Han funderade lite till. Föreställde sig scenariot: han själv, en bra dag, fullt utrustad med det senaste i högteknologiska aerodynamiska sportkläder, sprintande för livet i ett lopp som var lika fiktivt som det var löjligt.

"Ja", svarade han utan skam.

"Fel," kom bartenderns röst från andra sidan baren.

De hade inte insett det, men i hettan av diskussionen hade de höjt rösterna och var nästan uppe i att ropa åt varandra.

Över något fiktivt och löjligt.

"En genomsnittlig ko kan springa, i *genomsnitt*, ungefär fyrtio kilometer i timmen," fortsatte bartendern. "Usain Bolt klockade in på drygt fyrtiotre km/h när han slog världsrekordet. Nu, om inte vi alla är lika snabba som världens snabbaste man, tror jag inte någon av oss har en chans."

De tackade mannen för hans input och sedan gled han tyst tillbaka till sina sysslor. När Saskia vände sig mot Tomek bar hon en självgod, besserwissrig min i ansiktet.

"Åh, kom igen", svarade han. "Som att du visste det där."

"Självklart visste jag. Jag är lärare. Det är det första de lär ut på lärarhögskolan." Hon gjorde en paus. "Dessutom har vi haft samma diskussion i min klass ett par gånger tidigare, även om jag får ta upp ämnet att *slåss* med en i nästa lektion."

"Vad är det med barn och deras fascination för kor? På vår tid välte vi bara kor för skojs skull. Vi trodde aldrig att vi var större än kor. När ändrades hela det tankesättet?"

Hon ryckte på axlarna. "De är barn, Tomek. De säger den dummaste skiten. Häromdagen sa någon till mig att flintskalliga är en konspiration. En av dem skrev 'pigeons killed Bin Laden' på whiteboarden medan jag var ute ur rummet. Och någon sa att de skulle köpa en Cameo till mig i födelsedagspresent, och jag vet inte ens vad en Cameo är!"

"Tyvärr vet jag det. Kasia sa att det är något med kändisar som tar hutlösa summor för en snabb video där de säger grattis på födelsedagen, eller någon annan plattityd."

"Det jag säger är att i den åldern är de bara dumma trettonåringar som försöker vara roliga. De är fulla av hormoner och tror att bästa sättet att imponera på varandra är att pumpa i sig en potent kombination av kaxighet och idioti i lika delar varje dag. Du har varit där, jag har varit där, och jag är rätt säker på att du var exakt likadan."

"Så det du *egentligen* säger är att jag borde ge den där Billy Turpin lite slack?"

"Nej. Jag säger att du ska sluta vara så stel. Det klär dig inte. Och snart ser du ut som i femtioårsåldern när du är fyrtioett."

Tomek gillade inte ljudet av det. Han var stolt över att han såg tio år yngre ut än han var. Det smickrade hans narcissistiska ego när kvinnor han träffade sa att han var för ung för att ha en trettonårig dotter. Han hade jobbat hårt för att se så ungdomlig ut som han gjorde. En genomtänkt och varsam daglig rutin med fuktkrämer, krämer och anti-ageing-produkter, med lite hårfärg slängd i skägg och hår då och då.

"Jag antar att du kanske har rätt", sa han lugnt. "Jag brukade nog tro att jag kunde ta fem kor samtidigt."

"Dubbla det, så låter det som den Tomek jag brukade sitta bredvid på no:n."

Tomek skrattade och drack upp. Det här hade han behövt. En bollplank. Någon att prata med om sådant han inte visste något om. Även om Saskia inte hade egna barn hade hon varit runt tillräckligt många för att veta hur de var, och hon var så mycket klokare än han i allmänhet, hade alltid varit det, att han kände att han kunde fråga henne vad som helst och hon skulle komma med ett smart, logiskt och eftertänkt svar.

När frågan om att beställa en drink till kom upp tackade Saskia men avböjde. Jobb. Tidiga morgnar. Inget som Tomek kunde invända mot eftersom han hade samma sak framför sig. När de gjorde sig redo att gå tackade de bartendern och sa skämtsamt att de skulle ses igen om några veckor, efter nyår.

När de gick tillbaka till sina bilar som stod parkerade längs gatan hörde Tomek sitt namn ropas. Ett gällt, högt pip.

Han vände sig om och såg Abigail Winters närma sig på håll. Hon var klädd i en tight svart klänning med höga klackar och en minibag under armen.

"Vad gör du här?" frågade hon.

Han hade kunnat fråga henne samma sak.

"Ute på en drink med en gammal vän", svarade han.

"Detsamma. Jag var ute på några glas med några gamla kompisar också. Från mina tidiga journalistdagar."

Det märktes. Lukten av alkohol i hennes andedräkt och hennes sluddriga tal antydde att hon hade druckit mer än några glas.

"Ska du hem?" frågade hon, med hopp i rösten.

"Det verkar så", svarade han.

"Har du lust att stanna ute för en till? Mina kompisar har kastat in handduken men jag tror jag skulle orka ett glas eller två till."

Tomek tvekade. Blev sedan plötsligt medveten om att Saskia iakttog deras interaktion.

"Inte i kväll", sa han till henne.

Då kom hon närmare, klackarna klapprade mot trottoaren. "Synd", sa hon. "Jag *skulle* säga dig i enrum att jag har pratat med tjejerna, men jag får väl göra det *nu* i stället."

Tomek log snett och obekvämt, situationen var lite pinsam. "Om du inte har något emot det", svarade han. "Vad sa de?"

"Jag är ledsen, men de sa att de inte vill bli kontaktade av dig. De kommer inte att prata med dig."

"Frågade du varför?"

Hon rapade och täckte munnen med handen. "De vill inte återuppleva det förflutna. Det är för smärtsamt för dem alla."

"Sa du att jag är polis?"

"Ja."

"Och det gjorde ingen skillnad?"

"Nej."

Fan.

"Okej", sa han till henne. "Vi tar det här i morgon. God natt, Abigail."

Om hon tog illa vid sig av hans abrupthet visade hon det inte. När hon gick därifrån gick hon självsäkert i sina höga klackar och såg till att Tomek tittade när hon gick. Vilket han pliktskyldigast gjorde. När kroppen gungade under klänningen förflyttades han tillbaka till kvällen då de kysstes.

Och sedan drogs han tillbaka till nuet när Saskia öppnade bildörren. När han vände sig om för att titta på henne höll hon redan på att glida in i bilen och gav honom en sådan där bister blick som hon brukade när hon var missnöjd med honom.

"Vadå?" ropade han till henne. "Det är inte vad det ser ut att vara."

"Vilken del då, att tjejerna inte vill prata med dig eller att hon som lägligt nog hittade dig mitt på huvudgatan klockan elva en måndagskväll bad dig att stanna ute på en drink till?"

KAPITEL
TRETTON

Trots att han försökte hann han inte hejda gäspningen.
"Tråkar jag ut dig, va?" frågade kriminalkommissarie Cleaves.
Tomek skakade på huvudet. "Bra. Som jag sa, är du säker på att du har täckt in allt?"
"Ja. Det enda problemet är att offren inte vill prata med oss."
"Kan vi sätta mer press?"
"Jag undersöker saken," svarade Tomek. "Men jag är mer intresserad av varför vi väntar så länge med att sätta press nu."
Nick rynkade pannan. "Ursäkta?"
"Jag gick igenom anteckningarna om Mandy Butlers död häromkvällen och hittade ett mejl från Tony till dig, kriminalkommissarie, där han begärde mer resurser för att utreda attackerna mot tjejerna. Hans mejl fick inget svar. Och inga ytterligare resurser avsattes."
Nick skakade på huvudet och slog handflatan i skrivbordet. "Vad fan är det här? Är det någon sorts förhör? Jobbar du för IOPC nu eller något? Har de satt dig att granska mina misstag?"
"Nej, kriminalkommissarie," sa Tomek så lugnt han kunde.
"Jag gjorde ett misstag, okej? Det var för två år sedan. Ungefär när Robbie drog till armén. Jag var inte i bra skick i huvudet. Vi var inte i bra skick som familj. Så enkelt är det. Jag lägger mig platt och säger att det var en miss." Nick sänkte huvudet, aggressiviteten och stridslusten rann ur honom. "Men... men jag ska gottgöra de där tjejerna, tro mig. Det är därför

jag ville att du skulle ta hand om det här. Du är som en hund efter ett ben ibland, och nu när du har Kasia i ditt liv tror jag att du kommer att få en ny beslutsamhet att hitta vem som ligger bakom det här. Jag menar, *du* var den som hittade kopplingen."

Tomek visste inte om det var menat att smickra hans ego eller förolämpa honom på något sätt, men han bestämde sig för att vara tyst och låta Nick fortsätta.

"Jag... jag..." Han fick inte fram orden, sedan skakade han på huvudet. "Du har mötet med NCA om en timme. Du behöver förbereda dig för det."

Tomek drog ut stolen från skrivbordet och stannade halvvägs. "Kanske inte bästa läget att ta upp det," började han, "men det verkar som att våra döttrar har börjat ha kontakt med varandra. Var de fick den idén ifrån har jag ingen aning om, och Lucy har bjudit in Kasia och hennes kompis att hänga någon gång."

Överraskning syntes i Nicks ansikte. "Är du okej med det?" frågade han. "Hon är ett par år äldre än Kasia."

"Litar du på din dotter?"

"Va?"

"Om du litar på henne, så litar jag på henne."

"Klart jag litar på henne."

"Då är det bra. Klart. Helt okej för mig. Din dotter och min dotter kommer att bli vänner."

"Tro inte att det betyder att vi måste göra detsamma."

Tomek reste sig ur stolen. "Du vet att du egentligen älskar mig", sa han med en blinkning. "Kan du föreställa dig om min dotter hade varit en son och *sedan* ville bli vänner? Det *där* vore intressant."

"Jag skulle hellre sandpappra en tigers röv i en telefonkiosk än tänka på just den möjligheten", svarade Nick. "Och nu, stick härifrån och gör ditt jobb."

Hans och Nicks relation var knepig. Far och son en bra dag, far och son en dålig dag, bara i varsin ände av spektrumet. Tomek hade arbetat med kriminalkommissarien i nästan femton år. Han hade hälsat på familjen, tillbringat kvällar där, blivit bjuden på Nicks frus läckra hemlagade mat. Han hade till och med blivit inbjuden att vara med på några av deras skolsamlingar när de var yngre. Nick hade tre barn totalt. Två flickor och en pojke. Flickorna gick i skolan, med fyra år mellan sig, medan Robbie, den äldste, hade helt sonika hoppat av vid sexton för att gå med i armén.

Beslutet hade slagit sönder familjen och var resultatet av en långvarig fejd mellan den biologiske fadern och sonen. Som följd hade Nick ofta kommit till morgonmötena ursinnig över något, något han inte förklarade för teamet. Utom för Tomek. Tomek var den enda som fick se, och höra, vad som hände bakom stängda dörrar.

När Tomek stängde dörren bakom sig insåg han att mannen hade haft fruktansvärt ont då. Att han hade tagit Robbies beslut att lämna familjen hårdare än han visat. Så pass att han hade varit försumlig i sitt arbete.

Men det hade inte hindrat honom från att försvara Tomek närhelst han behövt det, närhelst han trampat snett, gjort ett misstag, dragit saker för långt. Nick hade varit den första att kasta sig till hans försvar. Och nu var det Tomeks tur; när han släppte handtaget bestämde han att om någon från National Crime Agency ville veta varför händelserna med de misstänkta överdoseringarna inte hade drivits längre än till en enkel rapport och några vittnesmål, då skulle Tomek försvara, försvara, försvara.

Förneka.

Förneka.

Förneka.

KAPITEL
FJORTON

Tomeks möte med National Crime Agency hade inte gått som han hade hoppats. De vars jobb var att uppmärksamma och utreda tecken på en seriemördare hade misslyckats med att förstå kopplingen som Tomek hade förklarat för dem. De hade ignorerat bevisen på att en mördare riktade in sig på tonårsflickor utifrån deras allergier.

"Det blir helt enkelt för långsökt," hade Naomi Mackenzie förklarat för honom, överkroppen synlig på skärmen. "Även om det fanns ett tredje offer tror jag ändå inte att det skulle uppfylla kriterierna."

Tomek hade ryggat tillbaka för den formuleringen.

Kriterierna.

Kriterierna som måste vara uppfyllda för att ett oskyldigt offers mord skulle kunna utredas på ett annat sätt. Kriterierna som måste vara uppfyllda för att motivera extra resurser och kostnader.

Tomek var redo att ge henne några egna kriterier, men avstod och påminde sig om att de ändå stod på samma sida. Även om det ibland inte kändes så.

För att lugna ner sig, och för att ytterligare bevisa sin poäng, lämnade Tomek kontoret och begav sig för att tala med Elsie Rawcliffe. Vän till Mandy Butler. Den som hade varit med henne kvällen då hon dog, den som hade sett Mandy betala för drogerna som dödade henne, sett sin vän lida och dö rakt framför sig. Tomek hade åkt till hennes college och bett om att få tala med henne diskret och utan uppmärksamhet. Den ansvariga för sixth form hade mer än gärna hjälpt till och sett till att Elsie stannade kvar medan Tomek pratade med henne, men inte innan hon ringt föräldrarna för att förklara vad som pågick. Då hade Tomek tvingats vänta på att Elsies föräldrar skulle lämna jobbet och ta sig ner till skolan. De kom nästan trettio minuter senare, och under den tiden höll Tomek samtalet kort, allmänt – frågade om hennes A-levels, college i största allmänhet, livet utan Mandy Butler. Flickan var synbart nervös, vilket var förståeligt, och han såg hur hon återupplevde den där kvällen i huvudet, såg sin vän dö om och om igen innan de ens hade börjat prata.

"Ta god tid på dig med allt," sa han till henne. "Du är inte gripen eller något, jag behöver bara ställa några frågor om vad som hände med Mandy den kvällen hon dog."

"Vad gäller det här?" frågade Elsies mamma, en kvinna som presenterat sig som Doctor Rawcliffe. Hon satt bara några centimeter från sin dotter, redo att lägga armen om henne när det blev för jobbigt. Antingen det, eller också var hon redo att dra henne därifrån i samma ögonblick som hon tyckte att samtalet blev för svårt.

"Häromdagen hittades en ung flicka i samma ålder som Mandy var när hon dog i John Burrows Park. Hon hade dött av anafylaxi. Vi utreder nu de båda dödsfallen för att se om det finns ett samband," sa Tomek till henne. Det var mer än hon behövde veta. Mer än han hade velat att hon skulle veta, men han fick intrycket att Doctor Rawcliffe inte skulle låta honom fortsätta förrän hon var nöjd med svaret.

"Nåväl," svarade läkaren och vände sig sedan till sin dotter. "Om du vill avbryta när som helst kan du göra det. Förstår du?"

Elsie nickade bestämt och höll kvar blicken på Tomek.

"Vad vill du veta?" frågade hon svalt, och lugnet i andningen märktes när hon andades in och ut på ett kontrollerat sätt.

"För det första vill jag veta om du minns ansiktet på den person som Mandy köpte drogerna av. Var det ens en man?"

"Ja," svarade Elsie.

Tomek visste att det var en man, men det var bättre att spela dum; då skulle hon prata mer, och ju mer hon pratade, desto större chans att hon skalade bort lager och mindes en liten detalj.

"Minns du hans ansikte överhuvudtaget?"

"L... lite."

"Skulle du kanske kunna beskriva honom för mig?"

"Han... alltså, det var mörkt, det var så mycket folk. Och allt var över så snabbt. Han stod inte direkt och hängde kvar." Hon drog in ett djupt andetag, höll det, och lät sedan kroppen sakta sjunka ihop. "Han var medellång, skulle jag säga. Kortare än du. Tjockt svart hår. Kanske skägg."

Tomek nickade och framkallade en bild av mannen i sitt huvud. "Skulle du vara villig att ge den där beskrivningen, och kanske lite fler detaljer, till en tecknare så att vi kan ta fram en fantombild? Ibland brukar det hjälpa minnet på traven."

Elsie tvekade och vände sig mot sin mamma, som i sin tur nickade sitt gillande. "Okej," sa hon lågt. "Jag tror att det går bra."

"Utmärkt. Jag låter någon i mitt team ordna det för dig. De hör av sig. Där och då," fortsatte han, "kände du igen mannen eller såg han ut som en total främling?"

Elsie skakade på huvudet. "Mandy kände honom. När han kom över gav hon honom en kram och sedan betalade hon för drogerna. Jag... jag... jag försökte stoppa henne men hon lyssnade inte. Jag vet inte varför hon tyckte att det var en bra idé. Hon hade testat dem förut och jag... jag sa att jag inte ville ha något med dem att göra, men hon lyssnade inte."

Tomek studerade Elsies ansikte. Rynkorna i pannan, pupillernas vidgning, darrningen i rösten, och bedömde att hon talade sanning. Att hon inte hade varit frestad att prova drogerna, att hon inte bara försökte lägga all skuld på Mandy Butler för att slippa sin medicinskt skolade mammas vrede.

"Efteråt," började Tomek igen. "Bad du Mandy ta reda på vem mannen var?"

"Jag försökte, men hon ville inte säga. Hon sa bara att det var någon hon kände från skolan."

"*Den här* skolan?"

Tomek vände sig mot den ansvariga för sixth form som satt längst bak i rummet, som om han förväntade sig att hon skulle veta svaret. Tanken på att mördaren kunde vara någon från samma skola som han nu satt i gjorde Tomek upprymd.

"Inte den här skolan, nej," svarade Elsie, och en lättnad spred sig över rektorns ansikte. "Mandy bodde i Manchester när hon var yngre. Hon flyttade hit när hon precis hade börjat i year ten, tror jag."

"Ja. Det stämmer," lade den ansvariga för sixth form till, även om det tydligt hördes på tvekan i hennes röst att hon inte hade någon aning om vad hon pratade om.

Tomek gjorde en anteckning. Manchester. Någon från en skola i Manchester som hon hade gått på.

"Vet du vad skolan heter?" frågade Tomek.

Elsie skakade på huvudet igen. "Hon pratade inte om den. De flyttade bara ner hit igen för att hennes mamma hade hemlängtan. Hennes pappa var därifrån från början."

"Och du nämnde att det inte var första gången Mandy köpte droger," fortsatte Tomek. "Vet du hur ofta hon hade använt dem?"

"Jag tror bara en eller två gånger. Bara gräs... tror jag. Hon och några andra från vår skola gick in i skogen mittemot och rökte efter skolan ibland, men jag gick aldrig i närheten av det. Jag var för rädd."

Så hon hade uppgraderat från gräs till ecstasy. Ett språng som dödade henne. Och på köpet blev hon ett affischbarn för drogers faror.

Gräs, inkörsporten som leder till döden.

När han satt där och tog in informationen klarnade flera saker för honom. Och han skämdes över att medge att det inte handlade om Mandy Butler eller Lily Monteith alls. Det handlade om hans egen dotter.

Att Mandys och Lilys vänner visste mer om sina vänner än föräldrarna visste om sina egna barn. Och om det var en allmängiltig sanning, var det hög tid att han började närma sig Sylvia och hennes mamma, Louise. För det sista han ville var att historien skulle upprepa sig. Att Kasia skulle dumpa sin vän för någon coolare, bryta mot reglerna, hamna i droger och sedan bli ännu ett affischbarn.

Det spelade ingen roll att hon bara var tretton år. Riskerna var lika närvarande som för alla andra.

När han lämnade rummet tackade Tomek Elsie för hennes tid och tog familjens uppgifter så att tecknaren kunde ta kontakt angående fantombilden. Sedan tackade han den ansvariga för sixth form, påminde henne om att han skulle höra av sig, och gick tillbaka till sin bil. Precis när han skulle stänga dörren bakom sig ringde hans mobil.

Abigail.

Förhoppningsvis med goda nyheter.

"Tre gånger på två dagar? Det är mer än jag pratar med min granne, och vi ses nästan varje dag."

"Vill du göra det till fyra i kväll?"

"Bara om du har något till mig."

"Varför måste det alltid vara tjänster och gentjänster? Kan inte två vänner gå ut och ta en drink utan att något förväntas av någon? Du verkade inte ha något problem med det i går kväll när jag hittade dig."

"Jag trodde att du var för full för att minnas det."

"Skärp dig. Jag var salongsberusad. Inget annat. Så, vad säger du? En drink i kväll?"

Tomek gjorde en kort paus för att kolla sin låtsaskalender.

"Jag måste kolla med min dotter först, men jag tror inte att det ska vara något problem."

KAPITEL
FEMTON

K asias avskedsord till honom innan han hade gett sig i väg till Moo-Moos ekade i huvudet när han klev in genom dörren. "Det verkar inte som att du behöver några relationstips alls", hade hon sagt. "Två kvinnor på två nätter. Du har fullt upp. Bara inga fler syskon, tack."

Tanken på det hade fått Tomeks mage att knyta sig. Det var inte bara tanken på att få en nyfödd i fyrtioårsåldern, utan också det faktum att hon bara en dag eller två tidigare hade duckat snacket om blommor och bin. Och nu var det hon som tog upp det. Så vad hade ändrats? Vad hade fått henne att vara så burdus med det?

Det visste han inte, men han var både chockad och uppmuntrad av hennes ordval. När hon först hade klivit in i hans hem och kastats in i hans liv hade hon förståeligt nog varit reserverad och tyst, blyg, försiktig. Men nu, nu när hon kände sig hemma både i sitt hem och i skolan (och nu när mobbningen hade upphört), blev hon mer öppen, och bandet i deras relation blev starkare. De var inte bara far och dotter, utan höll också snabbt på att bli alltmer som bästa vänner ju dagarna gick. De pratade om sådant – vuxenliv, vänskap, relationer – långt tidigare än han hade väntat sig. Det ville han inte stå i vägen för. Om hon kände sig tillräckligt trygg för att öppna sig om de där sakerna med honom, skulle han inte göra något som äventyrade det.

Kanske var det trots allt inte en så hemsk idé att låta henne ha Billy the Cow Fighter över på kvällen.

När han gick fram till baren började mannen bakom den med hans beställning.

"Ett glas vin också till ditt sällskap i kväll?"

Tomek skrattade lite stelt. "Inte helt säker, faktiskt. Jag tror att hon gillar rött."

"Är det någon annan, alltså?"

Tomek visste vart det barkade. "Bara en vän."

Bartendern gav honom en menande blick, räckte över drinken och sa att han skulle lägga den på notan.

"Jag betalar den nu, tack", sa han. "Hon kan ta sitt eget när hon kommer."

"Oj", svarade bartendern. "Hon är *verkligen* bara en vän."

Åtminstone för tillfället.

Tomek kunde inte förneka historiken, och han kunde inte heller förneka kemin och den sexuella spänningen mellan dem. Men just nu kunde han inte tänka på det. Ville inte. Mandy och Lily var döda för att en illvillig och ond mördare hade tagit deras liv, och han behövde ta reda på vem det var innan han ens kunde tänka på att inleda en romantisk relation med någon.

Tomek tittade upprepade gånger på klockan under de nästa tio minuterna tills hon kom. När hon till slut dök upp hade han i frustration druckit upp sin öl, och till slut bestämde han sig för att betala för en andra drink till sig själv och ett glas rosé till Abigail, och struntade i bartenderns flin när han blippade kortet mot apparaten.

"Det här är trevligt", sa hon när de slog sig ner på samma platser som Tomek och Saskia suttit på kvällen innan. "Det borde vi göra oftare."

"Kanske", svarade han. "Tror inte att Sean skulle bli så glad över det."

"Sean bryr sig inte", svarade hon och avfärdade honom direkt. "Och det vet du."

Hennes förhållande med sergeanten hade varit kort, en snabb flört som bara höll i ett par veckor, men Sean hade inte tagit uppbrottet särskilt väl. Han hade vid flera tillfällen försökt få det att fungera, men något hade kommit emellan dem. Något som hade kilat in sig i deras relation och skapat en djup klyfta: Tomek. Allt tack vare en fyllenatt, en fyllekyss.

Men Tomek ville inte gå igenom det där igen.

"Varför tog du hit mig, Abigail?" frågade han.

"Hur gick ditt möte med NCA i dag?"

Tomek tvekade. Hur hade hon fått veta det? Hade hon små inspelningsprylar på hans skrivbord? Hade hon satt dit en på honom i går kväll? Eller matade Sean fortfarande henne med information? Hur som helst gjorde det honom illa till mods. Och det gjorde en sak kristallklar för honom: hon satt på all makt i samtalet, och hon tänkte inte hasta igenom det bara för att passa honom.

"Inte särskilt bra", sa han till henne. "De gick inte med på att titta på det."

"Tråkigt att höra", svarade hon, med en ton full av uppriktighet, vilket var en av de få gånger han hade märkt nyanser i hennes röst.

"Jag behöver att de där flickorna träder fram och hjälper till på alla sätt de kan."

"Jag vet", sa hon och drog fingret längs glasets kant. "Men jag tror inte att de tänker rucka på det."

"Finns det inget mer vi kan göra?"

Frustration präglade ofta fall med unga brottsoffer. Minnet av vad som hade hänt dem hindrade dem från att lita på någon, inte ens polisen, och därför höll de tyst, vilket lät deras angripare fortsätta begå sina brott. Men han hade nu accepterat att det var en del av jobbet och att det var upp till honom att hitta nya och innovativa sätt att kringgå flaskhalsarna.

"Jag tror att jag kan ha något som kan vara av intresse för dig."

Tomeks ögon vidgades och han spetsade öronen.

"Jag lyssnar."

"Jag grävde lite i går och i dag, pratade med ett par kontakter, träffade gamla vänner." Hon tog en klunk vin, tog god tid på sig, tog makten från honom. "Och jag tror att jag hittade ett liknande fall, med en kvinna uppe i Manchester."

"*Manchester*?"

Tomek kände hur handflatorna började bli svettiga.

"Ja. Stället där uppe i norr. Jag har aldrig varit där, men jag har hört att det har vänt på senare tid."

"Vad hände i Manchester? Vem var det? När? Var?"

Tomek kunde inte behärska sig. Handflatorna var nu täckta av ett tunt lager svett, han satt med arslet på stolskanten, och han var så långt fram över bordet att det såg ut som att han var på väg att kyssa henne.

"För fem år sedan", började hon, med flit talade hon långsamt för att reta honom, "hittades en kvinna vid namn Diana Greenock död i sin lägenhet på bottenvåningen i Manchester. När vännen hittade henne satt en katt vid fotändan av sängen. Diana Greenock var allergisk mot katter. Hon var också svår astmatiker. Katten hade varit försvunnen i några dagar, och medan Diana sov en kväll hade katten, enligt teorin, klättrat in genom fönstret mitt i natten och dödat henne."

"Hon blev dödad av en katt?" frågade Tomek, förstummad.

"Nej. Obduktionen säger att hennes allergi reagerade på kattens närvaro, och det satte igång hennes astma, vilket i slutänden var det som dödade henne."

"Så en katt smyger in i hennes rum, står bara där, och så dör hon."

Abigail nickade. "Det är inte riktigt så jag skulle formulera det, men å andra sidan är det ju jag som är journalisten."

Tomek smuttade långsamt på sin öl. Om det inte hade varit för den tidigare upptäckten att Mandy Butler en gång bott i Manchester, hade han inte sett kopplingen. Men nu kunde han inte få det ur huvudet. Att, om det var samma mördare, kunde Diana Greenock ha varit dennes första offer. Att mördaren på något sätt hade undervisat Mandy Butler på en skola i Manchester. Att mördaren hade följt efter henne och hennes familj söderut. Att mördaren hade väntat i åratal på att döda henne.

Uppehållen mellan morden oroade Tomek. Tre år mellan Diana Greenocks och Mandy Butlers död, och nu ett uppehåll på två år mellan Mandy Butler och Lily Monteith. Fem år totalt. Av det lilla han visste om seriemördare – vilket nu var rätt term att använda, om det verkligen var så – visste han att vilken drift det än var som drev mördaren snart skulle bli för stark och att uppehållen mellan offren skulle bli allt kortare. Att han kunde få ännu ett offer på sitt bord mycket tidigare än väntat.

"Hur gammal var Diana Greenock?" frågade Tomek, när han insåg att han inte hade sagt något på ett tag.

"Jag tror att hon var antingen tjugoåtta eller tjugonio. Jag minns inte."

Det verkade inte passa in i mönstret. Om inte, förstås, något hade gått fel med det första offret. Att hon inte hade dött på det sätt han hade velat, och att han därför hade sänkt sina offers ålder till någon han kunde ha mer kontroll över, mer makt över. Och med de två senaste offren femton år gamla hade han hittat den ålder som passade honom.

"Vet du vad som hände med polisens utredning?" frågade Tomek.

"Såvitt jag förstår intervjuade polisen de boende i hennes hus och lämnade det därhän. Det fanns inga tecken på inbrott, och katten hade varit borta i ett par dagar dessförinnan, så man antog att den bara hade smugit sig in."

"Eller så var det så någon hade fått det att se ut."

KAPITEL
SEXTON

F ern Clements låg där på golvet mitt i det kalla rummet. Naken, så när
som på underkläderna. Svettpärlor droppade från hennes navel ner på
den släta, hårda ytan, från hakan ner mot halsen, från handlederna ner till
fingrarna, trots kylan, trots kölden som svepte in byggnaden och det
omgivande området. Ute var det minusgrader, inte mycket varmare inne,
och ändå svettades hon ymnigt, hennes kropp arbetade på högvarv för att
kämpa för sin överlevnad.

Han hade stått över henne och betraktat henne de senaste tjugo
minuterna i väntan på att hon skulle vakna ur sin dvala. När hon väl gjorde
det hade hon slängt vilt med armarna och testat hållbarheten hos bojorna
runt handleder och fotleder. Varenda en hade hållit för påfrestningen. Nu,
några minuter senare, fortsatte hon att slita och vrida sig, men hennes
rörelser hade blivit mer som ett slingrande, ansträngda och utmattade, och
hennes energinivåer var uttömda. Alkoholen hon hade druckit under de
senaste timmarna hade inte varit till mycken hjälp.

Hennes ögon var vilda av skräck, men de bar fortfarande spår av
alkoholens dova dimmighet. Och för någon i hennes ålder, någon vars
kropp inte hade byggt upp toleransnivån för att klara av det, antog han att
hon skulle förbli så under de närmaste timmarna. I ett dämpat,
transliknande tillstånd.

Perfekt.

Hon hade gjort halva jobbet åt honom.

När han steg fram ur mörkret i rummet log han bakom nätet framför ansiktet och gick mot henne. Så fort hon kände hans beröring på pannan intensifierades hennes ryckningar. Hela kroppen den här gången, inklusive brösten.

Han beundrade dem ett ögonblick och fortsatte sedan. Det här handlade inte om något sexuellt. Det hade det aldrig gjort och skulle aldrig göra. Han hade bara tagit av henne kläderna för att det var nödvändigt. För att han ville se hur *de* reagerade. Han skulle ha gjort samma sak med Lily Monteith; lagt henne på golvet och tagit god tid på sig med latexen, smetat in den pasta han köpt specifikt för henne över hennes kropp. Men handsken hade verkat mycket snabbare än han hade förväntat sig, så han hade tvingats avbryta deras afton i förtid.

I kväll skulle det bli annorlunda.

I kväll skulle han ha tid att njuta av det, att se händelseförloppet utspela sig framför honom.

Att finslipa processen.

"Schh", sa han medan han långsamt strök hennes hår. Hårets textur kändes splittrad, avlägsen under hans fingrar.

Dräkten var visserligen för hans egen säkerhet, men han var tvungen att motvilligt erkänna att den förstörde upplevelsen. Särskilt nätet framför ansiktet som hindrade honom från att granska hennes kropp så detaljerat som han hade velat.

Själva dräkten var exemplarisk. Inköpt från en ansedd leverantör i Brasilien. Resår vid fötter, händer och midja. Tillverkad av den tjockaste polybomullen på marknaden. Och den hade till och med fickor på låren, ifall han skulle behöva det.

Han fortsatte att stryka hennes hår ett ögonblick i hopp om att det skulle lugna henne. Men det hade inte önskad effekt. I stället fortsatte hon att anstränga musklerna och förvärra skavsåren som bildades runt hennes handleder och fotleder. Kanske trodde hon att något sexuellt skulle hända henne. Kanske trodde hon att dräkten var en del av hans fetisch. Men hur skulle han kunna berätta för henne att verkligheten skulle bli mycket värre utan att förstöra överraskningen?

"Schh", fortsatte han. Fortfarande med föga resultat.

Han kunde inte lova henne att allt skulle bli bra, för det skulle det inte bli. Och han hade inte för vana att ljuga eller ge falska förhoppningar. Han gillade att säga saker som de var.

Med det uppenbara undantaget att hålla *det här* hemligt och absolut inte säga något till någon.

Då han insåg att det inte fanns något mer han kunde säga eller göra (han hade redan haft svårt att slita blicken från Ferns smala, späda, minderåriga kropp) bestämde han sig för att det var dags att börja.

Han strök henne en sista gång över håret, vände sig sedan om och gick mot utgången. Några ögonblick senare återvände han med ett föremål i handen.

Till en början verkade Fern inte känna igen det. Men när ljudets intensitet ökade sträckte hon på halsen och hennes ögon vidgades, hennes pupiller fokuserade och nästan omedelbart var det som om hon var nykter igen, som om alkoholen plötsligt hade runnit ur hennes system.

Hon visste precis vad som väntade.

Han visste precis vad som väntade.

Vilket innebar att det var dags att påbörja nästa steg i processen att befria världen från dem som var svagare än han själv, svagare än befolkningen i allmänhet.

En allergi i taget.

KAPITEL
SJUTTON

Tomek gäspade när han vände på de stekta äggen. Han behövde steka dem ordentligt, hade Kasia sagt. Det hade varit ett krav första gången han gjorde frukost åt henne. Inget av det där slafsiga, ogräddade överst som såg ut som vatten. Hennes ägg skulle vara stekta nästan till förkolning. Detsamma gällde hennes rostat bröd och bacon, svart på alla sidor.

"Vilka lektioner har du i dag?" frågade han när hon kom in i köket, skoluniformen på trekvart.

"Inget spännande", sa hon. "Matte. Historia. Idrott. Engelska. Och dubbel NO."

"*Dubbel* NO?" frågade Tomek. Han kunde inte tänka sig något värre.

"Japp", svarade hon. "Dubbelt så lång lektion. Dubbelt så tråkigt. Men nog om mig. Jag vill veta hur det gick för dig i går kväll."

Tomek vände äggen igen och grimaserade åt den gula äggulan som nu liknade en svampig gummiboll.

"Hur det "gick"?"

"Ja. Fick du ragg?"

Tomek skrattade till. Han bestämde sig för att hålla charaden vid liv.

"Det har du inte med att göra."

"Det där är alltså ett ja."

"Nej, det är det inte. Det är ett "det angår inte dig, så håll näsan borta", ett "det har du inte med att göra".

"Såg hon bra ut?"

Det hade Tomek inte tänkt på. Faktum är att han inte kunde minnas vad hon hade haft på sig.

"Öh, ja. Hon såg bra ut."

"Vad hade hon på sig?"

Och då mindes han. Ett par vita jeans, nytvättade och möjligen strukna. Ett par vita seglarskor vars färg hade bleknat en aning. En svart kavaj över en grå stickad tröja. Hon hade uppenbart ansträngt sig, och han hade varit fullkomligt blind för det.

"Låter som att hon hade klätt upp sig."

"Ja. Tack, kärleksmäklare."

"När ska du träffa henne igen?"

"I tjänsten?"

"Det var inte det jag frågade", svarade Kasia och såg strängt på honom. "Och det vet du."

"Ingenting går dig förbi."

Tomek blev klar med äggen och ställde fram hennes frukost på bordet. Kasia slog sig förväntansfullt ner på stolen.

"Har jag träffat henne?"

"Nej."

"Kan jag?"

"Nej."

"Varför inte?"

"För att hon är en kollega. Och det är inget på gång mellan oss."

"Hur är det med Saskia?" frågade Kasia. "Vet Saskia om Abigail?"

"Hur i h—vete—" började han men hejdade sig. Han höjde ett ögonbryn. "Hur vet du vad hon heter?"

Kasia krympte till synes i stolen och gjorde sig upptagen med frukosten, åt snabbt så att hon slapp svara på frågan.

"Jag har mina vägar", sa hon försiktigt.

"Tja, sluta med dem. Det är inget på gång med vare sig Saskia eller Abigail. Och jag vill inte att det ska vara det heller."

"Varför inte?" Tonen i hennes röst gick från ivrig och störig till eftertänksam, med ett äkta stråk av oro.

"Tja..."

Försiktig nu, Tomek.

"För att jag måste ta hand om dig, eller hur? Och jag har jobbet. Båda tar upp—"

"Låt inte mig stå i vägen för ditt kärleksliv", sa hon till honom medan hon åt upp det sista av frukosten. "Inte om det hindrar dig från att vara lycklig."

"Det gör det inte. Det gör du inte. Jag..."

"Jag vill att du ska vara lycklig", sa hon uppriktigt.

"Och jag vill att du ska vara lycklig också", svarade han lika uppriktigt.

"Toppen. Så är det okej om Billy kommer över en kväll efter skolan?"

Och där kom den. Baktanken. Anledningen till att hon velat snoka i och lägga sig i hans privatliv. Anledningen till att hon velat få honom att säga saker så att han inte kunde backa.

Hon hade lurat honom.

Trodde hon.

"Jag har tänkt på det där", började han. "Jag skulle vilja träffa Billy. Kanske kan vi tre gå ut och äta middag så att jag kan lära känna honom lite bättre."

"Jag... öh..." Färgen rann ur ansiktet på henne. "Jag menar... jag kan fråga. Men jag tror inte att han skulle vara bekväm med det."

Klart han inte skulle. Pojken var klassens clown i klassrummet men en mus utanför.

"Så kan han komma hem hit en kväll efter skolan?" envisades hon när han inte sa något.

Han tvekade innan han svarade. Ordet som fyllde honom med skräck dök upp i huvudet.

Situationship.

Alla fem stavelserna.

"Vad ska ni två göra om han kommer hit?" frågade Tomek. Han lade händerna på ryggstödet på matsalsstolen medan han väntade på svar.

Kasia hade skjutit tallriken ifrån sig och var i färd med att packa sin skolväska för dagen. En matlåda, hennes planeringsbok, skrivhäften och en vattenflaska hamnade i mittfacket.

"Det har du inte med att göra", svarade hon till slut.

Tomek visste att hon försökte vara smart, försökte spela honom med hans egna kort, men tyvärr för henne hade hon just sagt det sämsta möjliga – utan att förstå det.

Sit-u-a-tion-ship.

"Du är lite för smart för ditt eget bästa ibland", sa han, "men nu när du just sa det finns det ingen chans att jag kan låta honom komma hit. Inte utan vuxen tillsyn i alla fall."

Kasias ansikte vecklade ihop sig till en boll av raseri, som om han just hade beslagtagit hennes mobil – eller något annat lika livshotande för en trettonåring. Men innan hon hann svara ringde hans mobil och vibrerade mot benet.

Konstigt nog, och samtidigt sorgligt, visste han vad samtalet skulle gälla. Intuitionen, de små varningsklockorna, ringde redan i hans huvud.

Medan han lyssnade på DC Oscar Perez som förklarade att ännu en tonårsflickas kropp hade hittats, visste han att hans nästa samtal med National Crime Agency skulle gå mycket bättre än det förra.

KAPITEL
ARTON

Tvärt emot Lily Monteiths var brottsplatsen helt annorlunda. Kroppen hade lämnats, halvnaken, utan värdighet och exponerad för väder och vind och de icke avundsvärda blickarna från hennes kollegor och proffsen som arbetade runt henne. Eftersom hon inte hade några kläder på sig, annat än underkläderna hon hade tagit på sig innan hon dog, fanns det heller ingen väska eller någon form av legitimation.

Sättet hon hade dumpats på var också annorlunda. Den här gången hade hon släppts på gräset mitt i Belfairs Park, nära Leigh-on-Sea, i vrede, i frustration. Kastad i marken som en tom chipspåse. Armarna var söndertrasade och vanställda, låg i obekväma och onaturliga vinklar; benen likadant.

Men det hindrade dem inte från att se hennes skador.

Å nej.

De hade lämnats öppet för hela världen att se.

Nålstickshålen över hela kroppen. De överdimensionerade kvaddlarna på huden, upphöjda som små vulkaner. Massan av dem i ansiktet och på bröstet. Utslagen på läpparna och kinderna. Gaddarna som fortfarande stack ut från angreppspunkterna.

"*Jezus Maria*", sa Tomek när han närmade sig kroppen. "Hur många är det?"

"En enda hade räckt för att döda henne", svarade Lorna, som stod där med händerna i fickorna på sin forensiska overall. "Förutsatt att det här hänger ihop med *din* mördare."

Som om han och gärningsmannen vore vänner som hade regelbunden kontakt.

Med Tomek följde dock hans *faktiska* vänner. DS Campbell och DC Chey Carter, teamets yngsta medlem.

Tomek försökte räkna antalet röda prickar på flickans kropp. "Det är minst femtio stick. Och det är bara på ena sidan."

"Så minst femtio bin", fyllde Sean i.

"Japp. Bra början." Hans blick svepte över flickans underkläder, mot hudområdet vid insidan av låret. "Den där ser ut att sitta kvar i henne."

Den lilla kulan av svart och gult lutade åt ena sidan, svajade sakta i vinden. Det var ett under att den hade överlevt så länge. Tomek böjde sig ner för att titta närmare.

"Akta!" ropade Chey och stack upp en hand framför Tomeks ansikte. "Rör den inte, annars kanske den blir en zom-*bi*!"

I några ögonblick sa Tomek ingenting. Inte för att han inte visste vad han skulle säga (han visste exakt vilka ord som skulle komma ur hans mun långt innan Chey hörde dem), utan för att han blev så ställd av kommentaren att det tog hjärnan några sekunder att avgöra om konstapeln faktiskt hade sagt det.

Till slut vände sig Tomek om mot den unge utredaren och gav honom en mörk grimas. "Du är en jävla skam, kompis. Du borde skämmas. Visa lite jävla respekt."

Hur oförsvarlig kommentaren var syntes snabbt i Cheys ansikte, och han bad om ursäkt gång på gång. Tomek accepterade den och välkomnade honom sedan till det han kallade Strafflaget: en liten enhet som för närvarande bara bestod av just Chey, som nu skulle ta alla långa pass, övertiden och de tråkiga, monotona uppgifterna som ingen annan ville göra. Om någon i teamet behövde någon som hämtade något från bevisen, var Chey mannen. Om de behövde någon som gick på en obduktion åt dem, skulle Chey vara det första namnet som dök upp i allas huvud.

Tomek ville inte leda med så hård hand, men det var nödvändigt. Det finns en tid och plats för sådana kommentarer, och att stirra rakt på en kropp som bara hade varit kall i några timmar var sannerligen varken tiden eller platsen.

"Nu gick du för långt, mannen", sa Sean och skakade på huvudet när

Chey kröp ihop bakom dem båda i ett försök att hålla sig ur sikte. "Alldeles för långt."

"Som om du inte hade sagt värre", viskade Chey mellan tänderna.

Tomek hörde vartenda ord. Såg det också. Dimman i hans andedräkt var den största avslöjaren. "Åh, vi har varit där, gjort det", svarade han. "Men vi har lärt oss när och var. Det ska du också göra. En sorts övergångsrit."

"Hur som helst tycker jag fortfarande att det han sa är vidrigt."

Alla tre män vände sig om och såg den sista dimman lämna Lornas mun.

"Nå, å den unge Mr Carters vägnar", började Tomek, "ber jag om ursäkt."

"Det är bara vidrigt för att jag inte kom på det först."

Å, toppen, tänkte Tomek. *Två opassande komiker i teamet.*

La han till sig själv och Sean, var de redan långt över hans smärtgräns.

Med tankarna tillbaka på saken pekade Tomek på biet som stack ut ur flickans lår. Till Chey beordrade han: "Hitta en SOCO. Få dem att *försiktigt* ta bort insekten och lägga den på bevislistan. När du har gjort det vill jag att du tar reda på vilken sorts bi det är och varifrån det kom."

Chey öppnade munnen för att säga något men Tomek avbröt honom omedelbart.

"Våga inte för fan säga att det kom från en bikupa, annars klipper jag till dig och slänger ut dig ur det här teamet."

Chey lämnade samtalet med ett snett leende på läpparna.

"Ungar nuförtiden", sa Sean och rullade med ögonen för sarkastisk effekt.

"Små skitpratare, eller hur? *Gówniaki* kallar vi dem hemma. Översatt ungefär till *skitungar*. Men Chey är en av de bra, även om han inte vet hur man beter sig ordentligt än."

"Han är lite som en otränad hund. Kissar och skiter överallt."

Tomek tittade upp på sin vän, alla hans sex fot och fyra tum, och klappade honom lekfullt på ryggen. "Jag har redan en kiss-och-skit-grej hemma. Hon är inte liten, för all del, och hon är väl rumsren, men hon kissar och skiter ändå. Du har inte lust att ta den där under dina vingar?"

Tomek nickade åt Cheys håll. Den unge mannen stod nervöst och pratade med en ansiktslös gestalt i vit forensisk overall.

Seans ansikte förvreds när en vindpust blåste in och bar med sig Lornas ord.

"Vad fan är det för fel på er?" frågade hon. "Jag trodde *jag* var den konstiga. Men ni är något helt annat. Det är ett jävla mirakel att någon av er får något jobb gjort."

"Det är ett mirakel att vi får *något* gjort", svarade Sean. Vinden hade börjat tillta och slog upp sidorna av hans forensiska overall i ansiktet.

När han sa det slog ett vilset löv till honom på kinden. Tomek var just på väg att skratta när han såg en hög av dem, dyngsura och roströda, störta mot dem. Hans första tanke var att skydda kroppen. Men SOCO-teamet höll just på att hämta tältet från sin van och kämpade själva med vinden. Tomek hukade sig bredvid flickan och började plocka bort de löv och annat skräp som hade blåst över henne i angreppet.

Tack och lov var de bara en handfull, och bara några få av dem hade landat på någon av de otaliga bistick som märkte hennes kropp.

"Vi måste få henne täckt så snart som möjligt", konstaterade han, utan att rikta det till någon särskild.

"De jobbar på det", sa Chey när han kom tillbaka.

Med honom kom en brottsplatsutredare som höll en plastpåse i handen. Hon böjde sig ner, tog fram ett tunt plaströr ur påsen och tryckte det mot flickans lår. Sedan knep hon, med varsam precision, loss biet ur såret med en pincett och släppte ner det i röret.

Tomek tackade henne. Hon ignorerade honom och meddelade Chey att någon i teamet skulle ta kontakt med bevisansvarig angående bevisnumret. Och med det gick hon.

"Känner du henne?" frågade Tomek.

"Vem?"

"Henne."

"Vem?"

"Är du en jävla uggla? Den unga damen som just kom över och tror att du är högre i rang än jag."

"Åh, *henne*." Cheys kinder blossade röda. Antingen var det kylan som plötsligt påverkade blodflödet i ansiktet, eller så hade han just blivit ertappad och visste om det. "Neeeej... aldrig träffat henne i hela mitt liv."

Tomek korsade armarna över bröstet. "Självklart har du inte det."

"Är det en sån där situationship?" frågade Sean Chey och tittade rakt på Tomek.

"Dra åt helvete", svarade han. "Låt oss släppa hela konversationen och gå vidare. Först vill jag veta vem den här flickan är. Sen vill jag veta vad hon gjorde här, var hon hade varit, vem hon var med och vad som hände henne. Sen ska jag skicka ner Chey på obduktionen och för identifieringen av offret. Och Sean, om du vill följa med honom, så fortsätt gärna med fåniga kommentarer om min trettonåriga dotters sociala liv."

KAPITEL
NITTON

När de kom tillbaka till kontoret hade Rachel gjort klart med upprättandet av det stora insatsrummet, och alla i teamet började sippra in. Längst fram i rummet stod DCI Cleaves och DI Orange sida vid sida, som två armégeneraler på väg att ge sista ordern innan de skickade trupperna i krig, armarna bakom ryggen, ryggarna raka. Tomek gick fram till dem.

"Vad handlar det här om?" frågade han. "Ni ser ut som Thelma och Louise där borta."

Nick sänkte rösten och talade rakt på sak. "Jag har flyttat över fallet till Victorias ansvarsområde. Det är hon som leder det nu."

Orden kändes som en örfil, en knytnäve i magen och en spark i kulorna. Allt på en gång. Victoria. Som chef. Nick hade gått emot sitt ord och knuffat bort Tomek från fallet. Det var inte längre hans att leda, hans att övervaka, hans chans att bevisa sig.

"Med tanke på hur komplext fallet är," fortsatte Nick, "ville jag att någon med lite mer erfarenhet skulle ta över härifrån."

Tomek kunde inte fokusera på något annat, inte pratet bakom honom, inte ljudet av fötter som skrapade mot heltäckningsmattan, inte dörren som slog igen. Det enda han kunde fokusera på var Nicks ordval.

Någon med lite mer erfarenhet.

Lite var nyckelordet. Victoria hade snabbspolats till inspektörsnivå, vilket inte alltid betydde att hon hade erfarenheten som krävdes. Som Nick just hade visat.

Någon med lite mer erfarenhet.

Tomek tryckte ner ilskan som började brinna inom honom. Han hade inget att säga.

"Det är inget personligt, Tomek. Jag vill bara få grepp om det här innan det spårar ur. Jag har kallat till en presskonferens i eftermiddag. Jag vill veta var vi står tills dess."

Det förklarade varför han hade sett ett gäng gestalter i kappor stå och trycka under paraplyer utanför stationens huvudentré. Som anställda brukade de använda personalingången på baksidan eftersom det var lugnare och väckte mindre uppmärksamhet. Och risken var mindre att bli antastad av en desperat journalist som ville ha en kommentar.

"Toppen," sa Tomek och hoppades att den beska tonen i rösten hördes. "Som jag sa. Inget personligt."

"Behöver ni mig till något just nu? Jag måste ringa ett samtal."

Nick och Victoria såg på varandra. Nick suckade när han svarade. "Vi behöver dig faktiskt här."

"Varför?"

"Tja, för att det är du som har drivit den här utredningen hittills. Det är du som vet allt som finns att veta."

"Intressant."

Nick suckade igen. Den här gången djupare, längre. "Gör det inte svårare än det är. Och tro inte att allt handlar om dig."

"Det gör det inte."

"Det gör du visst. Som jag ser det framstår du som ett trotsigt barn just nu. Vem behöver du prata med?"

"National Crime Agency. Jag tänkte att de kanske vill höra om vår Jane Doe."

"Kan du ringa dem sen?"

Han ryckte på axlarna. "Kanske."

"Nå, hur lång tid kommer det ta?"

Betydligt mindre om du slutar prata med mig och låter mig gå nu.

Ännu en axelryckning. "Så lång tid det tar."

"Bra. Ring samtalet. Men kom tillbaka."

Som om han skulle gå någon annanstans.

. . .

Samtalet till NCA hade gått bättre än han hade väntat sig. Han förklarade för sin kontakt, Naomi Mackenzie, att en fjärde kropp hade hittats. Och när hon frågade var den tredje kroppen kom ifrån, beskrev Tomek händelserna kring Diana Greenocks död i Manchester, och kopplingen mellan henne och Mandy Butler; den lilla men betydelsefulla kopplingen som blev alltmer hållbar ju längre dagarna gick. Efter att ha hört det meddelade Naomi att hon och hennes team skulle titta närmare på detaljerna i fallet. Det enda han behövde göra var att skicka över uppgifterna och invänta deras samtal.

Det var inte ett blankt nej. Det var en öppning. En välkommen förbättring.

Tyvärr gällde det inte hans humör. Han var fortfarande rasande när han kom tillbaka till insatsrummet. Det som störde honom mest var inte att han hade ersatts av någon som bara var snäppet mer senior och med snäppet mer erfarenhet; det var att Nick inte litade tillräckligt på honom för att låta honom sköta jobbet själv. Tomek ville gärna tro att han hade bevisat vad han gick för fram till dess, att han hade grävt fram ytterligare två potentiella offer, att han hade gjort den första kopplingen, med hjälp av Martins noggrannhet och analys, mellan Lily Monteith och Mandy Butler. Utan hans intuition hade det inte blivit någon presskonferens, ingen seriemördare och ingen rättvisa för Diana Greenock och Mandy Butler.

Så varför det plötsliga ledarskiftet?

Han visste att han skulle göra sig tokig om han grubblade över det, så han bestämde sig för att tänka på något annat. Att rikta om sin aggression. I stället valde han att tänka på nästa steg, de nästa steg *han* skulle ta för att hitta mördaren.

Men innan han kunde tänka ordentligt på det, kallade Nick och Victoria fram honom till rumsfronten för att förklara allt han visste. När han stod där och såg ner på kollegornas ivriga ansikten, puttade han undan Victoria och Nick ur medvetandet, föreställde sig att de inte var där, och tog en mental bild av sitt team när de såg som piggast ut, för han visste att om några veckor skulle de där vilda, förväntansfulla ögonen vara trötta och urblåsta, utmattade av sena kvällar och övertid, tid de skulle vara borta från sina familjer under julhelgen. Det här skulle vara sista gången de såg ut så här, och han ville se till att det varade så länge som möjligt.

"För fem år sedan," började Tomek och vände blicken mot whiteboarden. Han torkade av den med ärmslutet och delade tavlan i fyra rutor. Överst i varje ruta skrev han namnen på de fyra offren i kronologisk ordning. Diana Greenock, Mandy Butler, Lily Monteith, och nu deras senaste oidentifierade offer, deras Jane Doe. "För fem år sedan," började Tomek igen, medan han klottrade, "hittades 28-åriga Diana Greenock död i sin lägenhet på bottenvåningen i Manchester. Hon var svårt allergisk mot katter och katthår och dessutom astmatiker. Hon upptäcktes av en vän som hade kommit över eftersom hon inte hade dykt upp på jobbet. Vännen ringde snabbt in det, men när hon försökte återuppliva henne var hon redan borta. Obduktionen visar att hon dog av ett astmaanfall *framkallat* av katten som hittades i hennes rum."

Tomek pekade på Mandy Butlers namn och började skriva detaljerna om hennes död under det.

"För två år sedan, alltså ett glapp på tre år mellan Dianas och Mandys död, dödades 17-åriga Mandy Butler på en konsert på Cliffs Pavilion. Misstänkt överdos. Under konserten kom en man som påstod sig känna Mandy fram till henne och hennes vän och erbjöd dem droger. Mandy tackade ja, tog drogerna och dog sedan till följd av dem. Drogerna var ecstasy, men de råkade vara spetsade med stora mängder ibuprofen och paracetamol, ämnen som Mandy var allergisk mot. Hon dog på dansgolvet, omgiven av hundratals människor, och blev nedtrampad. Obduktionen fastslog att dödsorsaken var ecstasy, men hennes föräldrar tyckte annorlunda. Och det gör jag också."

Tomek drog fingrarna vidare till det tredje namnet på listan.

"Lily Monteith. Dog bara för några dagar sedan. Hittades i John Burrows Park tidigt på morgonen, fullt påklädd och utan någon indikation på vad som hade hänt henne. Det visade sig, enligt obduktionen, att en kondom och en latexhandske hade tryckts ner i halsen på henne. Latex, ett ämne som hon var dödligt allergisk mot.

"Och här har vi vår Jane Doe, vårt senaste offer. Hittades halvnaken i Belfairs Park, täckt av nästan hundra stick som ser ut att vara bistick. Vi har inget namn på den här stackars tjejen, eftersom ingen legitimation fanns kvar på platsen."

Tomek klottrade klart på whiteboarden och vände sig till teamet: *sitt* team.

"Det vi verkar ha är fyra till synes slumpmässiga och orelaterade dödsfall. Förutom en sak, en sak de alla har gemensamt. En svaghet som en illasinnad och ond mördare har utnyttjat och missbrukat. Deras allergier."

Tomek pausade ett ögonblick för att låta informationen sjunka in och för att hämta andan. Han såg ut över väggen av flitiga, uppmärksamma ansikten. Det syntes tydligt att de var fängslade och nyfikna, att de alla tycktes tro att det här var hans utredning. "Så långt jag har kunnat se kände ingen av offren varandra. Men det kan ändras under våra gemensamma utredningar. Det finns dock något som länkar våra två första offer." Tomek viftade med whiteboardpennan mellan Diana Greenock och Mandy Butler. "Manchester... Diana Greenock bodde och dog i Manchester, och vid ett tillfälle bodde även Mandy Butler där, innan hon flyttade till Essex med sin familj för lite drygt tre år sedan. Det betyder att hon hade bott i området i över ett år innan hon dödades. Och jag misstänker att vår mördare verkar ha följt efter henne hit. Jag pratade med hennes vän i går morse, och hon bekräftade att mannen som sålde drogerna kände Mandy från hennes tid i Manchester.

"Jag misstänker också att vi letar efter någon som kände dem alla. Någon som har tagit sig tid att lära känna tjejerna innan han dödade dem och tagit reda på vilka deras *svagheter* var innan han hittade ett sätt att utnyttja dem. Han hade behövt tid att förbereda och tid att planera vad som hände dem. Det första mordet skedde för fem år sedan, och glappet mellan Diana Greenocks mord och Mandy Butlers är tre år. Glappet mellan Mandy Butlers och Lily Monteiths är två år. Och nu är avståndet mellan Lily Monteith och vår Jane Doe bara några dagar. Ni ser vart jag vill komma. Tiden mellan morden blir snabbt kortare, vilket oroar mig eftersom det kan komma fler. Och vi måste se till att hitta honom innan vi hittar nästa kropp."

Tomek pausade igen och öppnade för frågor. De haglade – "Hur gamla var de andra tjejerna?", "Fanns det några spår av sexualbrott?", "Varför var en av dem halvnaken och de andra inte?" – men innan han hann svara klev Victoria in och puttade honom åt sidan.

"Tack för det, Tomek," sa hon och log spydigt mot honom. "Jag kan ta det härifrån."

"Ursäkta?"

Frågorna tystnade och rummet föll i tystnad.

"Tack för den genomgången, men jag kan ta det härifrån." Hon vände sig mot åhörarna innan han fick en chans att svara. "Det här är alla frågor vi måste hitta svar på. Som Tomek sa letar vi efter någon som potentiellt står tjejerna nära, eller någon som har tillgång till dem. Någon i deras liv som de alla delar. Vi måste hitta den personen."

Utan att märka det klev Tomek åt sidan i rummet, som om han flyttades av en ostoppbar kraft. Till slut hittade han en ledig stol i utkanten av gruppen. Han sjönk ner i stolen och lyssnade på orden som föll ur Victorias mun. Han hade föga för avsikt att göra som hon bad honom. I hans huvud var det här hans utredning, hans plan, och strategin han bar på var den rätta.

Längst fram i rummet vände Victoria sig mot whiteboarden och drog en horisontell linje över alla fyra namn, vilket delade tabellen i två. Sedan skrev hon med gigantiska bokstäver "Nästa steg" utan att bry sig om att korsa de vertikala linjerna. I varje kolumn började hon skriva nästa steg för varje offer och dela ut uppgifter och roller till respektive teammedlem.

"Det bästa sättet att bekämpa det här är om vi delar och härskar," började hon och klottrade samtidigt. "Nadia och Sean, jag vill att ni tar reda på vilka som bodde i samma hyreshus som Diana Greenock. Arbeta tätt med Chey och Martin, som kommer att utreda Mandy Butlers död. Jag behöver att ni hittar en koppling mellan dem. Anna och Oscar tittar på omständigheterna kring Lily Monteiths död, medan Tomek och Rachel tar reda på identiteten på vår Jane Doe."

Tomek märkte hur Rachel kastade en blick mot honom i en gest av samhörighet, men han ignorerade den och fortsatte stirra på Victoria där hon skrev på tavlan, fortfarande ursinnig över att det inte var han som stod där i stället.

"Inom de närmaste timmarna har vi en presskonferens inplanerad," sa Nick och klev fram. Under de senaste minuterna hade kroppen spänts; axlarna var tillbakapressade, handlederna spända och nävarna knutna. "Jag går upp ensam, men om ni får fram information vill jag ha någon där som kan viska i mitt öra. Samma person måste brieffa mig innan jag går upp."

Nicks huvud vände sig automatiskt mot DC Anna Kaczmarek, eller Trippelordpoäng, som hon kallades i gänget. Som presskontakt (utöver rollen som familjekontakt) var det hennes uppgift att förbereda informationen som gavs till journalisterna. En del av Tomek hade väntat sig att Nick skulle titta på honom, men när det inte hände drog han en lättnadens suck.

Lättnaden blev dock kortvarig.

"Tomek kan göra det."

Förslaget kom från Victoria. Så fort han hörde det bet han ihop käkarna och malde tänder.

"Jag..." Nick tvekade.

"Jag är upptagen," svarade Tomek. "Det här är inte min utredning längre. Jag har egna uppgifter."

"Inte om inte jag säger åt dig," svarade Nick, mer bestämt den här gången.

Tomek valde att inte säga mer. Han såg den lilla grop han redan hade grävt åt sig själv och bestämde sig för att inte sjunka djupare. Han hade varit där förut, och att ha Nick torna upp sig över honom medan han pissade i gropen var inget han ville uppleva igen.

"Jag tror det var allt för nu," sa Nick. "Ni kan gå."

På en gång reste sig alla ur stolarna och gick mot utgången. Alla utom Tomek. Så fort dörren slog igen bakom den sista personen lade Nick händerna på stolsryggen och drog en tung suck. Hans signum.

"Kan du sluta med den här barnsliga skiten?"

"Vilken barnslig skit?"

"*Den där*. Den där omogna skiten där du låtsas vara arg."

"Men jag *är* arg."

Nick suckade igen. För varje gång blev de högre och längre.

"Du fattar varför jag var tvungen att byta ledning, va?"

"För att rädda ansiktet."

"Vad sa du?"

"För att du känner skuld över hur du hanterade utredningen av Mandy Butler och du vill inte framstå som att du gör samma misstag igen genom att låta en sergeant vara SIO."

Den här gången blev det ingen suck. Bara en lång, sammanhängande inandning som han höll kvar länge. I ett ögonblick undrade Tomek om han ens andades.

"Passa din jävla ton, Tomek. Annars tar jag dig av det här teamet och den här jävla utredningen."

Tomek log självgott och lade handen på dörren. "Du har redan gett ett löfte du inte kunde hålla, chefen. Så jag tar risken."

KAPITEL
TJUGO

Tjusningen med hans nästan far-och-son-relation med Nasty Nick var att de kunde bråka och tjafsa hur mycket de ville, men de blev alltid sams igen strax därefter. De brukade inte bära agg efter oenigheterna – oftast. Tomek hade tryckt på Nicks ömma punkter så länge han kunde minnas, och inget hade kommit emellan dem som verkade ändra på det. Förutom nu. När Tomek lämnade sambandsrummet hade han på känn att deras relation skulle ta tid att läka efter grälet. Att hans kommentarer hade varit över gränsen. Att de hade varit ett personligt angrepp på Nick och hans förmåga att leda och sköta sina plikter som kommissarie. Det stämde förstås, men Tomek var minst lika enveten skitstövel som Nick och därför skulle det dröja innan han bad om ursäkt för sina ord. Lika mycket förväntade han sig en ursäkt för att ha blivit lovad rollen som huvudutredare och få den undanryckt i sista stund. Och om den inte kom, visste han inte vart deras relation tog vägen därifrån.

"Är det lugnt, chefen?" Rachel frågade.

"Aldrig mått bättre", ljög han.

"Kan du starta bilen? Det är bara det att jag fryser och skulle behöva få på värmen."

Tomek hade inte märkt det, men han hade suttit i bilen i minst en minut utan att göra något.

Det tog några minuter innan bilen blev varm och de slutade skaka. Färden till Fern Clements hus i Hockley tog drygt tjugo minuter.

Strax efter att Nick hade avslutat mötet kom ett samtal in till kontoret från växeln om en försvunnen person som stämde med signalementet på deras okända flicka. Nu var de på väg till familjen Clements för att bekräfta flickans identitet.

"Tänk om det är hon?" frågade Rachel medan Tomek körde längs den stora genomfartsleden.

"Då är det beklagligt, men det sparar oss mycket fotarbete", svarade han.

"Men hur som helst kommer en familj att få hjärtat krossat."

"Har du bilden?"

Det hade han. Men han önskade att han inte hade det. Bilden som hade tagits på den okända flickans ansikte. Den sida som hade minst svullnader. Den sida som skulle orsaka minst lidande för hennes familj.

Den sida som, skulle det visa sig, bekräftade deras misstankar.

Kelly Clements hade bara klarat att titta på bilden i några sekunder innan hon nickade genom tårfyllda ögon. Sedan försvann hon in på badrummet och lämnade sin man Ralph ensam med insikten att deras dotter var död. De bodde i ett trevligt friliggande hus med fyra sovrum, högt i tak och rymliga rum. Utsikten från altandörrarna längst bak i vardagsrummet vetter mot en perfekt skött trädgård som tycktes glöda trots det bistra vintervädret utanför. Ett hus som just hade blivit mycket tystare, mycket tommare.

Tomek väntade tålmodigt på att Kelly skulle komma tillbaka. Det gjorde hon en minut senare, beväpnad med ett knippe pappersnäsdukar i famnen, några stack ut under armhålorna.

"Och... och ni är säkra på att hon är borta?" frågade Kelly när hon satte sig. "Ni är säkra på att det är hon?"

Tomek beundrade Kellys brinnande vilja att klamra sig fast vid det omöjliga. Att flickan på bilden inte var hennes dotter, inte kunde vara det. Att flickan på bilden bara lekte med dem, att bisticken inte hade sugit livet ur henne. Herregud, han visste att han hade betett sig likadant i hennes situation.

"Er dotter hittades i morse i Belfairs Park. Det här fotot visar bara hennes huvud, men resten av kroppen är täckt av samma utslag", förklarade Tomek.

"Vi misstänker att det är bistick", fortsatte Rachel. Hennes röst var mycket mjukare och mildare än hans och fick Fern Clements föräldrar att reagera lugnare. "Är er dotter möjligen allergisk mot dem?"

Med vilda ögon nickade Kelly och Ralph Clements långsamt.

"Men", började Ralph men rösten stockade sig. "Varför skulle någon göra så här mot henne? *Vem* skulle göra så här mot henne?"

"Det är precis vad vi tänker ta reda på", fortsatte Rachel. Tomek var mer än nöjd med att hon tog kommandot här, och att han själv klev in bara vid behov. *Om* det behövdes. "Innan vi går vidare till frågor om händelserna kring er dotters död vill vi informera er om att vår chef, Detective Chief Inspector Nick Cleaves, kommer att framträda i tv inom de närmaste timmarna angående er dotters död. Just nu kommer hon inte att namnges, eftersom vi inte väntade oss att få fram hennes identitet så här snabbt, men det kan vi ändra om ni önskar. Anledningen till att vi går ut med uppgifter och vädjar om vittnen är att vi tror att Ferns mord hänger ihop med tre andra mord. Vi kan inte gå in på alltför många detaljer nu, men vi kan dela allt som kommer att sägas på presskonferensen. Har ni några frågor om det jag just har sagt? Jag förstår att det är mycket att ta in och mycket information att bearbeta, så ta den tid ni behöver."

De hade inga frågor. Men Tomek hade det: lär mig, Rachel. Under alla sina år var det där kanske det mest välformulerade och lugnande sätt han någonsin hade hört ett dödsbud framföras på. Hans brukade vara rakt på sak, sakliga, nästan känslolösa. Rachels hade varit raka motsatsen. Det var inte precis raketforskning, visst, men Tomek tänkte att han kunde lära sig ett och annat av henne, något han hade försummat under de fyra månader hon hade varit i teamet sedan hon kom från Metropolitan Police.

"Vi har en familjekontakt som blir er främsta kontaktväg", började Rachel, och sedan fortsatte hon att förklara Annas roll för familjen och hur hon skulle bli som en tredje familjemedlem. (Fast hon nämnde inte att hon kanske skulle bli som en sorts avlägsen kusin, med tanke på alla familjer hon var tvungen att lägga till på sin lista.)

"Jag vill också tillägga, innan vi fortsätter, att jag verkligen beklagar er förlust och att vi ska göra allt vi kan för att ta reda på vem som gjorde detta mot er dotter", avslutade hon.

En fin gest. Och det verkade fungera också.

"Vi... vi uppskattar det, tack", sa Ralph, modigare den här gången. "Jag tror... jag känner... jag känner mig tryggare och mer bekväm när jag vet att ni har ärendet, tack."

Rachel gav dem varsin varm handklämning och riktade sedan uppmärksamheten mot detaljerna i deras dotters liv.

"Hur gammal är er dotter?"

"Femton."

"Var var hon i går kväll?"

"Ute och drack med några vänner", svarade Kelly Clements. "De hade en liten hemmafest. Bara några av tjejerna, fick vi höra."

"Kan jag få namnet på tjejen som höll i det och namnen på de andra som var där?"

Kelly uppgav dem så gott hon mindes.

"Vet ni vad hon hade för planer efter hemmafesten? Skulle hon sova över hos en kompis, komma tillbaka hit, eller stanna borta över natten?"

Kelly och Ralph såg på varandra, som för att be den andre om bekräftelse. "Hon skulle stanna över natten. Det skulle allihop. Men om hon hittades utomhus måste hon ha lämnat huset av någon anledning. Hon måste ha försökt gå hem eller något. Kanske hade hon hamnat i gräl med någon av de andra tjejerna. Jag har aldrig riktigt gillat den där Kirsty. Men varför skulle hon inte ringa oss om hon var på väg hem? Varför bad hon ingen om hjälp?"

Tomek såg vart det barkade. Kelly var i början av en nedåtgående spiral av hypotetiska och ofruktbara tankar, men innan han hann stoppa det hann Rachel före.

"Vi ska göra allt vi kan för att besvara de frågorna", sa hon och höjde handen för att sedan sänka den, som en omedveten uppmaning till Kelly att lugna sig. "Vi tar med allt det i våra utredningar, oroa er inte. Nästa fråga gäller Ferns allergier. Vem mer kände till dem?"

"Tja, skolan. Alla lärarna var tvungna att känna till det, och elevhälsan tog hand om henne ett par gånger. Sedan är det hennes vänner, de vet alla om det. Det är... det är lite lustigt. Hon brukade alltid berätta hur de kastade sig över henne för att skydda henne så fort de såg ett bi på skolgården eller på ängen intill."

Leendet försvann från Kellys ansikte när hon lät huvudet falla ner i knät. Hennes man lade en tröstande hand på ryggen, men det var för sent. Hon var redan tillbaka i spiralen, fast den här gången sa hon inget högt.

Tomek klev in. "Fanns det, så vitt ni vet, några pojkar eller flickor i Ferns liv som hon var romantiskt involverad i? Var hon i en... en situationship med någon av dem?"

Kelly lyfte blicken, och förvirringen stod skriven i varenda por.

"Situationship?" upprepade hon.

"Strunt i det. Var hon tillsammans med någon, romantiskt sett?"

Båda föräldrarna tittade på varandra igen, som om de vägde vem Fern skulle ha anförtrott sig åt. Sedan vände de sig tillbaka mot honom och skakade på huvudet. Så vitt de visste hade Fern varken pojkvän eller flickvän. Men som han redan hade lärt sig flera gånger under den här utredningen visste vännerna ibland mer om offren än föräldrarna.

Det påminde honom. Han behövde fortfarande höra av sig till Sylvia och hennes mamma. Senare. Vid ett annat, mindre oläggligt tillfälle.

Tomek tackade dem båda för deras tid, informerade dem om att de skulle höra av sig om de behövde något men att Anna var deras främsta kontakt, och gick sedan, samtidigt som de ursäktade sig och framförde sina kondoleanser. När de var på väg tillbaka till bilen fick Tomek en e-postavisering i mobilen. Nyfiken på förhandsvisningen på skärmen öppnade han appen och läste resten av meddelandet.

"Låt dem inte se det där leendet i ansiktet", sa Rachel när han rundade bilens andra sida. "Annars tror de att du är glad att deras dotter är död."

"Vilken konstig sak att säga."

"Varför ler du då?"

"För att jag just fick ett mejl från NCA. De kommer att ansluta sig till oss framöver och bistå med vägledning om vår vän seriemördaren."

KAPITEL
TJUGOETT

Tomek satt i rummet med sin minst omtyckta person och sin nya favorit.

Den minst omtyckta var hon som trodde att hon bestämde över allt, även den här diskussionen. Hans nya favorit var däremot den som faktiskt hade befälet och som tog tillbaka samtalet varje gång den minst omtyckta kapade det.

"Jag är experten", replikerade Tracy Pickard. "Vill ni höra vad jag har att säga eller inte?"

Tomek gillade henne i samma stund som hon kom in genom dörren, och ännu mer efter den kommentaren. Hon hade redan genomskådat Victoria och det syntes tydligt att hon inte var typen som lade sig platt. Hon var trygg, rakt på sak, och hon hade ett jobb att sköta. Och det skulle hon göra oavsett vad folk tyckte.

Tracy var en av National Crime Agencys mest betrodda och erfarna rättspsykologer. Hon hade gått igenom fallanteckningarna som Martin hade skickat över tidigare i detalj, och det var hennes bedömning som hade övertygat Naomi Mackenzie om att ge klartecken.

"Nej. Självklart. Varsågod, fortsätt", sa Victoria, vacklande.

"Toppen, tack." Tracy borstade av sig innan hon började. Framför sig på bordet hade hon sin laptop med ett block bredvid. Hon klottrade medan hon talade. "Utifrån det jag har kunnat gå igenom verkar gärningsmannen med största sannolikhet vara känd för alla offren. Det innebär att han är bekväm och självsäker bland kvinnor, särskilt unga kvinnor. Men det är också viktigt att komma ihåg att de är bekväma med honom. Jag tror att de här personerna frivilligt följer med honom eller hamnar med honom på de här platserna, snarare än att det sker genom tvång. Det betyder att det är någon som offren litar på, som flickorna känner och respekterar. Därför uppfattas gärningsmannen som sympatisk och vänlig av dem. Jag skulle också säga att han kan vara lätt feminin, eller åtminstone uppvisa drag av det. För de flesta flickor i den åldern lär man sig att vara försiktig med äldre män, oavsett deras yrke eller roll i samhället. Nu kan det vara så att just de här flickorna är annorlunda och gillar den äldre mannen, vilket skulle passa med teorin att han vill ha makt över dem, men mer om det strax.

"Jag tror att han är något feminin, lätt att närma sig, pålitlig och kanske någon som påminner dem lite om deras pappa, eller andra manliga förebilder de har i sina liv, till utseende, klädstil och manér. Men med fyra olika offer är det nog svårt att hitta en man som liknar alla fyra papporna, särskilt som en av dem tyvärr har gått bort.

"Å andra sidan kan individen vara någon i en maktposition och med auktoritet. Någon som dessutom är ganska attraktiv. Någon som kan bryta ned offrens försvar och som inte är rädd för att prata med dem både i och utanför skolan. Någon som de kanske skulle berätta om för sina vänner om de råkade stöta på honom. Han smickrar dem kanske, men inte på ett pinsamt sätt. Och han kan till och med vara någon som offren inte berättar om för sina föräldrar eller vänner. Är det så, då är han ganska manipulativ och pådrivande, men offren är unga och lättpåverkade så det krävs inte mycket för att de ska tro på vad han säger."

Tracy sträckte sig över skrivbordet efter sin vattenflaska i plast. På den fanns markeringar för olika tider under dagen som talade om när hon skulle dricka; hon hade just nått sin vattenpåminnelse kl. 14.

"Nu behöver vi fundera över gärningsmannens motiv. *Varför* dödar han de här offren via deras allergier, och varför just den här åldersgruppen? Och sedan går vi vidare till hur." Hon skruvade åt korken ordentligt och ställde tillbaka flaskan bredvid laptopen. "För det första skulle jag säga att offrens åldersgrupp i huvudsak handlar om tillgänglighet och makt. Han kan ha kontroll över en tonåring betydligt lättare än över en fullvuxen kvinna. Självklart finns det undantag, men vår gärningsman är tillräckligt intelligent för att välja sina strider. Jag tror inte att offrens kön har något med saken att göra, eftersom det inte funnits några tecken på sexuella övergrepp. Det finns ingen sexuell drivkraft bakom hans agerande, bakom hans mord, och jag förväntar mig inte att det ändras framöver. Det här är nästan hans försöksobjekt." När hon sa det lyste hennes ögon upp, som om hon just hade kommit på idén i samma ögonblick. "Han leker med dem, testar olika allergier och deras reaktioner på dem. Först katten, sedan läkemedlen, sedan latex och nu bisticken. Han förfinar metoden för varje allergi och går sedan vidare till nästa. Med Diana Greenock, om hon nu verkligen var hans första offer, dog hon av sin kattallergi. Det var klart och avklarat, så han gick vidare till nästa. Ibuprofen. Som ni vet var det här inte särskilt lyckat, eftersom han försökte det ett antal gånger på de andra offren."

"Gjorde han?" frågade Victoria, som såg lika förvånad ut som hon lät.

Tracy vände sig mot Tomek och tillbaka till Victoria. "Tomek skickade tidningsartikeln till mig", förklarade hon. Och därmed var den saken avklarad. Victoria fick ta igen det i sin egen takt. Sedan fortsatte Tracy, ivrig att gå vidare och få ut alla tankar ur huvudet medan de fortfarande var klara. "När Mandy Butler väl hade dödats framgångsrikt tack vare hennes reaktion på ibuprofenet i kroppen, gick han vidare till Lily Monteith. Latex. Det blev en omedelbar framgång och därför gick han vidare till Fern Clements, vårt senaste offer. Vid varje lyckat mord, vid varje lyckat *experiment*, hittar han ett nytt offer."

"Vad tänker du om tiden mellan morden?" frågade Tomek. Hittills hade han varit fängslad av vad hon sa. Han höll inte med om allt och hade ibland svårt att se varför hon var så hyllad, men han var ändå betagen av det hon sa.

"Det funderade jag på, och jag tror att nu när han har hittat en metod kommer han att begå mord mycket snabbare. Han kan redan ha en lista över potentiella offer att rikta in sig på, en lista som han kan ha satt ihop under de senaste fem åren och som han nu är redo att använda. Det kan vara flickor som han har känt sedan de var yngre, och han har väntat tills de nått en viss ålder innan han vill pröva det."

"Varför?" frågade Tomek. "Varför väntar han? Varför prövar han inte bara när de är mycket yngre?"

Då blev svaret uppenbart för honom. De tre senaste offren – Mandy Butler, Lily Monteith och Fern Clements – hade alla varit ute och umgåtts på ett eller annat sätt. De hade varit borta från sina föräldrar, ensamma, och attackerna hade skett avskilt och i mörker (med undantag för Mandy Butler).

"Han har valt den åldern för att de börjar gå ut mer. Färre ögon på dem. De är mer utsatta."

"Precis", sa Tracy bestämt. "Han är intelligent, beräknande. Han är väldigt stolt över sina planer och lägger stor vikt vid detaljer."

"Hur är det med andra motiv?" frågade Victoria. "Glöm flickorna en sekund. Varför gör han det här över huvud taget?"

Det var den stora frågan. Och Tomek var nyfiken på om Tracy hade ett svar.

Hon funderade eftertänksamt ett ögonblick, medveten om att det här var hennes chans att bevisa sitt värde.

"Jag vill inte säga det säkert eller satsa min karriär på det, men jag föreställer mig att det beror på att han ser allergier som någon form av svaghet. Han är någon som typiskt sett är vid god hälsa och han skrattar åt att något så litet eller banalt som katthår och latex kan döda en människa. Den tanken njuter han av. Han kan ha ett slags gudskomplex där han tycker att han är bättre än alla andra och därför befriar han världen från dem som är svagare än han. Han ser det som sin plikt."

Tomek nickade och höll helt med på den punkten. Ett farligt och ondskefullt ego höll i trådarna. Ett som skulle bli svårt att stoppa.

"Har du övervägt möjligheten att det kan röra sig om mer än en gärningsman? En duo av likasinnade individer eller en *folie à deux*", frågade Victoria. Hon syftade förstås på det tidigare fallet som de hade arbetat med tillsammans, försvinnandet och mordet på två unga flickor på Canvey Island, som hade kidnappats och dödats av ett isärlevande par i jakt på hämnd.

"Om det är det du misstänker, då finns det ingen poäng med att jag är här."

"Jag täcker bara alla vinklar", svarade Victoria med ett oimponerat flin.

Samtalet avslutades och båda tackade Tracy för hennes tid. Sedan visade Tomek henne ut ur rummet och bort till den lilla plats som hade ordnats åt henne bredvid Anna på kontoret. När hon bett om en egen yta hade Tomek skrattat till och påmint henne om att hon inte var i London längre. Strax därefter gick han motvilligt tillbaka till rummet där Victoria satt och väntade. Bara de två. Ensamma. Lämnade att diskutera. Där han skulle stå för allt prat och hon skulle ta åt sig all ära.

"Vad tyckte du?" frågade Tomek och var snabb med frågan.

"Jag tycker att det är en bra utgångspunkt. Jag tycker att det har gett oss mycket att fundera på och klargjort många osäkerheter jag hade. Jag tror att det blir bra att ha henne i teamet."

Det lät som intervjusnack i Tomeks öron. Som att hon sa det han ville höra.

Tyvärr kände han inte likadant.

"Svara mig på det här. Letar vi efter en feminin man som påminner dem om deras pappa, eller efter en självsäker, attraktiv auktoritetsfigur?"

På det hade hon inget svar.

Som Tomek hade väntat sig.

Tracys psykologiska profil av gärningsmannen hade stundtals varit motsägelsefull, som Tomek just hade påpekat, men det fanns ändå bra guldkorn som han tyckte var relevanta. Sådant som han inte kände sig bekväm med att dela med Victoria. För dem skulle han vända sig direkt till Nick.

"Något du vill lägga till?" frågade Victoria.

Tomek tvekade. "Ja", började han när han var på väg att gå. "Tror du att du skulle kunna *springa ifrån* en ko?"

KAPITEL
TJUGOTVÅ

K asia väntade hela lunchrasten på att få prata med honom. Tills klockan ringde och skolgården tömdes. Medan alla oroade sig för att få kvarsittning, fick hon tag på honom på andra sidan skolgården.

Men det brydde hon sig inte om. Hon hade något att fråga honom. Något viktigt.

"Vill du komma hem till mig i kväll?"

Billys mun öppnades och slöts flera gånger som en fisk.

"Är du... eh, har du kollat... är det okej med din pappa?"

Hon suckade och korsade armarna över bröstet. "Varför är du så fixerad vid honom?"

Billy lutade sig närmare och viskade ur mungipan. "För att han är en jävla snut."

"Ja. Och? Han sa att det är okej."

Billy verkade tveksam. Han svarade fortfarande inte på frågan.

"Han kommer inte ens att vara hemma. Kolla."

Hon stack handen i innerfickan på kavajen och visade honom sin mobil. På skärmen fanns sms:et från hennes pappa som hon hade fått bara några minuter tidigare, där han meddelade att han skulle bli sen, och önskade henne lycka till på polskan i kväll.

"Ser du! Han kommer inte ens att vara där."

Billy läste igenom meddelandet flera gånger.

"Hur ska jag veta att du inte bara skickade det där från en annan mobil?"

"Varför skulle jag göra det? Litar du inte på mig? Älskar du mig inte?" Han lade händerna på hennes armar. "Klart jag gör. Jag bara... jag vet inte. Tänk om han kommer på oss?"

"Jag har redan sagt att han är okej med det. Och jag sa ju, jag vill inte göra *det där*."

Uttrycket i Billys ansikte föll. Hade hon just gett honom ännu en anledning att inte komma?

"Jag tänkte dra till parken efter skolan", sa han.

I kolsvarta mörkret? tänkte hon men valde att inte säga något.

"Det är okej", svarade hon. "Min privatlärare kommer över i kväll så du kan komma efter det. Säg vid sju?"

Billy tvekade ett ögonblick, försjunken i tankar medan han vägde beslutet inom sig. Det var ett enkelt ja- eller nej-svar, men han gjorde det mycket svårare än det behövde vara. Hon förstod hans tvekan. Hennes pappa *var* polis. Hon kunde se att det var avskräckande, men varför litade han inte på henne, varför lyssnade han inte på henne? Även om Tomek inte uttryckligen hade sagt att Billy fick komma över, hur skulle han kunna veta om han skulle bli sen? Av erfarenhet visste hon att "sent" betydde allt mellan nio och tio, och det var på en bra dag. Vissa kvällar var det så sent som elva eller midnatt, och Tomek hittade henne fortfarande vaken på sitt rum och tittade på Netflix på sin laptop. På en skoldag. Men det han inte visste var att hon ibland var vaken ännu längre och bara scrollade på mobilen, tittade på videor på TikTok och Instagram. Det var därför hon alltid kände sig trött men aldrig klagade, för hon visste vad han skulle säga.

Gå och lägg dig tidigare.

Sluta scrolla på den där mobilen, annars måste jag beslagta den.

Alla tråkiga pappagrejer som hon redan hade hört så många gånger.

Men i kväll skulle det bli annorlunda. I kväll, när Tomek väl kom hem, skulle Billy ha varit där och gått igen och hon skulle sova djupt.

Det enda problemet var maten. Att fixa något till middag.

"Har du några pengar?" frågade hon honom.

"Ja, klart", svarade han med en stolt nick.

"Kan du köpa en pizza eller något, så kan vi äta den när du kommer hem till mig?"

Innan Billy hann svara kom Mr Healy, ansvarig för årskurs nio, ut på skolgården. Hans mage välvde sig ut under skjortan och slipsen satt på sniskan.

"Gå till lektionen!" Hans djupa skotska röst rullade över skolgården. "Det här är er sista varning. Annars blir det kvarsittning för er båda!"

Utan att säga något gick Billy åt ett håll, medan Kasia gick åt det andra.

När hon var på väg in i den lilla byggnaden där hon hade historia stannade hon i dörröppningen och såg Billy springa tvärs över skolgården.

"Klockan sju", ropade han, med rösten som sprack halvvägs genom meningen. "Och jag tar med pizzan!"

KAPITEL
TJUGOTRE

Tomek var tacksam över att han inte hade tvingats gå på presskonferensen tillsammans med Nick. Av det han hade kunnat höra, vilket var allt tack vare *Live*-videofunktionen på *Southend Echo*s webbplats, hade det varit ett totalt haveri.

Nick hade börjat flytande, vältaligt, allt väldigt bra. Han förklarade situationen, att två flickor i liknande ålder från olika skolor hade hittats döda på två separata fält, och att deras dödsfall behandlades som misstänkta och kopplade till varandra. Men sedan, när han började svara på frågor från den hungriga vargflocken framför sig, hade han börjat falla isär, börja babbla.

Det hade varit obarmhärtigt. Ryktet, tack vare Abigail Winters utan tvekan, hade spridit sig om att Mandy Butlers död var oupplösligt sammanlänkad och att det fanns en hel kohort av likåldriga flickor som upplevt något liknande. Att en begäran om vidare utredning hade gjorts och att inget blivit gjort. Naturligtvis hade pressen vid det laget börjat ifrågasätta Nicks trovärdighet och professionalism. Men allt föll samman så fort Diana Greenock nämndes, också det från Abigail Winters. (Tomek måste ge henne det, hon var en envis liten satmara, och hon var inte rädd för vem hon gav sig på i processen).

Två mord var illa nog.

Tre mord med en hel rad relaterade offer var allvarligt.

Men fyra mord, alla sammanlänkade, var ett steg för långt.

Två liv hade kunnat räddas om Nick hade gått grundligare till botten med Mandy Butlers död.

"Vad tänker du göra annorlunda?" frågade en röst utanför bild, även om han kände igen den som Abigails.

Igen.

Obeveklig. En egenskap han inte trodde att han någonsin skulle låta bli att beundra hos henne, så länge hon inte trakasserade *honom* för information.

"Nå," började Nick och drog en tung suck. Han såg härjad och knäckt ut, redo för att konferensen skulle ta slut. "Den här gången har vi ett team med några av våra... av våra bästa män och kvinnor som arbetar med fallet. Vi kommer också att få stöd av National Crime Agency för att hjälpa oss fastställa en profil på vår gärningsman." Sedan vände han sig mot kameran och tilltalade tittaren direkt, med genomträngande ögon och en fängslande blick. "Om någon har information som rör de här fyra personernas död, vänligen hör av er. Vi vädjar om så mycket information ni kan ge oss. Tack."

"Varför gjordes inte detta tidigare?"

"Hur mycket vet du egentligen?"

"Varför leder du fortfarande utredningen?"

"Varför anser du att du är lämpad att leda den här utredningen?"

De frågor som bombarderade honom ut ur rummet var brutala, och en del av Tomek kände sig lite skyldig å mannens vägnar. Men bara lite.

"Det där lät intensivt", sa Rachel bredvid honom när han stoppade ner telefonen i fickan.

"Han avslutade åtminstone på en positiv ton. Kanske. Eller åtminstone gick han därifrån med *någon* värdighet."

"För vad det är värt tycker jag att du borde ha förblivit SIO i det här fallet, men jag vet att min åsikt inte betyder så mycket."

"Tack", sa Tomek. Det betydde mycket för honom och han uppskattade det, men som en typisk man sa han inget av det, utan lät det stanna inom honom. "En del av mig vill se henne krascha totalt. Medan en annan del av mig inser att fyra kvinnor nu är döda, flera andra är ärrade för livet och att mördaren fortfarande är där ute."

"Ah, det klassiska Moment 22: oroa sig för sitt ego eller låta en mördare mörda fler. Svårt val."

Hon lät sarkasmen i rösten vara tydlig när hon himlade med ögonen och vände sig för att titta ut genom passagerarfönstret.

Hennes ord gav honom något att fundera på. Kanske lät han egot komma i vägen. Hittills var det egot som hade styrt utredningen åt honom, och om han lät det skena kunde fler unga flickor dö. Och då kunde han stå där och få skäll utslungat mot sig från andra sidan en mikrofon om tio år. Inget av det lät tilltalande.

Nästa punkt på dagordningen var ett möte med den enda registrerade biodlaren i Southendområdet.

Timothy Warren ägde och bodde på sin gård mitt i Great Wakering, en liten by inklämd mellan Essex-maderna i öster och jordbruksmark i väster. Han var en man en bra bit in i sena trettioårsåldern, några år yngre än Tomek, med grånande hår och ett kraftigt rödblont skägg. Hans ansikte var som man kan vänta sig av en bonde: trött, vindpinat och med en irriterande bra solbränna trots att den var sex månader passé. Och kroppen var i ännu bättre form. Men Tomek ville gärna tro att hans egen hade varit minst lika bra om inte bättre, om han hade släpat hö och jordbruksgrejor dag ut och dag in.

"Fåren håller vi på den där sidan av gården där borta", förklarade bonden och pekade mot en stor sträcka platt, grön mark. "Hönsen i inhägnaden där. Kor på andra sidan den där häckraden. Och ett par hästar i stallen bortom huset."

"Du verkar ju klara dig bra då", kommenterade Tomek.

"Det är inte vad det var. Brexit är en riktig jävel för oss. Vi blir utkonkurrerade på pris och försäljning överallt. Men vad ska man göra? Jag var en av dem som röstade för det, så jag har bara mig själv att skylla."

Ja, tänkte Tomek. *Ja, det har du verkligen.*

"Och här håller vi bina."

Timothy hade lett dem genom ett litet gap i en häckrad och ut på ännu ett fält av platt, grön mark. Över hundra meter bort stod rader av små, vita lådor. Runt lådorna låg ett blomfält som för länge sedan dött under vintern. En smal stig, lagd av sinnrikt utplacerade träplankor, löpte hela vägen fram till kuporna. Ett lågt, monotont surr som lät som en elektrisk tandborste vibrerade i luften. Till höger om Tomek, en bit bort, låg en liten produktionslokal.

Timothy vinkade dem ditåt, och ju längre bort från det elektriska surret Tomek kom, desto mer slappnade han av.

Produktionslokalen var bedrägligt stor invändigt och uppdelad i två delar. Till vänster fanns produktionslinjen, där vaxkakor och råvara blev till honungsprodukter. Och avdelningen till höger var slutprodukten. Rader av honungsburkar med olika smaker stod stolt uppradade längs bakre väggen. Pumpakryddad, gurkmeja, citronskal, kanel. Bredvid, på separata hyllor, stod rader av honungssenap, bivaxljus och propolis-läppbalsam, allt försett med Timothy Warrens bigårds varumärke.

Från väggarna hängde en rad biodlardräkter i olika stadier av utformning. En var bara en hatt med nät. En annan var en hatt och överdelen av dräkten som slutade vid midjan. Den sista var dräkten i sin helhet, komplett med hatt, nät och heltäckande overall. Den högsta skyddsnivå som fanns.

"Som ni ser är det här jag förvarar alla ljuvligheter", sa Timothy.

Tomek var inte säker på att någon hade sagt ljuvligheter sedan åttiotalet, men han valde att inte nämna det. I stället lät han Rachel ta täten.

"Hur många bin har du?" frågade hon.

"Vi jobbar inte med sådana siffror. Det är svårt att hålla reda på den sortens tal. Jag kan säga hur många samhällen jag har, om ni vill?"

"Ja. Självklart."

"Hundrasjutiotvå."

"Och hur många bin i varje samhälle?"

"Mellan hundra och tvåhundra."

"Så du hade kunnat ge oss en uppskattning, alltså?"

"Om jag måste sätta en siffra på det."

Herregud, vilken plåga den här snubben var.

"Hur länge har du hållit på med biodlingen?"

"Nästan tio år."

"Och du är den enda?"

"Såvitt Bee Farmers' Association är bekymrade, ja. Det finns andra som försöker hålla dem, men de har inte så stor framgång, och majoriteten av dem som har bin är bara biodlare och hobbyister. De gör det av kärlek eller för en slant vid sidan av."

"Men du är med för att tjäna miljoner?"

Timothy ryckte på axlarna. "Om du ska vara plump. Är ni här för att rota i mina finanser? För jag betalar alla mina skatter och jag skänker en stor del av vinsten till de välgörenheter jag är engagerad i."

"Nej", sa Rachel rakt. "Det är inte därför vi är här."

"Då kanske jag får fråga varför ni undrar om mina bin?"

Rachel tvekade, svalde. "Snart. Vi har bara några frågor till vi vill ställa, om det går."

"Vill ni smaka?"

Innan någon av dem hann svara skyndade Timothy bort till andra sidan av produktionslokalen. Han tog en burk honung och räckte över den till Tomek, som artigt tog emot den.

"Det där är bland den bästa honung ni någonsin kommer att smaka."

Är det vad du sa till Fern Clements innan du dödade henne?

Tomek skruvade upp burken och doppade fingret. Timothy hade rätt, det var rena ljuvligheten. Och han lät ett bevisande ljud.

"Jag visste att du skulle gilla den", fortsatte Timothy. "Och lite till dig, fröken?"

Innan hon hann svara tog Timothy burken från Tomek och höll fram den mot Rachel, som tveksamt doppade lillfingret till nageln och slickade det rent.

"Mmm. Jättegott." Hennes min sa något annat.

"Det är en av våra storsäljare."

"Mellan det och köttet?" frågade Tomek.

"Japp. Och glöm inte mjölken. Vill ni komma och titta på några av bina?"

Tomek och Rachel kastade en snabb blick på varandra. De hade båda förstått att det skulle komma, men ingen av dem var särskilt sugen på möjligheten.

"Endast om du kan berätta mer om det här", sa Rachel och stack handen i bröstfickan på sin blazer. En stund senare tog hon fram bevisföremålet som Tomek hade kvitterat ut ur förrådet. En liten glasbägare, förseglad i en plastpåse, märkt med bevisnummer och loggblad. Inuti bägaren låg det lilla bi de hade plockat ut ur Fern Clements kropp.

Rachel behövde inte hålla bägaren särskilt högt för att Timothy skulle bli intresserad. Han var över henne på ett ögonblick och bad om tillåtelse att hålla den själv.

"Det här känner jag igen!" sa han upphetsat. "Men var fick *ni* tag på den? Och varför har ni den?"

Rachel undvek frågan med ett avväpnande leende. "Vi vore tacksamma om du kunde identifiera den åt oss, Timothy."

Vid nämnandet av hans namn blossade Timothys kinder röda. "Självklart. Ja. Absolut. Det är... Tja, det kommer från ett afrikansiserat honungsbi. De är bland de mest aggressiva bina i världen. Vanligast i Brasilien, och de flesta stick gör fruktansvärt ont, men vissa kan vara dödliga, särskilt om man är allergisk."

Tomek spetsade öronen.

"Dem får du inte tag på i det här landet", fortsatte Timothy. "Tja, det *kan* du. Du kan köpa vad som helst om du vet var du ska leta, men du måste vara så försiktig med dem. Det är känt att de kan jaga sina offer upp till en engelsk mil när de väl retats upp. En engelsk mil! Tänk dig det."

Tomek föredrog att låta bli.

"Var får man tag på sådana här insekter?" frågade han.

"Det vore svårt att hitta någon i Storbritannien som har dem. Oftast tar folk in dem från utlandet av misstag eller så hamnar de här via sändningar."

"Hur många skulle behövas för att döda en människa?" frågade Tomek.

Den barnsliga entusiasmen i Timothys ansikte försvann. "Döda?"

"Tja, de kallas ju mördarbin, eller hur?"

"Ja, men..."

"Hur många skulle behövas för att döda en ung flicka på femton?"

"Ung f—? På femt—?"

"Hur många stick innan det afrikansiserade honungsbiet dör? Ett? Eller hundratals?"

"Hund—?" Timothys mun öppnades och slöts när han kämpade för att få fram orden.

Tomek tog ett steg närmare mannen. "Säger namnet Fern Clements dig något?"

Timothy drog efter andan så att det hördes. Hans blick for mellan Rachels och Tomeks. "Vad *är* det här?" frågade han anklagande. "Varför är ni här? Varför frågar ni mig om det här? Jag har aldrig hört namnet Fern Clements i hela mitt liv."

"Var var du i natt under de tidiga morgontimmarna?"

Timothy tittade runt i skjulet som om det skulle svara åt honom. "Jag var här. Hemma. Jag hade haft en tung dag på gården och behövde sova." Han snäppte med fingrarna när han mindes något. "Ja. Jag gick och la mig tidigt. Var helt slut. Jag hade just kollat klart på *Holby City*."

Tomek pausade innan han sa något mer. För att låta mannen svettas, låta honom grubbla. Han hade inga fler frågor, så han gav Rachel en nick och lät henne avsluta mötet.

"Hur många av de här skulle kunna döda en person?" upprepade hon.

"Det beror på", sa han, och andningen saktade gradvis in. "Ett par skulle räcka."

"Och de dör efter varje stick?"

"Precis som vanliga bin, ja."

Så vad som än hade dödat Fern Clements hade varit i hundratal.

"Och vem skulle kunna ha stora mängder av de här bina?"

"Jag... jag... jag kan inte tänka mig att några yrkesbiodlare skulle ha dem. Inte någon i associationen, åtminstone. De tar över samhällen om de är tillräckligt många, och det är dåligt för verksamheten. Men en hobbyist kanske inte bryr sig lika mycket om det. Kanske någon i biodlarföreningen kan ha dem."

"Finns det en annan förening?"

"För hobbyister, ja."

"Var kan vi hitta dem?"

"På samma ställe som ni hittade mig", förklarade Timothy. "På nätet. Det finns över hundrafyrtio bara i Essex, och det är bara de som är registrerade. Ni kan mycket väl leta efter någon som bara har haft några i sin trädgård utan att vara medlem."

"Är det möjligt att de har odlat fram ett samhälle själva?"

Timothy kliade på ett rött skavmärke på halsen. "Jag antar det. Men de skulle behöva ett par att börja med. Inklusive en drottning."

Tomek tog in allt han hade hört.

Han insåg att de kunde leta efter en nål i en höstack av hundrafyrtio andra registrerade biodlare, eller så letade de efter en nål ute på världshaven, någon som inte var registrerad alls och på något sätt hade snubblat över bina.

Men de hade åtminstone en startpunkt.

"Tack för allt du har berättat för oss", började Rachel, som kände att samtalet var över. "Du har varit till stor hjälp. Här är mina uppgifter om du behöver något eller vill lägga till något. Likaså hör vi av oss om vi har fler frågor till dig."

Tomek stannade och vände sig i dörröppningen. "Kanske kan vi titta på bina en annan gång, Timothy. Ha en fortsatt trevlig eftermiddag."

KAPITEL
TJUGOFYRA

Hon hade tittat på klockan hela tiden, med blicken som flackade mot de pyttiga siffrorna längst ner på Phillips skärm, medan hon kämpade mot impulsen att peta på mobilen och titta på de större, tydligare siffrorna bara för att försäkra sig om att den gick rätt – 19.01.

De drog över tiden. Inte minst för att hennes uppmärksamhet svävade i väg någon annanstans, till tankar på Billy och den annalkande inkräktaren, hennes pappa. De borde ha varit klara för nästan en halvtimme sedan. Det hade gett henne gott om tid att göra i ordning lägenheten inför hans besök, städa sitt sovrum, spraya lavendelspray på kuddarna, fluffa till huvudkuddarna och göra i ordning ljusen. Men nu skulle hon inte ha någon tid till det. Ingen tid till någonting.

"Upprepa efter mig", började Phillip.

Kasia himlade inombords med ögonen och skruvade på sig obekvämt i stolen.

"*W weekend idę do parku z przyjaciółmi.*"

"I helgen ska jag till parken med mina kompisar", sa Kasia långsamt och försökte för allt i världen låta så ointresserad och frånkopplad som möjligt.

"Väldigt bra för förståelsen. Men prova kanske att säga det på polska, som jag bad om."

Det gjorde Kasia, men hon slaktade uttalet. Med flit.

"Nej. Du missar *prz*-ljudet i början av *przyjaciółmi.*"

"Nej, det gör jag inte. Jag sa det perfekt."

"Om så vore, skulle jag inte vara kvar här trettio minuter efter den tid jag egentligen ska vara det." Han kastade en blick på klockan efter att ha tittat på tiden på skärmen. "Faktum är att jag måste åka till jobbet." När hon just skulle svara, knorrade magen. Högt. Och i en bråkdel av en sekund fick hon panik och hann nästan tro att hon hade pruttat. Phillip blev dock inte det minsta besvärad av ljudet när han hörde det. I stället tog han det som en signal att gå.

"Det är middagstid. Jag låter dig laga vad det nu är du ska äta. Jag borde nog skaffa något åt mig själv också."

"Vad ska du äta?"

Han ryckte på axlarna. "Förmodligen något riktigt onyttigt och riktigt dåligt för mig. *Jedzenie na wynos.*"

"Va?"

"Hämtmat."

Nu fattade hon.

Strax därpå tog Phillip sina saker och gjorde sig redo att gå. Han lade undan dokumenten och utskrifterna han hade tagit med till henne i sin fackindelade portfölj och stoppade sedan försiktigt ned sin laptop i det vadderade facket. När han drog på sig rocken tittade Kasia snabbt på mobilen.

Fortfarande inget från Billy.

Inget om att han var på väg. Inget om att han var sen. Hon började tro att han inte skulle komma alls. Att han hade ljugit för henne. Säkert sagt till alla sina polare att han skulle dit och att han ville skita i henne och låta henne sitta där och vänta för att få sig ett skratt. För att de tyckte att det var kul.

Phillip viftade med handen framför hennes ansikte. Det dröjde innan hon märkte det.

"Ses om två dagar?"

"Ja", svarade hon och försökte att inte låta alltför modfälld.

Hon följde honom ner för trappan.

"Inga läxor i kväll", sa han och lade handen på ytterdörren. "Men i helgen kommer jag inte vara lika snäll."

"Ha ha. Okej."

Han drog upp dörren. "*Do widzenia.*"

"*Do wid—*"

Hon fick syn på honom innan hon hann avsluta meningen. Hjärtat for upp i halsgropen och hon stelnade till, medan hon stirrade ner på honom. I dörröppningen stod Billy Turpin med två medelstora pizzakartonger i handen. Han stirrade upp på Phillip. Med en min av oangenäm förvåning i ansiktet.

"En vän till dig?" frågade Phillip Kasia.

"Eh. Typ. Ja. Men snälla, gör inte—"

"Kan jag ta en bit?"

En sekund av tvekan passerade mellan Billy och Kasia, ingen av dem visste vad de skulle göra. Kasia ville mer än något annat bli av med Phillip. Och om en bit pizza var sättet att göra det på, då—

Han tog för sig av en bit innan hon hann svara och tuggade högljutt på den medan han fällde ner locket.

"Du har inspirerat mig att skaffa en egen till middag", sa han och slickade sig om läpparna. "Tack, båda två. *Do widzenia*, Kasia."

"*Do widzenia!*"

Utan att säga något mer lunkade Phillip tillbaka mot bilen. Så fort han klev ner från förstutrappan grep Kasia tag i Billys arm och drog in honom i huset och stängde ytterdörren bakom honom.

Han hade gått! Och han hade inte sagt något om Billy eller hennes pappa!

Innan dörren ens hade slagit igen ordentligt hoppade hon på Billy och kysste honom. Hon var så upprymd att hon inte visste vad som hade flugit i henne. Hans läppar var torra, och hon var säker på att hon fick med lite tänder också. Och som första kyssar gick, levde den inte upp till hennes förväntningar; hennes, i ärlighetens namn, ganska lågt ställda förväntningar.

"Vad... vad handlade allt det där om?" Leendet på Billys ansikte talade om för henne att han var lika nöjd med kyssen som hon.

Hon ryckte på axlarna. Men innan hon hann svara svullnade tungan i munnen. Hon bet på den, men inom några sekunder hade den redan svällt upp till storleken av en chokladkaka. Och sedan började halsen svullna och dra ihop sig som en orm som ringlar sig runt hennes matstrupe och stryper andningen.

"Kasia? Kasia!"

Billy lade händerna på henne för att stötta, men det var inte vad hon behövde nu.

Nu behövde hon sin EpiPen. Hennes livlina.

I brist på det, Phillip.

Hon viskade mannens namn och, lyckligtvis, förstod Billy vad hon menade. En sekund senare var han ut genom dörren och skrek efter hennes polske lärare. Under tiden han hade varit borta hade hon segnat ner på golvet, pipande och klamrade sig fast vid den lilla luft hon kunde få.

Precis innan hon kände hur medvetslöshetens omslutande famn lindade sina tentakler över henne, hörde hon ljudet av två röster som kom emot henne.

KAPITEL
TJUGOFEM

När Tomek fick samtalet satt han vid sitt skrivbord. Han höll på att skriva sin rapport om Timothy Warren, biodlaren. "Var är hon?" hade han ropat i luren, och sedan skyndade han ut ur kontoret utan att säga något till någon.

Som tur var var färden från stationen till Southend Hospital kort. Två miles. Tio minuter. I vanliga fall. Och i sin brådska klarade han sträckan på sju. Han körde mot rött ett par gånger, körde om på enfilig väg, trängde sig före i korsningar, skar av folk i rondellerna. Ljudet av tutorna från bilarna bakom honom ekade fortfarande i öronen när han rusade genom sjukhuskorridorerna på jakt efter Kasias rum.

Han hittade det på tredje våningen.

Men inte innan han stötte på Phillip och en tanig liten pojke som stod bredvid honom i korridoren.

"Vad i helvete pågår?" frågade Tomek Phillip.

Hyperpolyglotten tog ett steg fram för att möta Tomek och skyddade pojken en aning.

"Ambulanspersonalen sa att hon hade en allergisk reaktion", sa Phillip lugnt och långsamt. "Som tur var var jag där och kunde hjälpa henne."

Allergisk reaktion.

Hur?

Efter alla uppoffringar han hade gjort för att helt utesluta jordnötter, och alla andra sorters nötter, ur sin kost, hade hon ändå råkat ut för en allergisk reaktion. I hans eget hem.

"Hur?" frågade Tomek och hittade mod i rösten att ge tanken ord.

Phillip vände sig mot den unge pojken. "Billy här kom över med pizza, och—"

"Billy?" upprepade Tomek, och kroppen började vibrera av ilska. "Billy? Som i Billy ungen som tror att han kan slåss med en jävla ko? Samme Billy som min dotter har bett mig att få bjuda hem någon kväll, och som, efter att jag sagt nej gång på gång, bestämde sig för att komma ändå? Är det du, Billy?"

Tidigare, när han hade gömt sig bakom Phillip, hade Billy stått med rak rygg och hakan högt. Kaxig, modig. Men nu, efter början på Tomeks svada, sänkte han huvudet och kröp ihop i sig själv och såg ut som någon åtminstone fem år yngre.

"Svara mig, Billy!"

Tomeks röst ekade upp och ner i korridoren. Phillip klev fram och lade en arm över Tomeks bröst för att hålla honom tillbaka.

"Vad gjorde du i mitt hem, Billy? Varför gav du min dotter jordnötter?"

Billy svarade inte. Faktum är att han inte gjorde någonting. Förstelnad, fastklistrad vid platsen av skräcken för en man dubbelt så stor och över tre gånger så gammal som skrek honom i ansiktet. Tomek var väl medveten om att han inte kunde slå en trettonårig unge, även om han förtjänade det (och oavsett hur mycket han ville), men det skulle inte hindra honom från att få den lille ungen att skita på sig.

Den lille *gówniacki.*

Kasia hade kunnat dö på grund av hans inkompetens; det var det minsta han förtjänade.

"Vad gjorde du med jordnötter i närheten av Kasia, Billy?" fortsatte Tomek. "Vad fick dig att tro att det var en jävligt bra idé, va? Tappade din morsa och farsa dig på huvudet när du var liten? Gav de dig stryk?"

"Hej, hej, hej!" Den här gången hade Phillip ställt sig helt framför Tomek, och mannens lilla, smala, seniga gestalt var det enda han såg. "*Przestań*, Tomek! *Ja pierdolę*! Se upp med vad du säger. Han är bara en trettonårig unge, för fan."

Tomek stirrade mannen i ögonen ett ögonblick. "Jag vet mycket väl hur gammal han är. Han försöker ta sig i säng med min dotter. Och nu har han för fan nästan försökt döda henne. Om du inte hade varit där hade hon varit tretton för alltid och han hade vuxit upp och levt resten av sitt jävla förbannat dumma liv!" Tomeks bröst steg och sjönk i rasande takt. Kroppen fortsatte att skaka av en berusande kombination av adrenalin, rädsla och skuld. En mix han var alltför väl bekant med.

"Jag fattar allt det där", fortsatte Phillip, med mjukare röst än nyss. "Verkligen. Och jag kan bara föreställa mig vilka känslor du genomlever just nu, men att låta det gå ut över en liten unge kommer inte att ändra något. Gjort är gjort. Det var ett enkelt misstag. Han kom över med pizza, och strax efter att jag gick kom han och letade upp mig. Han sa att han hade ätit jordnötter med sina polare i parken tidigare."

"Visste han om hennes allergier? Jag slår vad om att han för helvete—"

"Tja, om han inte gjorde det förut så gör han det definitivt nu."

Phillip tog ett steg tillbaka från Tomek och gav honom lite andrum. Om det var inne i hans huvud eller om Phillips närvaro hade varit så påträngande märkte Tomek ingen skillnad. Han drog in ett stort andetag och svalde det innan han vände sig åt sidan, mot dörren.

"Kan jag få se henne?" frågade han.

"Tror det. Sjuksköterskorna sa något om att de skulle ta några fler prover om ungefär en halvtimme, men det var nästan tjugo minuter sen."

Då går jag in nu, tänkte Tomek, och gick mot dörrarna.

Andan gick ur honom när han klev in i rummet. Kasia låg där i sängen, nedbäddad upp till bröstet, med slutna ögon, vilande fridfullt, bröstkorgen som mjukt steg och föll.

Långsamt, trevande, tog han sig fram mot sängen och slöt hennes hand i sin. Så snart han kände hennes beröring blev kroppen varm. Det var första gången under de tre månader som de varit far och dotter som de haft en sådan fysisk kontakt. Av någon anledning förflyttades han tretton år tillbaka i tiden till just det här rummet. Rummet, möblerna, utsikten ut genom fönstret, allt var detsamma. Den enda skillnaden var att den unga flickan framför honom inte var så stor och vuxen. I stället föreställde han sig att hon var en bebis, en nyfödd, ett helt nytt tillskott till världen, och att han grep hennes pyttesmå händer och att hon slöt hela handen kring hans finger. Scenen var förstås helt och hållet inbillad – han hade inte känt till hennes födelse eller ens hennes existens förrän för bara några månader sedan – men han tyckte om att tänka att det var så det hade varit att bevittna födseln, att ha hållit henne i handen från så tidig ålder. Att hålla något så svagt och beroende av honom. Att hålla något som litade på honom för allt: mat, kläder, tak över huvudet, skydd. Så var det nu. Samma känslor, och samma krav på en far. Bara med en trettonåring i stället för en nyfödd.

Och han hade misslyckats. Han hade inte funnits där för att skydda henne, inte funnits där för att rädda henne från hennes allergier.

När han sköt stolen närmare började han förstå hur Diana Greenock, Mandy Butler, Lily Monteith och Fern Clements föräldrar hade känt. Nu lade han till sig själv på den listan. Han ansåg bara att han, de båda, hade haft tur som det inte hade slutat i katastrof.

Klockan var tio följande morgon när Kasia skrevs ut från sjukhuset. Sjuksköterskorna och läkarna hade velat hålla henne kvar över natten för observation, men det hade inte varit nödvändigt. Hon hade sovit hela natten, vilat och återhämtat sig efter pärsen. Och när de till slut kom hem, efter att ha fastnat i den sena morgonrusningen, kände sig Kasia till nittio procent.

"Förlåt", sa hon när Tomek slängde sina husnycklar i skålen på matbordet.

Strunta i det. Kanske var hon på femtio procent, fortfarande påverkad av värktabletterna och medicinerna de gett henne; Tomek hade inte hört henne be om ursäkt för något på väldigt länge.

"Så länge du är okej", sa han. "Det är det viktigaste."

Han gled in i köket och slog på vattenkokaren. Han var i desperat behov av koffein. Han hade legat bredvid hennes säng hela natten och sömnen hade varit usel, obekväm.

"Men vi måste prata om att du ljög för mig och bjöd hem Billy fast jag uttryckligen hade sagt nej."

"Jag vet. Jag... jag trodde att det skulle vara okej."

Du trodde fel.

Tomek gjorde kaffe till sig själv och te till Kasia, och de två tillbringade nästa timme eller så i tystnad och tittade på tv.

"Måste inte du gå till jobbet?" frågade Kasia. Hon låg på rygg och scrollade på sin telefon när tanken slog henne.

"Nej", svarade Tomek. "Nick har gett mig ledigt i dag."

Till hans stora förvåning.

"Så det är bara du och jag i dag, lilla vän." Han slog henne lekfullt på knät ett par gånger. "Jag har pratat med skolan och de är okej med det. Så du behöver bara fokusera på att vila. Och bara i dag: vad du än vill ha, är det mig du frågar."

Tomek ångrade senare det beslutet. Det hade varit en anstormning av behovsstyrda önskemål. En störtflod av snacks – choklad, chips, allt det goda – följt av glas med Coke och påtår av te och vattenglas. Han hade till och med gett henne full kontroll över tv-fjärren och tvingades sitta igenom repriser av realityserien *Made in Chelsea*. En serie som fick honom att vilja riva ut ögonen.

Ändå – det var åtminstone inte *The Only Way Is Essex*; då hade han tagit det ett steg längre och länsat bevisförrådet på jobbet i jakt på ett skjutvapen.

Senare samma kväll, när han lagade middag åt dem båda – hans favorit, paella – tänkte han på det som hade hänt henne. Och på hur tacksam han var över att Phillip hade varit där och hjälpt henne. En vettig vuxen som visste vad man skulle göra i en sådan situation. Och på hur han helt hade glömt att tacka mannen innan Phillip gav sig i väg till sitt pass.

Tomek höll just på att strö paprika över rätten när Kasia klev in i köket. Hon släppte sin burk med Coke i soporna och gick till kylen för en ny. I bakgrunden spelades Moby på den lilla högtalare han köpt häromveckan.

"Vill du prata om det?" frågade Tomek. Nu när han hade haft hela dagen att bearbeta det hoppades han att hon också hade det.

"Inte direkt."

"Jag tycker att vi ska det."

Kasia dröjde kvar vid kylen, höll dörren öppen med ena handen och en burk Coke i den andra.

"Så du kysste honom, va?" började Tomek.

"Pappa... snälla..."

"Hur kom du annars i kontakt med jordnötterna?"

Kasia suckade så tungt att det nästan blev ett stön. "Okej. Visst. Ja, jag kysste honom. Nöjd nu?"

"Var det din första kyss?"

"Ja."

"Någonsin?"

"Ja. Är vi klara nu?"

"Kanske."

"Vad mer vill du prata om?"

"Hur många gånger har han varit här utan att jag vetat om det?"

"Bara en gång. Det var den enda gången."

"Lovar du?"

Kasia räckte fram sitt lillfinger. Tomek lade träskeden på bänken och hakade sitt i hennes.

"Lillfingerlöfte", sa hon.

"Lillfingerlöfte", svarade han.

Ett heligt band mellan de två.

"Har du pratat med Sylvia om att gå ut med Nicks dotter än?"

När låten övergick till Red Hot Chili Peppers förvreds Kasias ansikte i förvirring.

"Menar du att jag fortfarande får gå?" Hennes röst var fylld av hopp.

"Ja. Jag tänker inte låsa in dig resten av livet."

Hur gärna jag än skulle vilja.

Och hur väl du förmodligen förtjänar det.

"Men jag kommer inte låta dig träffa Billy på ett bra tag. Och, ärligt talat, tror jag inte att han är så sugen på att träffa dig heller. Jag kan ha skrämt iväg honom på sjukhuset." Sedan, halvt för sig själv, lade han till: "Skrämde vettet ur den lille skitungen, med lite tur."

KAPITEL
TJUGOSEX

Tomek hade försökt stänga av medan han hade tillbringat dagen med att ta hand om Kasia. Inte för att han ville vara helt närvarande för henne medan hon återhämtade sig, utan för att likheterna mellan offrens död och det som hade hänt Kasia var alltför påtagliga. Ju mer han tänkte på skadorna som Mandy Butler, Lily Monteith och Fern Clements hade fått, desto mer såg han Kasia gå samma öde till mötes.

För det mesta hade det varit lyckat. Han hade kunnat stänga av och mest tänka på den skit som gick på tv, och Kasia höll honom sannerligen sysselsatt med sina ständiga önskemål och krav.

Men det fanns en tanke han inte kunde skaka av sig. En tanke som oroade honom mer än någon annan.

Billy.

Billy, Kofajtaren.

Billy, den kofajtande idiotjäveln som nästan hade dödat hans dotter.

Han frågade sig om det hade varit ett avsiktligt angrepp på henne, om det hade varit hans försök att döda henne.

Ja, det lät befängt. Men det är ibland just de befängda idéerna, de där helt vilda, som fastnar.

Efter att ha pratat kort med henne hade han fått veta att Billy faktiskt kände till hennes allergier. Det var till och med en av de första sakerna hon hade berättat för honom när de första gången åt lunch tillsammans i skolans matsal.

Vilket väckte den självklara frågan: om Billy hade känt till hennes nötallergi, varför i hela friden hade han då gått hem till henne strax efter att ha ätit en påse jordnötter med sina kompisar? Hade han gjort det avsiktligt? Hade han gått dit medvetet, för att attackera henne eller utsätta hennes liv för fara?

Var en trettonåring kapabel till det?

Sedan, när han hade legat där i sängen på natten, hade tankarna börjat skena.

Av det lilla han visste om pojken, baserat på det lilla som Kasia hade berättat och den lilla research han hade gjort på pojkens sociala medier, visste han att Billy var en hängiven fotbollsfantast och inte heller en dålig spelare. Som medlem i Dagenham & Redbridge FC U14:s akademi var hans Instagramflöde ett kalejdoskop av skills-videor och crossbar challenges. Och, det fick Tomek medge, ungen kunde göra saker med bollen som Tomek bara hade drömt om i den åldern. Talang hade han, javisst, men han ingick också i en stor grabbgrupp. Samma grabbar som han hade varit ute med kvällen innan, när de hade spelat i parken. Tomek kände igen ansikten på flera av Billys Instagramfoton. Och han undrade: hade grabbarna sagt åt honom att äta jordnötterna? Hade de alla kommit överens om att det var kul? Och sedan undrade han om de hade kopplingar till Fern Clements eller Mandy Butler. Om det kunde vara möjligt att en grupp tonåringar, en grupp pojkar och män från Dagenham & Redbridge fotbollsklubb, gav sig på unga kvinnor med allergier.

Befängt, ja. Men inte bortom det möjliga.

Något för honom att fundera på, något att undersöka på egen hand, kanske.

Tyvärr insåg han dock, så snart han klev in på kontoret morgonen efter att ha tagit hand om Kasia, att det inte fanns tid till något. Kontoret var fullt, och alla i teamet satt vid sina skrivbord, pratade högt och hamrade rasande på sina tangentbord. Fullt ös. Och han kände redan att han låg på efterkälken.

"Åh, Tomek, du är här!"

Ropet kom från Victoria, som redan hade rest sig och var på väg mot honom när han klev in. När han vände sig mot henne stod hon i dörröppningen till sitt kontor och vinkade in honom.

"Jag hoppas att allt är bra med Kasia", började hon, och gjorde sedan en gest åt honom att sätta sig.

Tomek drog ut stolen under skrivbordet och gjorde som han blev tillsagd.

"Hon mår mycket bättre, tack. Skolan tar hand om henne."

"Utmärkt. Nå, medan du var borta i går hade vi ett ledningsmöte. Jag, Nick och Sean deltog, och vi pratade om vår strategi framåt."

"Förlåt?"

Den där känslan av att få en örfil, en smäll i magen och en spark på pungen samtidigt kom tillbaka. Igen.

"Vi tyckte att det var viktigt att samköra våra hypoteser innan vi gick vidare."

"Och var det ett medvetet beslut att inte involvera mig i den diskussionen?"

Victoria skruvade på sig i stolen. "Vi ville inte störa dig på din lediga dag."

"Det var inte en ledig dag. Jag tog hand om min dotter efter att hon hade varit på sjukhus. Det är helt olika saker."

"Självklart. Förlåt."

"Jag har fortfarande en telefon. Jag har fortfarande en laptop. Jag hade kunnat vara med via någon av dem."

Tomek borrade in naglarna i handflatan.

"Som jag sa ville Nick inte störa dig."

Så det var Nicks beslut då. Antingen det, eller så sköt hon över skulden på honom. Inget av det fick honom att må bättre.

"Ni frågade inte ens", sa han och försökte hålla sig lugn. "Jag hade mer än gärna hjälpt till."

"Jag förstår. Nå, kanske nästa gång, om det någonsin—"

"Jag hoppas att min dotter aldrig är nära att dö igen, tack så mycket", avbröt han. "Så förhoppningsvis behöver vi inte ha den här konversationen igen."

Vilken jävla dum sak att säga.

"Självklart."

"Nå, fortsätt då." Tomek gestikulerade med händerna att hon skulle fortsätta. "Vad kom ni fram till?"

Mer obekväm skruvande. Mer av den där fruktade känslan av att han inte skulle gilla orden som var på väg ut ur hennes mun.

"Nå, *gemensamt*", började hon. Han märkte betoningen på ordet; ytterligare en chans att skyffla över det som någon annans idé. "Gemensamt kom vi överens om att vi ska kasta ut nätet brett. Vi ska ta fram en lista över alla manliga lärare som har undervisat någon av våra offer. Om det finns några gemensamma nämnare kommer vi att hitta dem. Vi ska också prata med alla biljettinnehavare som var på konserten när Mandy Butler dog. Slutligen ska Chey och Martin gå igenom offrens sociala medier, se om de har skrivit med en äldre herre, eller om de har fått några olämpliga eller hotfulla eller misstänkta meddelanden från vår mördare, vad som helst som kan ge oss en inblick i vem den här personen är."

Eller personer, tänkte han. Men han höll tyst. Idén som hade grott i hans huvud var bara ett litet djur, dessutom sårat. Ett som krävde rätt mängd näring och omsorg innan det släpptes ut i världen. Tills vidare skulle han hålla det inom sitt eget huvud tills det var redo att tillkännages.

"Det låter inte som att ni avviker från det vi redan har pratat om", började Tomek.

Och då slog det honom.

En lista över alla manliga lärare som har undervisat någon av våra offer.

Lärare.

En lista som bara omfattade tre av de fyra mordoffren.

"Vad händer med Diana Greenock?" frågade Tomek, allt mer orolig i rösten.

"Vi tar ett steg tillbaka från Diana", svarade Victoria, med rösten skakig trots den uppenbara ansträngningen att hålla ihop den.

"Varför?"

"För att vi, efter flera diskussioner och med hjälp av Tracy, har kommit fram till att kopplingen är svag. Och att omständigheterna kring hennes död är ännu svagare. Det har aldrig funnits några bevis som tyder på ett inbrott, och rimligheten i att någon skulle ha klättrat in i hennes rum och placerat en katt där inne är också svår att svälja. Både Nick och Sean höll med om det." Tomek öppnade munnen för att säga något men hon fortsatte, besluten att prata klart innan hon tvingades besvara hans frågor. "Dessutom har vi inte mycket resurser och det är långt bort för att vi ska kunna göra någon verklig skillnad i den delen av utredningen..." Hon tvekade, som om det var något mer hon ville säga. Tomek väntade på det. Till slut fortsatte hon: "Du ska också veta att vi kommer att fasa ut även mordet på Mandy Butler ur våra utredningar."

"Vad ska det betyda?"

"Med tanke på de begränsade resurser och budgetar jag just nämnde, något som jag inte blev medveten om förrän i går, kommer vi att avsätta ungefär tio procent till Mandy Butlers fall, medan resten delas lika mellan Lily Monteith och Fern Clements."

Tomek var i chock. Ren och skär misstro. Han kunde inte tro på ett ord av det han hörde. Hans hårda arbete, hans engagemang, hans intuition. Allt hade skitits på av hans överordnade. De som påstods ha mer erfarenhet än han (även om han hade svårt att se hur Sean hamnade i den kategorin).

"Tycker du inte att varje offer kräver tillräckligt med tid för att vi ska kunna utreda? Och att vi inte ens avsätter tio procent till både Diana Greenock och Mandy Butler åtminstone är vidrigt."

"Tomek, jag kan se—"

"Mitt fokus, innan det här beskedet, låg på Fern Clements. Ändras det?"

"Nå, naturligtvis gör det inte det, men—"

"Och hur ska du—?"

Innan han hann avsluta frågan kom det en knackning på dörren. Tystnad föll omedelbart i rummet. Tomek höll blicken fäst på Victoria, medan hon snabbt övervägde sitt svar.

"Ja, kom in", ropade hon.

Det var Nick, som för en gångs skull såg förvånansvärt nöjd ut.

"God morgon, båda två", sa han och stängde dörren bakom sig. Han lade en fast hand på Tomeks axel och gav den en kläm. "Tråkigt att höra om Kasia. Hur mår hon?"

"Bra. Tack."

Nick rundade skrivbordet och ställde sig mellan dem som en domare i en tennismatch. Vad Nick inte visste var att Tomek tänkte dra in honom i matchen.

"Vad är det som pågår?"

"Jag skulle kunna fråga dig samma sak, chefen. Vad i helvete?"

Kommissariens ansikte stramade åt, liksom greppet om kanten på Victorias skrivbord.

"Vill du ställa den frågan en gång till, Tomek?"

"Okej", svarade han och ryckte på axlarna. "Vad i helvete är det som händer med den här nya strategin, chefen? Vad händer med Diana Greenock? Mandy Butler? Efter det som hände förra gången, chefen, trodde jag att du skulle vara helt—"

"Se upp med vad fan du är på väg att säga där, kompis", väste Nick. Det fanns ingenting kamratligt i hur han sa det. "Jag tror verkligen inte att du vill ta den tonen med mig."

"Tänker du svara på frågan eller bara fortsätta springa ifrån den?"

"Jag behöver inte stå här och lyssna på det här." Nick pekade mot utgången med tummen. "Gå ut och gör ditt jobb. Eller så kan jag be HR komma ner och ge dig en dag till ledigt om du vill ha lite mer tid att lugna ner dig för fan? För du beter dig som en jävla skitstövel och det tänker jag inte acceptera."

Tomek lämnade snabbt mötesrummet utan att säga ett ord till. Hotet om ännu ett möte med någon från HR räckte för att få ut honom därifrån så fort det bara gick. Han ville dock fortfarande ha ett svar. Och han visste vem som kunde ge honom det.

Sean.

Men just som han var på väg dit vibrerade hans telefon.

Abigail Winters ringde.

KAPITEL
TJUGOSJU

T retton minuter senare befann sig Tomek på Morgana's Café. Med samma tunga, flottiga, klibbiga luft, samma ljuvliga, aromatiska doft av bacon och ägg, samma stammisar som såg ut att aldrig ha lämnat stället, eller som om de hyrde nästan samma stolar.

Abigail hade sagt att de skulle ses på samma ställe som förra gången. Och, precis som förra gången, var hon sen.

Visserligen trettio minuter i stället för sextio, men sent är sent.

Och i det sinnelag han var i hjälpte hennes brist på punktlighet inte precis.

När trettio minuter blev trettioett, sträckte sig Morgana över honom och ställde en kopp te framför honom. Han tittade upp på henne och tackade varmt. Hon såg vackrare ut än förra gången han hade sett henne, fast han kunde inte säga varför. Kanske var det hennes hår som var lockat och klippt i en bob, eller kanske var det det tunna lagret smink som hade tjocknat lite, särskilt under ögonen och på ögonfransarna, vilket framhävde blått där bakom, eller kanske var det hennes klädsel – mer välklädd, återhållsam, nästan presidentlik.

I ett ögonblick tänkte han på att flirta med henne igen, men då mindes han vad som hände förra gången. Så fort han hade börjat kom Abigail in, som om hon stått utanför och tittat på honom och gjort det med flit. Tomek vägde beslutet en stund till: flirta med Morgana och därmed genast framkalla Abigail, eller skjuta upp flörtandet och fortsätta fånga varandras blickar medan han väntade.

Tyvärr togs beslutet ifrån honom den här gången.

Nästa person som kom in genom dörren var Abigail. Fast den här gången drog hon inte den där resväskan efter sig som fick henne att se ut som en lågstadielärare.

"Hallå där, du", sa hon. "Snygg i dag."

Tomek tittade ner på kavajen han hade haft på sig i nästan tre veckor i sträck utan tvätt och på den vita skjortan han hade ägt i ett år som hade börjat dra åt titaniumgrått.

"Tack", svarade han stelt. "Du vet, om min dotter ser oss här kommer hon att börja ställa frågor, utöver dem hon *redan* ställer."

"Bra frågor, hoppas jag?"

Tomek tog en klunk vatten som svar. "Vad var så viktigt att du inte kunde säga det i telefon?"

Vid tanken på att få berätta nyheten för honom lystes Abigails ansikte och hår upp till en ljusare blond ton under lamporna.

"För det första ville jag ge dig en rättvis förvarning om en artikel jag håller på med."

"Okej. Handlar artikeln om mig?"

"Nej."

"Då har du min välsignelse."

"Den handlar om din kriminalkommissarie."

Det fick Tomek att stanna upp ett ögonblick.

"Nick? Vad är det med honom?"

"Jag undersöker hans tillkortakommanden i fallet Mandy Butler."

Du kommer att älska det jag precis har upptäckt då.

Men kanske var det bäst att berätta det om två år, så kunde hon såga Victorias karriär också.

"Jag... jag tror inte att det blir ett problem. Jag menar, hur under bältet är det?"

Abigail drog med fingret upp och ner längs en skåra i bordet. "Det har jag inte klurat ut än. Det är inte fullständigt över gränsen, men vissa skulle säga att det är nära nog."

"Lagom mycket för att kunna publiceras ändå, eller hur?"

Hon log brett. "Precis."

Just nu var varken Nick eller Victoria hans favoritpersoner på planeten, så han brydde sig inte särskilt om vad Abigail tänkte publicera. Om de hade låtit honom behålla rollen som utredningens SIO hade hans tankebanor kanske inte varit lika destruktiva, men som det var undrade han om det fanns någon mer han kunde kasta på elden.

"Den andra anledningen till att jag bad dig komma", började Abigail, och avbröt hans tankar, "är att jag har en besökare till dig."

"Inte ännu en dotter som jag inte hade en aning om", sa han långsamt och skakade på huvudet. "En räcker för mig. Jag tror inte jag klarar stressen av en till—"

"Håll klaffen, din dumbom. Det är inte *det*..."

När hon tonade ut vände sig Abigail i stolen och pekade på ett par i motsatta hörnet av restaurangen. En mor och dotter, som satt bredvid varandra och stirrade på dem. Tomek hade inte sett dem komma in, och dömt av de tomma tallrikarna med mat framför dem hade de suttit där betydligt längre än han.

Abigail vinkade åt dem. De hasade sig över. Trevande, försiktiga. Som om han var en man med en obotlig sjukdom. Dottern, som hade unga drag som påminde honom om Kasia, var längre än sin mamma. Hon bar en tunn hoodie som hängde ner över ena axeln, och hon höll ena armen över bröstet och förankrade den genom att gripa tag i insidan av sin andra arms armbåge. Bredvid henne var hennes mamma som, om det inte vore för grått som spädde ut det bruna i håret, skulle han ha tagit för en syster.

De satte sig mitt emot honom i tystnad. Tre mot en.

"Tomek, det här är Nisha och Avena Kumar. Avena var en av—"

"Jag känner igen namnet", sa han och nickade ivrigt. "Från artikeln."

Han sträckte fram handen över bordet. Avena tog den med en sjuttonårings sorts självsäkerhet, skör och desperat att få det överstökat snabbt.

"Tack för att ni kom hit", började han. "Jag tror inte vikten av det här kan överskattas. Allt ni känner er bekväma med att berätta i dag kommer förstås att behandlas med största diskretion, det försäkrar jag. Fast..." Han vände sig om och såg sig omkring. På de livliga samtalen. På det ständiga karusellandet av kunder som kom och gick genom dörren. "Skulle ni inte föredra att gå någonstans där det är lite mer privat?"

Abigail skakade på huvudet. "Det här var deras val, lustigt nog. Och jag sa att du stod för lunchen."

Tomek gav henne ett syrligt men leende grin som sa, "Självklart gjorde du det. Tack så mycket."

Och sedan, som om det var repeterat, kom Morgana fram till bordet med en nota i handen. Tomek tog den instinktivt; han var så van att göra det på dejter och middagar med Kasia att det numera satt i muskelminnet, och han drog fram sitt betalkort.

"Jag antar att notan för det här bordet kommer strax?" frågade han medan han slog in sin PIN-kod.

"Japp."

"Hör ni det, tjejer? Beställ på!" Abigail sträckte sig över bordet och ryckte åt sig en meny från stället. "Det är ju trots allt jul. Någon måste komma i stämning, även om *han* inte gör det."

Kumars hade ingen aning om vad hon syftade på, men det verkade inte bekomma dem; de bläddrade i menyn och beställde en Diet Coke till Nisha och en bananmilkshake till Avena. Morgana skyndade i väg innan Tomek hann beställa en kopp te till åt sig själv.

De fyra satt nästan helt tysta medan de väntade på sina drycker. Tomek hade bestämt sig för att det var bättre att börja deras samtal utan att riskera avbrott varannan minut för att någon skulle fråga om de ville ha mer att dricka. Och så snart dryckerna hade kommit, och Tomek hade lagt ut för dem, kunde de kort därefter börja.

"Vad vill du veta?" frågade Avena. Hon talade med den mjukhet och karisma som en kabinanställd.

"Allt du kan berätta. Allt du minns från den kvällen. Allt du har kommit ihåg sedan dess."

Avena sökte stöd hos sin mamma, som gav det med en mjuk hand på hennes underarm. Tomek bönföll med blicken att hon skulle hålla sig stadig och stark. Han ville inte att resan skulle vara bortkastad för någon av dem. Inte minst för hans bankkonto.

"Så, vi va ett gäng på sex. Jag, Nala, Dein, Harrison, Priti och Prav. Vi va på väg att se Catfish and the Bottlemen på the Cliffs. Det va utsålt och vi va nästan längst fram. Vi försökte hålla ihop så mycket som möjligt men folk behövde gå på toa och hamnade hela tiden med att gå och hämta mer att dricka och så. Så vi blev till slut splittrade. Jag blev kvar med Harrison och Priti, medan de andra var på egen hand nånstans, jag fick aldrig veta var."

Hon tog en klunk av milkshaken och ställde ner den på bordet med extrem försiktighet, som om hon skulle ha sönder den om hon satte ner den hårdare.

"Vi dansade, hade skitkul, skrek textraderna varandra rakt i ansiktet, när det plötsligt bara dök upp en kille framför oss. Han va ungefär i din längd, kanske. Lite kortare. Tjockt svart hår. Solglasögon på. Först trodde jag att han letade efter sina polare. Men när han inte rörde sig utan bara stod kvar tänkte jag att han va ute efter bråk. Jag vet inte varför, men det kändes som att han stirrade mig rakt i ögonen. Som om han ville bråka med *mig*."

Tyvärr låg sanningen inte långt därifrån.

"Precis när jag skulle fråga honom om allt va okej petade Harrison honom i armen och kramade om honom. De kände varandra från nånstans."

"Vet du varifrån?" frågade Tomek och tryckte så hårt med pennspetsen att bläcket började blöda igenom sidan.

"Jag tror han sa att det va fotboll. Något om att ha spelat ihop i Dagenham."

Tomeks intresse väcktes.

"Spelade de tillsammans?" frågade han.

Avena skakade på huvudet. "Den här killen va åtminstone några år äldre, så jag tror han måste ha spelat några divisioner upp, eller kanske i A-laget."

"Och det här är mannen som du köpte ecstasytabletterna av?" frågade Tomek.

Det dröjde innan hon svarade. När hon gjorde det, med ett lätt nick och med ögonen slutna, öppnades dörren och en ny grupp kunder kom in. Lunchen var i full gång och stället blev allt varmare. Tomek tog av sig kavajen och hängde den över ryggstödet, ovanpå sin rock.

"Det va Harrison som betalade. Han fick det att verka som att han gjort det förut, sättet han räckte över pengarna på. Jag såg det knappt. Och sen bara delade han ut dem, som om det va godis. När jag tittade upp va mannen borta."

"Men du minns hur han såg ut?"

Hon nickade. Och Tomek meddelade att han skulle boka in henne för ett möte med deras tecknare för att ta fram en fantombild av mannen.

"Tvingade vare sig Harrison eller Priti dig att ta tabletterna?"

Avenas blick föll mot sin dryck och hon började snurra den tankspritt på bordet.

"Harrison sa att han hade gjort det förut, att det va en av de bästa upplevelserna i hans liv, men han *tvingade* mig inte."

För orden räckte. Hon hade varit i sällskap med någon hon litade på, någon hon kanske hade känt och respekterat länge. Så varför skulle det inte vara säkert att prova?

"Jag tog bara en halv dock", sa hon som en eftertanke.

"En halv ecstasytablett?"

"Ja. Det va första gången och jag va rädd."

"Så det är därför..." började han, och hejdade sig sedan.

"Varför vad?" frågade Nisha, hennes mamma.

"Det..." Han gjorde en paus. "Ursäkta att jag talar klarspråk, men det är anledningen till att du lever. Tjejen som tyvärr gick bort efter en upplevelse lik din dog för att hon tog hela tabletten."

"Och för att Priti hade Avenas EpiPen med sig, och hon *visste* vad hon skulle göra med den."

Tomeks ansikte föll. "Nå. Ja. Självklart. Det också."

"Hade den stackars tjejen inte sin EpiPen med sig?"

Tomek var inte alls säker. Han hade inte kommit på att fråga Elsie Rawcliffe när han pratade med henne. Och som pappa till en dotter med anafylaxi visste han att det inte var ett så självklart och lätt botemedel att ge. Om man inte visste hur man skulle använda den från början fanns det inte mycket mer att göra.

Tomek kunde pussla ihop resten av berättelsen själv. Anafylaktisk reaktion mitt på dansgolvet, följt av medvetslöshet, omgiven av hundratals människor, följt av en akuttransport till sjukhuset.

Ingen minnesvärd kväll för någon.

Efter att ha avslutat mötet och tackat dem flera gånger för deras förtroende och mod i att dela historien med honom, lämnade Tomek över till Abigail, som förklarade att all kontakt skulle gå via henne och att Avenas namn kunde hållas utanför om det var vad de ville.

Alla fyra gick därifrån samtidigt. Utanför vinkade Tomek och Abigail adjö och såg dem ge sig av.

"Fick du det du ville?" frågade hon.

Tomek nickade.

Det fick han.

För nu hade fotbollsmålet precis blivit mindre, avståndet mellan stolparna smalare. Han hoppades bara att han snart skulle kunna sätta det avgörande målet.

KAPITEL
TJUGOÅTTA

Under hans "lediga dag" – som han snabbt började bli irriterad över att alla kallade "ledig dag" – hade kriminalassistent Rachel Hamilton betat av en stor del av deras gemensamma att-göra-lista kopplad till utredningen av Fern Clements död.

Det hade hon inga som helst problem att påminna honom om.

"Det var fan ingen ledig dag, okej? Min dotter låg på sjukhus."

Hon höjde händerna i kapitulation. "Visste inte det, kompis. Förlåt. Meddelandet var att du tog en ledig dag. Ingen riktig förklaring."

"Vem gav dig den uppfattningen?"

"One-Third Jaffa Cake", svarade Rachel. "Hon sa att du var ledig. Ska inte ljuga, jag var lite sur, men jag antar att jag inte har någon rätt att vara det nu."

"Nej. Det har du inte."

Och nu hade han heller ingen rätt att ge sig på Sean för att han inte delat med sig av information om strategimötet dagen före. Om Sean hade haft samma missuppfattning som resten av kontoret, så hade han ingen anledning att vara arg på sin vän.

"Vad fick du gjort i går?" frågade Tomek och försökte att inte låta alltför nedlåtande. Han insåg att det nog inte hade fungerat så bra som han hade hoppats.

"Mer än du förmodligen ger mig cred för där uppe." Hon petade sig vid tinningen.

"Det stämmer inte. Du vet att jag håller dig högt."

"Mm. Säg det till min medarbetarbedömning."

Tomek småskrattade. Trots skillnaden i befattning respekterade Tomek Rachel och såg henne som jämlik. Hon var erfaren, hade varit i yrket några år mindre än han, och hade alla kännetecken på någon som skulle kunna ta sig vidare upp i leden bara hon trodde att hon kunde. Under den tid han hade "lett" kriminalassistenterna (även om han hatade uttrycket) var hon kanske den som visade mest driv och engagemang, en iver att lära, växa och utvecklas; i princip allt sånt man skriver i ett CV och hoppas att ingen synar. För att inte tala om att hon var en vänlig och fantastisk person. Hon hade bara funnits i hans liv lika länge som Kasia, men hon hade kommit in i teamet efter några dagar och, nu när hon hade flyttat närmare stationen, var hon mer tillgänglig för en öl och sociala kvällar efter en lång dag.

För att svara på hans fråga öppnade hon ett Exceldokument på skärmen. På första fliken låg en serie med fyra tabeller, fyllda med namn och adresser. Över varje tabell stod namnet på var och en av de fyra offren, i fetstil och centrerat. Och längst till höger i varje tabell fanns en kolumn med Y och N.

Tomek tittade på den första tabellen. Fern Clements. Deras del av arbetet. Listan innehöll namnen på alla som hade varit på träffen den kväll hon dog. Alla cellerna i den kolumnen var markerade med ett Y – utom en.

"Du pratade med fyra olika personer från festen i går?"

"Fem, tekniskt sett." Hon pekade på två namn i bladet. "De här två är tvillingar. Så jag räknar det som en. Och jag är glad att de var det, annars hade jag jobbat till midnatt."

Tomek kände henne tillräckligt väl för att veta att hon talade bokstavligt, inte bildligt.

"Nåväl", började han. "Tack för ditt slit och din insats. Jag uppskattar det verkligen. Som tack tar jag den sista så att du kan lägga upp fötterna. Vad säger du?"

Hon blängde på honom. Och inte på det där vanliga flörtiga sättet som han hade varit så van vid med andra kvinnor. Det här var en hård, genomträngande blick som, det måste han medge, skrämde honom lite.

"Och vem sa att ridderligheten var död?" sa hon sarkastiskt.

"Det där är inte ridderlighet. Ridderlighet vore att jag frågade om du kom hem säkert i går kväll. *Kom* du hem säkert?"

"Tja. Ja."

"Toppen. Det är ridderlighet. Däremot att jag erbjuder mig att prata med en tonårstjej så att du slipper, det är mitt sätt att vara gentleman."

Rachel tittade tomt på honom en lång stund. "Jag tror att du missförstår betydelsen av båda de orden."

"Och jag tror att du missförstår det faktum att du missförstår vad jag säger."

"Va?"

"Precis. Säg du."

"Vad fan pratar du om, Tomek?"

"Jag vet inte. Förlåt. Ärligt talat tappade jag tråden där ett ögonblick."

"Låter som att du har problem."

Han petade på skärmen. "Lägg till mig på listan då."

KAPITEL
TJUGONIO

Claudia Lowther var sist på listan över gäster som hade varit på husfesten natten då Fern Clements dog, och såvitt Tomek och Rachel förstod var hon Ferns närmaste vän. Rachel hade, med all rätt, beslutat att prata med de andra deltagarna innan hon pratade med Claudia. Hon hade velat höra alla vilda anklagelser och osanningar innan hon till sist smalnade av sitt fokus och lyssnade till den ena versionen av händelserna, den ena versionen av Fern Clements liv som troligen var den mest träffsäkra.

De satt alla i ett litet rum i en av korridorerna i naturvetenskapsbyggnaden. Det var tyst, avskilt och var maskerat som ett kemikalieförråd, så risken att bli avbrutna var minimal – om inte en lärare, på jakt efter någonstans att gråta, vilket han misstänkte att rummet nästan var byggt för, råkade snubbla in och störa dem. Med dem i rummet var ansvarig för elevhälsan i årskurs tio, Linda Vickers, en kort kvinna med pagefrisyr, glasögon som täckte ansiktets hela bredd, och ett ännu större leende som tycktes nå ända upp till öronen. Hon talade mjukt, var artig och varsam. Och det där leendet: avväpnande, värmande och lugnande. Det var lätt att förstå varför hon hade haft rollen i nästan femton år, som hon hade förklarat.

"Jag har egna barn, och jag tycker att det är viktigt att de får se ett leende varje dag, även om det bara är från deras egen mamma", hade hon sagt. "Världen skulle må bra av lite mer glädje."

Det där hade varit lite väl djupt för Tomek som ett ordspråk efter lunch, men det var bara cynikern i honom. Hon hade förstås rätt. Världen skulle må bra av mycket mer glädje. Det enda problemet var att i hans värld, i hans liv där han dagligen hanterade död, brott och förstörelsen av otaliga liv, var det knappast platsen att hitta den.

När Claudia hade hämtat sig från den första chocken av att bli uppkallad ur lektionen av en polis, förklarade Tomek vem han var och varför han var där.

"Jag förstår att du erbjöds lite ledigt från skolan för att försöka få rätsida på vad som hänt", började Tomek. "Hur kommer det sig att alla dina vänner har gjort det, men inte du?"

"Kan inte", sa hon och skakade på huvudet. "Måste hålla mig sysselsatt. Annars blir jag tokig av att bara tänka på det."

"Det var väldigt plikttroget av dig", sa han, mer som en anteckning för sig själv om hennes karaktär än för hennes skull.

Och sedan började han förhöret på allvar. Till en början ställde han enkla frågor, snuddade lätt vid Fern och deras relation, närmade sig ämnet på ett kontrollerat och eftertänksamt sätt. Han frågade om skolan, hennes betyg, GCSE, vilka kurser hon läste och vilka som var hennes favoriter (spanska och franska, samma som Fern). Allt det som var tänkt att få henne att slappna av. Och hon svarade likadant: varsamt och genomtänkt, mjukt och varmt.

Tills han började skruva åt tumskruvarna en aning.

"Vad hände den natten när Fern dog?" frågade Tomek.

"Vad menar du?"

"Alltså, vad hände med henne?"

"Jag vet inte vem som dödade henne."

"Det är inte det jag frågar."

"Men du får det att låta så."

När Linda kände att stämningen höjdes sträckte hon in handen mellan dem och lade den på Claudias.

"Detektiven förutsätter ingenting. Han vill bara veta vad som hände. Det är allt."

Hon lugnade sig genast.

Och Tomek märkte att han gjorde detsamma.

"Det var...", började hon, men hejdade sig. Det tog några ögonblick att samla sig, och efter att ha svalt djupt några gånger och andats ännu djupare fortsatte hon. "Det var en dispyt. Vi skulle alla sova över hos Bianca, men Fern var lite salongsberusad och hon hade tillbringat hela kvällen med att sms:a sin pojkvän."

"Pojkvän?"

"Alltså, inte riktigt hennes *pojkvän*. Mer en..."

"Situationship?"

"Ja. En situationship. Men hon brukade alltid kalla det en "shituationship" eftersom han brukade behandla henne som sk—"

Claudia insåg plötsligt vad hon sa och tystnade, med en blick som bönföll Linda om förlåtelse.

"Snälla", sa Tomek, "fortsätt."

"Okej. Nå. Vi hade alla druckit, bara några klunkar WKD och några glas vin, inget märkvärdigt. Men Fern tålde det inte så bra och hon började prata högt och prata i mun på alla. Så vi sa ifrån allihop. Och det gillade hon inte och blev lite aggressiv. Sedan sa hon att hon skulle träffa Darren."

"Och Darren är den hon har den där situationshipen med?"

Claudia sneglade på Linda för att få godkännande. Ansvarig för elevhälsan nickade åt Claudia, som sedan nickade åt Tomek, som om budskapet fördes vidare telepatiskt genom kedjan.

"Vet du om hon faktiskt träffade Darren?"

Den här gången skakade Claudia på huvudet, ett budskap som inte behövde gå genom dem alla tre.

"Går Darren på den här skolan?"

"Nej. Han är äldre. Han är runt sjutton."

"Men går inte i skolan?"

Mer huvudskakningar. "Nej. Hon nämnde något om att han hade fått ett fotbollsstipendium till något lag i Dagenham, tror jag. Fattar inte varför någon skulle vilja spela där – de är skit."

"Språket", påminde Linda henne. "Den där var väl lite onödig, eller hur?"

"Förlåt, fröken."

Medan hon bad om ursäkt gled Tomeks tankar iväg. Till tankar på Darren och den där shituationshipen. Darren fotbollsspelaren. Darren sjuttonåringen som spelade i något lag i Dagenham. Darren den unge mannen som hade gått för att träffa Fern Clements den natten då hon dog.

Det kunde väl inte hänga ihop alltihop, eller?"

"Jag har väl inte sagt nåt jag inte borde, va?"

Claudias skarpa röst förde honom tillbaka till rummet. Han skakade på huvudet. "Nej", svarade han. "Du har varit till stor hjälp. Tack."

KAPITEL
TRETTIO

Trots allt var det bara några få personer på kontoret som Tomek fullt ut litade på när det gällde att höra vad som rörde sig i hans huvud. Särskilt något så långsökt och udda som det här.

"Nu håller du mig på halster," sa Sean till honom när Tomek lämnade bordet och gick mot baren på Fork and Spoon.

Bakom baren stod Jim, som hade ägt stället så länge de hade gått dit.

"Det vanliga?"

"Ja tack, polarn."

När Jim hasade iväg till andra sidan baren gled Tomeks blick mot varuautomaten i pubens hörn, nästan lika ljusstark som strålkastare uppe på ett kryssningsfartyg. Jim hade skaffat den som en extra inkomstkälla, ett sätt att bredda intäkterna. Han tog ut en fast månadsavgift av ägaren för hörnplatsen och tog dessutom hem tio procent av månadsintäkterna. Det lät för bra för att vara sant. Fast bara om maskinen faktiskt användes, och såvitt Tomek visste gjorde den inte det; varje gång han hade varit där var den fortfarande fullproppad och såg ut som om ingen hade vågat sig i närheten.

"Hur funkar det där för dig?" frågade Tomek när mannen kom tillbaka med två öl fyllda till brädden.

"Jävla skit!" sa Jim. "Jag vill bli av med den. Den lille slöfocken har sålt mig en jävla dröm. Han har lurat av mig tusen pund, det har han."

"Tusen pund?!" Tomeks röst gick upp i ett tonläge han inte nått på nästan trettio år.

"Jag var ju tvungen att betala en deposition, var jag inte?"

"För vadå?"

"Maskinen. Ifall den går sönder."

"Men jag trodde att han betalade dig för platsen?"

"Om han gör det har jag inte sett röken av det."

Tomek stack ner handen i plånboken. "Han har verkligen blåst dig där."

Jim grymtade när han såg Tomeks plånbok och höll fram handen, redo att ta emot kontanterna som snart skulle trilla ner i den.

"Det blir femton pund, tack, kompis."

Tomek baxnade och höll på att sätta saliven i halsen.

"Femton pund. För två pint? Sedan när ligger det här stället mitt i Shoreditch?"

Jim ryckte på axlarna. "Jag måste ju föra vidare de kostnaderna på något sätt, eller hur?" förklarade han och pekade med tummen mot varuautomaten.

"Varför känns det som att det är jag som blir blåst nu?"

"Tyvärr rinner skiten nedåt, kompis."

"Ja. Och det är alltid vi knegare som får ta smällen."

Jim hade inget att säga till det. Så Tomek räckte över pengarna, *motvilligt*, och gick tillbaka till båset där Sean satt.

"Kan du fatta det?" började Tomek, upprörd.

"Fatta vad?"

"Femton pund för två pint. Bara för att han har insett att hans smarta affärsbeslut inte var så smart ändå."

Sean tog pinten från mitten av bordet och sippade. När han satte ner glaset på ölunderlägget lämnade han efter sig en tunn skummmustasch. "Jag bråkade förra gången jag var här."

"Senaste gången du var här?" Tomek försökte dölja svedan i rösten, men misslyckades.

"Ja. Var här för ett par veckor sedan med Chey."

Tomek nickade, utan att möta vännen med blicken, och försökte nu dölja svedan i ansiktet.

"Vi hade frågat om du ville följa med, men vi tänkte att du skulle vara upptagen med Kasia. Och jag är rätt säker på att det var samma kväll som du sa att hon skulle börja sina polsklektioner och att du ville hinna hem till dem."

En tystnad gled in mellan dem. Påtaglig och obekväm. Tomek fyllde den genom att ta en klunk och gradvis möta sin väns blick. Sean fyllde den genom att föra samtalet vidare så fort han bara kunde.

"Hur går det med hennes lektioner?"

"Jo, bra."

"Har du märkt någon större förbättring?"

"Ja, antar det. Hon kommer inte att beställa *dos cervezas* på polska inom den närmaste tiden, men det går framåt."

"Vad var det du sa att hennes lärare var?"

"Alltså, han är lärare."

"Nej, jag är säker på att det fanns ett särskilt namn."

"Åh, en polyglott."

Sean knäppte med sina tjocka fingrar. "Det var det!"

"Tekniskt sett är han en *hyper*polyglott, men eftersom han inte är här tror jag inte han har något emot att vi sparar oss de extra stavelserna."

Sean skrattade stelt, och samtalet blev plötsligt märkligt. Stämningen sjönk, och det var som om de hade fått slut på saker att säga, slut på saker att prata om med varandra. Något de aldrig hade behövt utstå. Inte så här.

De hade varit vänner i nästan femton år och hade tillbringat större delen av den tiden med att prata om allt och inget, lära känna varandra på nästan alla plan, så nu var det en märklig situation att befinna sig i. Obekväm och främmande. Saker och ting hade inte varit desamma sedan Kasia kom in i hans liv, det var han den förste att medge. Hon hade blivit prioritet, och utan att det var hennes fel hade hon dragit honom bort från hans gamla liv som var fyllt av drickande, socialt umgänge, skoj, och att lära känna kvinnor varje vecka, och knuffat in honom i ett liv som var betydligt tråkigare. Kanske var det bäst så och han hade bara inte insett det än. Han *var* trots allt fyrtio. Kanske var han för gammal för att ligga runt och hålla sig undan allt som hette förpliktelser så länge det bara gick. Kanske var det dags att han stadgade sig och hittade någon han kunde ha en framtid med.

Vilket påminde honom ...

"Jag har träffat Abigail på sistone ..." började han, och hejdade sig.

"Du har träffat henne?"

Tomek viftade med händerna i luften. "Nej, nej, nej. Inte så. Inte någon situationship-grej. I *professionell* bemärkelse. Hon har gett mig information om tjejerna som blev drogade på the Cliffs. Det var hon som hjälpte mig med kopplingen mellan morden, inklusive Diana Greenocks i Manchester."

"Bra."

Den här gången var det Seans tur att misslyckas med att dölja smärtan och sorgen i både uttrycket och rösten. Smärtan och sorgen efter hans och Abigails färska förhållande som hade tagit slut bara några veckor tidigare.

"Jag träffade henne faktiskt i eftermiddags," fortsatte Tomek. "Hon tog med en tjej som heter Avena Kumar som var ett av mördarens offer. Hon och ett par vänner var på konserten tillsammans och såg Catfish and the Bottlemen. Men det hon berättade gjorde mig nyfiken."

"Abigail eller tjejen?"

"Tjejen."

"Just det."

Sedan berättade Tomek om sin teori. Att de hade haft helt fel. Att de inte letade efter en mördare alls. De letade efter ett gäng, förenade av en gemensam nämnare i deras liv: fotboll. Och i synnerhet en klubb. Dagenham & Redbridge FC. Att de alla jobbade tillsammans, som vänner och medhjälpare, och planerade att döda en grupp tjejer genom deras allergier.

Orden kändes märkliga för Tomek att höra, men så fort han hade sagt dem kände han en tyngd lätta. Sean var den ende han kunde lita på med den här typen av saker, men snart började han känna att han kanske inte borde.

"Så du tror att en grupp femton- och sjuttonåriga pojkar, som alla skulle ha varit femton då, var smarta och tillräckligt intelligenta för att antingen bli vänner med eller inleda relationer med tjejer som hade allergier, och sedan hitta sätt att döda dem utifrån deras allergier? Du tror att en grupp femton- och sjuttonåriga pojkar har den tekniska skickligheten att ro något sådant i land?"

Tomek blev tyst. "Tja, när du säger det så."

"Jag tycker bara att det är högst osannolikt."

"Men inte *omöjligt*," sa Tomek och kände en liten ljusstrimma bryta igenom den svarta duk som Sean hade målat upp med sin negativitet. "Jag trodde inte att det var sannolikt att den första kvinnan jag har älskat på länge skulle krossa mitt hjärta och visa sig vara en seriemördare. Jag trodde inte att det var sannolikt att en pappa skulle fejka sin död och döda sin dotter för att han inte trodde att hon var hans ... Men allt det hände."

Och dessutom inom loppet av de senaste månaderna.

Sean kliade sig vid sidan av huvudet och masserade de synliga blodkärlen vid tinningarna.

"Jag fattar vad du menar men, kom igen." Det fanns en uppriktig vädjan i hans röst. "Tre mordoffer—"

"Varav två har pojkvänner eller personer i sina liv som spelar fotboll." Inte inräknat Billy the Cow Fighter, som inte hade något med morden att göra.

"Och Diana Greenock då?" frågade Sean.

"Jag trodde att du inte ansåg henne relevant i den här utredningen?" svarade Tomek på ett sätt som lät Sean förstå att han var förbannad.

"Lyssna, om det där," började han. "Jag ville ringa dig. Jag ville ha dig där, men Victoria sa att vi bara skulle låta det vara."

"Hmm."

"Vi har bara parkerat Diana Greenock tills vidare. Vi har inte glömt henne helt."

"Ni kunde lika gärna ha gjort det, med tanke på hur lite resurser ni lägger på hennes mord, och på Mandy Butlers."

Sean himlade med ögonen och drog in ett djupt andetag. Hans jättelika bröstkorg svällde till nästan dubbel storlek. Sedan släppte han ut allt långsamt.

"Din teori stämmer inte med rättspsykologens profil."

"Menar du samma som jag fick sitta och lyssna på när hon hittade på den i stunden för inte så länge sedan? Kom igen. Du har hört den, va? Den är krångligare än manualen till ett våffeljärn, mycket mer komplicerad än den behöver vara. Tracy gav beskrivningar av två helt olika män för att täcka alla baser. Tycker du att det är en solid profil att gå på?"

"Det är allt vi har."

"Då är det som att de blinda leder de jävla blinda där ute."

Tomek behövde en klunk till. Men när han tittade ner på sin drink insåg han att det inte fanns något kvar.

"Din tur nu," sa han till Sean.

"Samma igen?"

"Tack."

Och så hasade Sean ut från stolens sida och gick bort till baren. Medan han väntade kollade Tomek sin telefon. Inga missade samtal, bara ett meddelande om att Kasia kommit fram säkert. Ett ögonblick senare kom Sean tillbaka med drinkar i händerna.

"Kostade tjugo pund den här gången."

"Va?"

När Sean satte sig viftade han med två påsar chips framför Tomek. Walkers naturella och ost och lök. Från varuautomaten.

"Du skulle ha bett Jim dra av det från summan," svarade Tomek.

"Kanske nästa gång."

Ännu en pinsam stund passerade. Den andra på så kort tid. Det oroade Tomek.

"Varför slutar vi inte prata jobb," började Sean. "Det är tråkigt och inget jag vill gå och tänka på hela dagen."

"Okej. Rättvist."

"Vad ska du göra i jul?"

"Det blir bara vi två. Jag ville att vår första skulle vara bara vi två, i lugn och ro, utan kaoset hos morsan. Det sparar vi till nästa år. Du då?"

"Tvärtom," svarade Sean. "Syrran och jag ska hem till morsan."

Samma som varje år. Samma historia så länge Tomek hade känt honom. Sean var, med hans egna ord, en mammagris. När Sean var ung dog hans pappa tidigt, en hjärtinfarkt när han konfronterade pappan till Seans skolmobbare, och därför hade Sean tvingats kliva in i rollen tidigt. Han hade hjälpt till att försörja sin mamma och yngre syster genom att sälja godis och läsk i skolan och skaffat sig ett rykte som den som mest sannolikt skulle bli entreprenör senare i livet. Och sedan gick han med i polisen medan han fortfarande bodde hemma och fortsatte att sätta mat på bordet samtidigt som han skyddade familjen i deras tuffa kvarter med sitt ännu mer imponerande och avskräckande rykte.

Och varje år kom den där vanliga inbjudan till Tomek att hänga med. Några gånger hade han följt med dem, tillbringat kvällen med att frossa i Seans mammas jollofris och malvapudding till dessert, innan han åkte hem till sin tomma lägenhet för en kväll med skitdålig tv och somnade i soffan. Ofta hade han gått till jobbet och tillbringat dagen med människor han jobbade med dagligen. Men det var annorlunda. Under en dag om året kändes det som om jobbets stress och alla bördor som följde med det hade lyft.

"Första julen tillsammans," mumlade Sean. "Måste vara spännande."

"Hon ser fram emot det. Jag å andra sidan tycker inte mycket om allt det där, som du vet. Fast jag kan glatt säga att hon börjar smitta mig lite med stämningen. Mängderna av glittergirlanger och julpynt vi har hemma gör det med vem som helst."

"Var är hon i kväll?"

"Vem?"

"Kasia. Så klart."

Tomeks ögon blev stora. "Fatta det här: Hon är ute på tjejernas julmiddag med Nicks dotter."

"Den ökända Nick Cleaves som inte låter sin dotter göra någonting om det inte har gått igenom flera omgångar av godkännanden och begärts minst sex månader i förväg?"

"Samma. Så jag har kvällen ledig."

Sean pekade på drinken. "Därav drinken."

"Därav drinken."

Ännu en stund gled förbi mellan dem. Men den här gången var den inte pinsam. Jo, den *var* pinsam men bara lite. En fyra av tio på pinsamhetsskalan, när båda männen insåg att det var så här det skulle vara framöver, att de skulle ses och ta igen i sociala sammanhang när Tomek hade blivit beviljad en ledig kväll från föräldrasysslorna. Ett faktum som båda skulle behöva acceptera.

"Se bara till att du inte blir som Nick som förälder," sa Sean.

"Vad menar du?"

"Jag kan tänka mig att han har förhörsfrågorna redo när hon kommer hem. Och han har säkert en flik på sin iPad med var hon befinner sig just nu."

"Kommer inte det med jobbet?"

"Beror på hur långt man drar det."

"Coolt. Några fler visdomsord?"

"Ja. Köp aldrig de här chipsen igen – de är så jävla gamla. Faktum är, köp ingenting från den där varuautomaten, allt är säkert utgånget." Tomek slängde den halvuppätna påsen med ost-och-lök-chips på bordet och grimaserade, visade upp smulorna i munnen. Båda männen skrattade.

"Och för vad det är värt, kompis," började Sean och sjönk tillbaka mot ryggstödet. "Om du *var* orolig för att behöva mitt godkännande innan något skulle hända mellan dig och Abigail, och säg inget, jag vet hur hon är och vad hon vill, så behöver du inte vänta. Du kan göra vad du vill. Hon och jag är historia sedan länge."

KAPITEL
TRETTIOETT

K änslan av sanden under fötterna, som smälte mellan tårna. Ljudet av vågorna som slog i fjärran och av deras röster som snabbt dränktes av det. Känslan av den bittra kylan som lyckades bita igenom tyget i hennes Zara-jeans och topp. Och den andra känslan i kroppen som gjorde henne en aning avtrubbad inför alltihop. Bara en klunk. En klunk av vodkan ur Lucys väska. Det var allt hon hade tagit. Tjejerna lät henne inte få mycket mer, för de sa att de var ansvarstagande och att det var deras jobb att ta hand om henne och Sylvia och se till att inget hände. För att inte tala om att det inte var bra för henne. Men den där klunken hade räckt för att stiga henne åt huvudet och försämra hennes reaktionsförmåga.

När de ropade hennes namn hörde hon det alltså inte. Hon var för upptagen med att stirra ut över vattnet, mot Themsens mynning som glittrade svart framför henne.

"Kash, kommer du, eller ska du bara stå där som ett fån?" frågade Lucy Cleaves, Nicks dotter, från andra sidan stranden.

Kasia gillade inte citroner, men hon tyckte inte heller att det var något fel med att vara en.

Hon sköt den där bisarra, möjligen vodkaframkallade, tanken åt sidan, böjde sig ned efter skorna och skyndade sedan över till de andra. Resten av gänget, Sylvia inräknad, höll till några meter från vattenlinjen. Doften av salt och torkad tång låg tung över den här delen av stranden, så tjock att den klibbade i halsen. Stranden var en liten sandremsa i Old Leigh som kallades Bell Wharf, helt öde nu, men brukar krylla av folk på sommaren, eller så fort solen visar sig, när horder av strandbesökare trycker in sig på varenda ledig yta. På andra sidan Themsens mynning låg Kents dämpade, tindrande ljus, bara några mil bort. Ovanför lyste månen genom ett tunt molntäcke, klar och praktfull, med ett sken starkt nog att lysa upp hennes nya vänners ansikten.

Kathy, Vicky, Fiona, Yasmin och Lucy. Och förstås Sylvia.

De var allihop äldre än hon (med undantag för Sylvia, som bara var några månader yngre), och hon tyckte att de var bäst. De var roliga, de var mer erfarna av livet, i skolan och med killar, de var modigare, de var inte rädda för att säga vad de tyckte, de var intelligenta, de var vackra. Allihop. Från topp till tå. Var och en på sitt sätt.

Och de var mer sofistikerade också. Några av tjejerna hon kände i sin egen årskurs var besatta av killar och TikTok och senaste trenderna, men hon var inte så intresserad av allt det där. Visst, hon tillbringade onormalt mycket tid på TikTok och alla andra sociala medier, men hon gjorde det mest för att döda tid, dämpa ångesten. Men hon gjorde aldrig egna videos, tänkte aldrig filma sig själv när hon drog av några fåniga danssteg framför en kamera med hälften av kläderna på. Vissa i klassen pratade till och med om att försöka bli TikTok-kända. Kasia kunde inte fatta det. Det lät korkat.

Men det var just bristen på killprat som Kasia verkligen uppskattade. Hon hade fått nog av Billy och ville inte prata med honom längre. Särskilt efter det han hade gjort mot henne. Han visste att hon var allergisk mot jordnötter men hade ändå utsatt henne för spår av dem. Han visste att hon inte kunde vara i närheten av dem, men hade ändå försökt utsätta henne för dem. För det hade han förlorat allt hennes förtroende och all hennes respekt.

Och att hon till och med hade kysst honom!

Vilken enorm ånger. Aldrig mer. Nej, hon skulle vänta tills det var någon hon verkligen kunde lita på, någon som respekterade henne och inte försökte döda henne, vare sig av misstag eller med avsikt. Någon hon blev kär i.

Eller så skulle hon kanske aldrig kyssa någon igen.

Det verkade vara rätt sätt att göra det på, just nu.

"Hörde ni vad som hände på matten häromdagen med Mr Higham?" frågade Yasmin. Det vita i hennes ögon glittrade i månskenet, och skuggorna över ansiktet och brösten verkade bara framhäva hennes fina figur.

Tjejerna svarade att de inte hade hört. Kasia och Sylvia satt tysta och väntade på fortsättningen.

"Alltså, det var det roligaste, okej? Dexter Walker kom in för sent, okej, och så fort läraren fick syn på honom frågade han vad svaret var på frågan på tavlan. Och Dexter satte den direkt!" Hon knäppte med fingrarna och ljudet skar i luften och ekade ut på gatan bortom. "Men det roligaste var allas reaktioner efteråt. Lärarens min bara sjönk, som om någon just hade blottat sig för honom. Sen drev vi runt i tjugo minuter. Efter det kunde han inte få pli på oss. Han är så smart."

"Jag gillar inte Dexter," svarade Vicky. "Han är lite av ett rövhål. Tycker du inte att han är rätt dryg, liksom? Tror att han är den snyggaste i årskursen."

"Jag sa att han var smart," svarade Yasmin. "Det betyder inte att jag tycker att han är snygg."

Kasia var tacksam över att den sortens samtal tvärdog. Hon hoppades att det inte skulle bli något prat om killar och pojkvänner och relationer och situationships alls i kväll, för hon visste att om ämnet kom upp skulle de vilja fråga om hennes vända till sjukhuset, och hon ville inte behöva hantera skammen att förklara det. Sylvia var den enda som visste, och just nu ville hon att det skulle förbli så.

Förutom kanske Yasmin.

Yasmin verkade vara en tjej som kunde hålla sånt hemligt, precis som Sylvia hade gjort. Av de andra blev hon misstänksam. Det betydde inte att de var dåliga eller att de skulle göra henne illa avsiktligt, bara att hon inte litade helt på dem. Det var allt.

Hon hade sett tillräckligt med *Mean Girls* och tonårsdraman för att veta hur såna här tjejer var.

Särskilt Lucy. Hon var ledaren i gänget, deras Regina George. Det var hon som hade tagit med vodkan, snott den ur mamma och pappas köksskåp och ersatt det som saknades med vatten i hopp om att de aldrig skulle märka något. Det var hon som skickade runt den till de andra.

"Nä, det är lugnt, tack," svarade Yasmin ganska bestämt, tillräckligt för att få fram sin poäng men inte så att någon tog illa upp. "Tror det har stigit mig åt huvudet redan."

"Lättviktare," sa Lucy när hon räckte den vidare till de andra.

Kasia såg hur de allihop tog glasflaskan från Nicks dotter, satte den mot läpparna, tvekade, och sedan grimaserade som om de just hade sugit på en citron.

"Jävla äckligt," sa Vicky när hon räckte den vidare.

"Usch."

"Varför dricker folk det här för nöjes skull?"

"Jag fattar inte hur min pappa kan dricka så mycket av det."

Alla var överens. Vodkan var dålig, smakade skit, ändå fortsatte de att dricka den. Tills det inte fanns något kvar, bara en liten droppe som ingen av dem lyckades få ur flaskan.

"Ge hit den," sa Lucy och sträckte sig över till Fiona på andra sidan cirkeln de hade bildat i sanden.

"Varför då? Du tänker väl inte lämna tillbaka den till din farsa, va?"

"Klart inte. Jag bara... jag vill bara slänga den i papperskorgen. Det är allt."

"Blev vi miljömedvetna nu, eller? Men när jag ville göra mig av med den där engångsgrillen vi tände i skogen häromdagen sa du att den skulle brytas ned."

"För det stod så på kartongen!"

"Jaja."

Kasia fattade inte vad som höll på att hända, och att döma av de andra tjejernas besvärade, tomma uttryck gjorde ingen annan det heller, men hon anade ett gräl i antågande. Ett gräl om för i helvete skräp, av alla saker.

Tomek skulle vara stolt.

Inte över minderårig fylla eller att hänga på stranden sent på kvällen, utan över nedskräpningen; han brukade alltid påminna henne om att slänga skräpet när hon var klar med något, annars hotade han med böter.

Av någon anledning trodde hon ändå inte att hennes val av hållbarhetsmedvetna vänner skulle väga upp att hon hade druckit alkohol ikväll.

Men med lite tur skulle han aldrig få veta.

"Kan jag få den då?" frågade Nicks dotter för andra gången.

"Varsågod då. Om du nu måste."

Lucy ryckte flaskan från Fiona och kravlade upp på fötter, sparkade upp sand i luften som en häst som trippade på den smutsiga marken. Ett ögonblick såg Kasia henne försvinna bort mot soptunnan uppe på strandpromenaden, men tappade snart fokus när hon hörde Yasmin prata igen.

"Såg någon av er—?"

Innan hon hann avsluta, genomborrade ett öronbedövande skrik tystnaden och klöv luften itu. Ljudet var så högt att Kasia fysiskt hoppade till av rädsla. Hennes kropp blev iskall och hon höll andan i en bråkdels sekund innan hon till slut vände sig mot ljudet. Även om alkoholen hade stört hennes förmåga att avgöra riktningen med hörseln, visste hon att det var Lucy som hade skrikit.

Alla visste att det var Lucy som skrek.

Den enda frågan var: vem var modig nog att ta reda på varför?

Till sin egen förvåning var hon redan några steg in i sin sprint längs stranden innan hon insåg vad hon gjorde. Just det. Sprang. Mot faran. Mot mörkret. Men också mot sin vän som behövde hjälp.

Skriket hade varit ett enda, ensligt, genomträngande ljud, följt av ett dovt *dunk*. Och sedan tystnad.

Kasia visste inte vad det betydde. Hon hade inte förberett sig på vad hon kunde komma att hitta.

I slutet av stranden, vid foten av trappan, fick hon svaret. Där låg Nicks dotter hopfallen på den betonggrå promenaden som en trasdocka, och över henne stod en liten, kraftig man i en söndersliten rock. Blod sipprade längs cementen, och hindrades på sin väg av sanden och ilandspolad tång.

Först lade mannen inte märke till henne – stanken av sprit nådde henne redan på några meters håll – men så fort hon skrek Lucys namn vände han sig vingligt om på stället, rörelserna långsamma och tunga. Och då kastade hon sig över honom.

Hon visste inte vad som tagit åt henne – raseri, ilska, dumdristighet – men det fungerade. Redan i första försöket fällde hon mannen till marken, och när hon väl hoppade på honom hade de andra tjejerna hunnit fram. Skrik bröt ut vid synen av blodet och av Lucy som låg på marken.

"Hjälp mig!" skrek Kasia. "Hoppa på honom så att han inte kan röra sig!"

Det dröjde inte länge innan tjejerna vaknade ur sin handlingsförlamning och hjälpte henne. Strax efter var alla fem på mannen och höll fast honom mot marken. När de andra vännerna var upptagna passade Kasia på att kliva av honom och skynda bort till Nicks dotter. Hon fann henne hopfallen på marken, helt stilla. Ett ögonblick fruktade Kasia det värsta: att hon hade dukat under av ett dödligt slag mot huvudet, att hon hade blivit mördad. Men så snart hon såg den svaga höjningen och sänkningen av Lucys bröstkorg gick hon genast till handling. Det första hon tänkte göra, före allt annat, var att ringa sin pappa.

Han skulle veta vad som behövde göras.

Och inte bara för att han var polis heller. Utan för att han var modig, intelligent och kunde tänka logiskt och klart i sådana här lägen. Han skulle vara hjälten hon behövde, som de allihop behövde, för att rädda dem ur den här mardrömmen.

KAPITEL
TRETTIOTVÅ

I nom några minuter efter att Tomek kommit till stranden hade hela området säkrats. Med angriparen nedtryckt i marken och fastbunden vid ett metallräcke med ett gäng buntband som Tomek hade i bagageutrymmet, hade han och Sean sagt åt tjejerna att hålla undan folk och skydda platsen. Kasia och Sylvia, de enda två han kände och därför litade på, hade fått order om att stanna vid Lucys sida, tillsammans med Sean, som varsamt lade henne i stabilt sidoläge och försökte hålla kroppen så rak som möjligt. Blodet som sipprade ur hennes huvud som från en punkterad vattenflaska fortsatte illavarslande, och en tjock röd rännil rann långsamt ner mot strandpromenadens kant och ut på sanden, där den bildade en tät pöl nedanför. Under tiden stod två av kompisarna – namnen skulle han få veta senare – uppe på bron som ledde ner till stranden. De sista två – namnen var inte viktiga just nu heller – hade sprungit till andra sidan av Old Leigh, den enda infarten där utryckningsfordon kunde ta sig in med bil.

Tomek hade ringt ambulans och bett om polisiärt stöd inom några sekunder efter att han kom fram. Som tur var dök de upp två minuter tidigare än beräknat. Bländande blå och vita ljus blinkade rytmiskt mot restaurangerna och havsvallen runt dem och gjorde honom nästan blind i mörkret. En ambulans, två ambulanssjukvårdare. Och tre poliser.

Och sedan ringde Tomek till Nick.

"Vad pratar du om?" hade han frågat panikslaget. "Vad har hänt? Var?
Var är hon? Vad har hänt henne?"

Tomek hade haft svårt att svara på något av hans frågor på grund av
Nicks volym, men så snart kommissarien gjorde en paus för att hämta
andan, förklarade Tomek att han måste ta sig till Southend Hospital. Att
han skulle vänta där tills hon kom in. Men det såg inte bra ut. En av
ambulanssjukvårdarna hade förklarat att jacket i hennes huvud var
omfattande och att hon behövde omedelbar operation för att stoppa
blodflödet och hindra hjärnan från att drunkna.

När ambulansen hade åkt och kört tillbaka samma väg den kom, vände
Tomek blicken mot mannen som kastades in i baksätet på polisbilen.

"Sean, kan du följa med honom?"

"Ja, självklart. Men varför?" Dimma stod i Seans andedräkt när han
andades snabbt i den svala natten.

"För att någon måste ta itu med den här jävla fittan direkt. Och jag
måste se till att tjejerna kommer hem säkert."

Han vände sig mot dem alla. Deras utmärglade, chockade och skrämda
ansikten stirrade tomt tillbaka på honom, nästan som om han tittade på en
skara zombier. Nu var det dags att ta reda på deras namn, och medan de
väntade på att deras respektive föräldrar skulle hämta dem, ledde Tomek
dem genom stan mot stationen. När de gick längs marinan dundrade ett tåg
förbi, ett av nattens sista. Det repetitiva *du-dunk du-dunk* från hjulen mot
rälsen verkade lugna tjejerna, som om det hade hypnotiserat dem.

När de strosade mot stationen bad Tomek dem säga en intressant sak
om sig själva. De behövde få tankarna på annat, och det här var det enda
sätt han kunde komma på.

Kathy kunde spela violin på en hyfsad nivå.

Vickys mor- och farföräldrar var ursprungligen från Frankrike, men
hon kunde inte någon franska.

Fiona var glutenintolerant.

Yasmins favoritfilm var *Die Hard*.

Sylvia förstod inte vad hela ståhejet handlade om när det gällde att vejpa
och cigaretter.

Och Kasia erkände att hon hade tagit några klunkar alkohol den
kvällen.

Så fort orden lämnat hennes läppar blev gruppen tyst, och han kände hur deras blickar brände hål i hans dotter för att hon hade golat ner dem inför en polis.

"Varifrån...?" började han, osäker på hur han skulle närma sig ämnet. Det räckte med en minderårig som drack, men fem stycken. "Var fick ni tag i alkoholen?"

"Lucy", svarade Kathy tyst, som om hon inte ville förknippas med att säga det högt. "Hon lånade lite från sin pappa."

"Lånade? Tänker ni lämna tillbaka något av det?" Han försökte låta som en av dem, tillmötesgående, vänlig, någon de kunde lita på, genom att dämpa ilskan i rösten.

Kommentaren fick tjejerna att skratta och gjorde dem lite mer avslappnade.

"Du säger väl inte något till våra föräldrar?"

Det var verkligen miljonfrågan. De hade alla varit med om en hemsk upplevelse, nerverna var i gungning, adrenalinet på topp, ångesten ännu högre, rädslan i stratosfären. Det sista de behövde var en utskällning från var och en av deras föräldrar så fort de kom hem.

"Läkarna kommer att hitta alkoholen i hennes blod och de kommer att tala om det för polisen när polisen kommer för att skriva sin rapport. När de väl har den kommer de förmodligen att tala med era föräldrar. Men det blir inte förrän i morgon. Så ni är säkra för tillfället."

Han blinkade åt dem och log. Åtminstone skulle han inte vara den elaka, och de kunde slappna av lite till nu.

Nästan tjugo minuter senare var alla tjejer borta utom Sylvia, upphämtade av panikslagna föräldrar som kort pratade med honom, tackade för att han hade sett efter deras döttrar, och åkte hem. Innan de försvann påminde Tomek dem om att poliser skulle komma förbi på morgonen för att ta vittnesmål.

"Påminn mig om er adress, Sylvia", sa Tomek samtidigt som han startade bilen.

Sylvia gav den till honom och tio minuter senare var de framme. När Louise, Sylvias mamma, öppnade dörren, for skräcken genast över hennes ansikte.

"Vad är det som händer? Vad har hänt?"

"Hon mår bra", sa Tomek. "Bara lite skärrad. Har du något emot att vi kommer in?"

Kasia och Sylvia försvann upp till Sylvias rum medan han och Louise gick in i köket. Det här var inget man tog i vardagsrummet.

"Måste jag stå upp för det här?"

"Att sitta ner är nog att föredra, men jag har bra reflexer, så om du får för dig att svimma lär jag kunna fånga dig."

"Borde?"

Han ryckte på axlarna och log snett åt henne. "Jag sa "bra", inte "fantastisk"."

"Det där inger verkligen förtroende, Tomek. Så, berätta, vad hände?"

Och så förklarade han för henne sin andrahandsuppfattning av händelserna. Att de, medan de alla suttit på stranden och pratat och snackat (han utelämnade drickandet för tillfället), hade hört ett skrik, för att sedan se en gestalt resa sig över Lucy Cleaves.

"Herregud", svarade Louise och höll handen för munnen. "Så hemskt. Vet du hur omfattande skadorna är?"

"Nej, men det såg inte bra ut. Hon blödde från huvudet."

"Men är inte sår i huvudet alltid värre än de ser ut? Jag slog i huvudet en gång, ett pyttelitet sår, men det blödde i dagar."

"Bokstavligen?" frågade Tomek sarkastiskt.

"Bokstavligen i dagar, ja. Ett under att jag överlevde, om jag ska vara ärlig."

"Tur det, annars hade jag varit helt ovetande om farorna med små skärsår."

Louise såg det roliga i det och erbjöd honom en kopp te. Han tackade nej. "Öl och te passar inte så bra ihop."

"Menar du att du har druckit och kört hem min dotter?"

Tomek tittade ner i golvet och tvekade.

"Vad är det?" frågade hon, och hennes modersinstinkt anade genast oråd.

"Du bör nog veta att tjejerna drack i kväll. Lucy stal lite vodka ur sin pappas skåp."

"Vodka!" Louises kinder blossade röda av vrede. "För helvete, dricka vodka vid tretton!"

"Jag vet."

"Du verkar märkligt lugn över allt det här", sa hon.

Tomek skrattade till. "Tro mig, det är jag inte. Men jag har hanterat mycket av den här typen av grejer i mitt liv, så jag antar att jag är van vid det nu. Jag gillar inte tanken på att Kasia dricker i någon ålder, än mindre vid tretton, så jag kommer att ta ett allvarligt snack med henne om det, oavsett. Men de är skärrade, de är rädda för Lucy, så att stå och vråla mig blå kommer inte att åstadkomma något. Snarare tvärtom lär det få henne att vilja göra det igen."

"Om hon inte blir så märkt av i kväll att hon aldrig rör en droppe alkohol igen."

Tomek korsade fingrarna på båda händerna och höjde dem.

När det var dags för honom att gå ropade han ner Kasia från övervåningen och väntade på henne vid trappans fot.

"Tack igen för att du körde hem henne", sa Louise och kom fram till hans sida. "Jag minns inte om jag sa det förut."

"Det gjorde du inte. Men det är okej. Vi kan inte alla bära mantlar."

Hon lade en hand på hans arm och kramade honom. Hennes kropp var varm, en skön paus från kylan som fortfarande klängde kvar i honom från utsidan. "Tack", sa hon igen. "Det var tur att du var så nära."

Ett ögonblick kilade sig in mellan dem. Ett ögonblick där de pausade, där allt verkade frysa, och han var fast i en kamp med hennes blick. Ingen gav med sig. Pulsen dunkade. Blodet rusade.

Louise var en attraktiv, singel kvinna. Hon var i liknande ålder, några år yngre, och hon var allt han sökte i en kvinna. Uthållig, målmedveten, modig, stark, karismatisk. Allt han—

"Pappa?"

Kasias röst ryckte honom ur hans dagdröm, och han vred hastigt på huvudet mot henne där hon stod mitt i trappan. Bakom henne stod Sylvia.

"Ah. Där är du."

"Vad pågår?"

Tomek drog sig försiktigt undan från Louise, utan att vilja väcka anstöt, och strök till kläderna. Påkommen. Som ett par tonåringar.

"Är du redo att gå?" frågade han och gjorde sitt bästa för att undvika hennes fråga. "Jag sa bara hej då. Allt okej?"

Kasia och Sylvia lyste av förtjusning, medan Tomek och Louise rodnade av förlägenhet.

"Du kan torka bort det där leendet, Sylvia", sa Louise bredvid honom. "Du och jag behöver prata i morgon. Men nu, raka vägen i säng efter att du sagt hej då."

Och Tomek och Kasia tog det som en signal att gå.

KAPITEL
TRETTIOTRE

D an före dan före dopparedan. Dagen före dagen före. Och en dyster stämning hade lagt sig över lägenheten. När Tomek vaknade morgonen därpå och drog upp gardinerna mot en grå och duggregnig himmel, kände han att tyngden av det som hade hänt kvällen innan till sist hade landat på *honom*. Nicks dotter låg på sjukhus. Nicks dotter hade blivit överfallen. Tanken att det kunde ha varit vilken som helst av flickorna, att det kunde ha varit hans egen dotter, började till sist mala i honom.

Och när Kasia stapplade ut ur sitt sovrum, hårt insvept i sin hoodie som om hon behövde den som skydd, syntes det tydligt att samma tanke hade hållit henne vaken hela natten.

"Sovit något?" frågade han medan han gjorde en kopp te åt henne.

"Nej. Kunde inte sova."

"Inte jag heller. Vill du prata om det?"

"Vad finns det att prata om?"

"Du kan berätta hur du mår."

"Rädd."

"Okej. Vad är du särskilt rädd för?"

"Rädd för Lucy. Har du hört något?"

Tomek kollade sin mobil och skakade på huvudet. Han hade inte fått någon uppdatering från Nick eller Sean. Han hölls i informationsmörker.

"Kan jag åka och hälsa på henne?" frågade Kasia.

Tomek hade undrat samma sak så fort han vaknade. Han ville åka dit.

Inte bara för Lucy utan också för Nick och hans fru. Han kunde inte ens börja föreställa sig hur de kände, hur skräckslagna de var. Ångesten och plågan de måste ha känt där de satt på sjukhuset och väntade på besked från läkare och sjuksköterskor. Tomek hade sett det på nära håll hos andra familjer i utredningar han arbetat med. Då hade han alltid varit en utomstående, stått vid sidan och tittat på. Men nu när det gällde någon han kände, någon han brydde sig om och respekterade som genomgick samma känslornas karusell, började han verkligen förstå hur det var. Även om han fortfarande stod ett steg utanför.

Han låste upp mobilen igen, bläddrade i sin adressbok tills han hittade Nicks mobilnummer. Han ringde sin chef och väntade på att han skulle svara.

"Hej."

"Hej, Nick. Kan du prata?"

"Ja."

"Hur mår hon?"

"Inte bra. Det är osäkert. Skallen är krossad. En rejäl inbuktning i huvudet. Hon ligger i koma. Läkarna tror att det kan gå hur som helst. Möjlig bestående hjärnskada. Blödning i hjärnan. Hon kanske aldrig vaknar. Allt."

"Jävla helvete. Jag är så ledsen."

Om han tyckte att han hade en tung morgon, var det ingenting mot vad Nick och hans fru gick igenom.

"Hur håller Maggie ihop?"

"Sämre. Daniela är okej, hon sover, hon vet inte vad som pågår, men Maggie är utom sig av oro."

"Jag kan bara föreställa mig..." Tomek gjorde en paus, svalde och vände sig mot Kasia. "När det passar, undrade vi om vi kunde komma ner. Kanske få dig att tänka på något annat."

"Ja, det vore skönt. Men det dröjer nog. Jag pratar med läkarna och hör av mig."

Tomek hade aldrig hört sin chef, sin vän, låta så uppgiven, så besegrad, så sönderslagen. Det var som om själen (det som nu fanns kvar av den) hade slitits ur honom.

Han förklarade för Kasia att Nick skulle höra av sig.

"Säger du till mig så fort han gör det?" frågade Kasia, som om det var hon som bestämde.

"Självklart," sa Tomek med ett flin. Han tittade på klockan – 08.48. "Jag måste till jobbet. Ta reda på vad som händer med gripandet. Jag ska försöka fixa någon som håller dig sällskap under dagen."

"Jag är inte fem."

"Nej, men du kommer vilja ha någon att prata med, och det blir skönt att det för en gångs skull är någon annan. Förresten, det är jul, jag trodde att det handlade om—"

"Det här är den sämsta julen någonsin," sa Kasia och drog upp luvan över huvudet och sjönk ner i soffan.

Vår jul är ingenting jämfört med vad Nick och hans familj går igenom just nu, tänkte Tomek när han började fixa frukost åt dem båda. Något salt. Något fett. Något som fick en att må bra. När han var klar och alla rester låg i soporna, började han ringa runt för att se vem som kunde komma över och hålla Kasia sällskap under dagen. Först ringde han Saskia Albright, sin äldsta vän, men hon var redan i Skottland hos sina föräldrar över julledigheten. Sedan funderade han på att ringa Abigail, men han visste att det bara skulle spä på Kasias omättliga lust att reta honom och lägga sig i hans kärleksliv. Dessutom ville han inte ge Abigail fel signaler. Sedan försökte han Louise och Sylvia, men de skulle hälsa på familjen i Colchester den eftermiddagen. Kvar fanns bara de enda andra han kunde komma på att ringa. Längst ner på listan.

Hans föräldrar.

KAPITEL
TRETTIOFYRA

P erry och Izabela Bowen hade varit mer än glada att ta hand om Kasia
så länge han behövde dem. Lite tid att knyta band, hade de sagt.
Längesen det var dags. I lugn och ro, utan att Tomek snokade och
censurerade allt de pratade om. Han var inte helt säker på att han kände sig
bekväm med tanken på att de två skulle förhöra henne om pojkvänner,
skolan, *honom* och livet i största allmänhet, allt över en påse *paluski* och ett
extra starkt kaffe, men han hade inget val. Kanske var han för försiktig,
rentav paranoid. De var trots allt Kasias mor- eller farföräldrar. Och han
hade berättat väldigt lite för dem om henne och hennes liv, så det var bara
rimligt att de var nyfikna.

"Hon är i goda händer", hade Izabela Bowen sagt med ett snett leende
innan han gick.

Tomek var inte övertygad, men han försökte putta de tankarna åt sidan
medan han tog sig in till stationen. Och snart märkte han att ju närmare
han kom, desto lättare blev det, för i stället för att tänka på Kasia och Perry
och Izabela, fylldes hans tankar av bilder av Nicks dotter på betongen, med
skallen krossad, blödande. Och sedan bilderna av henne i sjukhussängen
med sina föräldrar vid sin sida.

Bilderna började till sist skingras så fort han fick syn på sina kollegor.
Och de försvann nästan helt när han såg ansiktet på mannen som hade
attackerat Lucy Cleaves på tv-skärmen. En direktsänd länk hade kopplats in

till enheten längst bak i insatsrummet, och teamet tittade på honom mitt i förhöret. Mittemot satt Sean och Chey och pressade honom. Nu när han såg ansiktet tydligt, kände Tomek igen mannen direkt. Paddy Battersby. En paranoid schizofren som polisen hade känt till i åratal. Tidigare gripen för misshandel, ordningsstörningar, skadegörelse och en hel lista småbrott. För det mesta hade han varit en trasig man i desperat behov av en dos; ofarlig – tills i går kväll, förstås.

Ansiktena som vände sig mot Tomek var rödkantade och svullna. De hade suttit uppe hela natten, och förhör hade pågått hela natten. Utan uppehåll. Enligt lag hade Paddy rätt till åtta timmars vila under de första tjugofyra timmarna i häkte, men det syntes tydligt att teamet tänkte låta honom vänta så länge som möjligt på det. Det var det minsta han förtjänade.

I insatsrummet fanns en skelettbemanning på fyra. Victoria, Martin och Oscar. Det var jul, och en stor del av folk i gruppen var lediga och firade helgerna med sina nära och kära. Och som följd skulle resten, Tomek inräknad, förväntas jobba längre pass.

Så snart hon fick syn på honom, drog kommissarie Orange in honom på sitt kontor för en uppdatering.

"Vi har åtalat honom för grov misshandel", sa hon, med låg röst. "Men nu frågar vi om han vet något om Fern Clements och Lily Monteith."

"På allvar?"

"Vad?"

Tomek pekade mot tv:n i insatsrummet. "Han? Paddy Battersby? Paddy Pandan, mannen som inte kunde göra en fluga förnär?"

"Nå, han kan uppenbarligen betydligt mer än så."

Tomek stoppade händerna i fickorna och sjönk tillbaka en aning. "Du känner honom inte som vi gör. Han är trasig. Han är schizofren."

"Det ursäktar inte att han skickade Nicks dotter till sjukhus."

"Jag säger inte att det gör det." Tomek drog djupt efter andan för att behärska sig. "Vad säger han hände?"

"Hans version är att han ville fråga henne om hon hade en burk Spam. När hon såg honom fick hon panik och slog ifrån sig, vilket gjorde att han fick panik. Och när han försökte ta sig därifrån, stötte han till henne och fällde henne, så att hon slog huvudet i en stolpe."

Det måste ha varit en rejäl kraft för att krossa hennes skalle, tänkte Tomek.

"Så det var en olycka?" frågade han.

"Olycka eller inte, hon ligger fortfarande på sjukhus. Vi får se hur hans version står sig mot tjejernas."

Tomek visste att det skulle bli Paddys ord mot deras. Alla sex. Och i så fall spelade det ingen roll om det var en olycka eller inte. Paddy Battersbys öde var beseglat.

"Har han erkänt att han dödade Lily Monteith och Fern Clements än?"

"Nej", sa hon rakt. "Hans advokat och ansvarig vuxen säger åt honom att hålla tyst i den delen."

"Så du är naturligtvis mer misstänksam mot honom."

"Ja", sa hon.

Men det var inte Tomek. Det som hade hänt Lucy Cleaves var en olycka av det mest osannolika slaget, en på miljonen, men inte mer än så. Tragiskt, ja, men Tomek tyckte inte att det räckte för att dra i gång häxprocesser och bränna Paddy Battersby på bål.

"Hur långt straff riskerar han?" frågade Tomek.

"Efter att han åtalats för deras mord?"

"Nej. För ni har ju inga bevis mot honom för dem ännu. Hur långt riskerar han för i går kväll? Den grova misshandeln?"

"Fem år", svarade Victoria, med uttryckslös min och platt röst.

"Oj."

Stackars karl. Men ännu mer stackars Lucy. Tomek kunde inte ha alltför mycket sympati för honom i det avseendet, inte när hon just nu kämpade för sitt liv.

"Det är en sak till jag ville ta upp med dig", började Victoria.

Tomek lade handen på ryggstödet till en stol. "Måste jag sitta för det här?"

"Du kan sitta om du vill. Då får du mig att se längre ut och känna mig längre."

Tomek tänkte att det behövde hon mycket av just nu. Hon hade gjort några förbiseenden på sistone, bland annat i dubbelmordet på två flickor som hade rövats bort och strypts med en gunga på en lekplats på Canvey. Och därför hade han svårt att tycka synd om henne.

"Det gäller din roll i den här gruppen."

Han höll andan.

"Nick kommer, föreställer jag mig, att vara sjukskriven de närmaste veckorna medan han tar hand om sin dotter. Så det gör mig till tillfällig chef, och jag kommer att behöva en tvåa."

"Okej", sa Tomek och såg upp på henne med pliriga ögon. "Behöver du att jag visar var toaletterna ligger?"

Till hans förvåning hade Victoria inte sett den komma. Lyckligtvis *hade* hon sett det roliga i det och lade en lätt hand mot bröstet när hon skrattade, som för att visa det.

"Du slutar aldrig med din barnsliga humor, eller hur?"

"Vad är det för kul med att bli vuxen? Jag har fått göra tillräckligt av det de senaste två månaderna, jag vill inte göra mer. Jag behöver några barnsligheter i alla fall."

"Lite, men inte allt. För övrigt, tänker du inte säga något?"

"Om vad?" Tomek märkte det inte själv, men han såg upp på henne som en hund ser upp på sin ägare: lydigt och ivrig att få veta vad som skulle hända härnäst.

"*Du är min ställföreträdare.* Medan Nick är ledig."

"Nå, nå, så kan rollerna skifta."

Det här var bra. Riktigt bra. För nu, som ställföreträdare, skulle han få mer att säga till om kring vilken riktning utredningen tog. Mer kontroll över det han inte kunde styra på egen hand.

Det här var bra. Riktigt bra.

KAPITEL
TRETTIOFEM

D agens första punkt på hans lista hade varit enkel: att be Kasia komma
in till stationen för att lämna ett vittnesmål. Under dagen skulle
tjejerna förhöras var för sig om hur de upplevt det som hänt Nicks dotter.
Deras utsagor skulle sedan korsjämföras för att pröva sanningshalten och
därefter ställas mot Paddy Battersbys version. Tomek hade på känn att de
inte skulle skilja sig nämnvärt, om alls. Det stod klart för honom att Paddy
skulle åtalas för det som hänt Lucy, kistan var redan beställd och
begravningsakten betald, men Tomek var beredd att göra allt han kunde för
att se till att han inte åkte dit för morden han inte hade något med att göra.
Att oskyldigt fälla någon för mord eller våldtäkt eller något annat grovt
brott var, som tur var, inget han hade gjort sig skyldig till. Men han hade
hört historierna, sett tidningsartiklarna. Tjugo år av ett fängelsestraff
avtjänade, bara för att de tekniska och vetenskapliga framstegen skulle
storma in som en hjälte i natten och ändra utgången i ett mål och rentvå
dig. Tjugo år av ditt liv borta. Tjugo år som staten köper tillbaka med ett
skadestånd. Det fanns inga pengar i världen som kunde kompensera för så
många år av ditt liv, så han var en övertygad anhängare av att få till rätt
fällande dom vid rätt tid. Och om det betydde att det fick ta längre tid än
nödvändigt eller att alla möjligheter och hela budgeten tömdes, så fick det
vara så.

Det var första gången Kasia besökte hans arbetsplats, och han var
otroligt nervös. Blandat med en liten skvätt förväntan. Och med en nypa

dysterhet ovanpå det. Han var orolig för vad hon skulle tycka om stället, vad hon skulle säga om hans kollegor. Han hade gärna visat henne runt och presenterat henne ordentligt för dem (de hade trots allt hört så mycket om henne, och hon så lite om dem), men det hade inte varit möjligt. Det var bara synd att anledningen till besöket var att lämna ett vittnesmål.

Vittnesmålet hade tagits upp av Rachel, så lugnt och vänligt hon kunde, bäst i branschen. Hela pärsen hade tagit över en timme, och i slutet var hennes ögon röda och sminket hade runnit. För att muntra upp Kasia hade Tomek erbjudit sig att ta en snabb sväng till affären och köpa några av hennes favoritsötsaker.

"Vi kan ta ett till snabblån och köpa fler Freddos om du vill?"

"Har ni ingen choklad här?"

Tomek såg sig omkring på det bleka och färglösa kontoret. Det hade inte minsta spår av festlighet över sig och såg ut som om all glädje och förväntan inför helgerna föll ner i ett svart hål så fort man klev in.

"Det är oftast Nadia som står för chokladen", svarade han. "Men sen hon blev gravid har hon tappat smaken för det rätt rejält."

"Jaha."

"Ja. Hennes nya favoritgrej, om du undrar, är biltong."

"Biltong?"

"Det är någon sydafrikansk torkad köttgrej. Konstigt. Ingen gillar det, vilket är bra för henne, för tro mig, du vill inte gå nära henne när hon äter sin biltong, hon vaktar den bättre än de djur som dödas för den vaktar sina ungar. Och ingen vill vara nära den ändå, för den stinker."

Kasia såg sig omkring på kontorsgolvet. "Var är hon?"

"Hemma. Hon gör säkert egen biltong inför att alla butiker är stängda över jul."

Kasia fnissade. Det var bara litet, kort, ett litet skratt, men det var ett steg i rätt riktning. Just nu behövde hon inget hellre än lite skratt och lättnad, en paus från det som hade hänt. Men precis när Tomek skulle ta henne till affären tog lättnaden tvärt slut. Nick ringde och meddelade att de kunde komma på besök. Och utan att slösa tid, och efter att snabbt ha stämt av med Victoria, begav de sig till sjukhuset.

De fann Nick, hans fru, Maggie, och deras yngsta dotter, Daniela, väntande på dem utanför sjukhusrummet. Trots att det bara gått fjorton timmar sedan händelsen såg båda föräldrarna ut som om de inte hade sovit på fjorton dagar. Krossade, slagna, nedtyngda. Daniela hade däremot inte riktigt kommit överens med vad som hänt hennes storasyster och såg ut att vara där för att stötta sina föräldrar, snarare än tvärtom.

"Bra att se er", sa Nick, med kraften borta ur rösten. "Tack för att ni kom."

"Självklart. Vad som helst. Hur... hur är det med henne?"

För att besvara det ledde Nick dem båda in i rummet utan att förbereda dem på vad de skulle få se: en blek gestalt som försvann bland de vita lakanen som skyddade henne. Flera slangar var kopplade till hennes handleder, som i en skräckfilm. Och vid sängens huvudände låg Lucys huvud, inspänt i en metallställning.

"Läkaren sa att inbuktningen i hennes skallben är ungefär lika stor som en golfboll", sa Nick, stående i dörröppningen medan alla andra hasade sig fram mot patienten, som om han inte förmådde gå närmare. "De har satt henne i medicinskt inducerad koma."

Kasia drog Tomek i armen och viskade i hans öra. "Vad är det?"

Tomek förklarade snabbt innan Nick fortsatte.

"De vet fortfarande inte när hon vaknar, eller om hon gör det."

"Nick", sa hans fru. "Läkarna sa också att vi skulle hålla modet uppe."

"Nej, det gjorde de inte. De sa att vi skulle hålla humöret uppe, vilket i praktiken är samma sak som att säga att vi ska hoppas på det bästa."

"Hon kan höra dig, vet du", lade Maggie till föraktfullt och gav honom en blick som matchade.

"Kan hon?" frågade Kasia.

"Ja, älskling", sa Maggie. Hon gick runt till andra sidan sängen och lade en hand på hennes axel. "Läkarna har sagt att hon hör vartenda ord vi säger. Vill du prata med henne?"

Genast lättade spänningen i rummet.

Försiktigt, trevande, gick Kasia fram till sin väns sida, lade en hand på hennes axel så som hennes mamma hade gjort och viskade i hennes öra.

"Hej, det är Kasia, jag... jag vet inte riktigt vad jag ska... Alla är oroliga för dig. Vi har alla skrivit i gruppchatten och alla vill veta hur du mår... Jag... jag ska säga att du mår bra... Och att du kommer... komma ut härifrån på nolltid, okej? För vi saknar dig allihop och vi vill se dig i skolan igen. Du gör lunchrasten uthärdlig, okej? Så du måste bli bättre."

Kasia avslutade sin monolog i ett rum av stum tystnad. Tomek såg sig omkring och mötte tårfyllda ögon, både sina egna och Nicks familjs.

Snyftande vrak som inte kunde behärska sig. Tomek blev rörd. Att ett litet tal från en trettonårig flicka kunde ha sådan effekt på dem.

Efter fem minuter slutade tårarna, och Nick drog ut Tomek ur rummet och ut i korridorens avskildhet.

"Har du pratat med Victoria än?" frågade han, med kraften och jobbsnacket tillbaka i rösten.

"Ja."

I stället för att svara pressade Nick ihop läpparna för att hindra dem från att darra, men det hjälpte föga. När tårar började samlas i hans ögon lade han en fast hand på Tomeks axel och sa, "Håll henne i schack åt mig, va?"

"Självklart", svarade Tomek och lade en lika tröstande hand på Nicks rygg.

Det var möjligen andra gången Tomek såg någon form av känsloutbrott från sin chef, från sin *vän*, under de tretton år han hade känt honom. Förra gången var när hans son, Robbie, hade lämnat familjen för att gå med i armén.

"De kommer att åtala killen som gjorde det här för grov misshandel", sa Tomek. "Det var Paddy Battersby."

"Paddy? Verkligen?" Nick suckade och rullade med ögonen. "Den dumme jäveln."

"DI Orange tror också att han har något med vår allergimördare att göra."

"Då är hon dummare än jag trodde", svarade Nick.

"Jag har försökt övertyga henne om motsatsen, men hon rubbas inte."

"Tja, jag får låta dig ta hand om det. Med all respekt är det det sista jag vill behöva bry mig om just nu."

"Uppfattat, kapten", sa Tomek och låtsades salutera.

När de två männen var på väg tillbaka in i sjukhusrummet började Tomeks telefon vibrera i fickan. Han höll upp ett finger mot Nick för att visa att han skulle komma in om en minut och svarade sedan.

"Är det viktigt?" frågade han rakt in i mikrofonen.

"Det var inte särskilt snällt."

"Svara bara på frågan."

"Nej, det gäller bara min artikel."

Tomek suckade och tittade mot dörren in till sjukhusrummet.

"Okej."

"Jag undrade om du hade något mer till mig?"

Tomek trampade otåligt med foten. Slet med beslutet.

"Nej", svarade han. "Det har jag inte."

"Kom igen, Tomek. Du måste ha *något*. Du står i skuld till mig, minns du."

"Jag är inte skyldig dig någonting. Släpp det nu. Och jag tycker att du ska låta Nick vara ett tag. Och tryck inte den där artikeln. Just nu gör den bara mer skada än nytta."

"Jag kan inte fatta att jag hör det här. Du har ändrat ton."

"Ja, tja, vissa saker är viktigare än att nå ditt ordantal, Abigail."

KAPITEL
TRETTIOSEX

Tiden blev inte längre än en timme; de ville inte övertrassera sin välkomnande mer än Tomek redan tyckte att de hade gjort. Familjen behövde tid att vara tillsammans, att sörja, att bearbeta, och de behövde verkligen inte ha Tomek och Kasia där, svävande över deras axlar, som lyssnade uppmärksamt varje gång läkarna eller sjuksköterskorna avbröt för att ge familjen en uppdatering.

I stället bytte Tomek en familj mot en annan. Sin egen.

När Kasia och Tomek kom hem den kvällen, efter att ha köpt med sig McDonald's på vägen (för att höja Kasias humör lite), var lamporna i lägenheten fortfarande tända och två skuggor dansade i fönstren. Tomek stannade vid huset och lutade sig fram.

"Sa din farmor och farfar något till dig om att stanna över kvällen?" frågade han.

"Hon kan ha nämnt något om middag", svarade Kasia långsamt och tittade ner på maten i knäet.

"Och det kommer du på att säga mig nu?"

Hon ryckte på axlarna. "Jag tänkte inte säga nej till en McDonald's."

Det gjorde hon förstås inte. Det verkade som om hennes generation levde på sånt. Och när tillgången var så enkel, ibland med några knapptryckningar, var det inte konstigt. Varje gång han passerade McDonald's nära huvudgatan på väg för att köpa sin Sainsbury's meal deal eller, om han unnade sig en Subway, var stället i regel fullt av tonåringar i hennes ålder med sina fina sneakers, Adidas- och Nike-overaller och axelväskor. Han kunde inte tänka sig något mer avtändande. Förutom tanken på hur processad maten var. Det räckte för att få vissa att avstå för livet. "Då får du bli den som gör henne besviken", sade Tomek när de gick mot ytterdörren. Sedan räckte han Kasia den tomma McDonald's-påsen. "För hon kan ju inte skälla på *dig*." Tomek stacks nyckeln i dörren. "Och vänta bara, jag slår vad om hur mycket pengar som helst att hon ändå hittar ett sätt att skylla det här på mig."

"Hur mycket pengar som helst?" Ett stänk av upphetsning for genom Kasias röst; kanske var det så man gjorde henne glad, genom att ösa pengar över henne.

"Nej", svarade Tomek strängt. "Det är ett uttryck. Det är inte alla du pratar med som kommer att ge dig pengar bara för att du ber om det, Kash."

"En sugar daddy skulle", viskade hon, men Tomek hörde varenda stavelse.

Han stannade på trappan upp till lägenheten och gav henne en bister blick. "Vad sa du nyss? Hur vet du om såna saker?"

"TV. Det var ett program på Channel 4 häromdagen. Skäll inte på mig."

Nej. Det kunde han inte, eller hur? Inte när det var i det närmaste omöjligt. När allt nu fanns ännu enklare tillgängligt på streamingappar i mobil och dator, blev det allt svårare att ha koll på vad för slags saker hon tittade på. Men, tänkte han, i det stora hela var det tamt att lära sig om sugar daddies i en dokumentär jämfört med annat hon kunde se. Så länge hon inte tittade på halshuggningar eller människor som satte eld på sig själva, var det okej.

"Ni är hemma!" var orden som mötte dem så snart de klev in genom dörren högst upp för trappan. Snabbt följt av: "Och ni har redan ätit."

Izabela stannade tvärt och sänkte armarna som hon hade höjt för att omfamna dem båda.

"Vad gör du med den där?" frågade hon och pekade på McDonald's-påsen i Kasias hand. "Vi lagade middag åt er. Jag tänkte att vi kunde äta en trevlig måltid tillsammans."

"Det var hon som ville ha det", sade Tomek och skickade över skulden.

Hans mamma rusade fram till honom och tryckte honom bestämt i bröstet. "Ja, men *du* är ju den som köpte det åt henne."

Tomek fångade en självbelåten blick från Kasia som sa: "Jag ska ha de där pengarna vare sig du vill eller inte."

"Vad lagade ni?" frågade Tomek, ivrig att styra bort samtalet från sitt dåliga föräldrabeslut.

Han sniffade i luften och fick svaret själv. *Pierogi.* Dumplings. En polsk stapelvara. Den middag som han och hans bröder levde på nästan varje dag när de först flyttade till landet.

"Din favorit", sade hans pappa.

Tomek stack in huvudet genom köksdörren och såg sin gamle far stå över två stora kastruller och röra långsamt i innehållet.

"Det är i alla fall en enkel rätt för dig att laga", sade Tomek.

"Säger du att jag inte har lagt någon kärlek eller själ i den där maten? Jag lagade den middagen åt er i veckor i sträck när ni var yngre."

"Jag trodde det var bara för att vi var fattiga."

"Nej, det var för att du och dina bröder älskade den. Och jag var alltid tvungen att se till att jag gav er tre lika många dumplings. Fick någon en mer eller en mindre, riskerade jag att bli beskylld för favorisering."

Om det hade varit fallet visste Tomek var han skulle ha legat på favoritskalan: Michał först, Dawid tvåa och sedan han själv, fint placerad längst ner.

"Ärligt talat gav jag då och då Michał en extra efter att du och Dawid hade lämnat bordet", fortsatte Izabela.

Och om det någonsin funnits minsta tvivel i Tomeks huvud om hans plats på stegen, monterades det ner med den sista kommentaren.

Efter att de hade gjort sig hemmastadda, och snabbt gjort sig av med McDonald's-bevisen, satte de sig vid bordet och åt vad de kunde av *pierogi*. Tomek fick ner fem av de köttfyllda dumplingsen, medan Kasia bara klarade två. Samtalet runt bordet undvek Nicks dotter och händelsen så mycket som möjligt. Det var jul, sa de. Det var inte rätt tid att prata om sådana saker.

"På tal om det", sade Izabela med ett strålande leende på läpparna, "Dawid och pojkarna kommer över på jul i morgon. Är ni säkra på att ni inte vill komma? Det finns fortfarande gott om plats runt bordet."

"Och det kommer att finnas gott om mat", lade Perry Bowen till.

"Överblivna pierogi från ikväll, menar du?" muttrade Tomek och tittade sedan mot Kasia, som satt och sköt runt maten på tallriken. "Jag tror vi har det bra här, tack. Bara vi två. Det är vår första jul tillsammans och jag vill att det ska förbli så. Kanske nästa år. Men jag hoppas att ni får det trevligt, och hälsa Dawid och pojkarna från oss."

Alltihop hade varit ett enda haveri och ett fullständigt slöseri med tid, precis så som Tomek kände inför varje jul. Glädjen och förväntan på det som skulle vara årets underbaraste tid hade sugits ur av händelserna den där kvällen. Kasia tillbringade de följande två dagarna med huvudet nere, sov, låg i sängen, ihoprullad under täcket, antingen spelade på mobilen eller messade med Sylvia. Dekorationerna som hon hade lagt timmar på att sätta upp tidigare i månaden, de som hade glittrat och gnistrat i tre veckor, hade tappat sin lyster, och hon hade till och med stängt av ljusslingan i sitt rum. Julgranen såg kal ut när Kasia åt upp alla chokladbitarna som hängde i den på en eftermiddag. Glittret var nedslaget och lämnades att hänga löst och ligga på golvet; för att inte tala om att paketen under granen var få.

Till slut hade Tomek satsat på en handfull smink- och egenvårdsprodukter som han hittat på hyllorna på Boots och Superdrug, tillsammans med ett löfte om en framtida shoppingrunda.

"Du får hundra pund att handla för", hade han sagt till henne.

"Det är okej", sade hon modfällt när hon ställde en puderask i soffan. "Du behöver inte."

"Jag vet att jag inte behöver, men jag vill."

Och så var det maten. En klassisk brittisk festmåltid: kalkon, ugnsrostad potatis, Yorkshirepuddingar och lite grönsaker, dränkta i en ohälsosam mängd brunsås. Ärligt talat hade maten varit dagens enda höjdpunkt, och även det slutade i katastrof. Eftersom det var första gången han lagade en så stor måltid för en så stor högtid, hade han knappt en aning om vad han gjorde, och han tillbringade flera timmar i köket som en elefant i en porslinsbutik. Knuffade ner saker från bänken, tappade mat på golvet, krossade några glas i diskhon. Till slut kom kalkonen ut bränd, de ugnsrostade potatisarna var nästan råa, och grönsakerna såg mer ut som potatismos än något annat; en mycket färgglad och näringsrik hög potatismos.

"Jag hade stora förväntningar på den här middagen", medgav han när han smällde dit en rejäl klick morötter på tallriken. "Men jag kan inte låta bli att tänka att ett Happy Meal från McDonald's kanske hade varit mer aptitligt."

"Ja", sade Kasia. "Du har nog rätt."

Resten av eftermiddagen, och in på kvällen, fortsatte Kasias dysterhet och modfälldhet. Trots sina ursprungliga dubier om julen fann han sig själv försöka muntra upp henne med sällskapsspel och kortspel. Till sin förvåning hade han hittat en gammal version av Essex-Monopol längst ner i garderoben; på något sätt hade det inte försvunnit i flytten för några veckor sedan.

"Det här var mitt favoritspel som barn", sa han när han låste upp kartongen och började ställa ut pjäserna på brädet. "Fast vi hade ingen Essex-version när vi växte upp."

"Coolt."

"Har du spelat någon gång?"

Kasia slet långsamt blicken från mobilen och tittade på kartongen, som om hon behövde en påminnelse om vad det var. "Nej. Tror inte det."

"Vaaa?" sa han och tog till sin bästa amerikanska röst. "Har du aldrig spelat Monopol?"

"Trodde inte folk spelade brädspel längre."

"Pfft. På den gamla goda tiden gjorde vi det. Innan alla de här mobilerna och surfplattorna."

"Mamma och jag hade inga heller. Tror det enda vi hade var en kortlek."

Tomek höjde på ena ögonbrynet. "Jag trodde att du sa att ni spelade massor av kort- och brädspel hos din mamma på jul?"

Hon sänkte huvudet en aning. "Jag ljög", sa hon. "Vi gjorde inte allt det där. Vi hade inte råd. Och mamma var oftast ute och försökte fixa. Vi hade inga dekorationer, ingen god mat, ingen gran – inget av det. Det var därför jag var så taggad inför den här, det skulle bli min första riktiga, ordentliga jul."

"Åh, Kash."

Tomek mådde fruktansvärt. Han hade ingen aning. Och nu kände han sig otroligt skyldig för att ha åstadkommit en så urvattnad uppvisning.

"Tja, vi ska njuta av det som är kvar!"

"Genom att spela Monopol?"

"Jajamän. Vänta bara. Du kommer att bli fast."

Och så, efter att ha förklarat reglerna för henne flera gånger, gav de sig på brädet, köpte lokala turistattraktioner och platser, och byggde hus och hotell på dem. Under tiden märkte han hur Kasias humör lättade. Och ännu mer när han lät henne vinna till slut.

"Ha! Sug på den!" skrek hon och viftade med sina pengar framför hans ansikte med dagens första leende.

Tomek rullade med ögonen och började samla ihop spelpjäserna. "Nybörjartur", sa han till henne.

När annandagen väl kom, tvingades Tomek byta brädspelet mot spelet som deras lilla seriemördare spelade med dem. Vid det här laget hade det gått veckor sedan Lily Monteiths död och år, om man räknade in Diana Greenock i listan (vilket han förstås gjorde), och de var fortfarande inte närmare att hitta gärningsmannen. Tomek skulle egentligen vara ledig men hade bestämt sig för att åka in. I hans huvud var julperioden över (annandagen var bara en ursäkt att gå och shoppa och bidra till konsumismen och kapitalismen som deras brädspel kvällen innan inspirerat), och det fanns bara så mycket han orkade sitta hemma och älta tankarna, och medan Kasia satt i soffan och gjorde detsamma, båda med liknande, lika deppiga tankar. Och därför behövde de båda piggas upp. Tomek visste hur han skulle göra det för sin egen del – arbete – men när det gällde Kasia blev det knepigare. Han lekte med tanken att tvinga henne att tillbringa annandagen med hans föräldrar, men om han själv inte var villig att göra detsamma var det inte rättvist mot henne. Och så tänkte han låta henne åka till sjukhuset för att träffa Lucy Cleaves, men insåg snabbt att det var lika, om inte mer, deprimerande. Till slut slog han sig ner vid det enda han visste gjorde henne glad.

Sylvia.

Sylvia och hennes mamma, Louise.

Tomek körde fram utanför deras parhus med två sovrum i Daws Heath och följde Kasia fram till dörren. Den unga tjejen gick med tydlig studs i stegen och gungade på fotsulorna medan hon väntade på att vännen skulle öppna. Så fort Sylvia hälsade dem vinkade Kasia hejdå till honom och for uppför trappan, och lämnade honom stående i dörröppningen. Kände sig som ett fån.

Till slut, efter flera långa ögonblick, dök Louise upp, klädd i samma julpyjamasset som sin dotter, gröna julgranar mot röd bakgrund på underdelen och en T-shirt med polkagriskäpp på överdelen. Så snart hon kände igen honom fick hon panik och grep efter en tjockare, mer neutral jumper från räcket intill.

"Förlåt för det", började hon, oförmögen att möta hans blick. "Det var Sylvias idé. Jag–"

"Du behöver inte be om ursäkt. Men om Kasia kommer hem med den lysande idén att vi ska ha matchande pyjamasset till nyår, då vet jag vem jag ska skylla på."

"Åh, jag kan se att det skulle klä dig rätt bra."

Tomek tittade ner på hennes byxor. "Jag har alltid tyckt att grönt är min färg."

"Det framhäver verkligen skägget."

Tomek skrattade till. Häromkvällen var första gången han uppfattade att hon flirtade. Först hade han trott att det föddes ur känslor och stressen av det som hänt. Nu var han inte lika säker, men efter att redan ha blivit avskräckt från att flirta med Kasias lärare av uppenbara skäl, visste han inte om samma regler gällde för hennes skolkompis mamma. Kanske fick han ta reda på det.

"Hur var er jul?" frågade hon och höll om sig själv mot kylan.

"Annorlunda", svarade han. "Svår. En första för oss båda."

Louise var ingen främling för deras situation. Faktum är att hon var en av de få som visste. Och därför kände han att han kunde vara öppen och ärlig med henne om sin relation till Kasia. Han kände inte till alla detaljer om hennes skilsmässa, men varje gång de hade pratat hade han fått intrycket att hon förstod. Att hon förstod mer om deras situation än han gjorde, och det var han som levde i den. Han antog att en del av det matades ner genom kedjan från Kasia till Sylvia, och från Sylvia till Louise, så att varje litet råd och varje visdomsord kom från Kasia via ombud. Att hennes riktiga tankar och känslor förmedlades genom viskleken.

"Hur var din?" frågade Tomek, pliktskyldigt.

"Åh, du vet. Sex timmar matlagning, tjugo minuter ätande, följt av ytterligare sex timmar då man känner att man inte kan röra sig. Avslutat med ett par timmars disk."

Tomek nickade artigt. "Vår blev något åt det hållet. Till slut bytte vi disken mot en omgång Monopol."

"Vem vann?"

"Kasia. Självklart."

"För att hon är bättre än du eller för att du lät henne?"

"Är det inte uppenbart?"

"Just det. För att hon var bättre. Det är tufft att ta, men det kommer en tid när de snart blir bättre på allt än man själv är. Ens ego får sig en rejäl törn."

"Säger hon som går runt i matchande pyjamas."

Louise förde handen till munnen och låtsades ta illa upp. "Det här var faktiskt en julklapp från min dotter, ska du veta. Vet inte hur hon köpte den, men hon använde någon annans pengar för att betala."

Tomek mindes gången Kasia hade stulit femtio pund från en nödgömma han hade gömt i en pocketbok. Han undrade om Kasia hade köpt honom en julklapp med mer pengar hon stulit från honom. Och om hon hade det, ville han gärna se den snart.

Han tog ett steg närmare och sänkte rösten. Medan han pratade sneglade han upp mot trapphuset och höjde på ögonbrynen. "Hur har hon mått efter allt?"

"Tufft. Hon försöker bearbeta det men jag tror att hon tycker att det är svårt. De är så unga, och att de har fått se något sådant, det är mycket att gå igenom. Och att dra upp allt igen på polisstationen hjälpte inte."

"Jag vet, men det är en del av–"

"Nej, nej, nej. Jag skällde inte. Jag vill inte att du ska tro att jag pikade." Hon lade en hand på hans axel och lät den ligga kvar. "Det kommer bara att ta tid innan de kommer över det."

Var det här ett av Kasias viskleksmeddelanden som hade silat ner genom trädet? Eller var det klokskap direkt från Louise? Hur som helst, om det var något han hade lärt sig av att få en dotter han inte visste något om, så var det att mycket tog tid.

Tid för henne att vänja sig vid sin nya skola.

Tid för henne att vänja sig vid att vara omkring honom och behöva lyssna på honom.

Tid för henne att vänja sig vid livet i ett nytt område, med nya vänner, en ny *familj*.

Och nu det här. Tid för henne att vänja sig vid bilderna och mardrömmarna av det som hade hänt Lucy.

På samma sätt som Tomek hade tvingats vänja sig vid mardrömmarna som plågade honom efter hans brors död.

KAPITEL
TRETTIOSJU

Till att börja med lade Tomek märke till ljudet när han klev in i Major Incident Room. Musik som dunkade ut ur radion. Samtal som silesade genom korridorerna och ut från mötesrummen. Det andra Tomek lade märke till med MIR var hur ljust rummet var. Som om någon eller något hade vridit upp belysningen några snäpp, målat allt i en mer lysande och hoppfull färg och bytt ut filtret som hade lagt sig över byggnaden de senaste dagarna.

Hela stället var långt ifrån det skick han hade lämnat det i.

Och sedan förstod han varför.

DC Nadia Chakrabarti. Kontorets själ och hjärta. Utan tvekan en av de gladaste och mest sprudlande människor han någonsin haft lyckan att träffa. Hon bar alltid ett leende, även när hon hade en dålig dag, och hon fanns alltid där för att lyfta teamet när de behövde det. Och behovet hade aldrig varit större än nu.

Teamet bar fortfarande på rädsla och trötthet efter allergimördaren. Och allas ansikten bar skräcken efter Lucy Cleaves händelse. In kommer Nadia. Munter, lycklig. Precis vad teamet behövde. Och när Tomek klev in i rummet tryckte hon upp en kopp te under näsan på honom.

"Välkommen tillbaka, chefen", sa hon och log bubblande. "Såg dig svänga in så jag fixade den här ifall att. Du ser ut som att du skulle må bra av en."

"Just det. Tack." Tomek tog koppen av henne och smakade. Perfekt. Som beställt. "Vet inte om jag ska bli förolämpad eller smickrad."

"Både och."

"Tack, Nadia", svarade Tomek. "Du är en klippa."

"Jag gör mitt bästa."

Tomek var säker på att det stämde. I nästan alla delar av sitt jobb gav hon järnet. Som konstapeln som ansvarade för att lägga upp åtgärdspunkter i HOLMES 2 höll hon i piskan och såg till att alla nödvändiga uppföljningar och relevanta kriterier uppfylldes. Som följd jobbade hon och Tomek ganska nära varandra emellanåt. Förutom de senaste veckorna då han hade försummat att ge henne den tid hon behövde och förtjänade.

När Tomek tog sig till sitt skrivbord granskade han de andras ansikten. Det vore en lögn att tro att de var utsövda, det är en illusion i det här jobbet, men de såg lite mindre spända ut, lite mer avslappnade. I bakgrunden spelade radion någon stötande och smaklös raplåt som gjorde honom irriterad. Av två skäl. Dels att melodin var samplad från en klassisk poplåt från nittiotalet. Dels att texterna var skit. Det finns inga bra låtar på radion längre. Inget är originellt. Inget är smakfullt. Inget är njutbart.

Han mindes en enklare tid när Blue och Five stod på topp och han satt på Southend Pier och lyssnade på dem i sin Walkman, eller vrålade ut Take That och NSYNC ur högtalaren i en kompis lägenhet. Enklare, lyckligare tider. Med betydligt mindre att oroa sig för.

"Är det här *din* musik, Chey?" frågade Tomek tvärs över kontoret.

"Man kan tro det, men nej. Jag är mycket mer inne på nittiotalsgrejer", svarade den unge konstapeln. "Morsan och farsan fick in mig på det. Oasis, Blur. Alla klassiker. Fast jag tror att det nog var för att de var helt väck på rave och spelningar på den tiden."

"Ja, det var rave för hela slanten då." När ingen skrattade åt hans ordlek försökte Tomek med en till. "Jag har hört att droger gör comeback. Eller borde det vara nedgång?"

Ökentystnad.

Tomek var nästan säker på att han såg något rulla över heltäckningsmattan, och han tyckte sig höra syrsor. Till och med musiken hade tystnat i protest mot hans usla skämt. Men när han svängde runt på stället såg han varför. Victoria, stående i dörröppningen till MIR.

"Stör jag?"

"Jag tror du får ringa en läkare", svarade Tomek. "Alla har tappat humorn."

"Eller så är det bara du. Lite tråkig på gamla dar."

Tomek kände en dask i ryggen, och när han vände sig såg han vem som gjort det. Sean, med sin enorma lekamen, lufsade förbi honom med ett enormt flin och styrde stegen in i MIR. Alla andra följde strax efter och slog sig ner runt whiteboarden längst fram i rummet. Innan hon gick in drog Victoria Tomek åt sidan och berättade att det var han som skulle leda mötet medan hon skötte byråkratin.

En ilning for nerför Tomeks ryggrad när han hörde de orden. Ögonblicket han hade kämpat för sedan ansvaret ryckts ifrån honom och överlämnats till Victoria.

Han var tillbaka, baby!

Men efter bara några minuter vid rummets framkant önskade han att han inte var det.

Snarare önskade han att han hade fått ansvara för utredningen från första början.

"Jag vill ha en uppdatering", sa han. "Jag vill veta lika mycket som ni om allt. De närmaste minuterna ska jag vara en svamp, jag ska suga upp allt ni säger."

"Låter som att du har tränat hela livet för det här", noterade Rachel sarkastiskt från första raden.

"Absolut. Hela mitt vuxna liv kokat ner till det här ögonblicket."

Och alla de andra som lett fram till det.

På whiteboardarna och anslagstavlorna runt rummets väggar fanns offrens namn och ansikten, med viktiga uppgifter nedtecknade under varje. Tomek gick fram till Fern Clements namn och bad om en uppdatering om den unga flickans död, eftersom det var den färskaste. Eftersom Rachel hade haft hand om den, med hans återhållsamma överinseende, visste hon detaljerna, det dagliga.

"Tja, den goda nyheten", började hon, "är att hon fortfarande är död—"

"Va?"

"Jag... öh... jag försökte bara skämta. Du vet, lite jargong. Som du precis försökte. Det kändes som något du skulle kunna säga."

Tomek lade en hand mot bröstet. "Jag skulle *aldrig* vara glad över att någon är död."

Även om han kunde komma på några namn där det inte stämde.

"Nej", började hon. "Inte du. Bara i allmänhet. *Någon.*"

Hon famlade, pinsamt, och Tomek bestämde sig för att dra upp henne ur hålet hon just grävt och sätta ner henne på fast mark.

"Fortsätt. Snabbt, tack."

"Just det. Ja, chef. Fern Clements. Som du vet dog hon av bistick. Forensikerna har gått igenom fältet där hon mördades men inte hittat någon DNA- eller spårbevisning i området. Däremot har de hittat svarta fibrer på hennes underkläder som inte stämmer med hennes egna. Eftersom hon var hos sin kompis behöver jag ta prover på alla hon var i kontakt med den kvällen."

Tomek nickade eftertänksamt.

"Och hur är det med Timothy Warren, vår biodlare?"

"Ren."

"Jag tyckte han såg rätt smutsig ut när vi såg honom, men var och en blir salig på sin tro."

Rachel himlade med ögonen och gav honom en blick som sa: Din skitstövel, det var den typen av skämt jag siktade på.

"Jag har kollat upp honom och han är ren. Ingenting där. Han vet ingenting om Fern. Och han har solida alibin, han jobbar dygnet runt så det är väl knappast en överraskning."

"Vad sägs om vår lista från biodlarföreningen?"

"Jag betar mig fortfarande igenom den, chef."

"Och?"

"Ungefär tjugo personer in. Har hundra tjugo kvar."

"Blir en upptagen vecka för dig då. Och glöm inte att fråga om någon av dem har varit i Sydamerika nyligen."

Rachel bekräftade att hon skulle göra det.

"Och till sist, hur är det med hennes pojkvän-men-inte-pojkvän, Darren?"

Rachel konsulterade sina anteckningar. "Pratade med honom på julafton. Förstörde nog hela hans och föräldrarnas år, med tanke på hur de betedde sig. Men han träffade aldrig Fern. Efter festen hade de kommit överens om att mötas utanför, men hon var inte där när han kom, och han försökte ringa henne dussintals gånger. Han visade mig meddelandena och samtalshistoriken som bevis. Jag kollade också hans och Ferns telemetridata, och hennes telefon var avstängd innan han kom i närheten av hemmafesten. Hon var borta innan han dök upp. Möjligen död redan då."

Tomek sög in det han hört och nickade, samtidigt som han dolde besvikelsen efter första smällen mot hans fotbollsteori. Sedan vände han samtalet till Lily Monteith, och till Anna och Oscar som hade tittat på hennes död.

"Inget nytt, chef", började Martin och stramade åt sin manbun. "Jag fick den geniala idén att ringa alla matbutiker och apotek för att se om någon hade kommit in och köpt kondomer eller engångshandskar runt tiden för Lilys död. Men sen insåg jag att det inte var så genialiskt trots allt. Och att det i det stora hela var rätt jävla dumt."

"Inte helt och hållet", svarade Tomek. "Jag tror att det finns något där. Har vi något på en möjlig medicinsk koppling, vårdcentraler, sjuksköterskor, läkare? Har de till exempel samma?"

"Inte säker", svarade Martin. "Men vi kan absolut kolla upp det."

"Bra. Meddela mig vad ni hittar."

"Självklart." Han harklade sig, vilket lät Tomek förstå att det fanns mer. "Vi kollade också Lily Monteiths telemetridata den kvällen hon dog och hennes telefon stängdes av precis utanför parken."

"Så han kidnappar dem och det första han gör är att stänga av deras telefoner?" frågade Tomek, mer för sin egen skull än någon annans.

"Måste vara så. Inte så förvånande egentligen, med tanke på att tjejerna förmodligen är klistrade vid dem och att det är det första de låser upp när de sätter sig i hans bil."

Tomek nickade och satte en mental markering vid Lilys namn innan han gick vidare till Mandy Butler.

"Jag har pratat med en kontakt på biljettkontoret på Cliffs Pavilion", sa DC Chey Carter. "Och jag har begärt alla uppgifter om biljettinnehavare för dem som var på de evenemang vi har tittat på."

"Vet du när du kan få dem?"

"Har redan fått dem." Den unge mannen log självsäkert. Tomek ville slå ur honom flinet. Sedan Chey kom in i teamet hade Tomek medvetet varit hård mot honom. Inte för att han ville vara ett arsel (det var han ändå, men inget elakt arsel), utan för att han såg drag av sig själv i Chey. Den kaxige spjuvern, full av mod och självförtroende, som trodde att han kunde komma undan med allt. När han var i den åldern hade Tomek haft Nick som vägledare. Nu var det hans tur.

"Jag gick igenom listorna för alla evenemang som berörde offren i

Abigail Winters rapport. Fem totalt. Och i alla de listorna hittade jag fyra namn som hade köpt biljetter till alla fem evenemang."

Tomeks öron spetsades. Fyra namn. Fyra individer. Han hoppades att de var kopplade på något sätt till killarna i fotbollsklubben.

"Har du pratat med dem än?" frågade Tomek.

Chey skakade på huvudet. "Det står på min att-göra-lista. Men jag måste vara ärlig, chef, jag är inte så hoppfull. Jag har varit på Cliffs massor av gånger, och varje gång jag varit där står det alltid några idioter utanför entrén och försöker sälja sista-minuten-biljetter till desperata fans för ett hutlöst pris. Det är dumt och en ren bluff."

"Det är bara dumt om det inte funkar", svarade Tomek. "Jag vet vad du menar, men du skulle bli förvånad över hur framgångsrika de är. Men jag bryr mig inte om hur mycket pengar de har tjänat på det. Jag vill veta om någon av dem har en koppling till Mandy Butler och de andra offren. Det är mycket möjligt att de sålde biljetterna till vår gärningsman, medvetet eller omedvetet, och det måste vi ta reda på. Och om en av de där biljettåterförsäljarna sålde fem biljetter till samma kille, ibland till *samma* show, då kommer de att minnas. Varningsklockorna måste ha ringt."

"Om de inte bara var ett *enormt* fan."

"Jag är ett stort fan av pizza, men du ser inte mig äta Domino's fem dagar i rad."

"Det skulle du om du kunde, eller hur?"

"Vad pratar du om?"

"Att äta pizza fem dagar på raken."

"Alltså, jag *kan*. Vem som helst *kan*. Det betyder inte att jag kommer att göra det."

"Nej, men jag menar om de vore nyttiga, om de inte var så dåliga som alla säger."

"Då skulle jag inte vilja. Hur som helst, nu kommer vi ifrån ämnet." Tomek klappade i händerna för att få tillbaka fokus. "Jag vill prata om Diana Greenock. Var står vi med henne?"

Tystnad. Ingen svarade. Och alla vände bort blicken och smet från ansvaret.

"Det har inte legat i vårt fokus, kompis", sa Sean, den enda som kunde säga det som Tomeks närmaste bundsförvant och vän.

"Jag vet. Men jag hade förväntat mig *något*. Vi måste åtminstone ha listan över Dianas flatkompisar? En lista på folk vi kan prata med? Vi verkar

ju vara så bra på att göra listor över människor för alla våra andra offer, men inte för det här?"

Mer tystnad. Vid det här laget hade alla roterat på huvudet så mycket att det såg ut som att de gjorde sin bästa imitation av *The Exorcist*.

"Okej. Om det är så, då vill jag att någon fixar en jävla lista åt mig. Jag skiter i vem. Jag vill bara jävla—"

Tomek hejdade sig så fort han insåg att han lät som Nick. Aggressionen, svordomarna.

"Förlåt", sa han, lugnare den här gången. "Vet inte var det kom ifrån. Listan över hennes flatkompisar, hennes kollegor. Om någon kunde ge mig den."

"Har redan fixat den", svarade Nadia och smattrade vidare på tangentbordet. Sedan lade hon till: "Chef."

"Tack", svarade Tomek skamset. Han harklade sig och rätade på sig, oförmögen att skaka av sig känslan av en pappa som just hade skrikit i onödan åt sina barn och nu stirrade de upp på honom, rädda.

Och det som hade gått så bra.

Några obekväma sekunder till passerade innan han samlade mod att prata.

"Jag..." började han. "Jag undrade om jag kunde bolla något med er. Jag har en hypotes som stör mig."

KAPITEL
TRETTIOÅTTA

Dagenham & Redbridge FC hade suttit fast i National League, fotbollens femte division, och var nu inne på sin sjunde säsong där. Som högst hade de tagit sig upp till League One i fotbollspyramiden. Historien skilde sig inte nämnvärt från deras grannar på andra sidan gränsen mellan Essex och London, Southend FC. Det högst rankade laget i Essex var Colchester United, som i stort sett haft en semipermanent plats i League Two i närmare åtta år.

I ett län som brydde sig så mycket om fotboll fanns det inte mycket för supportrarna att hetsa upp sig över lokalt. Ingen pokalparad hade passerat genom Essex sedan sjuttiotalet, och den enda elitprägeln på sporten kom från West Ham, det lokala "stora" laget, det med de färskaste framgångarna, inte minst lagets resa i Europa Conference League där de lyfte bucklan. Det var därför det var Tomeks hemmalag. Trots att han hade vuxit upp och bott närmare Roots Hall, hemvist för Mighty Shrimpers, såg han fortfarande Upton Park (och senare London Stadium) som sitt andra hem. Det var en generationsgrej. Hans far före honom, och dennes far före honom, hade alla hållit på Hammers. Fram till 1965 hade laget, och hela området, räknats som en del av Essex, så Tomek hade hört berättelser om hur hans morfar gick på matcher i mitten av sextiotalet med sina föräldrar och vänner, och såg den oefterhärmlige Geoff Hurst och Bobby Moore ta fajten på planen i den vinröda och ljusblå tröjan. Generationer av hängivna fotbollsfans hade vallfärdat till London

Stadium varje vecka bara för att få sina hjärtan krossade. Det är ett underligt spel.

Men det var ingenting lustigt med hans hypotes om Dagenham & Redbridge FC.

Tomek hade blivit ombedd att vänta i receptionen i vad som kändes som en halvtimme. Under tiden hade han fått en liten pappersmugg och en halvt fungerande vattenautomat där vattnet såg ut att ha börjat odla bakterier och nya livsformer. Han tog en klunk, kände den metalliska smaken från automathuvudet och lät det vara. Som tur var, i samma stund som Tomek slängde muggen i papperskorgen, drog Lance Hull, klubbens ordförande och ägare, in honom på sitt kontor.

"Förlåt att du fick vänta."

Nej, det är du inte.

"Det är ingen fara", svarade Tomek. "Jag förstår att du är en upptagen man."

"Särskilt efter annandag jul."

"Hur gick det?"

"Kryssade 2–2."

Tomek log artigt och slog sig ner mittemot mannen. Lance Hull var allt han hade kommit att förvänta sig av en fotbollsklubbsägare: en välpressad kostym, nästan oklanderligt lagda hårstrån om det inte vore för den lilla slingan som stod rakt upp på hjässan, och en välhållen mage som antydde att han gärna åt på livets finare sida men blev påmind om det varje vaken stund på gymmet med sin personliga tränare. Enligt Tomeks bedömning var han på fel sida om femtio men gjorde allt han kunde för att hålla den siffran så låg som möjligt.

"Jag vill inte låta otrevlig", började Lance, "men jag har ett till möte om tjugo minuter, så om vi kan bli klara så snart som möjligt vore det toppen."

Det var sådana kommentarer som verkligen retade upp Tomek. Nu ville han inte skynda på längre. I stället ville han slösa så mycket av mannens tid som möjligt, få honom att ångra att han försökt stressa på.

"När du har hört vad jag har att säga", svarade Tomek, "kanske du vill ställa in ditt möte."

Lances adamsäpple ryckte upp och ner när han svalde djupt. Sedan skruvade han på sig där han satt. Här var en man som inte var rädd för svåra samtal, de var nästan vardag i fotbollsvärlden—att släppa spelare, stänga av och riva kontrakt—men att ha en polis sittande mitt emot som talade om att något var fel var uppenbarligen ett tyngre samtal än han hade räknat med dagen efter annandag jul.

"Jag är säker på att du har hört nyheterna om de två tonårsflickorna som dött i Hadleigh och Leigh-on-Sea. Under vår utredning har två namn från er akademi dykt upp."

"Dykt upp hur då?"

"Det kan jag inte säga."

"Det måste du. Jag behöver veta vad mina spelare anklagas för."

"De anklagas inte för någonting. Deras namn har bara nämnts i samtal. Hur ofta tränar pojkarna här?"

"Du måste tala om deras namn först."

Tomek tvekade att lämna ut den informationen. Eftersom han bara var där på en magkänsla, en *känsla,* drog han sig för att nämna de två individerna om det skulle visa sig inte leda någonstans, och han blev den som drog två pojkar i smutsen. Men så tänkte han på offren, Lily Monteith och Fern Clements, och hur de hade lämnats i den *faktiska* smutsen.

"Den första pojken heter Harrison Rossiter och den andra heter Darren Edgerton, han spelar i ert U17-lag. Ni har också en Billy Turpin som spelar i U14."

Lance nickade eftertänksamt medan han antecknade pojkarnas namn. Sedan vände han uppmärksamheten mot datorskärmen och skrev in deras namn i systemet.

"Japp, hittade dem. Vad behöver du veta?"

"Hur ofta tränar pojkarna tillsammans?"

"Tja, det gör de inte."

"Vad menar du?"

"Harrison Rossiter blev i somras scoutad av ett franskt Ligue 1-lag, Toulouse FC, och spelar nu i deras akademi."

"I Frankrike?"

"Det är där de spelar fotboll, ja. Hans familj flyttade utomlands för att stötta honom. De var väldigt entusiastiska över möjligheten. Vi hjälpte honom till och med att komma till rätta med skolan, språket, vänner, laget. Han var nog en av våra bästa spelare, men utsikten att få spela i franska ligan var bättre än att spela hos oss. Vem var vi att säga nej?"

Väldigt nobelt, tänkte Tomek.

"Hur var det innan han flyttade?" frågade Tomek medan han försökte hålla ordning på tankarna som skramlade runt i huvudet. Det här hade han inte väntat sig. Om Harrison Rossiter bodde i Frankrike skulle det bli svårare att förhöra honom. Men det väckte också frågan: fanns det någon annan anledning, förutom fotbollen, till att han valt att flytta utomlands?

"Vadå?" frågade Lance.

"Tränade de tillsammans?"

"Det är möjligt att Darren och Harrison tränade tillsammans på helgerna. Samma med Billy Turpin. Från U11 hela vägen upp till U17. Inte på samma plan, för det finns inte plats för alla. Men ja, på helgerna tränade de samtidigt här."

"Och hur var det med A-laget?"

Tomek mindes Avenas ord: Den här killen var åtminstone några år äldre, så jag tror att han måste ha spelat ett par åldersgrupper upp, eller kanske i A-laget.

"Inte i vanliga fall. Herrlaget tränar under veckan och spelar de flesta matcherna på helgerna."

"Men de skulle ha kommit i kontakt med varandra?"

"Beroende på hur sociala de är, ja. De sitter inte precis knäpptysta. Du har sett ett fotbollslag förut, va?" Tomek nickade. "Så då vet du att de är polare med varandra, att det finns en kamratskap mellan dem. Det är likadant här. Vi försöker skapa en inkluderande kultur. Vi vill inte att någon ska hamna utanför." Lance lade händerna i knät och började fläta ihop tummarna. Hans uppsyn hade förändrats. Nu hade han blivit stelare, stramare. Mindre benägen att ge Tomek de svar han var ute efter. "Ska du berätta vad de här pojkarna har med de där två flickornas död att göra?"

"Nej", svarade Tomek tvärt och lade det ena benet över det andra. "Går det att få en lista över spelarnas namn från A-laget hela vägen ner till U11? Jag vill också ha namn på tränarna, staben och alla andra bakom kulisserna som ni har anställt här de senaste två åren."

"Jag... En del av den informationen kan vara svår att få fram."

"Varför det?"

"För att den kan vara det. Det vore ett brott mot vårt dataskydd."

"Inte när polisen är inblandad."

Nu försökte Lance bara vara medvetet besvärlig. Tomek tittade på klockan och såg att femton minuter på något sätt hade gått. Det lämnade fem kvar.

"Jag vill inte behöva komma tillbaka hit med en husrannsakan och stänga ner stället medan vi hämtar den information vi behöver. Det ser inte särskilt bra ut ur ett varumärkesperspektiv. Och det är det sista du behöver. Hur mycket omsätter klubben? Inte särskilt mycket, kan jag tänka mig. Åtminstone inte jämfört med lagen högre upp i seriesystemet. Så jag skulle ogärna se att finansieringen sinade, att fansen slutade komma."

Även om Tomeks teori stämde skulle ju gripandet av två av deras spelare, möjligen tre, ändå få en skadlig effekt på klubbens tillgångar.

Lance Hull tänkte länge och noga över beslutet, men hans min avslöjade ingenting. Han satt bara där och stirrade på Tomek, och Tomek stirrade tillbaka.

"Jag kan ordna fram den information du behöver. När vill du ha den?"

"Nu." Sedan kom han ihåg att lägga till: "Tack."

"Utmärkt. Jag slussar dig vidare till Alicia på HR. Hon kan lösa allt det där åt dig."

När Lance reste sig ur stolen och redan började knäppa kavajen för att markera att mötet var slut och, underförstått: dra åt helvete ut ur mitt kontor, kom en knackning på dörren. I dörrspringan stack en man med grånande hår och träningsställ in huvudet.

"Detektiv", började Lance, "det här är Alexandre Lefebvre, vårt A-lags tränare."

Tomek räckte fram handen. "Trevligt att träffas."

"Alex här ska hjälpa oss upp till League One, eller hur, Alex?"

"*Oui*. Ja, sir. Jag ska göra mitt bästa", svarade Alex glatt, med kraftig brytning. Men på den ansträngda minen såg man att han visste att det inte skulle bli så lätt som Lance hoppades.

Tomek granskade fransmannen noggrant innan han följde efter Lance genom byggnaden till HR-avdelningen, som bestod av ett team på två personer. Båda kvinnorna var i femtioårsåldern och satt bredvid varandra i en liten del av byggnaden.

"Alicia", började Lance. "Jag har en herre här som behöver tillgång till våra register."

"Varför?"

"Han är från polisen. Så vad han än ber om, se till att han får det."

KAPITEL
TRETTIONIO

"Absolut jävla inte", var det svar han hade väntat sig från Victoria efter att han hade förklarat att han behövde resa till Frankrike.

"Varför inte, chefen?"

"Av uppenbara skäl", svarade Victoria.

Tomek smalnade på munnen och ryckte på axlarna. "Du kanske behöver förklara dem för mig."

"Budgeten, till att börja med. Med all DNA-bevisning vi testar och återtestar, och med alla förhör och all övertid jag har varit tvungen att godkänna, finns det väldigt lite kvar av den för att du ska kunna ta semester på Franska rivieran."

"Det var ingen som sa något om Sydfrankrike, chefen. Jag tror att själva regionen heter..." Tomek bläddrade i anteckningarna han hade gjort på HR-avdelningen. "Toulouse. Fan."

"Ser du?"

"Jo, visst, det *ligger* i Sydfrankrike, men det är inte *det* Sydfrankrike du tänker på. Jag planerar inte en helg på Côte d'Azur."

"Hmm." Victoria korsade armarna över bröstet och lutade sig bakåt i stolen.

"Du vet, du är inte särskilt rolig nu när du är *la jefa*."

"Kallade du mig just en jävla elefant?"

"Nej, nej, nej!" Tomek viftade med händerna och famlade desperat efter något att hålla sig i för att dra sig upp ur hålet han just av misstag hade grävt åt sig själv. "Det är spanska! Det betyder chef på spanska."

"Se på dig, din lilla språkbegåvning."

"Termen är polyglott egentligen, chefen. Men det är inte viktigt just nu. Det som är viktigt är att jag pratar med Harrison Rossiter och tar reda på hans kopplingar till Darren Edgerton och Billy Turpin, och till morden på Mandy Butler, Diana Greenock, Lily Monteith och Fern Clements."

Victoria kliade sig under hakan. "Så du säger att en sjuttonårig fotbollsspelare går omkring och dödar unga tjejer?"

"Nej."

"Förklara det då för mig. Säg *exakt* det du sa till gruppen, för de verkar alla sluta upp bakom dig." När hon sa det smalnade hennes oberörbara blick in mot honom, och han kände hur hon kanaliserade sin inre *jefa*.

Tomek svalde djupt innan han svarade. Han visste inte varför, men plötsligt kände han prestationspress. Som om han behövde plocka fram sitt allra bästa för att övertyga Victoria om riktigheten i sin hypotes, något han aldrig hade känt när han hade jobbat under Nick.

"Som jag ser det", började Tomek, och han insåg redan att han hade börjat uselt, "har de här två killarna, Darren Edgerton och Harrison Rossiter, tillsammans med hjälp av Billy Turpin, planerat att döda de här tjejerna."

"Just det."

"Det slog mig först när Kasia lades in på sjukhus. Hennes pojkvän, nej, inte pojkvän, hennes pojk... *kompis,* satte henne på sjukhus på grund av hennes nötallergi. Efteråt kollade jag hans sociala medier, du vet, som paranoida och överbeskyddande föräldrar gör, och upptäckte att han spelade i Dagenham & Redbridge U14. Senare, när jag pratade med Avena Kumar, en av tjejerna som blev drogade på Catfish and the Bottlemen-konserten i Cliffs Pavilion, sa hon att en av killarna hon var med kände snubben som sålde dem drogerna, Harrison Rossiter, han som nu har flyttat till Sydfrankrike. Hon sa att det var en vuxen som jobbade i klubben, antingen i tränarstaben, bakom kulisserna eller i något av herrlagen. Sålde droger för att dryga ut sin inkomst. De här lagen i de lägre divisionerna får inte de hutlösa löner som Premier League-lagen får. Hur som helst, det där var för två år sedan. Och som av en händelse gick Billy Turpin in i U11 vid samma ålder. Så under de senaste två åren – eller åtminstone de senaste arton månaderna – har de båda killarna lärt känna varandra. Dessutom är Darren Edgerton, som spelar i U15, tillsammans med Fern Clements."

"Men jag trodde att Rachel pratade med honom och att han hade ett vattentätt alibi?"

"Ja, det gjorde hon. Och ja, det hade han. Men jag tycker fortfarande att det finns något där."

"Att de är en sammansvärjning av tonåriga fotbollsspelare som dödar unga tjejer genom deras allergier?"

"Ja. Fast inte de."

"Inte de?"

"Droglangaren som Harrison kände från konserten."

"Och du tycker att allt det här låter helt logiskt?"

"Tja, för mig är det helt logiskt. Och resten av gruppen verkar också stå bakom det."

"Så vad är nästa steg, bortsett från att åka till Sydfrankrike?"

Tomek tog fram utskriften som han hade fått av Alicia på HR. "Det här är en lista över alla som har varit anställda av Dagenham & Redbridge FC i någon form de senaste två åren." Han höll upp den i luften och petade hårt på den med fingret, nästan så att det blev ett hål. "Jag tror att vår mördares namn finns någonstans på den här listan."

"Hur många namn finns det där?"

"Över hundra."

"Fullspäckad eftermiddag."

"Eller så kan jag korskolla den mot namnen i alla andra jävla listor vi verkar ha."

Victoria skakade på huvudet. "Det tror jag inte. Om det du föreslår stämmer, så förklarar det bara Mandy Butlers död. Det som hände din dotter är irrelevant, förlåt att jag säger det, men jag ser inte hur det har någon likhet. Det förklarar fortfarande inte vad som hände med Fern Clements eller Lily Monteith."

Eller Diana Greenock, tänkte Tomek, men bestämde sig för att inte riva upp det såret igen.

"Jag ber Rachel gräva i Darren Edgerton igen, men det är fortfarande möjligt att de alla jobbar tillsammans", svarade Tomek.

"Så du föreslår att det *är* en sammansvärjning av tonåriga fotbollsspelare, med hjälp av en vuxen, som går runt och dödar de här tjejerna?"

Hur märkligt det än lät, och när det uttrycktes så där lät det faktiskt märkligt, ja, det var precis vad han tänkte. Han visste inte varför, men han hade inte kunnat skaka av sig tanken sedan fröet först såddes när han scrollade igenom Billy the Cow Fighters Instagram.

"Jag tror att du är ute och cyklar, om jag ska vara helt ärlig, Tomek", la Victoria till.

Ärligt talat tänkte han detsamma om henne. Att hennes misskötsel av det här fallet hade lett dem dit de befann sig nu; att de var flera veckor in i utredningen utan några konkreta spår, bara några hundra namn på ett papper och två ytterligare lik.

"Låt mig prata med Tracy, låt mig pitcha idén för henne och se vad hon säger." Fortsatte Victoria: "Det är inte säkert att det stämmer med hennes gärningsmannaprofil."

"Jag gör det hellre själv, chefen. Med tanke på att det var jag som tog in NCA från början. Dessutom är det *min* hypotes, jag kan förklara den bättre."

"Det är det jag oroar mig för. Jag är rädd att du kommer att övertyga henne om att låta oss jaga vår egen svans och fortsätta längre ner i kaninhålet."

Tomek kliade sig på sidan av huvudet. "Förlåt mig, chefen. Men du får det att verka som att du inte vill att vi ska ta fast den här mördaren – eller mördarna."

Victoria smackade med tungan. "Klart som fan att jag vill det. Vilken idiotisk antydan. Men utan Nick här för att hjälpa till att hålla koll på allt känner jag mig redan rejält jävla uttänjd. Så jag behöver att vi båda är överens i den här frågan. Annars kommer vi ingenstans."

"Och för att det ska hända behöver du att jag följer din hypotes?"

"Ja. Jag är SIO."

Som om det avgjorde diskussionen. Som om det avgjorde alla diskussioner nu och i all evighet.

"Var det så det funkade uppe i Colchester? Diktera vad andra ska tänka eller göra, trycka ner dem om de har några egna idéer?"

Som svar stramade Victoria upp sig vid hans tonfall och vände sedan uppmärksamheten mot den öppna pärmen på skrivbordet. Med blicken i pappren, medan hon ignorerade hans närvaro, sa hon, "Trevligt att prata med dig, Tomek. Jag har ordnat så att du ska delta i en presskonferens om drygt en timme. Om du kan prata med Anna för att förbereda vad du ska säga skulle jag uppskatta det. Och du kan stänga dörren när du går ut."

KAPITEL
FYRTIO

Att ett lätt duggregn hade dragit in gjorde att Tomek kunde använda vindrutetorkarna på första läget men inte behövde slå på det andra. Värmen var på i bilen, men det gjorde liten skillnad. Under den korta stund den hade stått där, medan han hade diskuterat fallet med Victoria och hållit presskonferensen, hade sen vinterkyla lagt sina fingrar runt fordonet och bedövat allt därinne. Det var så kallt att en puff av ånga syntes framför hans ansikte varje gång han andades. Än mer när han klev ur bilen och gick mot Billy Kofajtarens ytterdörr. Det var lite efter klockan 16, och Tomek hoppades att pojken var hemma.

Han dunkade knytnäven i dörren, och ljudet rullade upp och ner längs gatan i Chalkwell. Den lille pojken öppnade några sekunder senare.

"Herregud, kompis—" började han, men hejdade sig när han mötte Tomeks blick.

"Jag stör väl inte?" frågade Tomek.

Genast blev Billy röd i ansiktet. Och inte på grund av kylan som strömmade in i huset.

"Jag... Vad är du...? Om det här handlar om häromdagen så är jag ledsen, okej!"

"Det handlar inte om det, även om jag gärna vill prata om det."

"Du kommer inte in."

"Varför inte?"

"För att morsan och farsan har sagt att jag inte ska prata med främlingar."

"Jag är ingen främling. Jag är polis."

"Jaså. Och farsan säger att ni är minst lika illa som främlingar. Ibland värre."

Pappor. Pappor och deras jävla åsikter. De hade dem alltid.

"Det regnar," sa Tomek lågt, i hopp om att den mjuka vädjan skulle bita på ynglingen.

Det gjorde den inte.

"Det är inte mitt fel att du inte tog med dig en jacka."

Tomek tog en stund för att granska Billys kläder. Han var klädd i hela sin Dagenham & Redbridge-träningsoverall, med rödblå byxor och en svart regnjacka med lagets emblem prålat över bröstet.

"Den där gillar jag," började Tomek och pekade. "Köpte du den i merchståndet på arenan?"

Billy frustade genom sammanpressade tänder. "Inte fan. Jag spelar för dem. U14. Har spelat där i typ två år."

"Oj. Imponerande."

"Ja." Billys ansikte svällde av självgodhet.

"Vilken position spelar du?"

"Anfallare."

"Så du är snabb?"

Självgodheten fortsatte tills ansiktet svällde som en ballong.

"En av de snabbaste."

"Har du vunnit några pokaler?"

"Nä. Men vi var nära en gång. Jag har en andraplatsmedalj på väggen."

"Kan jag få se den?"

Billy hejdade sig ett ögonblick medan han funderade. Och långsamt fortsatte egot att svälla till orimliga proportioner.

"Ser inte varför inte," sa Billy och glömde fullständigt vem Tomek var och varför han var där.

Några sekunder senare var Tomek tryggt inne i huset, skorna av, och blev ledd genom hallen. Så snart Billy började gå uppför trappan stannade Tomek.

"Du måste gå upp för att se den," påpekade Billy.

"Nej, det är lugnt, tack. Jag har ändrat mig. Det jag verkligen vill är att vi pratar om din relation till Harrison Rossiter och Darren Edgerton."

Vid nämnandet av de andra akademispelarnas namn rann egot och självgodheten som lyst ur varenda por i den unge mannens ansikte av på ett ögonblick.

"Harrison Rossiter?"

"Ja."

"Darren Edgerton?"

"Det var vad jag sa. Jag vet att du känner dem, så spela inte dum."

"Vad vill...?" Billy gick försiktigt ner ett steg och följde Tomek med blicken i varje rörelse. "Vad vill du veta?"

"Varför tar vi inte det här i vardagsrummet eller köket?" svarade Tomek.

Det gjorde de. In i Billy Turpins kök. Det var ett av de ljusaste kök han någonsin sett. Med fläckfria bänkskivor i marmor, vita golvplattor och bländande silverfärgade lampor som hängde från taket över köksön och badade hela rummet i en annan sorts rikedom. Han kunde se sig själv och Kasia laga mat där, ha folk över eller ordna fester, kanske till och med bjuda Louise och Sylvia på middag och drinkar någon kväll. Synd bara att de alla fick stå ut med deras pyttelilla lya så länge.

"Hur mycket kontakt har du haft med Harrison eller Darren?" frågade Tomek när han gick fram till en barstol i mitten av rummet.

"Inte mycket."

"Har du pratat med dem, bytt nummer?"

"Kanske. Jag har en massa nummer från skolan så det kan vara svårt att kolla."

Så klart. Den egocentriska lilla skitungen tyckte säkert att han var den populäraste killen i hela byggnaden.

"Har du nånsin pratat om en tjej som heter Mandy Butler?"

Billy dröjde ett ögonblick medan han lät namnet snurra i huvudet. "Kan inte säga att jag hört det namnet förut. Ringer inga klockor."

"Är du säker? Tänk en gång till."

Billy tänkte igen. Men den här gången mycket kortare, en bråkdels sekund.

"Nope. Minns det inte. sry."

Det sista ordet fick Tomek att krypa i skinnet. Att skriva det i ett sms eller ett inlägg var illa nog, men att faktiskt säga det högt, det var brottsligt.

"Vad sägs om Fern Clements?"

Billy pressade ihop läpparna och skakade på huvudet. Han sträckte på sig, ryggen rak, som om han vore tio år äldre.

"Vad sägs om droger?"

Men det verkade ta ner honom på jorden igen.

"Vad med dem?"

"Har du sett några? Har du blivit erbjuden några?"

"Enda gången jag har sett droger var häromdagen på sjukhuset med—"

Billy hade just oavsiktligt lett samtalet ner i en återvändsgränd utan återvändo. Och Tomek noterade belåtet att det inte hade varit hans egen förtjänst.

"Berätta vad som hände," sa Tomek.

"Men jag trodde vi pratade om droger. Jag vill tillbaka till att prata om droger."

"Kasia. Berätta om Kasia. Nu. Vad hände?"

Sedan berättade Billy. Om hur de hade pratat på skolgården samma dag om att han skulle komma över. Om hur han hade dykt upp efter att ha spelat en omgång fotboll i parken med sina polare i mörkret. Om hur hon hade bett honom komma sent eftersom Tomek hade varit på jobbet och hon skulle få en polskalektion ur vägen. Och sedan berättade Billy att han hade tagit med pizza (betald med veckopengen), och så snart dörren slagits igen och de delat en kyss hade Kasia börjat få en allergisk reaktion på påsen M&M's jordnötter han hade ätit med sina kompisar i parken.

Till slut stämde Billys berättelse med hans dotters och Phillip Balhams versioner av händelserna.

Allt hade varit en hemsk och närapå tragisk olycka. Och i slutet av det började Tomek undra om han hade haft helt fel. Att hans lust till vedergällning och hämnd på en trettonårig pojke var överdriven, obefogad och fel. Att han hade fabricerat en häxjakt på en grupp tonåringar som inte hade haft något med flickornas död att göra och att deras koppling till flickorna, särskilt Harrison Rossiters, inte var mer än en slump.

Men samtidigt hade han varit i yrket tillräckligt länge för att veta att slumpen inte fanns. Att saker hände av en anledning. Alltid en anledning. Herregud, om han inte hade sett kopplingen mellan Mandy Butlers och Lily Monteiths död, om de hade avfärdats som "sammanträffanden", då hade han inte stått här nu, han hade inte varit i färd med att jaga ännu en seriemördare.

"Vad vet du om personalen i Dagenham?" frågade Tomek och bestämde sig för att det var värt att fortsätta med skälet till besöket. Billy skulle inte komma undan så lätt.

"Jag pratar egentligen bara med min tränare och de andra i ledarstaben. Ser inte så mycket av någon annan. De frågar alltid hur det går, men jag står inte kvar och snackar."

Så klart. Den egotiska lilla rövhålsungen tyckte säkert att han var större än alla dem när verkligheten var den motsatta, han var liten och tanig, mer Wayne Rooney än Peter Crouch.

"Och ingen har någonsin försökt erbjuda dig droger, eller du har aldrig sett dem bytas inne på området alls?"

"Va? Kompis, jag vet inte ens hur droger ser ut. Jag vet inte ens vilka sorter som finns."

Tomek var inte så säker på att det var sant. Han var rätt övertygad om att han vid tretton års ålder visste allt om de olika klasserna och hur de såg ut. Särskilt gräs. Ungar rökte det och sålde det i hans klasser vid den åldern. Kanske var det en annan tid då, när reglerna var mer avslappnade, eller så var ungarna helt enkelt smartare med det.

"Låt mig fråga igen," sa han långsamt och uttalade varje ord tydligt. "Har du någonsin sett droger byta händer på fotbollsplanen eller i omklädningsrummen mellan några vuxna, vare sig i A-laget eller i ledarstaben, sedan du blev medlem i akademin?"

Billy kände allvaret i Tomeks röst och tänkte den här gången hårdare på frågan. Men innan han hann svara öppnades ytterdörren.

Kvinnan som kom in var, antog Tomek, Billys mamma. En kvinna i en Prada-kappa med en Prada-handväska hängande över armen och dussintals armband som dinglade från handleden. Hon skrek pengar, men som alltför ofta betydde det inte nödvändigtvis att hon faktiskt hade några. Att allt var för syns skull.

"Vem är du?" frågade hon, med kraftig Essex-dialekt.

"Kriminalsergeant Tomek Bowen." Han visade snabbt sin tjänstelegitimation framför henne. "Du måste vara Billys mamma."

"Ja, det är jag. Vad har han gjort? Handlar det här om den där grejen med tjejen häromdagen? Vad heter hon?"

Hon vände sig mot Billy för att få svaret, men Tomek hann före.

"Kasia... Min dotter..."

"Jaha. Så det är om det då. Får du ens vara här i ett personligt ärende?"

"Jag sa aldrig att jag—"

"Trakasserar han dig inte, va?" avbröt hon.

Ett ögonblick trodde Tomek att frågan var riktad till honom. Sedan insåg han att kvinnan hade vänt sig till sin son.

"Du vet att det där var en olyckshändelse, va?" fortsatte hon och riktade nu uppmärksamheten mot honom. "Han har inte gjort något fel där. Jag är glad att din dotter mår bra och allt det där, men det finns inte mycket mer han behöver göra. Han har redan bett om ursäkt, så jag trodde att det var ur världen. Jag trodde att vi skulle gå vidare."

Hade lille Billy Kofajtaren bett om ursäkt? Det var första gången han hörde det. Om han inte hade gjort det till Kasia via sms eller Snapchat eller någon annan plattform de brukade kommunicera på.

"Som jag sa, fru Turpin. Det här handlar inte om att min dotter hamnade på sjukhus till följd av din sons oförmåga. Det handlar—"

"Vad kallade du honom?"

Tomek suckade. Det här gick ungefär lika bra som att bestiga ett berg i flipflops.

"Min son är inte oförmögen."

"Nej."

"Varför sa du det då?"

"Jag—"

"Be om ursäkt till honom. Be om ursäkt till honom, precis som han bad din dotter."

"Jag är inte så säker på att jag själv har fått den ursäkten, fru Turpin."

De stod i ett dödläge, ingen av dem villig att backa.

Till slut tog Billys mamma slut på tålamodet och drev samtalet vidare.

"Varför är du ens här nu igen?"

"Han frågar mig om droger på fotbollen," sa Billy, den självrättfärdiga lilla skitstöveln.

"Det är inte helt—"

"Droger?" väste hon, skyndade fram till Billy och lade en arm om sin sons axlar. "Droger? Han är tretton! Vad vet han om droger?"

Tomek höll snabbt på att tappa greppet om samtalet (om han inte redan hade tappat det) och tappade även greppet om förståndet. Om han stannade mycket längre skulle han kanske börja tro att han kunde slåss mot en ko.

"Lyssna," sa han och höjde händerna i ett fåfängt försök att rädda diskussionen. "Din son, och två andra i hans fotbollslag, har dykt upp i våra utredningar kring ett antal mord nyligen. Vi tror att någon inom klubben, på vilken nivå vet vi inte än, har sålt droger utanför klubben. Vi vill prata med den personen i anslutning till utredningen."

Tomek hade snabbt insett att det enda sättet att tysta henne och få henne att förstå var att berätta mer än han förmodligen borde.

Det verkade fungera, för hon vände sig mot sin son. "Är det Mitchell?"

"Va?"

"Jag har alltid tyckt att det var något fel på honom. Var det Mitchell? Behöver jag prata med hans föräldrar? Eller var det Lawrence?"

"Mamma, vad pratar du om? Det var ingen."

"Jag visste det. Jag visste att vi inte borde ha tackat nej till Ipswich Town. Jag visste det."

"Mamma, du vet inte vad du snackar om. Det har inget med någon i mitt lag att göra. Eller hur?" frågade han Tomek.

Tomek skakade på huvudet, tacksam över att han slapp säga något. Och medan han stod där och såg grälet spira undrade Tomek om Billys ursprungliga fråga om att slåss mot kor i själva verket var en omskrivning för att ge sin mamma en smäll.

Han gissade att nyckelordet "ko" kändes passande.

"Är det ditt slutgiltiga svar?" frågade Tomek och gjorde sig redo att gå. "Du vet ingenting om vem som kan sälja droger eller vem som kan ha sålt på en konsert?"

"Nej. Förlåt," sa Billy med en ton av desperation i rösten. Desperation över att vilja bli räddad från sin mamma. Lustigt, på bara några minuter hade Billy gått från ett självgott, trotsigt, skrattande rövhål till en liten, desperat pojke.

Det var lustigt hur snabbt saker förändrades när man var i den åldern.

Ena minuten är du tupp i hönsgården, nästa ligger du platt på betongen. Dessutom, om Tomek hade fel om kabalen av fotbollstonåringar och hans utredningar inte äventyrade Billys spelarkarriär, så såg det ut som att det här samtalet skulle göra det.

Och hans mamma skulle göra det åt honom.

Hur som helst skulle Tomek få sista skrattet.

Rättvisa för att ha satt hans dotter på sjukhus skulle skipas.

KAPITEL
FYRTIOETT

Tyvärr hade informationen som kom in till utredningsrummet stagnerat medan teamet var ute från kontoret och fortsatte sina förhör. Oscar, med hjälp av Martin och Chey, förhörde personerna bakom biljettsåterförsäljningen. Samtidigt var Rachel, Anna och Sean de tappra själar som plöjde igenom listan på de återstående hundratjugo biodlarna i Southend med omnejd.

Så medan teamet var ute och gjorde allt grovjobb, fick Tomek en försmak av inspektörslivet. Och det bestod av en enda sak och bara den: pappersarbete, pappersarbete och pappersarbete. Med lite mer pappersarbete ovanpå det.

Gå igenom rapporterna som teamet skickade till honom. Godkänna deras övertid. Räkna på budgetar. Bearbeta all information för de många ärenden som de arbetade med samtidigt. Även om vissa krävde mer tid än andra, var teamets fokus tyvärr splittrat. Det var vid sådana tillfällen, när de var underbemannade och saknade sin frontfigur Nick, som han var tacksam för stödet från poliser i uniform och andra uniformerade kollegor samt den civila personalen som höll skutan flytande. Utan dem, och utan alla andra som såg till att Tomek och teamet kunde göra sitt jobb ordentligt, var han inte säker på att han ens skulle komma ihåg att andas in.

Eller andas ut.

Han var inte heller så säker på att inspektörslivet var vad han ville ha. Inte om de senaste dagarna var något att gå efter. Ett slags elddop, med väldigt lite hållande i handen eller vägledning från Victoria, som i sin tur fick sitt eget elddop som stand-in för Nick. Kanske var det byråkratin han inte gillade, eller vardagstristessen i att sitta på stationen medan resten av teamet gjorde fältjobbet. För det var fältjobbet han tyckte om, och många av kollegorna gillade det också. Att se en mördare i ögonen, mäta avståndet. Det var vad han hade levt och andats i tio år som polissergeant. Allt han hade känt till.

Men å andra sidan fanns nu Kasia att tänka på. Ett mer stillasittande liv bakom ett skrivbord kunde vara det bästa. Om något hände honom ute på fältet skulle hon inte ha någon annan än sina morföräldrar. Och det förtjänade ingen.

Kanske var det den största drivkraften bakom hans vilja att bli inspektör: så att, om något hände honom – om han dog, blev en grönsak eller till och med förlorade användningen av ett av sina ben – skulle han inte stå ut med att låta Kasia tillbringa fem år hos hans föräldrar, räkna ner dagarna tills hon fyllde arton och lagligt kunde göra som hon ville. (Även om, med hans senaste lägenhetsköp, om inte Tomek hade hundratusen pund han inte kände till att ge henne, skulle hon bo hemma länge.)

Efter lunchen, en BLT från Subway, en liten trevlig lyx, kallade Tomek till ett hastigt möte med Anna och Rachel medan Sean fortfarande var ute på fältet och pratade med ännu en bi-entusiast. Informellt, bara de tre. Avslappnat. På hans sätt. Något han hoppades smittade av sig på resten av teamet. Han ville inte leda med järnhand som vissa andra han jobbat med. Han ville inte heller vara för avslappnad. I stället ville han hitta en gyllene medelväg.

Han ville vara chefsvärldens Guldlock. Precis lagom. Utan det fräcka inbrottet, stölden och annan brottslighet.

"Kul att se er två här," sa Tomek när han drog ut en stol från Cheys skrivbord och sköt över den till utrymmet mellan de två kvinnorna.

"Vi har varit här hela dagen. Var har *du* hållit hus?" frågade Rachel.

"Gömde mig på mitt kontor. Ni får inte se mig i ert sällskap längre."

"Kvinnor, menar du?" svarade Rachel. "Du gör oss nog en tjänst."

Tomek noterade en antydan till flört men valde att inte reagera. Inte med Anna som betraktade honom föraktfullt. Som teamets media- och familjesambandsansvariga, och den enda andra polskan i teamet, var hon också den strängaste, mest stel, och hon gillade inte att samtal gled för långt bort från sitt ursprungliga ämne. Rachel, å andra sidan, var motsatsen.

Rekryterad från Met var hon van vid jargongen på kontoret (även om det tog sin tid), och hon var också väldigt bra på sitt jobb. Så pass att Tomek, om tjänsten någonsin blev ledig, skulle föreslå henne för befordran till polissergeant. Men det var en diskussion för en annan gång. Just nu behövde de fokusera på att hitta en seriemördare.

"Vad har ni till mig?" frågade Tomek efter ett ögonblicks tystnad.

"Inte mycket," svarade Anna rakt på sak. "Sedan igår har vi pratat med ytterligare trettio medlemmar i Beekeepers Association. Ingen av dem kände igen den afrikanskiserade honungsbiet, och de verkar inte ha några heller. En av dem jag pratade med håller till och med på i en lägenhet, vilket är det dummaste jag någonsin har hört, men var och en får sköta sitt—"

"Var och en blir salig på sin fason," rättade Rachel.

"Just det. Förlåt. *Var och en blir salig på sin fason*," sa hon, med en svag ton av motvilja i rösten. "Jag tycker vi måste ha i åtanke att vi inte är experter. De här människorna visar oss sina bin, och vi har ingen aning om vad vi letar efter. Ja, jag har bilderna från Google, men de räcker bara så långt. Så många gånger som jag har blivit stucken de senaste dagarna."

Var bara tacksam över att du inte är allergisk mot dem.

"Vad föreslår du?"

"Att vi börjar ta med Timothy Warren. Eller någon från Bee Farmers Association, eller till och med Beekeepers Associations huvudkontor. En expert som kommer att veta vad vi letar efter."

Tomek gillade den idén. Han gillade den idén mycket. Det enda problemet var att det skulle ta mer tid, och ytterligare en vecka för dem att återbesöka hobbyodlarna de redan hade pratat med. Men det var en nödvändig del av utredningen.

"Bra. Kör. Ta kontakt med Timothy Warren och cheferna för de organisationerna. En av dem kan täcka upp för den andra om de inte kan. Det borde påskynda processen."

"Självklart, chefen. Tack."

Leendet på Annas läppar värmde honom. Att hon var nöjd och ivrig över att bli hörd, att någon lyssnade.

Leda teamet på rätt sätt.

"Har någon av dem ni redan har pratat med några kopplingar till Sydamerika eller Brasilien?" frågade han.

Båda kvinnorna såg på varandra, som om de tyst avgjorde vem som skulle svara. Till slut var det Rachel som tog tömmarna.

"Inget. Alla vill åka till Brasilien på semester, och ett par av dem har varit där, men för *åratal* sedan, och annars inget som sticker ut som misstänkt."

Så det visade sig vara en återvändsgränd.

Ärligt talat hade han inte väntat sig att det skulle ge så mycket; att äga ett afrikanskiserat honungsbi var rätt unikt, och inget som en hobbyodlare eller bi-entusiast vanligtvis gav sig på lättvindigt, så det var ett långskott. Men även så gjorde det inte saken mindre nedslående.

Motgång efter motgång efter motgång.

Och Tomek väntade sig mer av samma sak under nästa del av förmiddagen: att prata med Martin och Oscar om biljettsåterförsäljarna vid Cliffs Pavilion.

"Låt mig gissa," sa Tomek innan någon av männen hann svara. "Ännu en återvändsgränd?"

"Faktiskt, Tomek, jag kanske har en överraskning åt dig," sa Oscar, med en uppspelthet som lyfte mungiporna.

"Ett namn?"

"Jag sa en överraskning, inte en present."

"Är inte det samma sak?" började Tomek, men stängde den samtalsvägen direkt. Petitesser var inte viktiga nu; det viktiga var orden som skulle komma ur Oscars mun.

"Nu, det var fyra av de här killarna totalt, va?" Oscar pratade långsamt, som om Tomek var dum. Han borde ha blivit irriterad, men det var en del av kaptenens personlighet, den felriktade övertygelsen att han var smartare än alla andra och visste om det, som Tomek sakta och smärtsamt hade lärt sig att acceptera.

"Ni skulle ha sett deras miner så fort vi sa vad vi var där för. Jag tror de alla trodde att de skulle bli gripna. Synd att vi inte kunde det, annars hade det varit rätt njutbart tror jag. De flesta av dem var i sena femtioårsåldern, tidiga sextioårsåldern. Man såg att de roffade åt sig på de desperata. Tydligen sålde de alltid slut sina biljetter på stora kvällar. Inte varje kväll var lika lyckad, men när de stora namnen var i stan, då sålde de alla biljetterna de hade köpt i sina egna namn."

"Och vad med vår gärningsman?"

"En av dem, Randy McGinn, hade köpt biljetter till varenda konsert och föreställning som de där fem tjejerna gick på. Och han sålde en biljett till samma man varenda en av de kvällarna."

"Menar du att den här snubben sålde fem biljetter till samma man?"

"Ja."

"Och tyckte han inte att det var konstigt?"

"Jodå. Klart han gjorde. Men han tänkte inte ifrågasätta det. Gärningsmannen betalade nästan dubbla butiksvärdet för biljetterna bara för att komma in samma kväll. Han tänker inte tacka nej till vinst."

Tomek kände hur upphetsningen började bubbla i fötterna. Inom några minuter hoppades han att den skulle vara uppe i magen.

"Minns han hur mannen såg ut?" frågade Tomek hoppfullt.

Och sedan rann det av honom när Oscar skakade på huvudet.

"Han kan tyvärr inte minnas mannen, inte för allt smör i Småland," svarade Oscar. "Det var så länge sedan och han har sett tusentals människor sedan dess. Han skulle gärna hjälpa oss."

"Jag vill ta in honom till vår tecknare ändå. Något kan trigga minnet."

Under julledigheten hade de två tjejerna som sett gärningsmannen tagits in för att prata med tecknarna, och tillsammans hade de tagit fram fantombilder av gärningsmannen. Båda var vilt olika avbildningar av samma man, och ingen av dem gjorde någon vidare nytta.

"Jag pratar med honom," sa Martin, tacksam över att få en syl i vädret bredvid Oscar. "Jag ska försöka övertala honom att titta förbi."

"Utmärkt. Är det något mer ni behöver säga mig?"

Oscar skakade på huvudet. Och innan Martin hann göra detsamma, slog dörren till insatsrummet upp.

I dörröppningen stod Chey och log som en sol.

"Vi kommer att bli bästa vänner efter det här," sa han till Tomek när han kom in, viftande med ett papper.

"Tyvärr, kompis, alla platser är redan upptagna."

"Då får du öppna en ny. Eller putta ut någon. Anna, gör dig av med henne. Har aldrig gillat henne ändå."

"Det där hörde jag!" ropade Anna från andra sidan kontoret.

Men Tomek förmådde inte fokusera på skämten. I stället upptogs han av svettdroppen som formades på Cheys haka. Svettdroppen som kändes lika malplacerad som en oljetanker på en Greenpeace-kongress.

"Har du sprungit hit hemifrån?"

"Nej. Bättre. Förrådet där nere."

"Jaha."

"Och jag skrev ut det här."

Chey tryckte dokumentet framför Tomeks ansikte.

Det tog ett tag innan han registrerade vad han tittade på, men när det väl klickade stirrade han blankt på den unge konstapeln. Kanske skulle det här inte bli en dålig dag trots allt.

"Är det här vad jag tror att det är?" frågade han.

"Japp." Cheys mungipor åkte upp. "Betyder det att en plats har blivit ledig?"

"Nej. Du förblir min kollega och vän. Men inte bästa vän. Just nu däremot skulle jag fan kunna kyssa dig!"

KAPITEL
FYRTIOTVÅ

The pyttelilla pricken på pappersbiten som Chey hade gett honom markerade en liten byggnad i östra Southend. Pricken, nära Great Wakering, låg i direkt anslutning till MOD Shoeburyness, området som i de senaste hundrasjuttio åren hade använts för att testa, underhålla och utvärdera militära vapen som används av de väpnade styrkorna. Det upptog ett område på över nio tusen tunnland, en siffra som växte till över fyrtio tusen när tidvattnet drog sig tillbaka, och rymde över två hundra privata bostäder, sju brukade gårdar och lite drygt sju tusen tunnland. Tillträdet var strikt förbjudet och kontrollerat, och flera av de omgivande stränderna var avstängda för civila. Och om inte tanken på att bli gripen och åtalad avskräckte, så gjorde de smala, slingriga vägarna dit det garanterat.

När Chey väl tvärnitade och drog upp bilen till stopp utanför den lilla byggnaden, mådde Tomek illa. Som om frukost och lunch var på väg upp igen. På vägen ner hade den unge konstapeln kastat bilen åt vänster och höger genom tvära kurvor och smala svängar som om han hade stulit fanskapet.

"Det här stället är öde", hade han upplyst Tomek, som om kommentaren skulle lugna honom och få honom att ta bort händerna från säkerheten i bilbältet. "Ingen kör här omkring. Inte om inte militären är ute. Oroa dig inte. Vi kommer inte att krascha."

Det hade de inte. Men det betydde inte att Chey inte hade försökt; i en kurva, precis när de hade lämnat stojet i Shoeburyness och kört ut på Great

Wakerings flatmarker, hade Chey hamnat öga mot öga med en liten anka och hennes andungar. När hon såg fyrtonsfordonet komma farande mot dem stannade anmamman vid vägrenen och drog sig tillbaka till tryggare avstånd. Tyvärr gjorde Chey samma sak vid motsatt vägren och var nära att snurra bilen i farten, och förlorade en omgång feghöna mot en anfamilj.

När Tomek klev ur bilen la han en hand mot bröstet och kände hjärtat dunka under bröstkorgen, adrenalinet från färden som nästan hade tagit livet av honom rusade fortfarande genom venerna.

"Minns du den där platsen på min kompislista som du ville ha?"

"Ja."

"Tja, den kan du fan glömma nu. Vänner försöker inte döda sina vänner bakom ratten. Särskilt inte bästa vänner."

Cheys strålande leende sjönk, men Tomek ägnade det liten uppmärksamhet medan han väntade på att resten av följet skulle anlända: Rachel, Sean, Anna och Martin var på väg i två separata bilar, tillsammans med en ambulans, ett märkt polisfordon och en kriminalteknisk skåpbil. Alla fem återstående fordon dök upp ett efter ett med varierande mellanrum eftersom också de hade haft svårt att ta sig fram på de smala vägarna, särskilt ambulansen.

När alla väl var på plats, och iklädda vita kriminaltekniska overaller, vände de sin uppmärksamhet mot pricken på kartan.

Pricken var inget mer än en liten tegelbyggnad som såg ut att inte ha varit bebodd på femtio år. Mossa, lavar och murgröna hade tagit väggarna i besittning, medan ogräs och högt gräs hade tagit kontroll över den lilla ojämnade stig som ledde dit.

Förutom två hjulspår.

Tomek uppskattade att den lilla byggnaden, som låg vid vägkanten med jordbruksmark bakom, hade använts under kriget någon gång. Troligen någon form av vakttorn, en utkikspunkt för tidiga varningar om flyganfall och intrång, kanske. Det var däremot inte platsen för att tortera och mörda tonårsflickor.

När han stod vid mynningen av stigen som ledde till byggnaden kände Tomek en aura. Av ondska, illvilja, synd. När de närmade sig verkade lufttemperaturen sjunka några grader, och andedräkten som trängde ut genom hans munskydd lade sig som imma framför ansiktet. Med varje trevande steg spände Tomek kroppen hårdare och hårdare. Det gick inte att veta vad som fanns på andra sidan den där dörren.

Mördaren.

Hans senaste offer.

Båda...

Ändå förberedde han sig på att se *något*.

Gradvis minskade de avståndet till byggnaden.

Tio meter.

Fem.

Och sedan kom den i blickfånget.

Anledningen till den svarta pricken från första början.

Volvo X70:n som hade använts för att kidnappa och döda Fern Clements och Lily Monteith. Som en del av de inledande utredningarna om flickornas mord hade Chey och teamet gått igenom mängder av material från hemövervakning och övervakningskameror runt John Burrows och Belfairs parker. Bildkvaliteten hade varit dålig, så bilens märke och modell var svåra att urskilja. Men efter att ha granskat bilder från en möjlig rutt som föraren kan ha tagit natten då Fern Clements dog, hade Chey hittat vad de misstänkte var mördarens fordon.

Dess exakta placering hade hittats via telemetridata i Fern Clements telefon. Chey hade vantolkat de ursprungliga dataposterna och missat ett litet fönster då Ferns telefon hade slagits på igen, strax efter att hon kidnappats. Det hade bara varat i några ögonblick innan den stängdes av igen, men det hade räckt.

Tomek var först fram till byggnadens dörr. Han grep hårt om handtaget och, efter en sista blick på teamet, öppnade han dörren.

Vindpusten som drog in i byggnaden rörde upp och störde dammet vid hans fötter. Han släppte taget och dörren slog snabbt upp och blottade ett litet utrymme av ingenting. Tomhet. Det fanns inget där inne, och ingen heller. När risken för att någon skulle hoppa fram mot dem var borta, klev Tomek in i byggnaden. Väggarna var murade i tegel, och golvet bestod av betong. Temperaturen där inne var betydligt svalare än utanför, nästan noll.

I rummets hörn, direkt till vänster om Tomek, fanns en liten fläck med upprörd jord och damm. *Platsen där Fern Clements hade kidnappats och hållits fången.* Det fanns dock inga spår av kamp, inga blodspår på golvet. Och inget som antydde att hon ens hade blivit bunden.

Tomek försökte föreställa sig hur det hade varit för henne.

Att kliva in i bilen, medveten eller avsvimmad, frivilligt eller utan att förstå, föras till världens ände, en plats där ingen skulle komma på att leta, för att sedan vakna i en mörk och iskall låda. Kanske inte ens vakna alls. Men om hon gjorde det, vad skulle hon ha sett? Vad skulle hon ha känt? När togs bina fram för att döda henne? Hur länge led hon, hopkrupen till en boll på det hårda betonggolvet i ett fåfängt försök att skydda sig, skrikande, bönfallande om hjälp, medan orden och ansträngningarna föll för döva öron? Tills giftet från sticken till slut fick avsedd verkan och hon förlorade medvetandet, utlämnad åt binas nåd.

Och sedan, vad hände?

Stod mördaren över henne, iakttog, väntade? Eller tittade han på håll? Eller, mer osmakligt, väntade han utanför och lyssnade med skadeglädje till ljudet av Fern Clements skrik, räknade ner sekunderna tills de tystnade och han kunde gå in igen?

Tanken gav Tomek rysningar, medan tankarna gled iväg och bytte ut bilderna av Fern Clements mot Kasia.

"Är det där vad jag tror att det är?" frågade en röst.

Tomek hade inte märkt det; han hade stått i mitten av rummet, tyst, de senaste ögonblicken, men nu hade resten av teamet, inklusive kriminalteknikerna, anslutit och höll som bäst på att gå igenom platsen.

Frågan kom från Chey, som hukade i hörnet där Fern Clements hade hållits. Han vinkade i luften och bad en av SOCO:erna skynda över med en ficklampa.

Det lilla betongpartiet lystes snabbt upp och bländade dem nästan allihop.

Där, nedkilad i en springa i tegelväggen, låg ett litet gulsvart föremål.

"Om det inte är en smutsig citronkaramell", sa Tomek, "så är det där *precis* vad du tror att det är. Och jag tror att det är *precis* vad det ser ut som."

"En smutsig citronkaramell?" frågade Rachel lekfullt.

"Jag skulle inte rekommendera att bita i någon av dem. Kan vi få den där säkrad i en påse som bevis?" frågade Tomek, och SOCO:n närmast skyndade över och plockade upp den ludna lilla insekten med pincett innan hen lade den i en bevispåse.

"Med lite tur är den här samma som den som hittades i Fern Clements ben," sa Rachel.

"Ja, men var är resten av dem?" viskade han för sig själv.

Tomek såg sig om i rummet som om hundra bin magiskt skulle dyka upp. När de inte gjorde det, vände han sig mot ytan i rummets hörn. Bilder av Fern Clements, hopkrupen till en boll med knäna uppdragna mot bröstet, dök upp, med ögonen vidöppna när hjärnan registrerade synen och ljudet av bina som släpptes lösa över henne. Hon visste vad som skulle komma.

"Han har städat upp här och plockat bort alla bin från golvet", började han och fortsatte sin monolog. Sedan vred han sig på fotsulorna och tittade på ett märke i dammet. Det var en lång, tjock linje som svängde vänster i rät vinkel. Tomek följde linjen med fingret tills helheten trädde fram. Det var konturen av en bikupa, liknande dem han hade sett på Timothy Warrens bigård.

Tomek tog ett ögonblick för att fundera på vad detta betydde för den större utredningen. Om mördaren förfogade över en hel koloni afrikaniserade honungsbin måste han ha fått tag på dem någonstans. Kanske på nätet. Dark web. Den svarta marknaden för bin. Eller om han inte hade köpt dem online, så måste han ha hittat ett annat sätt att skaffa dem, att föra in dem i landet.

Han drog en lång, djup suck medan han såg ut över rummet omkring dem.

Hans teori om att en sammansvärjning av tonåriga fotbollsspelare hade något med flickornas mord att göra höll snabbt på att rämna inför hans ögon, och rann bort som en honungskaka. Det var i stort sett omöjligt för Billy the Cow Fighter att känna till det här stället, och än mindre troligt att han skulle ha hittat det på egen hand. Detsamma gällde Harrison Rossiter i Frankrike. Men det friade inte mannen på klubben som hade sålt de spetsade drogerna till Mandy Butler och alla de andra offren; han var fortfarande i fokus för deras utredning. Det enda andra alternativet var Darren Edgerton, Ferns pojkvän. Sjutton och gammal nog att köra. Men kunde han ha skaffat killerbin? Skulle han ha vetat hur?

"Bilen", sa Tomek när tanken plötsligt slog honom. "Jag vill att den topsas och gås igenom med en djup kriminalteknisk svepning. Vår mördares DNA kommer att finnas överallt på den. Vi kanske inte hittar det här inne, särskilt om han bar bidräkt för att skydda sig mot bina, men bilen är nyckeln. Bilen är svaret på allt det här. Bra jobbat, Chey."

Bakom den unge mannens munskydd såg Tomek hur ett leende lyfte.

"Nu behöver vi bara ta reda på vem som äger den," sa Rachel.

"Och ta reda på varför den har lämnats här."

Det fick alla att hejda sig.

Om bilen hade lämnats där för att mördaren var klar med sina mord.

Eller om han förvarade den för senare, för att återvända vid nästa mord.

Men innan någon hann svara hördes ett rop utanför byggnaden. Tomek och teamet rusade ut och fann en SOCO som höll i Volvons baklucka.

"Den är olåst, Sarge."

"Har du öppnat den än?" frågade Tomek och gick närmare mannen med armarna höjda, som om han befann sig i ett krigshärjat land och försökte desarmera en bomb.

"Inte än," svarade SOCO:n.

"Då föreslår jag att du gör det försiktigt, och alla, ta ett steg tillbaka."

Ljudet av fötter som skrapade över marken överröstade vinden.

Och över ljudet som kom inifrån bilen.

Så snart han hörde det visste Tomek exakt vad det var. Men det var för sent. Innan han hann säga något lyfte SOCO:n på bakluckan, och genast kastade sig ett dussin eller så afrikaniserade honungsbin ut och började svärma runt SOCO:n, surrande ursinnigt.

Vid åsynen av dem skrek alla, inklusive Tomek, och de rusade allihop tillbaka till sina respektive fordon och sökte skydd i bilarnas kupéer.

Men det var ett fåfängt försök. När Tomek hade kastat sig in i bilen som han och Chey hade kommit i, hade en av jävlarna följt med honom in och surrade aggressivt framför ansiktet, en liten svartgulrandig insekt fast besluten att hämnas.

Tomek skrek i förarsätet medan han fäktade vilt med armarna, knogarna slog av misstag mot rutan och rattstången. Han var tacksam över att han var ensam så att kollegorna inte kunde höra hans gråt och skrik. Men när han öppnade bildörren för att fly märkte han att resten av teamet hade överrumplats lika mycket som han: flera kroppar i vita kriminaltekniska overaller sprang över fältet, jagade av de galna insekterna, medan Chey, som i sin attack på den lilla insekten hade slagit undan både huva och munskydd, fäktade med armarna och såg ut som en boxare som slogs mot luften med slutna ögon.

Synen fick en tunn smygande min att röra sig över Tomeks ansikte, men den försvann så fort biet som hade valt ut honom som sitt offer kom tillbaka och landade i pannan.

Innan han ens hann reagera, och innan skriket hann lämna läpparna för fjärde gången, kände han en kraftig smäll mot pannan. Så hård att han tappade balansen och föll in i bilen.

"Där har vi dig, din lilla jävel!" vrålade Sean, som stod där med spända armar och grinade vilt som ett rabiessmittat djur.

Tomek brydde sig inte om den växande smärtan i huvudet, så länge den lilla *gówniaki* var död.

"Fick du den?"

"För helvete att jag fick! Jag har reflexer som en katt," ropade Sean triumferande.

Så pass att han på egen hand slog ihjäl de återstående bina (de som inte redan hade dött av att sticka hans kollegor) med knytnävarna och sina tunga fötter i storlek 14. När området väl hade bedömts som en bifri zon gick Tomek försiktigt fram till Volvon.

Såvitt han kunde se var alla okej. Förutom en av SOCO:erna och en ambulanssjukvårdare som hade blivit stungna. Men lyckligtvis var ingen allergisk. Så åtminstone skulle alla överleva.

När de skadade togs till ambulanssjukvårdaren där de fick första hjälpen, gick Tomek närmare Volvon. Där i bilens bagageutrymme stod lådan som hade placerats inne i byggnaden, och bredvid den låg en hög döda bin, de som hade släppts lösa över Fern Clements.

"Elaka små jävlar, eller hur?" frågade Chey.

"Ja", sa Tomek och stirrade på bikyrkogården. "Och nu vet jag att om det någonsin skulle hända igen, så skulle jag till hundra procent hellre slåss mot en ko än mot en sån där igen."

KAPITEL
FYRTIOTRE

Tomek hann knappt innanför dörren den kvällen förrän hans granne skrämde skiten ur honom så att han nästan snubblade.

När han hade låst bilen och skyndat mot dörren som ledde upp till deras lägenhet på första våningen, såg han hennes bleka ansikte tryckt mot fönstret, stirrande tillbaka på honom som om hon vore en lömsk ande ur en skräckfilm.

"Kurwa mać!", väste Tomek mellan tänderna när han nästan fick en hjärtinfarkt.

Under den korta tid som Tomek och Kasia hade bott i sitt nya place hade Tomek bara sett sin granne på bottenvåningen ett fåtal gånger. Faktiskt färre än så. En eller två, kanske. Och om det var så här hon tänkte hälsa honom framöver skulle han försöka hålla det antalet så lågt som möjligt.

När han kom in i trapphuset som skiljde deras lägenheter åt stod hon utanför sin egen och väntade på honom.

Vid deras första möte hade Edith berättat att hon var pensionerad, hade varit chefsbarnmorska på Southend Hospital i hela sitt yrkesliv och nu levde på en pension som nätt och jämnt fick det att gå runt. Så fort Tomek hade förklarat vad han gjorde inom polisen hade hon känt en samhörighet med honom, någon sorts frändskap. Ett outtalat och osynligt band mellan dem. Båda hade sett en del genom åren, och det var bara sådant som folk som de kunde relatera till.

"God kväll, Edith", sa Tomek och försökte dölja rädslan och oron i rösten. "Är allt i sin ordning?"

"Förlåt att jag skrämde dig, Tomek", sa hon och tog ett steg närmare. "Jag stod och tittade ut."

"Är allt okej?"

Tomek vände sig halvvägs om.

"Jag tror det. Men jag hörde några ljud."

"Vilken sorts ljud?"

"Bankningar."

"Nära, som precis utanför huset? Eller utanför som på gatan?"

"Båda."

"Okej." Tomek svalde och drog ett djupt andetag. "Vill du att jag går ut och kollar runt?"

Hon lade en nätt hand på hans underarm. "Åh, nej, det är lugnt, kära du. Antagligen ingenting. Antagligen bara gamla jag som blir paranoid."

Igen. Det var inte första gången hon kom till honom om ljud och störningar. Andra gången på lika många veckor. Ljud utanför huset, följt av känslan av att någon stod utanför eller gick in i deras trädgård. Tomek kunde inte klandra henne för att hon inte ville gå ut och ta reda på vad det var. Och eftersom hon bodde på bottenvåningen var hon mer utsatt för stölder, särskilt om brottslingarna visste att hon var äldre och mindre benägen att försvara sig på samma sätt som Tomek kanske skulle göra.

Problemet var att det var svårt för honom att göra något åt det. Han hade inte tid att sitta och stå vakt utanför huset eller kolla fönstren dygnet runt. Men han hade råd att sätta upp en gemensam dörrklockskamera vid ytterdörren. Det kunde hjälpa till att avskräcka ovälkomna inkräktare eller besökare. Fast han skulle nog behöva stänga av notisljuden; det fanns inget värre än att sitta på kontoret eller gå på huvudgatan och höra samma vansinnigt irriterande trudelutt som talade om att någon stod vid ytterdörren.

På kontoret var Nadia värst. Nätshopping dök upp när som helst på dagen från olika företag, nästan veckans alla dagar. Hon köpte grejer till bebisen, sa hon, eftersom varken hon eller hennes man hade tid att gå ut och handla som vanligt folk. Men Tomek hyste ändå misstanken att hon kanske hade ett shoppingberoende.

"Jag ser till att vi får upp några kameror", förklarade Tomek.

"Är du säker?"

"Absolut. Det är inget problem. Jag beställer det på nätet och sätter upp det när jag får tillfälle."

Genom att kanalisera sin inre Nadia.

Tomek önskade henne en trevlig kväll och gick sedan uppför trappan till sin lägenhet. Samtidigt lät han tankarna gå tillbaka till för några ögonblick sedan. Om han hade lagt märke till någon eller något ovanligt. Om han på sistone hade sett någon dröja sig kvar runt huset.

Innan de flyttade in i sin nya lägenhet hade det inträffat en incident med en person som hade skickats av en kontakt i fängelse. Kontakten, Charlotte Hanton, en tidigare älskarinna till Tomek som blivit seriemördare, hade skickat personen för att skrämma honom. Och han hade flyttat som en följd av det. Han hade inte sett mannen på ett tag, men det betydde inte att han inte var där i kväll eller inte hade varit det de senaste veckorna.

Hur han i så fall hade fått reda på deras nya adress väckte dock uppenbara frågor. Om de övervakades av Charlotte i hennes försök att hålla koll på Tomek, utifrån någon förvirrad och förvriden definition av kärlek, då måste han göra något åt det.

"Du är hemma", sa en mjuk röst när han steg in i vardagsrummet. "Är du okej?"

"Ja."

"Säker? Du ser ut som om du har sett ett spöke."

Tomek tänkte på Ediths uttryck och hur jämförelsen skulle vara lite hård men inte helt fel.

"Inte riktigt", svarade han. "Det är bara mycket som pågår uppe i det gamla datasystemet."

Tomek knackade sig mot tinningen.

"Vad pratar du om?"

"Min hjärna. Min dator."

"Jaha."

"På tal om det, kan du beställa ett övervakningskamerasystem för hemmet åt oss? Och få det levererat till nedervåningen."

"Varför?"

"För att jag har bett dig, och det är mitt jobb att ställa frågorna, inte ditt."

KAPITEL
FYRTIOFYRA

Tätt intill brottsplatsen för mordet på Fern Clements påträffades en Volvo X70 som var registrerad på Ray Elliott, en åttiotreårig man som för närvarande bodde på ett äldreboende i Grays i Greater London. "Jag skulle säga att han mer... *existerar*, i det här läget. Andas, det är ungefär miniminivån vi får ur honom. Alzheimers är ganska långt gången. Läkarna tror inte att det finns mycket mer kvar i hans tank."

Rays enda levande anhöriga var hans sonson, James, mannen som just nu satt mittemot Tomek och Sean. Innan de lämnade stationen för att prata med honom hade Chey kört den trettioåttaåriges namn genom PNC, men ingenting dök upp. Inga tidigare gripanden eller domar.

Såvitt Tomek och polisen visste var James en bra kille.

"Jag är ledsen att höra om din farfar", sa Sean mjukt.

"Tack," svarade James. "Jag uppskattar det."

De tre befann sig i James tvåa. Huset var modernt, med panel på utsidan och en strömlinjeformad vit finish. Insidan var extravagant och överdådig. Sirlig inredning, marmorskivor, stora speglar som hängde på väggarna, pråliga dekorationer som inte skulle se malplacerade ut i ett fotbollsproffs hem. Faktum var att när Tomek hade låtit blicken vandra över inredningen blev han påmind om Billy the Cow Fighters hus, eftersom det såg ut som om de haft samma inredare. Men i James vardagsrum fanns rummets mittpunkt, rummets fokus: en sextiotums platt-tv monterad på väggen, ovanför en elektrisk eldstad.

"Gissar att matchen ser rätt bra ut där," anmärkte Tomek.

"Skulle du inte tro. Särskilt Championship och Prem, i all den där mästerliga HD:n. Men inget slår det riktiga, att stå nere vid planen och få uppleva stämningen på plats."

Tomek och Sean förlorade James till en stunds eftertanke.

"Nere vid planen?" upprepade Tomek, för att få det bekräftat.

James nickade. "Jag jobbar för Dagenham & Redbridge FC," sa han. "Så vi får första parkett till det bästa laget i grevskapet. Det är inte samma sak som att gå till Emirates eller Etihad, i och för sig, och vi har ungefär en sjättedel av kapaciteten, men det är fortfarande bra stämning, och fortfarande bättre än att se det på en trettiotumsskärm."

"Eller på en sextiotums, som det kan vara för somliga," noterade Sean, halvt vänd mot den enorma svarta spegeln som hängde på James vägg.

"Exakt. Ja."

Men Tomek lyssnade inte. I stället spolade han tillbaka de få ord som fått varningsklockorna att ringa i hans huvud.

Jag jobbar för Dagenham & Redbridge FC.

De blev högre och högre för varje repetition, som om de ekade i en plastmugg.

"Du jobbar på Dagenham & Redbridge?" frågade Tomek långsamt.

"Jag är materialare."

"För A-laget?"

"Ja."

"Och det betalar det här huset?"

"Tja." James skruvade på sig i stolen. "Jag har en älskad fru som jobbar dygnets alla timmar och sedan kommer hem och tar hand om våra två barn. Allt medan jag är ute och tittar på fotboll. Det är hon som är den riktiga hjälten."

Tomek log sarkastiskt. "Har någon använt det ordet om dig då?"

James rygg blev stel och han lutade huvudet åt sidan, spindelsinnet åkte fram. Han väntade en stund innan han svarade.

"Jag ber om ursäkt, mina herrar," sa han till slut. "Jag tror inte att ni har sagt anledningen till ert besök."

"Det är för att vi inte har gjort det," svarade Tomek, och vände sig sedan mot Sean. Han gav sin kollega en nick, och sergeanten förklarade.

Medan han väntade observerade Tomek mannens reaktion, letade efter en antydan till igenkänning eller chock eller, ännu mer oroande, rädsla. Det fanns inget.

"Varför har min farfars bil hittats hela vägen där borta?" frågade James.

"Vi undrade om du kunde berätta det för oss," sa Sean. "Vi har kollat DVLA och alla andra relevanta register, och de säger alla att bilen är registrerad i hans namn. Men om han, som du säger, bara kan *existera* just nu, så vill vi veta vem som har den och varför ägandet inte har ändrats."

Mer obekväma rörelser. Sedan föll James blick mot mattan och han böjde sig ner och kliade sig vid foten.

"Kan jag fixa något att dricka åt er två?" frågade han.

"Kommer vi att behöva det? Menar du att vi blir kvar ett tag?" frågade Tomek.

James svarade inte på frågan. I stället lämnade han rummet och gick till köket. Medan de såg honom gå tittade Tomek och Sean på varandra, och omedelbart var Sean på benen och följde efter mannen ut i köket. Under tiden de var i köket passade Tomek på att se sig om i vardagsrummet. Efter vad, visste han inte. Men ett tecken, en ledtråd. Vad som helst som kunde tyda på att han hade något med morden att göra.

En handske. En kondom. En liten burk honung som låg och skräpade någonstans.

Men han hittade ingenting. Och när de två männen kom tillbaka satt han åter på sin ursprungliga plats, som om han inte hade rört sig alls.

"Måste säga," sa James när han räckte över drinken till Tomek. "Allt det här är ganska oroande. Jag kan lova er att min farfar inte har gjort något fel här."

"Det betyder inte att du inte har gjort det," påpekade Tomek.

När Sean hade satt sig igen plockade Tomek fram tumskruvarna och började dra åt. Och med hur han kände just nu ville han dra åt dem så hårt att träet runtom skulle flisa sig.

"Vem har kontroll över din farfars tillgångar?" frågade Tomek.

"Jag."

"Så du skulle ha haft kontroll över vad som hände med hans bil?"

"Jag... jag antar det."

"Svaret är ja, James. Du *skulle* ha haft full kontroll över den, och det vet du. Och nu vet vi det också. Så du vet exakt vad som hände med den där bilen och varför den kan stå där."

"Nej, det gör jag inte. Jag vet inte vad som pågår med den! Jag har ingen aning. Ärligt."

Tomek log snett. "När folk säger "ärligt" efter att de just har sagt något sant, har vi oftast sett att de visar sig vara ganska oärliga. Eller hur, Sean?"

"Absolut, Tom."

"Så kanske du ska börja med att vara ärlig mot oss. Det kommer att hjälpa."

"Hur då?"

Tomek tvekade. Ingen hade någonsin kommit tillbaka med ett svar på det. Han hade alltid tyckt att betydelsen var självklar och underförstådd. Antingen var James otroligt trög, eller så köpte han sig tid för att komma på en alibi.

Tomek misstänkte det senare. Så han valde att inte svara, och gick vidare.

"Vad gjorde du med din farfars bil när du väl hade placerat honom på ett äldreboende?"

"Jag... jag... jag sålde den till en kompis."

"Vem?"

"Jag kommer inte ihåg."

"Skitsnack," sa Tomek.

"Då var det ingen särskilt bra kompis," lade Sean till.

De gav James lite tid att grunna över sina ord, att fundera på den bästa vägen ur hålet han höll på att gräva åt sig själv. Och Tomek såg allt utspela sig i mannens ansikte. Den stilla desperationen, blicken som for åt vänster och höger, den uteblivna ögonkontakten. Allt fanns där i den vackra väven av James uttryck.

"Vem sålde du bilen till, James?" frågade Tomek.

Vridande, slingrande.

"Det var inte en kompis. Det var, det var bara någon helt random."

"Vad betyder det? Kom det någon fram till dig mitt på gatan och erbjöd dig pengar för bilen, och du tog dem?"

James lät huvudet sjunka ner i knäet och tryckte med tummarna mot näsroten. Tomek kände att tårarna inte var långt borta. "Du fattar inte. Det var en riktigt jävlig period. Jag hade mycket med jobbet, med hemmet, med annat, och som grädde på moset var jag tvungen att ta itu med honom."

Ta itu med honom, tänkte Tomek, som om James farfar hade blivit en börda. Ordvalet äcklade honom.

"Vad hade du på jobbet då?" frågade Sean och hann före Tomek.

"Uppsägningar. Det var massor av dem för, ja, arton månader, två år sedan. Det kom inga pengar in i fotbollsklubben. Ägaren var tvungen att spara. Det var en riktigt stressig tid för alla. Jag var tvungen att kämpa för mitt jobb och bevisa mitt värde."

"Och till slut kom de till sans och insåg att spelarna inte kan betros med att tvätta sina matchställ själva?" frågade Tomek.

Medan han drog åt tumskruvarna slängde han gärna in ett par höger- och vänsterslag då och då, bara för att väcka James lite.

"Mitt jobb är lika viktigt som allas andras i laget. Alla i staben, alla fysios, alla bakom skrivborden, alla som får klubben att fungera. Som ett korthus. Om en faller, faller vi andra."

Tomek nickade sarkastiskt och vände sig mot Sean, gav honom en tyst signal att fortsätta på sin linje av frågor.

"Fick hotet om uppsägningar ringar på vattnet i ert äktenskap och hemmaliv?"

"Självklart," svarade James. "Det är som att fråga om vatten är blött."

Eller om du tror att du kan slåss mot en ko.

Och så kom tårarna. Nästan på beställning. James kropp skakade när han grät och han torkade sedan bort tårarna. Varken Tomek eller Sean erbjöd en hand eller tröstande ord. De var inte där för det.

"Vårt äktenskap höll nästan på att gå sönder, och jag höll nästan på att förlora vårdnaden om flickorna," fortsatte James.

"Och vad var det andra du hade på gång då?"

En förvirrad min torkade tårarna från James ansikte. "Vilket annat?"

Tomek sneglade ner på klockan. "För ungefär två minuter sedan sa du att du hade mycket på gång när din farfar skulle placeras på ett hem. Jobb, hem, din farfar. Och du sa också annat. Vill du utveckla det lite?"

James tystnade medan han räknade ut ett svar. Tomek valde att ignorera det, vad det än var. Mannen dolde något för dem, det syntes tydligt. Och Tomek hade snabbt insett att det inte fanns någon mängd vridande och vändande, pikande och petande som skulle få fram det. Inte i tryggheten i hans eget hem. Sätt mannen i ett förhörsrum med utsikten att stirra på ett liv bakom galler, och Tomek var nästan säker på att de skulle få ett svar då.

"Det fanns inget annat," svarade James kort. "Det var bara ett uttryckssätt."

"Du menade uppenbart *något* med det," genmälde Sean.

James ryckte långsamt på axlarna. "Du vet hur det är. När allt är skit och allt verkar komma på en gång. Som om någon jävel där uppe" – han pekade uppåt – "tittar ner på en och säger: "Det här är sedan länge försenat, din jävla idiot. Det här är precis vad du förtjänar." Jag menar, visst, vi hade också lite pengaproblem just då, men vem har inte det?"

"Pengaproblem hur?"

"Spel," svarade han uppriktigt. "Jag drogs in i casinovärlden för några år sedan. Spenderade många nätter där. Nästan förlorade allt vi hade."

"Och fick klubben reda på det?"

"Nej," sa han och sänkte huvudet. "Min fru och jag hade några bråk och hon hjälpte mig att se klart i alltihop, hjälpte mig att bli av med beroendet."

Tomek noterade ordleken, och flyttade sedan samtalet vidare till Billy Turpin, Darren Edgerton och Harrison Rossiter.

"Säger de namnen dig något?"

"Självklart gör de det. De spelar i vår akademi, tja, förutom Harrison, förstås. Jag känner alla ungarna. Ibland kommer de fram till mig och frågar om de kan få en av A-lagets tröjor, men jag säger åt dem att gå och fråga spelaren i stället. Ofta ställer spelarna gärna upp, men det är fint att de kommer till mig först."

"Hur väl känner du de tre killarna?"

"Inte särskilt väl, om jag ska vara ärlig. Jag pratar bara lite med dem i förbifarten. Och när Harrison var här var han väldigt blyg. Vet inte hur det går för honom i Frankrike dock."

"*Très bien*, har jag hört," sa Tomek, trots att han inte hade hört något alls. Sedan stack han ner handen i fickan och tog fram en utskrift av namlistan som personalavdelningen på klubben gett honom. "Hur länge har du varit i klubben, James?" frågade han.

"Femton år. Samma ålder som mina flickor."

"Och, under de femton åren, har du någonsin vetat om, eller hört rykten om, att någon säljer droger i klubben?"

"Droger?"

"Ja, de kommer i alla möjliga former och storlekar," kommenterade Sean.

"Och, inte att förglömma, med olika grad av dödlighet," tillade Tomek.

De två utredarna lät James få en stund att bläddra igenom årens minnen. Vid det här laget hade tårarna helt slutat, och det enda bestående beviset på dem var hans svagt rosiga kinder.

"Inte vad jag kan komma på," sa han, till Tomeks besvikelse. "Inget om droger spetsade med andra droger, eller att sälja något till någon av spelarna?" James skakade på huvudet. "Tyvärr," sa han, och lade till: "Men vad har allt det där med min farfars bil att göra?"

Tomek ignorerade frågan och gick vidare. "Betyder namnen Mandy Butler, Avena Kumar, Klaudia Golec, Chanelle Pendrey och Sonia Riggle något för dig? Vad sägs om Lily Monteith och Fern Clements?"

Uttrycket i James ansikte, så snart han hörde namnen på mordoffren och dem som blivit drogade på Cliffs Pavilion, var lika platt som saltplatåerna i Bolivia. "Jag har hört talas om dem – men bara från nyheterna. Jag såg fallet häromdagen. Är det det det handlar om? Är det därför ni är här om min farfars bil?"

Tomek teg en stund medan han funderade på hur han skulle ta sig ur frågan. Sedan insåg han att det var i hans eget intresse att vara ärlig.

"Jag ska vara ärlig mot dig här, James, och jag vore tacksam om du kunde vara detsamma." Tomek pausade, fuktade läppen, drog ett andetag. "I går upptäcktes din farfars bil, som min kollega sa, intill en övergiven byggnad i Shoeburyness. Vi har skäl att tro att samma fordon användes vid bortförandena och morden på Fern Clements och Lily Monteith. Eftersom du var den sista som lagligen stod som ägare till bilen, skulle vi vara tacksamma om du kunde hjälpa oss här. Jag skulle hata om det här fick samma konsekvenser för din familj som hotet om uppsägning hade. Nu ska jag fråga igen." Tomek släppte ut all luft ur lungorna. "Vem sålde du bilen till? Vem är det som har dödat de här flickorna?"

James funderade i vad som kändes som en evighet, och efter en ännu längre stund tittade han Tomek rakt i ögonen och sa: "Jag minns inte vem jag sålde bilen till. Och jag vet inte vem som dödar de där flickorna."

KAPITEL
FYRTIOFEM

James Elliott ljög för dem, så mycket var uppenbart. Det placerade honom högst upp på Tomeks lista över misstänkta.

En lista som, åtminstone för tillfället, bara bestod av ett namn. Materialaren visste något, något som han inte berättade. Inne i hans huvud fanns namnet på personen han hade sålt Volvon till. Namnet på personen som hade mördat flickorna. James dolde det av en anledning, och Tomek tänkte ta reda på vilken. Så han hade instruerat teamet att utreda mannen och göra en djupdykning i hans liv: hans ekonomiska uppgifter, hans relationer, hans arbetshistorik, hela hans bakgrund. Och om det fanns några avvikelser och motsägelser, några namn som stämde överens med den enorma lista de redan hade samlat på sig, då skulle de följa upp dem. Men tills dess begav sig Tomek till Southends strandpromenad. Efter att ha återvänt till stationen hade han fått ett meddelande från Nick att han ville ses nere på stranden.

Tomek hittade kommissarien sittande på en bänk med utsikt över flodmynningen, med Kent i bakgrunden. En isande vind svepte in från stranden och fick skörtet på Tomeks rock att fladdra. Doften av salt och ruttnande tång, kombinerad med den ständigt närvarande knarklukten, låg i luften. Och ljudet av skrik och förtjusning från Adventure Island, Southends främsta tillhåll för adrenalinsökare och familjer, ekade i fjärran.

"Jag hade aldrig tagit dig för en sjömänniska", sa Tomek när han lyfte på rockskörtet innan han slog sig ner bredvid Nick på bänken.

Nick fnös. "Det är mycket du inte vet om mig."

"Nå, då är det dags att lätta hjärtat med alla dina mörkaste bekännelser. Jag tänker inte gripa dig än. Jag lovar."

Början till ett leende for över Nicks ansikte och försvann genast.

Under de få dagar som gått sedan Tomek senast såg honom hade Nick tappat oroväckande mycket i vikt. Ögonen och huden i ansiktet var tunga, och han såg trött, bruten, uppgiven ut. Till och med hans flint verkade ha tappat lite av sin glans och energi, samma glans och energi som gjorde att han blev skoningslöst retad på kontoret när de kallade honom för en köboll.

"Jag hatar att se dig så här", sa Tomek öppet. "När sov du senast?"

"Natten före händelsen. Ordentligt, i alla fall. Resten har bara varit en enda lång ... plågsam ... smärtsam ... dag."

Till och med rösten hade tappat all sin lyster. Förut fanns det kraft och glans i den (detta blev för övrigt knappt alls föremål för hån) och den höll lätt femton personer fängslade under mötena. Nu var den platt, monoton, som att prata med Andy Murray. Fast utan dialekten.

"Hur går utredningen?" frågade Nick, till Tomeks förvåning.

"Vi behöver inte prata jobb om du inte vill."

"Jo. Det är det enda som håller hjärnan igång. Det distraherar mig från att ständigt tänka på Lucy. Stackars Maggie, hon har inget sånt här, och hennes jobb kräver inte att hon tänker på något annat under sitt pass, så hon sitter bara där och kokar, tänker, övertänker." Nick snurrade pekfingret i luften som en snurra. "Victoria har hållit mig uppdaterad, förresten."

Det här var nytt för honom.

"Det var jag som bad henne. Tro inte att hon har gått bakom ryggen på dig."

"Vad har hon berättat för dig?"

"Allt. Min hjärna behöver det." Nick pausade och lyfte blicken mot vattnet. "Så det där med fotbollen ..."

Tomek kände sig plötsligt generad. "Ja."

"Berätta."

"Nej. Jag vill höra vad du tycker först. Om du har hört allt som finns att höra vill jag veta vad du tycker. Är jag helt ute och cyklar, eller tror du att jag är något på spåren?"

Nick såg på Tomek som om han hade väntat på frågan, men resten av uttrycket avslöjade ingenting.

"Jag tror inte att du är helt galen", sa Nick. "Jag tror faktiskt att du kan vara något på spåren. Men jag tror inte att ett gäng sjuttonåriga killar ligger bakom det här. Jag tror att din gärningsman är någon i klubben. Antingen i A-laget eller någon annan i staben. Eller möjligen någon som brukade jobba där."

"Varför?" frågade Tomek, genuint intresserad.

"Vittnesmålet på konserterna. Om en av spelarna från akademin såg gärningsmannen, eller snarare kände gärningsmannen, då är det avgörande."

"Jag bad att få prata med spelaren, men han är i Frankrike. Victoria stoppade begäran."

"Jag vet. Lämna det till mig."

Kanske visste Nick faktiskt allt som pågick.

"Du är som Gud, eller hur? Allestädes närvarande."

"Jag tror du menar allvetande", rättade Nick. "Men ja. Jag vet allt om allt. Det var det som gjorde mig till en så bra pappa. Varje gång Lucy kom för att ställa en fråga visste jag svaret. Och även om jag inte gjorde det hittade jag på och fick det att verka som att jag visste. Hon märkte aldrig någon skillnad."

Tomek lade handen på mannens rygg och kände att tårarna var på väg.

"Ingen har sagt att du har slutat vara en bra pappa", la han till.

"Tack." Och sedan kom tårarna. Bara några stycken, men de fanns där, trots att Nick gjorde sitt bästa för att dölja dem. "Förlåt", sa han. "Det är vinden."

"Säg det du", svarade Tomek. "Blåsten tar på mig också."

"Vad har du gråtit över?"

"Åh nej, inte gråtit. *Fisat*. Av någon anledning har Kasia fått oss att äta baked beans till frukost."

Nick rullade med ögonen och sa: "*Bönor, bönor den musikaliska frukten* ..."

"*Ju mer du äter* ..."

Men Nick valde att inte avsluta ramsan.

Ett ögonblick av tystnad, av att lyssna på vinden och vågorna och skriken i fjärran, passerade mellan dem. Medan han lyssnade blundade Tomek och fokuserade på andningen. In. Ut. In. Ut. En av många orsaker till att han älskade att bo vid havet var dess förmåga att omedelbart lugna och slappna av. Som om det var en liten bubbla där allt nollställdes. Där det fanns ett ögonblick av lugn, stillhet, fred. Och ibland var det inget som ens en öronbedövande tonårsmammas skrik på sitt barn kunde störa.

"Hörde du om bilen?" frågade Tomek. Sedan insåg han. "Så klart du gjorde. Nå, vi pratade med ägaren. Materialare för Dagenham and Redbridge."

"Mer bränsle på elden", kommenterade Nick. "Är han din man?"

Tomek grymtade. "Inte säker. Jag är inte förtjust i snubben, men han påstår att han sålde bilen till en kompis, vars namn han lämpligt nog inte kan komma ihåg. Men det är lugnt, jag har redan satt teamet på en djupdykning, så om något dyker upp vet vi var vi hittar honom."

"Bra. Verkar som du har bra grepp om allt."

Tomek log snett när egot blåstes upp lite. Sedan tryckte han ner det. Fallet var inte över än, och det var långt kvar. Ännu längre om man räknade med rättegången och ansökan till Crown Prosecution Service. De behövde se till att precis allt var vattentätt, vilket var varför James Elliott, tills vidare, skulle få stanna utanför ett förhörsrum. Tills de kunde knyta honom till brotten var han en oskyldig man.

Oskyldig tills motsatsen bevisats. Ryggraden i hela rättssystemet. Och mannen gav dem alla en örfil.

"Kanske behöver vi inte få tillbaka dig ändå", sa Tomek skämtsamt.

"Det kan du ge dig fan på att jag kommer. Och jag kommer gå hårt åt din röv som om inget har förändrats."

"Som om inget har förändrats", ekade Tomek och log.

KAPITEL
FYRTIOSEX

D et största problemet utredningen stötte på var väntan.
Vänta, vänta, vänta. Det var varje utrednings förbannelse. De senaste två dagarna hade Oscar och ett team av brottsplatsundersökare besökt James Elliotts hus för att samla in DNA-prover. De hade fått in dem, men nu skulle det dröja en vecka, om inte mer, innan de fick veta om James Elliotts DNA matchade det som tagits från tegelbyggnaden och Volvo X70. En kombination av den hektiska julperioden, semestrar och den ärendekö som försenade många andra utredningar stod i vägen för den här. Tills de hade bevis för att James Elliott var inblandad i mordet, skulle de få vänta. Och hitta något annat att få tiden att gå med.

Oscar, eller Kapten Faktiskt som han kallades i teamet, hade kommit på idén att kolla fastighetsregistret för att ta reda på vem som ägde den lilla markplätt som byggnaden stod på. Den lilla gnista av förväntan och hopp som idén hade tänt varade i bara några timmar, tills en snabb kontroll bekräftade att marken tillhörde Försvarsdepartementet och att det inte fanns några privata ägare i närheten som kunde ha använt byggnaden. Teamet hade pratat med flera av grannarna, och de hade inte hittat något som tydde på något oroande.

Den enda lilla utsikten till spänning kom i form av ett andra uppsättning däckspår som upptäckts på platsen, framskrapade av en brottsplatsutredare. Men entusiasmen varade lika kort som fastighetsregisteridén, för de insåg snart att det skulle bli svårt att spåra det andra fordonet som gärningsmannen använt enbart utifrån däckavtrycken. Det var utmärkt om de hade själva fordonet så att de kunde jämföra spåren, men eftersom de inte ens visste vad de letade efter gick det inte att säga.

Tomek hatade att vänta. Det gjorde honom rasande, gjorde honom upprörd. Och i en värld där allt nästan alltid var omedelbart blev han alltmer frustrerad över det. För att mota otåligheten gjorde han sig en kopp kaffe.

Han var mitt i att koka upp vatten när telefonen vibrerade i fickan.

"Ja?" svarade han utan att kolla nummerpresentationen.

"Jag har lagt ner artikeln om Nick."

Abigail.

"Äntligen. Tack. Jag uppskattar det."

"Hur mycket?"

"Ursäkta?"

Han anade vart det barkade, och medan han rörde runt snabbkaffet i muggen suckade han inombords.

"Hur mycket uppskattar du det?" frågade Abigail.

"Jag har inte tid för lekar, Abs. Vad vill du ha i gengäld?"

"Jag har något som kan vara intressant."

"Som vad?"

"Som en tysk kvinna som—"

"Jag är inte ute efter något skumt, tack," sa han, men hon såg inte det roliga i det.

"Håll käften. Låt mig förklara. Efter din presskonferens häromdagen fick något som kvinnan från BBC sa mig att fundera."

Tomek visste precis vad hon syftade på: under hans presskonferens hade en av de ansiktslösa journalisterna som gömde sig bakom strålkastarnas sken väckt frågan om huruvida gärningsmannen någon gång hade mördat utomlands. Då hade Tomek ignorerat det. Men uppenbarligen inte Abigail.

"De där på BBC gör ert jobb åt er," sa han.

"Jag är förvånad. De brukar vara fullt upptagna med att ta sig ur någon skandal," sa Abigail, med en ton av bitterhet och förakt i rösten. Sedan tillade hon: "Men det gav mig en idé. Jag tänkte att jag skulle kolla med några av mina kontakter på utländska redaktioner om de hade hört talas om någon som dött eller nästan dött av en allergisk reaktion."

"Jag kan tänka mig att de skrattade åt dig."

"Ja, men efter att jag förklarade vad som händer här, höll de plötsligt tyst och lyssnade."

"Och?"

"Och jag tror att jag har hittat en kvinna i Tyskland som nästan dog av en allergisk reaktion under misstänkta omständigheter."

Tomek släppte skeden på köksbänken, utan att märka att den skramlade över ytan och ner på golvet.

"Vilka misstänkta omständigheter?"

"Precis samma som för Diana Greenock."

Tomek höll andan.

"På vilket sätt?"

"På alla sätt. Bottenvåningslägenhet. En försvunnen katt som kom in genom fönstret. Och hon är dessutom svårt astmatisk."

Tomek nickade medan han stirrade in i köksskåpet, utan en enda tanke i huvudet.

"Han övade," viskade han för sig själv.

"Vad?"

"Vad skiljer henne från Diana Greenock? Varför överlevde *hon* och inte Diana?"

"För att den här kvinnan hade någon som sov över den natten katten kom in. Hon hade någon som kunde ringa larmnumret och rädda henne."

"Vem är hon?"

"Martha Buhl."

"Har du fått kontakt med henne?"

"Inte än. Jag ville stämma av med dig först."

Tomek nickade, med tankarna rusande.

"Okej. Bra. Fint. Toppen. Du tar första kontakten, förklarar vad som händer här, och sen kopplar du in mig."

"Så du tror att hon kan veta vem mördaren är?"

Tomek ville inte gå händelserna i förväg. Hittills visste han bara att en kvinna nästan hade dött under väldigt liknande, nästintill identiska, omständigheter som Diana Greenock. Det var allt. Inte mer, inte mindre. Det vore ologiskt och nästan vårdslöst att utgå från att det fanns något mer än en slump i det. Inte förrän de hade riktig, konkret bevisning.

Brotten skildes åt av hundratals kilometer.

Men samtidigt gjorde Diana Greenocks och Mandy Butlers det också.

"När hände allt det här?" frågade Tomek.

"Ungefär för tio år sedan," sa hon.

Tomek stelnade till.

Det passade in i tidsramen.

Fem års mellanrum mellan händelsen i Tyskland och mordet på Diana Greenock.

Tre år mellan henne och Mandy Butler.

Ytterligare två år mellan Mandy och Lily.

Och nu ett glapp på två veckor mellan Lilys och Ferns dödsfall.

En mördare som långsamt förfinade dödandets konst.

En mordvåg som hade fått år på sig att ta form.

KAPITEL
FYRTIOSJU

V arje år höll teamet, med ingen mindre än deras egen fröken Festfixare, Nadia, i en nyårsaftonsfest. Det var vanligtvis en enda sörja av alkohol, musik och lite snacks och småplock, med catering från den lokala Tesco Express på huvudgatan och lite godis från närliggande Poundsaver. Kvällen var ett tillfälle att släppa loss, se tillbaka på året och gratulera sig själva till att ha tagit sig hela vägen till slutet.

Tidigare år hade Tomek varit med och hamnat i slutet av flera ölflaskor och vid något enstaka tillfälle somnat vid skrivbordet. Men det var under de yngre, sorglösa åren i slutet av tjugoårsåldern och början av trettioårsåldern. I år var han däremot tvungen att avstå. I stället bytte han en kväll med drickande, prat, musik och skoj mot precis samma sak. Den enda skillnaden var platsen. Och sällskapet.

"Så ska du göra draget i kväll?"

"Vilket drag?" frågade Tomek.

"Det där man ser i alla filmer."

"Tyvärr är livet inte så."

"Men kommer du att göra det?"

Tomek var inte riktigt säker på när Kasias fascination för hans kärleksliv hade börjat, men den hade intensifierats de senaste veckorna. Till den grad att han övervägde att involvera henne i varenda konversation han någonsin hade med någon av motsatt kön. Någonsin. Kanske var hon som en narkotikahund och kunde känna lukten av ensamheten och desperationen i honom, och hon var desperat att hjälpa.

"Jag tänker inte *göra* någonting. Vi ska bara åka över på nyårsafton", sa Tomek till henne. "Det finns inget att läsa in i det."

"För sent", sa hon med ett leende som lyste upp hela hennes ansikte.

Efter några minuter till i bilen kom de fram till Louise och Sylvias hus. Även de hade tagit bort julpyntet ur fönstret, och Tomek var tacksam över att han nu hade en bundsförvant i den frågan. Att övertyga Kasia om att det var fel att låta dem sitta uppe även efter nyårsdagen hade visat sig vara en svår strid att vinna, men till slut gav hon med sig. Och för att få henne att känna sig bättre över beslutet hade Tomek föreslagit att de skulle åka till Louise och Sylvias för en kväll med skoj, dricka, musik, prat och kanske till och med några sällskapsspel.

"God kväll, ni två", sa Louise glatt när hon öppnade dörren för dem. "Precis i tid. Vi har just gjort i ordning."

"Toppen", svarade Tomek och puffade Kasia på axeln. "Då slapp vi det jobbet!"

"Inga matchande pyjamas i kväll?" frågade Louise.

Tomek kastade en blick på sig själv och på Kasia. "Tyvärr inte. Fast ni har inte heller ansträngt er, så jag känner mig inte lika skyldig."

För kvällen hade Tomek köpt en flaska vitt vin – 11 pund från Sainsbury's – till sig själv och Louise, och ett litet fyrpack alkoholfri cider till tjejerna. När de kom in i köket tog Louise flaskan från Tomek och studerade den.

"Oyster Bay. Min favorit. Hur visste du det?"

"Jag är polis. Jag har mina källor och små informatörer överallt." Han pekade på Sylvia, som just hade dykt upp från vardagsrummet, och på Kasia, som stod så nära henne som möjligt. "Närmare bestämt de här två."

"Det var snällt av dig", sa Louise och vände sedan blicken mot cidern. "Och vilka är de här till för?"

"Informatörerna."

Vid det falnade det lysande, bubblande leendet på Louises ansikte och mörknade, som om en skugga just lagt sig över henne.

Tomek kände att han behövde gå i försvar.

"De är alkoholfria. Efter förra gången tänkte jag att det här är en bra introduktion för dem. Vänja dem vid smakerna från ung ålder och i en kontrollerad miljö med folk som ser efter dem. Ni måste inte om ni inte vill. Och vill ni inte ha dem här alls kan vi slänga dem i soporna."

Louise tog paketet och granskade dem noggrant. "Jag antar att du har rätt. Ingen idé att försöka hindra det oundvikliga, bara att skjuta upp det."

Med det avklarat hällde Tomek och Louise upp dryckerna medan tjejerna försvann in i vardagsrummet, där de genast tappade bort sig i TV:ns förströelser och sina mobiler.

"Hur är det på jobbet?" frågade Louise.

"Tufft. Långdraget. Men jag fick en halv befordran, så det är rätt trevligt."

"Hur funkar en halv befordran?"

"Det är en sån där grej där de får dig att göra allt extraarbete medan någon är sjukskriven eller ledig i ett par veckor."

"Så du är en tillfällig lösning?"

"Absolut."

"Nåväl, grattis. Lite erfarenhet på en högre nivå är aldrig fel."

Det var det inte, och Tomek var fullt medveten om det. Det gjorde honom dock inte mindre bitter över att behöva hantera Victoria.

"Förresten, tack", började han när de gick in i vardagsrummet med glasen i händerna.

"För vad?"

"För att ni tog ner alla juldekorationer. Vi bråkade lite om det tidigare i dag."

Louise himlade med ögonen och suckade djupt. "Säg inget annat. Sylvia var likadan. Men jag sa till henne att om jag fick som jag ville skulle de åka ner redan på annandagen."

"Eller inte ens upp över huvud taget."

Hon vände sig mot honom och log. "Där går min gräns. Jag älskar julen, tro mig, men när den är över, så är den över."

Deras samtal tog slut när de kom in i vardagsrummet. Ovanpå en puff i mitten av mattan stod ett stort fat med godsaker, och ett annat fat stod på soffbordet. Ett läckert urval av småplock och godsaker: ostkex, chips med thailändsk sweet chili, brödpinnar, Lindt-choklad, en ask Celebrations, ost, kex och en liten ask vindruvor. Men det verkliga trumfkortet, det som tilltalade och överraskade Tomek mest, var det lilla glaset med *paluski*. De smala, saltade pinnarna stack upp ur glaset som en miniskog. De var ett stående inslag i den polska vardagen och njöts vid nästan varje tillfälle. Även då behövde man nog inget tillfälle. De var saltiga, goda och djävulskt svåra att sluta äta.

"*Paluski*!" skrek Tomek upprymt. "Var har ni fått tag i dem?"

"Även jag har mina källor, och mina informatörer", sa Louise med ett leende.

När han sträckte sig efter en pinne *paluski* såg han att hon blinkade åt tjejerna.

"Då vet vi åtminstone vägen till varandras hjärtan."

Orden hade slunkit ur honom utan att han märkte det. Och nu stirrade alla tre på honom.

Snabbt. Snabbt. Tänk på något.

"Och jag gissar att vägen till *era* hjärtan är julen."

"Julen!" ropade tjejerna och vände sig mot varandra och började pladdra om sina dekorationer och hur ledsna de var att ta ner dem.

Snygg räddning, tänkte Tomek.

De tillbringade de följande timmarna framför TV:n, men tittade inte direkt på skräpet som lagts in i tablån. I stället pratade de och skrattade, och sedan fick Tomek den lysande idén att spela sällskapsspel. Som tur var hade han precis rätt grej.

"Essex-Monopol? Jag visste inte ens att det fanns ett Essex-Monopol."

"Det kan du skriva upp, vännen", sa han medan han öppnade förpackningen. "Så, kan ni reglerna?"

Alla bekräftade att de kunde det.

"Bra. Nästa fråga. Har ni tre arbetsdagar över för att spela det här?"

Alla bekräftade att de hade det.

"Okej. Det har inte jag, så jag måste spöa er allihop på några timmar!"

Och det var precis vad det tog. Tre timmar av slag, köp, hyror, ägande, byggande och att strategiskt manövrera sig upp till förstaplatsen. När alla andra spelare var officiellt bankrutta räknade Tomek sina vinster framför dem.

"Nå, då så", sa Louise och höll sitt tredje glas vin i handen. "Med hur mycket vann du?"

"Jag tappade räkningen", svarade Tomek, när sanningen var att den marginal han vunnit med var för stor, och för att skona dem från förödmjukelsen behöll han informationen för sig själv.

Uppfylld av sin överväldigande seger föreslog Tomek nästa spel. SingStar på PlayStation. Ett spel som krävde två mikrofoner och två villiga karaokefantaster. Målet var enkelt: sjunga med i en populär låt så rent som möjligt. I början av spelet hade Tomek inga illusioner om var han skulle hamna i resultatlistan. Men i slutet av första låten insåg han att han kunde komma undan med att nynna rent i stället för att sjunga själva orden och slutade etta, till stor förtret för motståndarna. Resten av gången tvingades han spela spelet "på riktigt" och skämma ut sig med sin fruktansvärda sångröst. I slutänden slutade han ändå på en respektabel tredjeplats och knep den före Louise, med Kasia längst upp.

"Betyder det att det står 2–0 till familjen Bowen?" frågade Tomek självgott.

"Ni är våra gäster", svarade Louise. "Vi måste låta er vinna."

"Eller så var vi bara bättre i kväll. Dålig förlorare." Tomek gav henne en blinkning och hällde upp sitt sista glas vin. Han hade bara tagit ett glas, och mer skulle sätta honom över gränsen. För att inte tala om att det skulle vara ett uselt exempel för hans dotter.

Strax därpå välkomnade de fyra det nya året med en kram, partypoppers och klingandet av glas mot varandra. Mycket tystare och lugnare än ståhejet med trettio personer som skriker varandra i ansiktet med spritandedräkt och mödosamt tar sig runt rummet för att vara säkra på att de önskat alla gott nytt år.

"Gott nytt år, tjejer", sa Louise. "Vad önskade ni er?"

Sylvia och Kasia sneglade på varandra innan de svarade.

"Vi önskade att Lucy skulle bli frisk."

Stolthet fyllde Tomek. Av allt hon hade kunnat önska sig – Apple Watchen han inte hade köpt åt henne i julklapp eller kläderna och skorna hon tjatade om nästan varje vecka – hade hon i stället valt något djupare, något mer meningsfullt och helgjutet.

"Nå, den goda nyheten är att hon blir bättre", förklarade Tomek. "Jag träffade Nick häromdagen och han sa att hon fortfarande ligger i koma, men att hon förbättras."

"Det var goda nyheter", konstaterade Louise.

"Har ni hittat vem som gjorde det än?" frågade Sylvia.

Frågan förbryllade Tomek. Såvitt han visste hade hon lämnat ett vittnesmål dagen efter händelsen.

"Vad menar du, älskling?" frågade Louise.

"Den... den andra..." Hon svalde djupt och undvek deras blickar.

När hon inte fortsatte tog Tomek på sig att varsamt pressa henne.

"Är det något du behöver berätta för oss, Sylvia? Du kan säga det här. Det här är en trygg miljö."

Hon pausade, väntade. Tog sig samman.

"Den natten", började hon mjukt, med blicken i mattan. "Den natten såg jag en annan gestalt... en man. Åtminstone tror jag att jag såg honom. Det har snurrat runt i huvudet på mig hela tiden. Han bara... stod där, i mörkret, vid fish and chip-stället, och iakttog oss."

KAPITEL
FYRTIOÅTTA

"**M**ördaren var där den natten då det hände Lucy."
"Hur kan du vara säker på att det var mördaren?" frågade Victoria.

"Intuition."

"Jag vill inte att vi ska gå händelserna i förväg, Tomek", sa hon mjukt. De två satt instängda på hennes kontor och diskuterade den avgörande information som Sylvia hade gett dem. Nyheten om den anonyma gestalten hade spridit sig till resten av teamet och de höll just nu på att utreda den.

"Det kan vara ingenting", sa han. "Men å andra sidan kan det vara *något*. Och om det är det, vill jag se till att vi använder alla vapen vi har i arsenalen för att ta reda på vem det är."

"Har du frågat dig varför mördaren kan vara där?" frågade Victoria.

Tanken hade inte slagit honom. Inte för att det behövdes.

"Har du frågat dig varför mördaren i helvete dödar folk över huvud taget?" frågade han till motangrepp. "Varför gör han ens något av det här?"

På det hade Victoria inget svar. Hon satt kvar i stolen, korsade benen och vilade händerna ovanpå knäskålen. Sedan gäspade hon djupt, drog upp munnen i ett stort gap och blottade tänderna. Hon gnuggade ögonen medan hon kämpade emot en andra gäspning.

"Blev det hårt i går kväll, eller?" Föraktet i Tomeks röst var tydligt.

"Lite grann", svarade hon. "Många av oss sitter med några rejäla huvudvärkstroll i dag."

Det fanns en tid när Tomek skulle ha ångrat att han missade de årliga nyårsfirandena – klassiskt FOMO, rädsla att missa något – men nu sket han fullständigt i hur någon av dem mådde. Ja, tidigare år hade han känt likadant: trött, bultande huvud, illamående och i skriande behov av något fett och syrligt för att bekämpa giftet i kroppen, men han lyckades alltid sköta sitt jobb. Han lyckades alltid ta sig igenom det. Och just nu fick han intrycket av Victoria att hon ville låta den anonyma gestalten vänta en dag till, att Tomek skulle skjuta upp det medan hon smygsov på sitt kontor med persiennerna neddragna och ett par solglasögon över ögonen.

Det tänkte han inte gå med på.

Nick hade aldrig gjort det, så varför skulle han?

Medan Tomek såg på när Victoria öppnade en vattenflaska som om hon hade Parkinsons, gick dörren upp och Chey stack in huvudet genom springan. Hans ansikte, tack vare ungdomens briljans, kunde maskera baksmällan han uppenbart led av. Tyvärr dröjde den sig kvar i rösten, sprucken och raspig. För att inte tala om alkohollukten som hängde kvar i andedräkten när han inte hade borstat tänderna ordentligt.

"Förlåt... förlåt att jag stör, sergeant, *chefen*."

"Det är lugnt", fräste Tomek. "Vad har du?"

"Övervakningsbilder från fish and chips-stället och ett par av restaurangerna längs Old Leigh-promenaden."

Tomek sköt ifrån sig från stolen och följde efter Chey till hans skrivbord, där han fann Martin, Nadia och Rachel som redan stod och hängde. Alla ivriga att få höra nyheterna.

När han kom fram märkte han att luften omkring dem var tjock av parfym och aftershave, en doft som lade sig i svalget. Om deras försök att dölja alkoholen som för tillfället sipprade ur porerna var tänkta att vara diskreta, så var de allt annat än det.

"Hej på er!" ropade Tomek och dunkade handflatorna i bordet om och om igen.

Efter första smällen tog de allihop händerna mot huvudet och höll händerna kring öronen. Alla utom Nadia som, tack vare bebisen i magen, hade hållit sig nykter hela natten och njöt av att se sina kollegor vältra sig i självömkan.

"Vad fan håller du på med, din idiot?" fräste Martin, som var mest bakis av dem alla.

Tomek klappade honom i ryggen och sa: "Bara ser till att ni är vid liv och pigga i dag."

"Du har tur att ingen har kräkts", sa Nadia. "Det var... *stökigt*."

Tomek tog platsen längst fram som de hade lämnat åt honom. Några ögonblick senare hade den mest klarsynta i teamet (förutom Tomek och Nadia) laddat in videoklippen och tryckt på play.

På polisens datorskärm var det mörkt, svaga konturer anades knappt. I mitten av bilden låg stranden, till vänster fanns Lucy Cleaves och Paddy Battersby, och nere i hörnet, precis utom synhåll, fanns den anonyma gestalten, en svart siluett vars drag inte gick att urskilja.

Allteftersom klippet fortskred, och när alla tjejerna reagerade på händelsen och kastade sig över Paddy, rörde sig gestalten. Till en början var rörelserna långsamma, trevande, men när han blev säkrare på att han inte skulle bli sedd – tjejerna var alltför fokuserade på att hålla fast Paddy och ta hand om sin vän – gick han rakt förbi dem. I slutet av promenaden hoppade han ner på stranden och försvann bort i fjärran, höll rejält avstånd tills han nådde strandens ände där han klättrade upp på promenaden igen och fortsatte in i mörkret, i riktning mot Southend-on-Sea.

"Vart tar han vägen efter det?" frågade Tomek.

"Det finns inga bilder där omkring. Det är bara en smal—"

"Och när det mynnar ut vid Chalkwell, då?"

"Du lät mig inte prata till punkt", fräste Chey. Sedan klickade han på några knappar till och upp dök en andra skärm med mörker. "Det här är bilder längre bort längs strandpromenaden mellan Chalkwell Beach och Southend." Han pekade på en rörlig skugga på stranden. "Enligt min bedömning är det samma kille. Samma längd, samma kroppsbyggnad, samma kläder."

"Vart är han på väg?"

Och sedan hittade han svaret i ytterligare ett övervakningsklipp. Gestalten, dold av en stor kappa och av hur nära kamerorna han höll sig, var på väg mot Grosvenor Casino.

"Gå tillbaka till första klippet, vid Bell Wharf."

Chey gjorde som han blev tillsagd, och Tomek lutade sig fram för att se bättre, med ögonen bara ett par centimeter från skärmen.

"Vad tittar du på, sergeant?" frågade Chey.

"Jag försöker lista ut vem det är", sa han. Och lade till: "Jag tror att det är James Elliott."

KAPITEL
FYRTIONIO

Teamets tidigare genomgång av James Elliotts ekonomiska uppgifter hade visat hur osund hans historia med kasinot nere vid strandpromenaden och diverse nätplattformar hade varit. En osund bakgrund som nästan hade lett till skilsmässa och att han riskerade att stå utan jobb. Under två års tid hade han förlorat närmare trettio tusen pund och varit nära att förlora huset på kuppen.

Tomek hade varit med om något liknande i sitt liv. Två av hans skolkompisar hade båda hamnat på ruinens brant på grund av sina beroenden. De hade ljugit för sina partners, ljugit för sig själva och till slut fått sätta livet till efter att ha satt sig i skuld till en ockerhaj som de inte kunde betala.

När det gällde James Elliott oroade sig inte Tomek för att samma sak pågick. Tvärtom. Att det var James Elliott som stod för dödandet.

"Var är er make, fru Elliott?"

Amber Elliott, en kvinna som såg lika trött ut som Rachel kände sig där hon satt bredvid honom, duttade med en näsduk vid den tunga eyelinern. Hon hade gråtit ända sedan deras ankomst och började redan frukta det värsta. Det var nyårsdagen, en av de mest hektiska dagarna i fotbollskalendern för National League, och hennes man syntes ingenstans. Han hade inte dykt upp på jobbet på morgonen inför Dagenham & Redbridge FC:s avspark klockan tre mot Eastleigh. Och han hade inte kommit hem efter ett sent kvällsärende.

"Jag vet inte var han är", svarade hon snörvlande.

"När såg du honom senast?" frågade Rachel.

Tomek hade bett henne följa med, liksom Anna, som just nu höll Elliotts två döttrar sysselsatta i köket.

"Han gick ut i går kväll", svarade hon, och rösten sprack halvvägs.

"Vet du vart?" fortsatte Rachel.

Tomek tog gärna ett steg tillbaka och lät kollegan leda samtalet.

"Han sa att han skulle på ett fotbollsevenemang. De brukar ha en nyårsfest för spelare och personal. En lugn tillställning. Inget alltför vilt eftersom de har match dagen därpå. Familjerna bjuds in, men Lara mådde inte så bra i går kväll så vi gick inte."

"Mår hon bättre nu?" frågade Rachel medan hon förflyttade sig till andra sidan av vardagsrummet och slog sig ner bredvid Amber.

"Ja, hon mår bra nu. Tack." Amber duttade vid ögonen igen och vek näsduken flera gånger medan hon gjorde det.

"När märkte du att något var fel?" fortsatte Rachel.

"När jag vaknade i morse. Han var inte där. Jag ringde hans mobil, men han svarade inte. En del av mig tänkte att han hade stannat på klubben och skulle åka direkt till matchen därifrån, eftersom det är ett par timmars bilresa. Men när jag blev uppringd av en av hans kompisar i klubben som sa att han inte fick tag i honom heller, då förstod jag att något var fel. Att något kan ha hänt honom."

Eller att han kan ha gjort något mot någon annan.

"Har er make någonsin gjort något liknande tidigare? Försvunnit en hel natt och inte kommit hem?"

Amber Elliott kunde inte möta Tomeks blick när hon nickade, långsamt, högtidligt. "När det var som värst ... när det var riktigt illa ... med pengarna och spelandet", började hon och hostade när hon satte i halsen av tårarna som stockade sig. "När det var dåligt mellan oss, hände det att han stack iväg och spelade och inte kom hem förrän morgonen därpå, efter att ha spelat bort alla våra pengar."

Oroen i Tomeks huvud fortsatte att växa. Om James Elliott var borta nätterna igenom fanns ingen aning om vad mer han kunde ha gjort. Spela, ja. Gå på konserter och under tiden döda oskyldiga flickor? Möjligen.

Från köket ekade lekfulla skrik och skratt genom dörren. Amber lyfte huvudet och vände sig mot köket.

"Fru Elliott", sa Tomek och drog tillbaka hennes uppmärksamhet. "Era barn har det bra. De är i gott sällskap. Jag ska visa er några foton och jag kommer att ställa er några svåra frågor nu, okej? Och jag behöver att ni tänker efter ordentligt för min skull. Okej?"

I det ögonblicket vände sig Amber till Rachel för stöd. Polisen visade det genom att lägga en arm om hennes axlar och försiktigt stryka henne över ryggen. Av hennes reaktion fick Tomek intrycket att hon visste vad det handlade om.

"Var befann sig er make natten den nittonde december?"

Natten då Fern Clements dog.

Med gråten i halsen tog Amber upp sin telefon ur jeansfickan och tittade i sin kalender. "Han var på en bortamatch. De spelade mot Tranmere Rovers."

"Och tre nätter före det?"

Natten då Lily Monteith dog.

"Han ... jag minns inte. Jag tror att han var hemma."

"Men ni är inte säker?"

"Nej. Förlåt."

När Tomek öppnade munnen var han på väg att fråga henne var hennes man befann sig för två år sedan, natten då Mandy Butler dog, men då insåg han att det var orimligt att förvänta sig att hon skulle veta en sådan sak.

"Brukade er make gå på konserter, fru Elliott?" frågade Tomek.

"Jag ... varför? Vad har det med saken att göra?"

"Svara bara på frågan, tack", svarade han bestämt.

"Jag menar, det kan hända. Vi har aldrig gått på några. Inte på länge i alla fall. Bara när vi precis hade blivit tillsammans. Allt det ändrades när han fick jobbet. Han är alltid ute, på väg någonstans, reser runt i landet."

"Hur är det med bin? Har er make något intresse för dem eller har han någonsin nämnt bin i samtal?"

"Jag ... jag ... jag tror inte det."

Tomek nickade. "Hur ofta träffar ni er make, fru Elliott?"

"Inte mycket."

"Hur mycket då?"

Hon slog ner handen mot knät, aggressivt. "Vill ni att jag ska sätta en siffra på det? Vill ni ha en procentsats?"

"Ja, tack", sa Tomek med en lätt nick.

Suckande svarade Amber: "Tjugofem procent av tiden. Kanske lite mer. Han är knappt hemma. Och jag har också fullt upp på jobbet, så flickorna får klara sig själva större delen av veckan. Som tur är är de i en ålder där de kan det, men så har det inte alltid varit."

Tomek väntade en stund innan han gick vidare till nästa fråga. I köket fortsatte ljudet av förtjusning och lekfullt skratt, vilket fick Amber att slappna av en aning.

"Jag förstår att ni två hade en tuff period för två år sedan."

"Ja."

"Vad hände?"

"Det var då jag först upptäckte spelandet. Han förnekade det, som man kan tänka sig, men jag hade bevis. Jag såg hans bankkonto och alla mejl han fick från spelbolagen med erbjudanden och gratisspel. Så jag fick nog. Det höll nästan på att ta slut. De två månaderna vi var ifrån varandra hjälpte oss verkligen att laga vår relation. Vi skulle inte vara tillsammans om det inte vore för det."

Tomek spetsade öronen. Tidsfönstret kring Mandy Butlers död dök upp i hans huvud.

"Ni var separerade?" frågade Tomek för att vara säker.

"Ja."

"Har ni något emot att jag frågar när?"

Hon rätade på ryggen vid frågan. "Ni har ju frågat om allt annat, så jag förstår inte varför jag skulle ha problem med *den* frågan."

Tomek svarade inte, och när hon insåg att han inte tänkte göra det fortsatte hon: "Det var mellan mars och juli. För två år sedan. Jag minns det för att vi blev tillsammans igen precis före sommarlovet och han bjöd oss på en resa till Florida. Köpt och betald med hans vinster."

Tomek tog ett ögonblick för att ta in informationen. James och Ambers separation hade inträffat samtidigt som Mandy Butlers död. Vilket gjorde honom högst aktuell för hennes mord.

Vilket lämnade en: Diana Greenock.

Var det möjligt att han hade dödat henne också? Tomek ville tro det, men fann inget sätt att få det att gå ihop. Och då slog det honom: Dagenham & Redbridge FC. National League hade två lag från Manchesterområdet: Rochdale och Oldham Athletic. Kanske hade James blivit bekant med henne vid något tillfälle, möjligen på en av matcherna. Kanske hade de bytt nummer och flirtat via sms i veckor eller månader efteråt, medan de räknade dagarna till hans nästa besök. Och kanske hade han den natten brutit sig in i hennes hus för att döda henne.

Det var inte helt omöjligt. Men det skulle sannerligen kräva mer grävande.

"Säger namnen Diana Greenock, Mandy Butler, Lily Monteith eller Fern Clements er någonting, Amber?" frågade Tomek och räckte över en utskrift som Chey hade tagit fram. På den fanns nytagna foton av de fyra offren, med deras namn över huvudet. "Ta den tid ni behöver."

Och det gjorde hon. I två minuter, faktiskt. Under den tiden tog Tomek fram sin telefon och kollade sina mejl, medan Rachel försvann ut i köket för att göra en kopp te åt sig och Amber och ett glas vatten åt honom. När hon kom tillbaka hade Amber hunnit gå igenom dokumentet.

Tomek lade inte märke till det först, men när hon tittade upp på honom såg han hur tårarna bildades i hennes ögon, och de två som hon redan tappat kontrollen över firade sig nu nedför hennes kinder.

"Betyder det här det jag tror att det betyder?" frågade hon med darr på rösten.

"Vi vet inget med säkerhet, fru Elliott."

"Tror ni att min man har gjort det här?"

"Vi följer för närvarande alla tänkbara spår", svarade Tomek. "Betyder något av de namnen något för er?"

Långsamt, trevande, pekade Amber Elliott på ett namn på arket.

"Lily Monteith. Hon går i samma skola som flickorna."

Natten då Amber inte kunde redogöra för sin mans vistelseort.

KAPITEL
FEMTIO

"Det måste vara mer konkret", sa Victoria och släppte ner en Alka-Seltzer i ett glas vatten.

Bubblorna fräste och sjöd som Tomeks frustration.

"Hur mycket mer behöver vi?" frågade han. "Vill du att vi ska stå över honom när han kidnappar en tjej och dödar henne med nästa metod han väljer, bara för att vi ska vara helt säkra?"

Victoria gav honom en föraktfull blick. "Det finns ingen anledning att vara spydig, Tomek."

"Ibland tycker jag att det gör det. Hittills är James Elliott den enda misstänkta som vi med någon grad av säkerhet, hur stor den nu än är, kan säga är vår gärningsman." Tomek stack handen i sin blazerficka och drog fram anteckningsblocket, bläddrade sedan på sidorna nära början. "Tracy Pickards gärningsmannaprofil antydde att han var i en position med makt och auktoritet, någon i stort sett attraktiv, någon som kan bryta ner sina offers försvar. Och jag tycker att Elliott passar in. Han kanske bara är materialare, men han kommer från en fotbollsklubb. Vissa typer av tjejer verkar älska det, särskilt om han går ut i träningsställ. När jag pratade med honom framstod han som självsäker och lite manipulativ. Och, jag är ingen expert, men jag skulle säga att han dessutom är rätt snygg. För att inte tala om att han känner till Lily Monteith, möjligen från att ha hängt utanför hennes skola, och hans fru kan inte redogöra för var han var natten då hon dog. Han reser runt i landet, så det är möjligt att han har kommit i kontakt med Diana Greenock och Mandy Butler någon gång i deras liv. Han är en del av fotbollsklubben och har kopplingar till Darren Edgerton och Harrison Rossiter, och hans drag går att urskilja i var och en av de fantombilder våra vittnen har tagit fram."

"Du skämtar, va?" frågade Victoria och tog en rejäl klunk av det kolsyrade vattnet. När hon hade druckit upp, grimaserade hon och ställde glaset på bordet, som om hon skakade bubblorna ur skallen. "Alla de där bilderna visar en vit man med brunt hår och spetsig näsa. Det ser ut som nästan hälften av snubbarna i den här stan. En av dem liknar till och med lite *dig*."

Tomek höll tyst med sitt medgivande. En av dem liknade faktiskt honom, och även om fantombilder inte skulle vara något man lutade sig för tungt mot, hade de sina poänger, och att övertyga sin tillförordnade kommissarie om rimligheten i hans påståenden var en av dem.

"Svara mig på en sak", började Victoria. "Vad har hans spelande med något att göra?"

Det här var delen som även hade förbryllat Tomek. Det verkade inte lika självklart som resten, men han var säker på att det fanns en koppling någonstans. Och ibland var enda sättet att hitta den att börja prata.

"Jag funderade på det", började han, "och jag tror att det har med bilen att göra, vilket är ytterligare en sak vi har på honom, eller hur? Bilen är registrerad i hans familjs namn, och han ville inte säga till vem han sålde den. Jag tror inte att han sålde den till någon."

"Spelandet, Tomek", sa Victoria strävt och såg rakt igenom hans fasad trots sina dämpade reaktionstider. "Vad är kopplingen till spelberoendet? Vilket motiv skulle det ge honom att döda de här tjejerna?"

"Det har inte med saken att göra alls", sa han. "Spelberoendet var bara ännu en av hans laster. Natten då Lucy blev överfallen på stranden var han där av en annan anledning. Kanske var han på väg till casinot ändå. Han råkade bara vara på fel plats vid fel tillfälle. Hans fru förklarade för oss att han ibland försvinner på nätterna och att han alltid är ute på fotbollen. Kanske gödde han sitt beroende på det sättet och ville gå längs strandpromenaden i mörkret för att dölja sin identitet."

Victoria gnuggade ögonen och funderade en stund. Innan hon hann svara, hördes en knackning på dörren till hennes kontor. Victoria bad dem stiga in.

Det var Oscar, alla hans fem fot och fyra tum.

"Hur kan vi hjälpa till, kapten?" frågade Tomek.

"Det gäller James Elliott."

"Har någon hittat honom intryckt i en träningsväska?"

"Nej, men uniformerna patrullerar fälten i området efter fler offer som du bad om, och vi har gått ut med efterlysningar på saknade personer som matchar våra mordoffrens signalement."

Tomek nickade. "Bra gjort. Vad är det?"

"Faktiskt gäller det det du just sa, sergeant."

"Har de hittat honom i en träningsväska?"

"Ja. Och nej. Jag pratade just med HR-chefen, och de informerade mig om att de lät James Elliott gå för ungefär två månader sedan. Gav honom sparken för att de fick reda på hans spelproblem. De kan inte framstå som att ha någon som håller på med sånt i klubben. Skäl för omedelbar uppsägning. Han har inte arbetat där på ungefär åtta veckor."

Tomek vände sig till Victoria och sedan tillbaka till Oscar. "Så vad fan har han haft för sig under den tiden?"

Sedan tittade han ner på utskriften med offrens namn och ansikten.

"Så han har varit en arbetslös spelberoende de senaste veckorna och har ljugit för sin familj", sa Victoria, som den förbannade förnuftets röst. "Det förklarar fortfarande inte hans koppling till alla tjejerna. Har du kollat listorna?"

Listorna. De förbannade listorna över alla män som någon gång funnits i offrens liv. Över fyrahundra namn i fyra olika kalkylblad.

Tomek nickade. "Jag körde en enkel sökfunktion på var och en, ja."

"Och?"

"Ingenting."

"Där ser du då."

"Men listorna ska inte tas som evangelium", invände han. "Jag skulle säga att de är ungefär lika användbara som fantombilderna."

"Vad var då poängen med att vi tog fram dem?"

När han anade att det här var en diskussion över hans nivå började Oscar långsamt dra sig tillbaka från rummet. Tomek lade märke till honom i ögonvrån, och just som han skulle tilltala mannen dök Sean upp i dörröppningen, som han fyllde helt med sina enorma axlar.

"Vad är det här? Fest på mitt kontor och alla är bjudna?"

"Nej, chefen. Det är bättre än en fest, inte för att du inte skulle kunna hålla en bra fest, jag är säker på att du skulle kunna det, det är bara..." Sean kom så småningom av sig, och stirrade djupt in i Victorias ögon. I ett kort ögonblick tyckte Tomek att han såg ut som en vilsen skolpojke som väntade på vägledning.

"Vad har du att säga, Sean?" frågade Victoria milt.

"Någon har precis anmält en tonårstjej, fjorton år, som försvunnen. Sågs senast i går kväll." Tomek kastade en snabb blick mot kommissarien. "James Elliott och en tonårstjej försvinner samma kväll. En slump?" Det kunde hon inte invända mot.

Flickans namn var Remi Sane, vilket bara skilde en bokstav från det hennes föräldrar ville att hon skulle vara: safe.

"Hon gick ut i går kväll hem till en kompis och skulle komma hem men det gjorde hon aldrig", förklarade Roger Sane, Remis pappa. "Vi har ringt och ringt, men hon svarar bara inte. Vi har sett allt som pågår på nyheterna med morden och de andra tjejerna som har dött, och vi är så oroliga att något kan ha hänt henne."

"Vad är hennes allergi?" frågade Tomek burdust, utan att inse hur kränkande det kunde verka.

"Allergi? Hon... hon har ingen."

"Just det."

Bara så där flög deras förhoppningar om att den försvunna tjejen var kopplad till Lily Monteith och de andra offren rakt ut genom fönstret.

"Vad spelar det för roll?" frågade Phoebe Sane vid sin mans sida. "Hon är ju fortfarande försvunnen, oavsett om hon har en allergi eller inte."

Det betyder bara att chansen är mycket större att hon lever, tänkte Tomek. Sedan bestämde han att det vore bäst för alla om han inte sa något mer.

"Absolut", sköt Anna in. "Vi ville bara utesluta er dotter från våra utredningar om morden ni nämnde. Gärningsmannen har en viss typ av offer, och utifrån er beskrivning av er dotter stämmer hon inte in. Så i det avseendet har ni inget att oroa er för."

"Så det ni säger är att hon kan vara försvunnen, ni tror bara inte att hon är död."

Och det hade gått så bra. Tomek tyckte att Anna hade skött det professionellt och diplomatiskt, men uppenbarligen inte tillräckligt för Remis föräldrars smak.

"Det är viktigt för oss att veta vem er dotter var med i går kväll", fortsatte hon och valde att inte bemöta anklagelsen.

"Hennes kompisar."

"Ja. Råkar ni veta vad de heter?"

Hur ogärna han än ville erkänna det, så fort han fick veta att Remi inte hade någon allergi började Tomek sväva bort. Om hon inte hade med morden att göra, slösade han bort sin tid när den kunde ha lagts på att hitta James Elliott.

Tomeks tankar hade blivit förvridna av mannen som hade ljugit för dem alla. Ljugit om jobbet, ljugit om sitt beroende, ljugit om bilen som hade hittats utanför byggnaden i Shoeburyness. Mannen hade en stor måltavla över huvudet, och Tomek längtade efter att få honom mitt i hårkorset.

Några minuter gick av halvt lyssnande, nickande när han trodde att något viktigt eller känsligt hade sagts, och leenden när han tyckte sig höra något upplyftande. Under tiden stack tankarna i väg. I över hundra knyck.

Diana Greenock. Mandy Butler. Lily Monteith. Fern Clements. Volvon. Byggnaden. Dagenham & Redbridge FC. Billy the fucking Cow Fighter.

Men innan han hann tänka mer på dem hördes ett ljud från ytterdörren. Högt, abrupt. Ett bankande. Inte panikslaget, men desperationen bakom det var uppenbar.

"Remi!" utbrast Phoebe och for upp ur soffan, lämnade sin man kvar.

Roger följde strax efter ut ur vardagsrummet, med Tomek och Anna hack i häl. När de tre kom ut i hallen hade Phoebe armarna om sin dotter, höll henne hårt, pressade henne mot bröstet, stödde hennes bakhuvud och kysste hennes panna.

Höll henne nära.

Remi Sane var nu precis som hennes föräldrar ville att hon skulle vara.

Safe.

"Det verkar som att ni inte behöver oss längre", sa Anna, när de båda gick mot utgången.

KAPITEL
FEMTIOETT

Tomek hade suttit vid sitt skrivbord i timmar, och sakta drivit sig själv till vansinne, arbetat upp sig till ett tillstånd som efter en baksmälla, med samma symtom. Huvudvärk, trötthet, depression, en känsla av självförakt, förlorad värdighet och ånger.

En egen baksmälla.

Han hade stirrat på samma information i timmar och försökt hitta sätt att kila in bitarna i pusslet, att få allt att gå ihop. Men till slut hade han snöat in så att allt blev suddigt.

Det var inte förrän han kände en fast hand på axlarna som han blinkade. Eller åtminstone trodde att han blinkade. Han mindes inte ens när han senast hade gjort det.

"Du ser ut som att du skulle behöva sova lite", sa Sean och slog sig ner bredvid honom.

"Eller en drink."

"En liten snabb nyårsdags-pint på Last Post senare?"

Tomek ryckte på axlarna. "Jag skulle. Men Kasia, hon har varit hemma hela dagen. Jag vill inte..."

"Jag fattar. Det nya normala."

"Det nya normala."

Båda männen log snett mot varandra och utbytte en blick som fick Tomek att slappna av.

"Vi får skriva in något i kalendern", sa han. "Som kvinnor."

"Vi kunde lära ett och annat av Nads. Jag tror hon redan har skickat ut inbjudningarna till nästa års halloween."

Tomek himlade med ögonen och småskrattade för sig själv. "Tror jag sätter mig som ett kanske på den. Inte efter årets fiasko."

Hans exflickvän hade dykt upp oinbjuden, gjort slut med honom på plats och sedan gått vidare och dödat en pedofil. Han hade haft trevligare kvällar med teamet, det var ett som var säkert.

"West Ham spelar hemma i slutet av månaden, om du är sugen på att gå?"

"Gärna. Jag är säker på att den lilla ungen är nöjd med det, hon kan bara sticka över till sin kompis eller nåt."

"Och hennes morsa kan passa dem båda."

"På tal om kärleksintressen", började Tomek.

"Kärleksintressen?" Seans ögon blev stora. "Vi var inte inne på ämnet—"

"Jag frågar om dig", svarade Tomek ivrigt. Han ville gärna vända samtalet tillbaka till Sean. "*Dina* kärleksintressen. Jag vill veta vad som händer med dig."

"Mig?" Sean lät blicken svepa över rummet och sänkte huvudet. "Jag har inget kärleksintresse."

"Vad var då det där fumlandet förut? På Victorias kontor?"

"Åh, med Vicky? Det var—"

"Vicky? Är ni på gullig förnamnsbasis nu, eller?"

Sean visade honom långfingret och sa åt honom att dra åt helvete. Vilket Tomek inte hade någon som helst avsikt att göra.

"Det var du som kom hit", lade han till. "Så berätta allt."

För bara andra gången sedan Tomek lärt känna honom såg Sean generad ut, och han antog samma nervösa skolpojksmin han haft tidigare på inspektörens kontor.

"Vi gick bara ut och tog ett par drinkar en kväll. Resten av er hade gått hem, tror jag, så vi tänkte skitsamma och drog till puben. Sen började vi snacka. Du vet hur det är."

"Evig ungkarl", konstaterade Tomek. "Och saker... går åt rätt håll?"

Sean nickade, och kinderna blev ett snäpp rödare.

"Åh, herregud. Jag kan knappt vänta på att få höra dig förklara det där för Nick när han kommer tillbaka."

"Inte en chans. Det får hon ta."

Tomek skrattade. "Vem sa att ridderligheten var död? Det är väl det hon ser i dig, detta outtömliga behov av att sätta andra före dig själv. I det här fallet är det precis vad du gör – kastar henne till vargarna först."

"Jag vet inte ens vad hon ser i mig."

"Nåväl, det är i alla fall ingen risk att du råkar överskatta dig själv!" Tomek kunde inte hejda skrattanfallet som briserade från läpparna. Ljudet ekade runt i kontoret och störde dem som satt närmast. När han öppnade ögonen såg han att Sean höll sig om magen och också skrattade åt skämtet.

Det var stunder som den här som påminde Tomek om att det fanns lite ljus i mörkret. Deras jobb var oftast så deppigt och förödande att de behövde något litet som lyste upp, hur litet det än var, för att hålla modet uppe.

"Nu får du berätta om *ditt* kärleksintresse", sa Sean till Tomek och fick hans skratt att tvärstanna. "Eller ska jag säga *intressen?*"

"Jag? Kärleksintresse? Nej. Jag har ingen aning vad du pratar om."

Innan Sean hann svara började Tomeks telefon vibrera högljutt mot bordet.

"Räddad av klockan."

Tills han såg vem som ringde.

Edith, hans granne.

Fjärde gången på mindre än två dagar. För att tala om huruvida hon hade sett något märkligt eller misstänkt på gatan. För att få klarhet i när han skulle sätta upp det hemlarm han köpt till fastigheten (svar: när han kom ihåg och när han hade tid, vilket sällan inträffade samtidigt).

"Hej, Edith", sa han och himlade med ögonen åt Sean.

"Hej, Tomek. Hur är det idag?"

"Bra, tack. Är allt okej?"

"Ville bara säga att jag har sett honom igen."

"Vem?"

"Mannen."

"Just det."

"Ja. Han har stått där i ungefär tjugo minuter, skulle jag säga. Fick du inte aviseringen i mobilen?"

"Vilken avis—? Just det, *det*. Jag har tyvärr inte hunnit sätta upp övervakningskameran än."

"Jaha. Jag förstår."

"Förlåt. Det är extremt mycket på jobbet just nu. Jag skulle säga att du kunde be Kasia göra det, men jag tror hon vore sämre än värdelös."

"Det är okej. Någon annan gång."

"Ville du gå och prata med henne?" frågade Tomek. "Det kan vara värt att se om hon också såg mannen. Hon gör en god kopp te om du är sugen?"

Ett prassel ekade genom telefonen.

"Jag går och knackar på nu. Ser om hon har sett något."

Tomek väntade kvar i luren medan hon gjorde det. Ljudet av långsamma, jämna steg som hasade uppför trappan – samma golvplankor som han försökte undvika varje gång han kom hem sent, men misslyckades kapitalt – lät i hans öra.

Tills... "Dörren står öppen", sa hon. "Borde dörren vara öppen?"

"Nej." Tomeks röst började spricka.

Edith rörde sig närmare dörren. Han kunde nästan se hur hon lade handen på handtaget och tryckte försiktigt.

"Kasia?" hördes det mjukt genom mobilen.

"Kasia?"

Ingenting.

Nu hade Tomeks andning stannat, kroppen spänt sig och tankarna hakat upp sig.

"Kasia?"

Fortfarande ingenting.

Då... "Är du säker på att hon ska vara hemma, Tomek? För hon är inte här."

KAPITEL
FEMTIOTVÅ

Tomek hade aldrig kört hem så fort i hela sitt liv. Faktum är att han aldrig hade kört någonstans så fort i hela sitt liv.

Så farligt fort. Slingrade sig in och ut ur trafiken, körde mot rött utan att lätta på foten från gasen. Alla andra bilar som hade följt efter honom hade haft svårt att hänga med. Och när han hade svängt in vid sitt hem hade Sean ropat till honom, "Din jävla idiot! Du är inte till någon nytta för Kasia om du är död!"

Det må ha varit sant, men just nu brydde han sig inte. Det viktigaste för honom var att hitta Kasia vid liv, och inte död på ett fält.

"Jag vill att alla tillgängliga enheter söker igenom fälten i området", beordrade han utan att riktigt rikta sig till någon. "Hadleigh. John Burrows. Jag vill att de alla är på högsta beredskap för James Elliott."

Det var inte mer än femton personer i hans lilla lägenhet med två sovrum. Alla från teamet, förutom Nadia som hade tvingats stanna kvar och övervaka telefonlinjerna om något skulle komma in. En fyrmannagrupp uniformerade poliser och ett tvåmannateam från tekniska hade också tagit sig dit.

Det var omfattningen av deras armé. Femton, högspecialiserade och tränade polisanställda mot en enda man.

Hittills hade de vänt upp och ner på hela lägenheten, där Tomek gjorde lejonparten av jobbet, och ändå fanns det inget spår av henne.

Inga tecken på att någon tagit sig in med våld. Inga tecken på tumult.

När han stod mitt i hennes sovrum tvingade han sig att föreställa sig hur det måste ha gått till. Hur dörrklockan måste ha ringt, hur hon måste ha öppnat den, i tron att det var han, och hur hon måste ha blivit övermannad. Tvingad att ge upp motståndet, slagen i huvudet, bunden, fastbunden och sedan buren ner till mördarens bil.

Då föll blicken på det lilla Amazon-paketet på golvet bredvid Kasias garderob.

Det jävla hemövervakningssystemet.

Hånade honom, skrattade upp mot honom, och sa till honom *vad var det jag sa.*

Om han bara hade satt upp det tidigare. Om han bara hade gjort det som han hade blivit ombedd att göra otaliga gånger, skulle han åtminstone ha sett vem som hade kidnappat henne. Han skulle åtminstone ha sett mördaren i all sin listiga prakt.

Vreden svällde inom honom, bubblade som Victorias Alka-Seltzer. Till slut kokade den över. Tomek spände hela kroppen, ryckte upp lådan från mattan och började slita isär den på sängen. Kartong, plast och apparatens delar flög genom luften som om de försökte fly från hans ursinniga grepp.

Först när Sean ryckte tag i honom i axeln stannade han.

"Vad fan håller du på med?" skrek han rakt i ansiktet på Tomek.

"Jag måste installera den. Någon måste installera den."

"Det kommer de inte att kunna om dina stora händer har haft sönder den jävla grejen."

Tomek stannade upp och betraktade förödelsen han hade åstadkommit.

"Fixa någon som gör det", beordrade han. "Det måste bli gjort. Nu."

"Har du en borr? En skruvmejsel?"

Tomek såg på honom, förbryllad.

"Jag kommer att behöva de där grejerna när jag skruvar upp den."

Hjärnan fungerade inte som den skulle. Så pass att han inte kunde svara på Seans fråga utan gick ut ur rummet och lät honom hålla på. När han kom in i vardagsrummet pekade han på Chey och sa: "Hjälp Sean att hitta en skruvmejsel eller något. Visste inte att det krävdes två personer för att installera en jävla säkerhetskamera."

Chey nickade, osäker på sig själv, och sprang sedan in i sovrummet.

När Tomek rörde sig runt i sin lägenhet, var han omedveten om allt och alla omkring honom. De hade suddats ut i bakgrunden och blivit en hägring av former och färger. Ändå insåg den klara delen av hans hjärna att de fortfarande var föremål som behövde undvikas.

Han flyttade sig från plats till plats, gick av och an, utan att ens tänka. Hans huvud gick på högvarv när paniken hade lagt sig över honom. Nu, äntligen, började han till fullo inse och förstå den plåga som alla familjer som hade drabbats av mördaren hade genomgått. Hur de måste ha drivit sig själva till vansinne av rädsla. Även om han bara var i första stadiet, omedelbar panik, visste han vad som skulle komma härnäst.

Paranoia. Desperation. Fasa.

Var och en med sina egna nyanserade känslor och uttryck.

Att slå ifrån sig mot vänner och familj, de som brydde sig om honom. Att göra sig själv galen med tankarna som for runt i skallen som i Stora hadronkollideraren.

Han bad bara att hans situation inte skulle sluta som alla de andra. Med en död tonåring som låg på ett fält.

En klump svällde i halsen vid den tanken.

Den försvann så snart han såg vem som just hade klivit in genom dörren.

"Jag har pratat med din granne. Hon har lämnat ett vittnesmål till de uniformerade. Vi har hennes nummer om vi behöver något."

"Vad gör du här?" frågade Tomek.

"Vad tror du? Jag är tillbaka."

"För att hjälpa?"

Nick lade en fast men tröstande hand – en faders hand – på hans axel.

"Lucy ska ingenstans, och jag känner hur jag blir magrare av att bara sitta och göra ingenting. Dessutom skulle jag må bra av distraktionen."

En svag skymt av ett leende for över Tomeks läppar. Nick, riddaren i skinande rustning. Som kommer i sista stund för att rädda honom och rädda dagen.

När Tomek just skulle rikta uppmärksamheten mot nästa arbetsuppgift, kom Chey och Sean ut ur sovrummet med säkerhetskameran i händerna, och bar den varsamt som om världens öde vilade på den.

"Skönt att ha chefen tillbaka", sa Sean först.

Sedan Chey. "Trevligt att se dig igen, sir."

"Mina herrar."

"Har ni allt ni behöver?" frågade Tomek de två händiga herrarna.

"Vi hittade en skruvmejsel och en borr i ditt rum. Konstigt ställe att ha det på, men jag ska inte lägga mig i. Fast nu saknar vi bara ett par batterier."

KAPITEL
FEMTIOTRE

B atterierna fick lånas av en granne. Få av människorna i de fyra husen som de hade pratat med ägde några. Och de som hade, hade inga som fungerade.

Efter flera frustrerande försök — att borra fel i väggen eller tappa den i golvet varje gång de försökte — hade Chey och Sean till slut installerat dörrkameran och den fungerade nu fullt ut, med aviseringar som kom till hans telefon om och om igen.

Två uniformerade poliser, tillsammans med Martin, hade stannat kvar hemma hos honom tills vidare, och när de kom och gick, antingen för rökpauser eller telefonsamtal eller bara för att kolla läget på gatan, pingade Tomeks telefon hela tiden. De första hade varit uthärdliga, hanterbara, men ganska snart hade han bestämt sig för att stänga av aviseringarna. Ljudet höll på att driva honom till vansinne, och han orkade inte längre tvinga sig att lyssna. Dessutom skulle de ringa om det var bråttom eller fanns en uppdatering.

Det var nästan två på morgonen, och han var en av få i teamet som var kvar på kontoret. Sean, Rachel och Nick hade stannat, medan resten av teamet hade åkt hem, redo för en tidig start på morgonen.

"Jag tycker att du borde göra detsamma", sa Nick till honom.

Tomek skakade på huvudet och svarade: "Med all respekt, chefen, nej. Hemma är det sista stället jag vill vara på. Jag är en av få som faktiskt kan göra något åt det som har hänt Kasia. Alla andra familjer som går igenom det här tvingas sitta där och tänka det värsta. De är maktlösa, de kan inte göra något för att hitta sin anhöriga. Men det kan jag. Jag har privilegiet att kunna göra det. Det tänker jag inte slänga bort."

Nick tuggade på underläppen. "Beundransvärt, jag fattar. Men du måste sova någon gång."

"Det finns en bekväm soffa i ett av förhörsrummen. Eller så tillbringar jag en natt i en av arrestcellerna."

"Så att du kan plåga dig själv ännu mer?" frågade Sean från några meter bort. "Herregud, jag har aldrig tagit dig för en masochist."

Tomek visade honom fingret och vände sedan tillbaka uppmärksamheten till det han höll på med.

Det var mitt i natten, och hittills hade ingen av de uniformerade patruller som var utstationerade i de många fälten och parkerna i Hadleigh och Leigh rapporterat några iakttagelser. Tyvärr var kommunen Castle Point så stor, med dussintals potentiella platser och inte tillräckligt med personal för att täcka dem alla, att patrullerna tvingades köra runt hela tiden och kika in i var och en sporadiskt. Det var inte det idealiska sättet att göra det på, men Tomek hade snabbt kommit fram till insikten att om Kasia hade setts i något av fälten i området, då var hon död. En hård sanning som han hade tvingats konfrontera på toaletten, medan han stirrade in i spegeln och torkade tårarna ur ögonen.

Det enda ställe de med fog misstänkte att mördaren kunde ha fört henne till var byggnaden i Shoeburyness. Men Tomek bekymrade sig inte alltför mycket över det, eftersom en civil polisbil hade stått utanför sedan de hade hittat den, ifall mördaren skulle få för sig att återvända.

Under tiden tvingades Tomek gå tillbaka till sina rötter, tillbaka till de uppgifter han brukade sköta som kriminalassistent.

Telemetridata för Kasias telefon hade begärts ut, men det visade sig att hennes telefon hade varit avstängd, precis som alla de andra offrens.

Dörrknackningar hade genomförts längs hans gata, men ingen hade sett något särskilt, och de som hade det hade inte sett något viktigt eller värt att följa upp. I stället hade han fått sitta och plöja igenom husägarnas diverse snuttar från övervakningskameror, och leta efter gärningsmannen i de minsta bildrutorna.

Efter tjugo minuter av tanklöst stirrande på skärmen såg han en bil köra upp till lägenheten. Men på grund av trafiken på den trafikerade gatan och kamerans vinkel kunde han inte urskilja varken märke, modell eller registreringsnummer. Allt han hade att gå på var bilens tak, vitt och smalt, en liten del av sidopanelen och ett par strålkastare. Inget mer. Till och med bilderna av gestalten som klev ur bilen var gryniga och fullständigt värdelösa.

"Slöseri med tid", väste Tomek medan han i frustration sköt undan tangentbordet.

"Jag vet att du är det", började Sean, "men vad är ja—"

Innan han hann avsluta meningen ringde telefonen på kontoret och skar genom tystnaden. Ljudet var så högt att Tomek hoppade till.

"Fan också!" skrek han. "Vem i helvete ringer n—?"

Och då fattade han. Kasia. Någon som ringde med information.

Genast flög Tomek upp ur stolen och rusade över kontoret till närmaste skrivbord med en telefon på. Han ryckte upp luren och tryckte på knappen för högtalarläge.

"Kriminalsergeant Bowen, Southend CID", sa han.

"Allt okej, sergeant?" kom rösten från en ung man som lät som om han just lämnat puberteten bakom sig. "Bara snabbt: En bil har precis kört förbi byggnaden vi bevakar."

Byggnaden där Fern Clements hade blivit stucken till döds.

"Okej."

"Vi tror att vi såg den i går natt också."

"När i går natt?"

"Runt midnatt. Kanske vid samma tid."

Tomek kollade klockan: 02:16. Han kunde inte föreställa sig att det var många bilar ute den tiden på natten om de inte var där för en sak: att döda, eller planera att döda.

"Vad vill du att vi ska göra, sergeant?"

"Vad menar du?" frågade Tomek, förvirrad.

"Vill du att vi ska följa efter den?"

"Vad tror du? Klart som fan att jag vill det. Sätt efter den och ring inte tillbaka förrän ni har hittat den."

KAPITEL
FEMTIOFYRA

M jukhet.

En mjukhet som kändes som om den skyddade henne.

Det var det första hon kände. Madrassens mjukhet. I övrigt var allt annat bortdomnat. Hennes ben, hennes höfter. Till och med händerna och fötterna, på grund av remmarna som höll dem ihopbundna. Den enda del av kroppen där hon fortfarande kände något var övre ryggen.

Sedan öppnade hon ögonen och såg något som liknade ett sovrum. Det enda som tydde på att det var ett sådant rum var madrassen hon låg på och garderoben i trä i hörnet. I övrigt fanns ingenting. Väggarna var nakna, förutom hålen där ramar eller andra tecken på personliga tillhörigheter hade hängt. Högst upp på väggarna, vid taket, hade den kladdiga tapeten börjat släppa och falla sönder.

Nästa sinne som kom tillbaka var luktsinnet.

Lukten av fukt och mögel och allt det hon kände när hon bodde hos sin mamma. Lukter som kastade henne tillbaka till den där hemska tiden, till det där hemska hemmet.

Men det här var inte det där hemmet. Det här var inte den där hemska tiden.

Det här var mycket värre.

Hon visste vad det här var. Hon hade läst igenom alla sin pappas ärendeanteckningar när han inte såg, tjuvlyssnat när han diskuterade saker i telefon och hört honom anspela på dem i deras samtal.

Det här var seriemördaren som hade kidnappat tjejer i hennes ålder och dödat dem genom att utnyttja deras allergier.

Nå, om det var så och hon befann sig i mördarens hemliga håla eller hans hem, då var hon körd.

Bara tanken på att komma i närheten av en påse nötter räckte för att utlösa en anafylaktisk chock.

Hon hade ingen aning om hur hon hade hamnat där. Det enda hon mindes var att hon öppnade dörren för en man med mask, med handskar; samma handskar som hennes pappa hade tusentals par av.

Forensiska handskar. Sådana som hindrade hans DNA från att dyka upp på något bevismaterial.

Vad skulle han göra med henne? Skulle han döda henne där och då? Eller skulle han låta henne vänta?

Det dröjde länge innan hon fick svar på de frågorna.

Det var fortfarande mörkt ute när hon hörde ett ljud nerifrån. Mitt i natten. Exakt vilken tid det var, visste hon inte. Men den senaste timmen eller så hade hon slumrat till och vaknat till, doppat tårna i och ur medvetslöshetens vatten. Varje gång en golvbräda knarrade eller en fönsterruta rörde sig drog hon sig upp ur vattnet.

Men den här gången hörde hon ljudet på riktigt. Ljudet av steg som närmade sig. Närmare, närmare...

Ett uppehåll, medan mördaren väntade på andra sidan dörren. Ljudet av hans andning hördes genom träet.

Kasia höll andan för att inte störa tystnaden.

Hon höll den tills lungorna var på väg att sprängas.

Och sedan vände gestalten sig bort och gick ner igen. Ljudet av fotstegen tonade bort, tills hela huset till slut blev tyst.

Det var då, när hon hade konstaterat att hon var så säker som hon någonsin skulle bli, som Kasia doppade tårna i medvetslöshetens vatten igen. Och efter några sekunder dök hon rakt ner.

KAPITEL
FEMTIOFEM

Tjugoårskonstapeln ringde aldrig tillbaka, vilket, som Tomek strax skulle få veta, betydde att de aldrig kom ifatt bilen.

När ljuset äntligen bröt över horisonten hade Tomek beslutat sig för att göra ett besök vid den lilla byggnaden. Det fanns liten poäng med att bege sig dit mitt i natten, då hans färdigheter och expertis skulle ha varit fullständigt värdelösa i mörkret. Nu, när solens strålar trängde igenom det tjocka grå diset ovanför, hoppades han att det skulle bli annorlunda.

Ett lätt regn, genomdraget av kylan i luften, hade fallit sedan tidig morgon och gjorde färden till byggnaden i Shoeburyness mödosam och mer förrädisk än nödvändigt. Vägarna var tillräckligt smala som de var, och det blev värre av leran som täckte asfalten och hans obändiga otålighet att komma fram så fort som möjligt.

Utanför byggnaden väntade de två konstaplar som hade bevakat den över natten. Båda var lika unga som Chey, om inte yngre. Tidiga tjugoårsåldern. Mycket tidiga tjugoårsåldern. Och de såg ut som om de just hade tagit examen. De var nästan identiska på alla sätt: längd, kroppsbyggnad, frisyr och hårfärg. De hade till och med samma solbrända hy – förutom näsorna. Cody, konstapeln som ringde, var stolt ägare till en tunn, smal näsa, medan Flint, den andre konstapeln, hade en större, bruten som verkade hänga snett i ansiktet.

"God morgon, sergeant", sa Cody och räckte fram handen.

Tomek skakade den och sträckte sedan fram handen mot Flint. Båda de unga männen hade fasta handslag för sin ålder. Han behövde inte undra varför.

"Berätta allt ni vet", sa Tomek.

Innan Cody hann börja kom konvojen. Nick, Rachel, Sean och brottsplatsgruppen. Tomek hade gett sig själv ett försprång på dem och brutit mot några hastighetsbestämmelser på vägen. När de alla hade klivit ur sina respektive bilar och hälsat klart började Cody tala.

Han hade ordet, alla sju tittade upp på honom och lyssnade uppmärksamt. Och det syntes tydligt att nervositeten inför situationen tog ut sin rätt. Innan han ens hade börjat spärrades ögonen upp och han började klia sig i nacken.

"Tja, vi såg den först härom natten, eller hur?" frågade han Flint. "Inte i natt. Utan natten innan. Natten före."

"Två nätter i rad", kommenterade Tomek otåligt. "Ja, vi fattar. Fortsätt."

"Just det. Första gången tänkte vi inte så mycket på det, ni vet? Vi trodde bara att det var någon boende här i trakten på andra sidan gårdarna, men när vi såg den igen i natt – eller snarare tidigt i morse – tänkte vi att något kanske var på gång. Det är inte så vanligt att samma bil kör omkring här två nätter i rad klockan tre på morgonen. Förstår ni vad jag menar?"

Tomek suckade inombords. Han förstod att konstapeln fortfarande var ung, och ursäktade det med hans oerfarenhet och naivitet, men han fann det ändå frustrerande att lyssna.

"Hur vet du att det var samma bil?"

"För att jag kände igen den", svarade Cody. "Fast egentligen var det Flint som ifrågasatte det."

"Okej", sa Tomek och vände sig till den andre konstapeln. "Flint, du låter som den skärpta av er. Vad såg du?"

"Den var vit."

"Bra början."

"Och det var ungefär det."

Tomek suckade tungt, den här gången hörbart. Men just då drog en vindstöt över fältet så att de andra ändå inte uppfattade det.

"Så ni såg en vit bil och tänkte ringa oss?"

"Ja, sergeant."

"Var det något som utmärkte bilen?" frågade Rachel och grep in. "Fick ni avläst registreringsnumret? Märke? Modell?"

Flint funderade ett ögonblick. "Alltså... det var kolsvart, och strålkastarna var släckta. Men jag tror... jag tror att det var en Cactus eller något."

"En vadå?" frågade Tomek. "Vi är inte i öknen, grabben."

"*Tomek*", sa Nick strängt och tog ett steg fram. "Menar du Citroën Cactus?"

Flint nickade. "Den med den där jättelika panelen mitt på sidan som ser ut som om ett barn bara ritat dit ett brevinkast."

Tomek visste inte vilken bil de pratade om, men att döma av uttrycken i kollegornas ansikten visste de exakt vilken de skulle leta efter. En vit Citroën Cactus.

En vit Citroën Cactus i vilken hans dotter satt inlåst. Tomek försökte tänka på James Elliotts bilar; de som var registrerade på honom, eller de han hade haft på uppfarten. Men eftersom han inte ens visste hur bilen såg ut insåg han att det var lönlöst och att uppgiften passade bättre för någon på stationen.

"Har ni tittat inne i byggnaden?" frågade Nick.

Båda konstaplarna skakade på huvudet.

"Vi har bevakat den hela natten. Såvitt vi vet har ingen varit inne."

"Förutom när ni följde efter bilen."

Codys kinder blossade röda. "Tja, ja. Förutom då."

"Så hela natten var det alltså inte?" sa Tomek rakt på sak.

"Nej. Tydligen inte."

"Säg då inte saker som inte stämmer—"

"Sergeant!" Nicks röst skar genom vinden som en lie och tystade genast Tomek och prasslet från löv och träd omkring dem. "Det räcker nu, tack. Nu, mina herrar, kan ni vara vänliga att visa mig till byggnaden?"

Besöket var meningslöst. Det var exakt som Tomek senast hade sett det. Ingenting hade förändrats, ingenting var ur läge. Och viktigare: han hade inte hittat Kasia där inne. Vilket innebar att hon fortfarande fanns där ute någonstans, kvarhållen på en hemlig plats som de inte visste något om.

Var? frågade sig Tomek. Men ingenting dök upp. Under hela utredningen var detta den enda byggnad de hade hittat. Den enda platsen som utstrålade något skurkaktigt och ont. Och inget tydde på att James Elliott hade hållit några av sina offer i sitt hus eller att han hade en annan fastighet där han förvarat dem.

Kort efter att ha sett insidan av byggnaden föreslog Nick att de skulle återvända till stationen. Eftersom de inte kunde vända på vägen och ta samma väg tillbaka tvingades de köra runt. Tomek ledde tåget, med bilkonvojen i backspegeln. Vid det här laget hade regnet gett med sig och molnen börjat spricka upp. I radion dånade den senaste poplåten ur högtalarna. Kasia gillade att spela högt, antagligen för att hennes trumhinnor redan var så förstörda av volymen i hennes hörlurar, och han hade inte hjärta att skruva ner.

När Tomek tog sig fram på de smala, slingrande vägarna och undvek lågt hängande träd och hal asfalt, fångade något hans uppmärksamhet. Fåglar. Närmare bestämt kråkor. Stora, ilskna kråkor som cirklade över en särskild plats på ett fält till höger om honom. Omedelbart ovanför stället hängde ett litet, tunt svart moln.

Tomek drog tvärt åt sidan och slet i handbromsen. Ljudet av däck som tjöt hördes bakom honom, men han brydde sig knappt när han klev ur bilen. Han visste inte varför, men något drog honom mot fåglarna, mot platsen. Som en magnet – hans intuition.

"Vad fan håller du på med, Tomek?" fräste Nick när han for upp ur bilen. "Vart ska du?"

Tomek ignorerade dem och fortsatte. Han hoppade över högar av våt jord, plaskade i pölar, vadade fram genom raderna av grönsaker som växte där. Kråkflocken var inte mer än någon meter bort, men Tomek hade lagt märke till kroppen långt tidigare, tack vare stanken – härsken, rutten – som vinden fångat upp och burit till hans näsborrar.

"Här borta!" skrek han, och rösten brast. "Skynda! Det ligger en kropp!"

Tomek närmade sig försiktigt och letade av marken efter skospår eller avtryck där kroppen hade släpats längs ytan. Magen drog ihop sig och kroppen blev iskall av skräck.

Bara någon meter skilde honom från risken att stirra in i sin döda dotters ögon.

"Stanna där!" ropade Tomek tillbaka. Om det var Kasia som låg där med ansiktet neråt ville han inte ha någon annan där. Han ville ha ett ögonblick med henne innan teamet kom och gjorde resten. Innan de började slita och manövrera henne.

Han gick långsamt fram mot kroppen, benen skakade.

Den trädde gradvis fram.

Och då drog han en lättnadens suck.

Skorna var annorlunda: herrskor. Likaså jeansen och jackan. Och håret var också annorlunda.

En mans. Definitivt en mans.

När Tomek hukade sig vid mannens sida insåg han vem det var.

Med blicken ner i marken, halva ansiktet nedsjunket i jorden, låg James Elliott.

KAPITEL
FEMTIOSEX

Tomek kände en förvirrande blandning av lättnad och förtvivlan. Lättnad över att Kasia inte var död, att hennes kropp inte hade dumpats mitt på ett fält någonstans.

Och förtvivlan över att hon fortfarande var försvunnen, att det fortfarande fanns en risk att hennes kropp kunde dumpas på ett fält när som helst.

Den enda frågan som återstod var var ... och när.

Men han försökte att inte tänka på det. Försökte tänka positivt, optimistiskt. Se glaset som halvfullt och allt det där.

Några timmar hade gått sedan man hittat James Elliotts kropp. Under den tiden hade ett kriminaltekniskt tält satts upp över honom, och ett stort team av kriminaltekniker höll just nu på att samla in bevis på platsen. Det skulle dröja länge innan de var klara och kunde skickas hem. Dödsorsaken var strypning, och arbetshypotesen var att han hade dödats någon annanstans och sedan transporterats till gården, där gärningspersonen hade kört in till vägkanten, burit kroppen till platsen och dumpat honom där. Hittills hade teamet inte lyckats hitta några skospår i leran, vilket tydde på att kroppen hade dumpats där när marken varit torr. De hade däremot lyckats hitta ett par däckspår vid vägkanten som matchade dem som upptäckts vid tegelbyggnaden tidigare i utredningen. Det bekräftade fortfarande inte vilket märke eller vilken modell de letade efter, men åtminstone ökade det sannolikheten att bilen de sökte faktiskt var en Citroën Cactus.

Utifrån graden av förruttnelse hade Lorna Dean uppskattat att materialförvaltaren hade legat där i minst trettiosex timmar, kanske fyrtioåtta.

Den första natten hade Flint och Cody fått syn på Citroën Cactusen.

Nyårsafton.

Natten då bilen inte följdes av de två poliserna.

Natten då James Elliott försvann.

Vilket innebar att någon hade rövat bort och dödat honom.

Tystat honom.

Av en särskild anledning. Och Tomek tänkte ta reda på vilken. Men under tiden fanns det något han behövde göra, någon han behövde tala med.

Tomek knackade på dörren och väntade. Regnet hade börjat igen, den här gången hårdare, med full kraft, som en mörk föraning om vad som väntade.

Dörren öppnades efter några ögonblick. Framför honom stod Mrs Turpin, Billys mamma, i en vit morgonrock och såg ut som om hon just hade väckts.

"Vad gör du här? Jag vill inte ha dig i närheten av min son. Du måste gå, annars ringer jag polisen."

Tomek småskrattade för sig själv åt den sista kommentaren. Det brukade alltid få honom att skratta. "Jag är polisen", kontrade han.

"Det här är trakasserier!" Mrs Turpin stack handen i morgonrocksfickan och drog fram sin telefon.

Tomek höjde händerna i kapitulation och sänkte rösten. "Snälla", sa han. "Du förstår inte. Jag behöver prata med din son."

"Nej!"

"Det gäller min dotter. Hon ... hon har försvunnit."

Det verkade hejda henne. Långsamt sänkte hon telefonen längs sidan och lättade på greppet om ytterdörren. "Herregud, är hon okej? Jag menar, vet du om hon är okej? Om hon har blivit skadad? Hur länge har hon varit borta?"

"Sedan i går kväll. Hon fördes bort från vårt hem."

Billys mamma tvekade ett ögonblick och lutade sedan huvudet åt sidan.

"Jag är så ledsen", sa hon. Och lade till: "Men vad har det här med Billy att göra?"

"Jag vill prata med honom, se om han vet något."

"Det gör han förstås inte. Varför skulle han veta något om att din dotter har försvunnit?"

"På grund av fotbollsklubben", medgav Tomek. "Någon från hans fotbollsklubb ligger bakom det här och jag behöver veta om någon har hört av sig till honom, skickat meddelanden om Kasia eller ställt personliga frågor om henne."

Billys mamma tvekade, vägde beslutet om hon skulle släppa in honom. Till slut gav hon med sig och klev åt sidan. Tomek gav henne en tacksam nick när han gick in.

Billy satt i vardagsrummet och spelade på en Nintendo Switch, med benen i kors i en soffa så stor att den slukade honom helt.

"Billy, Kasias pappa är här för att träffa dig."

"Va? Varför?"

Hans mamma lade en hand på hans axel. "Jag låter honom förklara."

Sedan lämnade hon ordet till Tomek, som sänkte blicken och mötte Billys. Den unge pojkens ögon var vilda av rädsla och oro. Som om han visste att han hade gjort något dumt och väntade på att få veta vad Tomek visste.

"I går kväll fördes Kasia bort från vårt hem. Jag vill veta om du vet någonting om det."

"Jag ... nej ..." Billy släppte spelkonsolen i soffan och drog knäna tätare intill bröstet. "Är hon okej?"

"Jag vet inte."

"Hur gick det till?"

"Jag hoppades att du kanske skulle kunna berätta det för mig", sa Tomek. "Har någon från fotbollsklubben ställt frågor om Kasia? Velat veta hennes förehavanden?"

Billy behövde inte fundera länge; han skakade kraftigt på huvudet nästan omedelbart.

"Jag har ingen aning. Ingen från fotbollen har skickat något till mig eller så. Jag vet inte varför någon skulle vilja göra så här mot henne."

Det visste Tomek. Han hade förstått direkt varför hon hade tagits. Hennes nötallergi. Den som Billy hade glömt bort och som gjorde att hon hamnade på sjukhus.

När han tänkte efter insåg han att den svarta gestalten hade varit på stranden av en annan anledning. Han hade varit där för Kasias skull, och hållit henne under uppsikt. Väntat. Om det inte hade varit för hennes handlingskraft den kvällen, när hon försvarade sin vän och ringde polisen, undrade Tomek om hon hade tagits tidigare. Om hon redan hade varit död.

Det gick inte att tänka på.

Ändå låg det hela tiden längst fram i hans medvetande, förföljde honom, blixtrade förbi framför ögonen då och då. Plågade honom.

"Så du vet inte någonting om vad som hände henne?"

Billy skakade på huvudet. "Förlåt. Nej, jag vet ingenting."

Tomek tittade ner på mattan, lät axlarna sjunka. "Om du kommer på något, eller om någon hör av sig till dig, ring mig, är du snäll."

Han stack handen i fickan och tog fram ett visitkort. Billys mamma tog försiktigt emot det och synade det.

"Självklart. Vi hör av oss om vi får veta något. Jag hoppas att ni hittar henne. Och jag hoppas att hon är i säkerhet."

Det gjorde Tomek också. Men om den senaste tiden var någon vägledning höll tidsfönstret för att hitta henne vid liv på att stängas.

Och snabbt.

KAPITEL
FEMTIOSJU

Tomek hade varit tillbaka på stationen i knappt trettio sekunder innan Nick stack ut huvudet genom kontorsdörren och ropade in honom. Ingen tid att småprata med någon. Ingen tid för en uppdatering. Ingen tid för någonting.

Och något i sättet Nick hade ropat in honom på antydde att kommissarien inte heller var på väg att berätta något viktigt.

"Ta plats," befallde Nick med fast röst.

Tomek gjorde som han blev tillsagd, som han hade gjort så många gånger förr.

"Ett par saker har kommit till min kännedom," började Nick, "men först vill jag fråga hur du mår."

Hur fan tror du att jag mår? ville Tomek säga men svalde det. Han mindes sitt samtal med Nick om Lucy och hur Nick hade svarat på samma fråga: lugnt, kontrollerat och respektfullt, även om han med stor sannolikhet hade känt precis som Tomek gjorde nu.

Till slut svarade Tomek: "Jag vill bara hitta henne. Jag vill bara veta att hon är i säkerhet och att ingenting har hänt henne."

"Det fattar jag. Verkligen. Men jag har sett hur du tilltalar folk, hur du befaller dem hit och dit. Du kan inte behandla folk som skit, Tomek. Sättet du pratade med Cody och Flint tidigare var inte okej, kompis."

Tomek bet sig i läppen. Lät frustrationen gå ut över tandköttet.

"Och sättet du har kommenderat medlemmar i teamet. Vi vill alla hitta

Kasia. Ärligt talat, det vill vi. Men att bete sig så där kommer inte att hjälpa, och det får oss inte att jobba effektivare. Du står under *mycket* stress, det fattar jag, det fattar *vi*, men det finns gränser, kompis. Herregud vet vad du måste gå igenom. Det här är inte alls som det som hände Lucy, men av alla är jag nog den som är närmast att förstå. Och jag hade ingenting med gripandet av Paddy Battersby att göra, och det tror jag var bra. Jag tror jag behövde hållas ifrån det. Annars... jävlar, jag hade gått in i det där förhörsrummet och slagit skiten ur honom." Nick drog handen över sin flint som om han polerade den med sin svett. "Förstår du vad jag menar?"

Självklart förstod han vad Nick sa. Hur skulle han inte kunna det? Det var lika tydligt och bländande som glansen på Nicks hjässa.

"Du vill att jag tar ett steg tillbaka från utredningen av min egen dotters kidnappning?"

"Jag—"

"Du skämtar, va? Nej. Aldrig. Jag tänker fan inte luta mig tillbaka och lägga upp fötterna som någon jävla idiot."

"Det är det ingen som ber dig om. Du kan fortfarande ha en aktiv roll i att hitta din dotter. Du bara..."

"Vadå?"

"...låter oss sköta allt prat."

Tomek hade fått nog av att mala tänder och bet i stället ihop om tungan så hårt att han snabbt började känna metallsmak i munnen.

"Är det allt?" frågade han rakt på sak. "Min dotter är försvunnen och du har bara kommit för att skälla på mig och tillrättavisa mig för att jag överreagerar och beter mig som jag gör."

"Som om inget har förändrats... minns du?"

Tomek mindes deras samtal nere vid havet.

"Som om inget har förändrats," sa han, blåste ut luft genom näsborrarna och vände bort blicken från kommissarien.

"Kommer du lugna ner dig innan du går ut igen?" frågade Nick.

"Kanske. Varför?"

"För att jag behöver att du gör det. Jag har en överraskning till dig."

"Om du inte har hittat min dotter skulle jag inte använda det ordet i min närhet om jag vore du."

Nick skruvade på sig i stolen. "Okej. Ja. Förlåt."

"Nå... Säg då, vad är det?"

. . .

"Låt mig ta hand om det," hade Nick sagt till honom nere vid havet.

Och det hade han gjort. Men inte för att han litade på att Nick skulle infria sitt löfte (det var redan givet), utan för att han helt hade glömt bort det. Harrison Rossiter hade trängts undan längst bak i medvetandet när jakten på James Elliott och hans dotter kom i förgrunden.

Men nu var den unge mannen här. Anländer till stationen om mindre än tio minuter. Influgen av Nick på ett sista minuten-flyg.

"Hur fick du hit honom?" hade Tomek frågat.

"Tja, jag sa att det var en polisundersökning, och att om han inte kom skulle vi skicka fransk polis hem till honom. Det skrämde livet ur honom, och nu är han här."

Tio minuter senare klev Harrison Rossiter, akademispelaren från Ligue 1, in genom stationens dörrar och togs emot av Anna och en civilanställd stödperson. Han fördes sedan till ett av förhörsrummen och Tomek fick besked.

På väg mot rummet började Tomek svettas, och en lukt sipprade ut från armhålorna. Han var nervös. Mer än nervös. Han höll på att skita på sig.

Den unge mannen, en åttioåtta lång, visste möjligen vem mördaren var.

Visste vem som hade kidnappat hans dotter.

Svaret på var Kasia hölls och vem som höll henne under sin kontroll.

Tomek förberedde sig medan han lade handen på handtaget.

Han öppnade dörren.

Där satt Harrison Rossiter vid bordet, rak i ryggen, händerna flätade och vilande lugnt på skivan. Den raka motsatsen till Billy the Cow Fighter. Han föreställde sig att sjuttonåringen skulle ha säckat ihop i stolen, med benen brett isär, kanske till och med med ena foten uppe på bordskanten. Men inte Harrison. Den unge mannen utstrålade stil, respektabilitet och hyfs. Som om fransmännen hade bankat in de egenskaperna i honom inte bara på fotbollsplanen utan också i verkligheten.

För, som Tomek så ofta läste, var chanserna att han någonsin skulle slå igenom som proffs astronomiskt små, så de var tvungna att förbereda sina akademispelare för livet utanför.

Tomek hoppades bara att han var lika ärlig som han var respektfull.

Han sträckte fram handen. "Trevligt att träffas, Harrison. Tack för att du kunde komma med så kort varsel."

"Det är... okej."

"Vet du varför du har tagits in till stationen i dag?"

Så fort frågorna började pillade Harrison på sina fingrar. "Polisen vi pratade med, kommissarie Cleaves, sa att det gällde en konsert för några år sedan."

"Ja. Det stämmer. I synnerhet konserten du gick på för två år sedan på Cliffs Pavilion. Minns du den?"

Harrison behövde inte tänka länge. "Catfish spelade."

"Just det. Vad kan du berätta om den kvällen?"

Tomek kämpade mot varje impuls i kroppen att fråga ungen rakt ut vem han hade köpt drogerna av, men han höll tillbaka. Mot bättre vetande. Det var klokare att låta killen landa, få honom att slappna av, vänja honom vid frågorna och sorten av frågor, och sedan gå in för att sätta in stöten.

"Det var Avenas idé att gå. Jag var inte så stort fan själv, men jag är alltid på att göra grejer med polarna, skapa minnen och så. Så jag lät dem sköta allt fix och betalade bara min del och dök upp. Vad jag minns kom vi dit ganska tidigt för att kunna stå nära scenen, men under kvällen tappade vi bort varandra eftersom någon oundvikligen behövde på toa, så gick någon annan med, och sen kom någon på att de också behövde gå. Så, alltså, innan olyckan var det bara jag, Avena och Priti."

"Hur långt från scenen stod ni?"

Harrison skrattade till. "Typiskt nog, eftersom vi hela tiden tappade bort varandra, drev vi längre och längre bort från scenen in mot mitten. Det var ingen kvar som kunde vakta vår plats och, du vet hur det är, alla försöker trycka sig fram så mycket de kan."

"Och när erbjöds ni droger?"

Då dog samtalet. Harrisons kropp tappade all hållning, han slutade pilla på fingrarna och den jämna rytmen i bröstkorgen snabbade upp.

När ansiktet drog ihop sig i djupa tankar började pupillerna vidgas.

"Du är inte i trubbel för det," sa Tomek. "Och ingen behöver berätta för dina föräldrar om det är det du oroar dig för. Ungar tar droger hela tiden. Vi gillar det förstås inte alls. Men det vi verkligen har problem med, och det som *jag* verkligen har problem med, är när folk spetsar de där drogerna med kemikalier och gift. Det var det som hände din kompis Avena, eller hur?"

Harrison sänkte blicken mot knät och nickade, oförmögen att möta Tomeks ögon.

"Som tur var hade din vän tur. Hon hade tur som var klok nog att bara ta en halv tablett, och hon hade tur att ni reagerade så snabbt som ni gjorde. Men andra har inte haft samma tur. Förstår du vad jag menar?"

Ännu en nickning, den här gången höjde han huvudet en aning.

"Personen som sålde droger till dig och dina vänner har gjort mycket värre grejer sedan den kvällen," fortsatte Tomek. "Och nu måste vi ta reda på vem han är och var han finns."

Mer nickande, mer höjning.

"Och när jag talade med Avena berättade hon att du verkade känna personen som sålde er drogerna. Hon sa att du gav honom en kram. Sa att du kände honom från fotbollen. Stämmer det?"

"Oui," sa Harrison och rättade sig sedan. "Ja."

"Bra. Nu vill jag bara att du ska veta att genom att säga hans namn händer inget med dig. Vi kommer inte att gripa dig, och vi kommer hålla ditt namn utanför utredningen så långt det går, men jag hoppas att du, precis som jag, vill sätta den här killen där han hör hemma. Bakom lås och bom, eller hur?"

"Precis."

"Bra. Nu, när du är redo, vill jag att du berättar för mig vem från fotbollsklubben som sålde er de där drogerna."

KAPITEL
FEMTIOÅTTA

P å några sekunder stod namnet som hade kommit ur Harrison Rossiters mun längst upp på whiteboarden i spaningsrummet.

På några minuter var det allmänt känt, och alla i teamet, inklusive de utryckningsenheter som hade skickats till hans senast kända adress, underrättades.

Som en del av deras tidigare samtal hade Nick bett Tomek stanna kvar, medan resten av teamet gav sig ut på jakt. På så vis, om Tomek stötte på honom, skulle han inte frestas att slå in mannens ansikte.

Inte för att han skulle göra det, förstås, för de senaste trettio minuterna hade han inte förmått ta in någonting alls. Han kunde inte ens komma på sitt eget namn, så att slå någon nästan till döds var honom övermäktigt.

Även om han inte höll med om beslutet att lämnas kvar, insåg han att han kunde använda tiden till att bättre förstå mördarens roll i varje dödande. Att samla bevisen för varje mord, så att CPS, när fallet togs upp i domstol, skulle ha allt de behövde.

Det var ett ganska logiskt, väl genomtänkt beslut som till och med överraskade honom själv.

Först tog han sig an det senaste fallet. Fern Clements. Den femtonåriga flickan från Hadleigh. Han gick igenom all bevisning som teamet hade samlat under veckorna; listan över personer på hennes skola, hennes lärare, familjevänner, alla hon hade pratat med på nätet, och hittade mördarens namn bland allt detta.

Sedan gick han vidare till Lily Monteiths död. Han granskade bevisningen som hade samlats in i hennes mord, liknande bevisning som den som hade tagits fram för Fern Clements. Han fann mördarens namn även där.

Och sedan, efter en timmes utredande, kom han till Mandy Butlers död. Och alla de andra offren som hade blivit nålstuckna. Tomek hittade mördarens namn bland dem allihop. Sammanlänkade av en sak: deras skola. Vid varje tillfälle hade alla fem offren gått i samma skola men befann sig senare på olika läroanstalter av en eller annan anledning.

Och så kom han till Diana Greenock. Och listan över hyresgäster som hade bott i samma byggnad som hon. Listan som hade legat på hans skrivbord den senaste veckan. Den som han hade haft för mycket att göra för att gå igenom. Namnet som hade stått på femte raden i den listan.

Mördarens namn.

Avslutningsvis kontrollerade Tomek listan som HR-administratören på Dagenham & Redbridge FC hade gett honom. På just den här listan kunde han inte hitta mördarens namn. Men efter ett snabbt telefonsamtal, med samma kvinna som ursprungligen hade gett honom listan, fick Tomek den bekräftelse han behövde för att visa att mördaren hade arbetat i klubben i begränsad omfattning, och bara under en kort tid.

Till slut kände han sig helt slut, nästan tom inombords. Hans huvud hade knappt hunnit bearbeta det, och han visste inte vad han skulle tänka. Visste inte hur han skulle tänka.

Han lyfte blicken mot mördarens namn på whiteboarden.

Kände hur blodet började koka.

Och då vibrerade telefonen.

En avisering från hemmets säkerhetskamera, den här gången utan ljud.

Någon var vid hans dörr.

Personen hade kommit för två minuter sedan.

Tomek tryckte på aviseringen och väntade på att ansiktsigenkänningen skulle låsa upp enheten.

Och då såg han det. Mördaren, Kasias bortförare, som höll hans dotter i famnen och bar in henne i hans hem.

Med hennes nyckel.

Sedan stängde han dörren bakom dem.

Tomek tappade nästan telefonen på skrivbordet.

Mördaren var där. Mördaren var i hans hem.

Men viktigast av allt: Kasia levde.
Än så länge.

KAPITEL
FEMTIONIO

M jukhet.
En mjukhet som kändes som om den skyddade henne.
Och den här gången var det så.
Bekant. Vän, inte fiende.
Mjukheten i en madrass som var hennes egen. Doften av hennes Persil-tvättmedel och kroppslukt som trängt in i fibrerna. Gropen i mitten av hennes kudde, fårorna efter hennes kropp där hon brukade sova i fosterställning.

Hon låg i sin egen säng, i sitt eget sovrum. Om det inte var en kusligt exakt kopia.

Då tändes lamporna och hon fick det bekräftat.

Hennes sovrum, deras lägenhet.

Men varför? Varför här?

Hade han ändrat sig och ville lämna tillbaka henne? Eller tänkte han döda henne här för att göra det mer symboliskt?

De senaste timmarna hade varit ett töcken. Hon hade legat helt stilla under större delen av dem, stirrat på solljuset genom gardinerna, lyssnat, väntat. Hon ignorerade ljudet av magen som kurrade åt henne. Hon mindes inte när hon senast hade ätit, inte heller när hon senast hade druckit vatten. Och hon kände sig svag, kroppen var tömd på all energi. Om han kom in och anföll henne nu, trodde hon inte att hon skulle kunna försvara sig. Hon trodde inte att hon skulle kunna göra någonting.

Och så öppnades dörren. Och hon såg sin angripare för första gången. Vid alla deras tidigare möten hade han burit mask och gummihandskar. Och nu var det inte annorlunda. Förutom att han inte bar någon ansiktsmask, och i famnen höll han flera jättelika påsar med nötter, av olika slag. Jordnötter. Cashewnötter. Macadamianötter. Paranötter. Pistagenötter.

Alla sorters nötter som skulle kunna döda henne om hon inte genast sökte vård.

Det mest bisarra och löjeväckande mordvapnet någonsin.

"God kväll, Kasia", sa han, med behärskad, kall röst. "Eller ska jag säga, *dzien dobry?*"

KAPITEL
SEXTIO

Tomek sladdade till stopp mitt i gatan. Innan motorn ens hade hunnit stanna var han redan ute ur bilen och rusade mot mördarens fordon. Mördarens Citroën Cactus. Bilen han hade sett flera gånger men aldrig lagt märke till.

Innan han lämnade kontoret hade Tomek greppat en sax, mer som ett försvarsvapen än för anfall, och när han skyndade fram till trottoarkanten bredvid Citroënen körde han in saxens blad i däcken och punkterade dem ett efter ett medan han tog sig runt bilen. På så vis fanns ingen snabb och enkel flykt.

Medan luften väste ur gummit bakom honom skyndade han mot sitt hem. Ytterdörren var stängd, låst.

Jävel.

Om han gick in med buller och bång, vilket han verkligen ville; han ville sparka in dörren och sänka mördaren med en rugbytackling, men då skulle han förlora överraskningsmomentet och riskera att äventyra Kasias liv. Mer än det redan var.

I stället tvingades han nu göra det långsamt.

Tiden tickade medan han tyst tog upp husnyckeln ur fickan och stack in den i låset.

Tick. Tack.

Bilder av Kasia som låg någonstans i lägenheten – *död* – flimrade genom hans huvud.

Tick. Tack.

Och så gav låset efter. Han var inne.

Nedanför trappan stannade han, väntade, höll andan, lyssnade.

Ljud av kamp, av obehag ekade genom lägenheten. Men inte ljud av panik eller skrik.

Hade han börjat än? Eller låg hon i sina sista kramper, kämpade i dödskampens sista konvulsioner där hon plågades på golvet eller i sängen? Tomek bestämde sig för att inte vänta längre. Skita i överraskningsmomentet.

Fan ta allt.

Han rusade uppför trappan, tog två steg i taget, hans tunga steg fick huset att skaka. Uppe vid trappans krön såg han att ljuset i Kasias sovrum var tänt och gick mot det. Han stannade inte vid dörren – orubbligt föremål mötte ostoppbar kraft – utan brakade rakt in.

Synen fick honom att vilja gråta.

I mitten av sängen låg Kasia, med händerna bundna på ryggen. Hans dotter, hans älskade dotter. Runt henne låg ett berg av nötter och jordnötter som täckte varje centimeter av hennes blottade hud och hennes pastellfärgade täcke. Hon hade krupit ihop till en boll, flämtade och pep i bröstet medan kroppen kämpade för styrkan att överleva.

Han visste inte hur länge hon hade varit så här, men han visste att hon behövde omedelbar vård.

Och då såg han mördaren. Mannen som hade hemsökt så många flickor, krossat deras drömmar och utan tvekan levde i mardrömmarna hos andra flickor som dem.

Mannen som hade varit i hans hem flera gånger.

Mannen som med egna ögon hade sett Kasias allergier. Av en slump, ja, men han hade ändå sett dem.

Phillip Balham.

Han stod över henne på andra sidan sängen och strödde jordnötter över hans dotters nästan livlösa kropp.

"Część, Tomek", sa Phillip, en antydan till leende som blixtrade till bakom tänderna.

"Dra åt helvete!" spottade Tomek och kastade sig mot Kasias sängbord, där han grep en av hennes EpiPen. Sedan, på knä, kröp han tillbaka till hennes sida, sopade undan en hög med nötter från Kasias ben och drog ner hennes mjukisbyxor, så att den övre delen av låret blottades. Utan att tänka rev han upp förpackningen och körde pennan i låret och injicerade långsamt motgiftet i hennes blodomlopp.

"Kasia!" skrek han och slog henne lätt på kinden. "Kasia, hör du mig?" Men det gjorde hon inte. Hennes ögon rullade bakåt i huvudet. Han slog henne på kinden igen, hårdare den här gången. Skakade henne. Ville med all kraft få henne att komma till sans, att hennes medvetande skulle återvända till nuet, till sovrummet, till honom.

"Kasia! Nej, nej, nej! Kom igen, stanna hos mig. Våga för fan inte göra så här mot mig. Jag kan inte förlora dig."

Fler örfilar, mer skakande.

Tills hennes ögon till slut blev klarare, som om hon nu hade full kontroll över dem. Och så blinkade hon. Upprepade gånger.

"Pappa?"

Det var inte mycket, men det räckte för att han skulle förstå att hon skulle bli okej. Att hon skulle leva.

Att han hade räddat henne.

"Jag är här, älskling", sa han till henne. "Du kommer att bli okej. Jag ska se till det. Men först måste jag göra en annan sak."

Tomek grep en av hennes flera kuddar och lade varsamt ner hennes huvud på den. Sedan vände han blicken mot platsen där Phillip Balham hade stått.

Men mannen var inte kvar.

Phillip Balham hade, precis som under hela utredningen, glidit ur Tomeks grepp.

KAPITEL
SEXTIOETT

Tomek tyckte inte om tanken på att lämna Kasia ensam. Men tanken på att låta Phillip Balham komma undan gillade han ännu mindre. Så fattade han beslutet att lämna Kasia i sovrummet. Ensam. Men när han var på väg ut ur byggnaden stannade han vid lägenheten nedanför och hamrade med knytnävarna på hennes dörr.

"Edith! Edith! Det är Tomek. Är du hemma? Jag behöver din hjälp. Kan du—"

Dörren öppnades, och framför honom stod en trött och rädd Edith, som skyddade sig bakom dörren.

"Du är hemma", flämtade Tomek efter luft. "Jag behöver din hjälp. Ring ambulans. Det är akut. Kasia håller på att få en anafylaktisk chock. Säg att hon har fått en EpiPen-injektion. Säg vem jag är och få dem att skicka polisen. Jag behöver att du stannar hos henne medan du väntar."

"Är det säkert där uppe?" frågade hon svagt.

"Ja. Mannen som gjorde det här har dragit."

"Vart?"

Det var just det som var frågan.

"Jag vet inte", sade han och vände sig mot gatan. "Men jag tänker ta reda på det."

Han gav sig av innan hon hann svara. Vid slutet av uppfarten stannade han. Citroën Cactusen stod fortfarande kvar, antagligen övergiven efter att Phillip hade upptäckt däcken. Vilket betydde att mannen flydde till fots.

Men vart? Åt vilket håll? Vänster eller höger?

Tomek mindes en liknande situation han hade varit med om månaden innan, när Kasia hade rymt. Medan han hade stått och sagt hej då till hennes lärare, hade hon smugit ut genom sovrumsfönstret och försvunnit ner till stranden i Old Leigh. Då hade Tomek bett Sean att slå på en spårning på hennes mobilnummer. Men nu skulle det knappt finnas tid till det. Inte med det han hade planerat för Phillip när han väl fick tag i honom. *Tänk, Tomek, tänk.* Om han hade varit Phillip Balham, var skulle han vara? Åt vilket håll skulle han ha tagit?

Han gick igenom den information han hade om hyperpolyglotten: mannen bodde någonstans i Southend, inte i Leigh, vilket antydde att han kanske inte kände området särskilt väl. Men det fanns ett område i Leigh-on-Sea som Tomek visste att Phillip kände till.

Och det var samma ställe som Kasia hade tagit sig till när hon försökte rymma.

Bell Wharf Beach, Old Leigh.

Samma plats där Lucy Cleaves hade blivit överfallen. Där, insåg han nu, Phillip – och inte James Elliott – hade stått och väntat, iakttagit i skuggorna och sedan flytt längs strandpromenaden till Grosvenor Casino: hans arbetsplats.

Vägen ner till strandkanten var lite mindre än en kilometer. En tiominuterspromenad en bra dag. Och Phillip hade redan ett försprång. Till fots. Springande.

Tomek visste inte mycket om mannens fysiska förmåga, men han visste att han själv var i ganska hyfsad form. Dagliga löprundor de senaste tjugo åren hade hållit honom i så bra skick som han förmådde. Men de senaste veckorna, sedan Kasia hade kommit in i hans liv, hade brunnen där tiden för att springa och viljan att göra det brukade finnas, plötsligt sinat. Och när han nådde slutet av gatan, omkring tvåhundra meter från huset, började han verkligen känna av det. Han flåsade tungt, blåste ur arslet.

Det var som om hans lungor nu hade kapaciteten hos en sextioåring, och han var bara några steg från att stupa.

Men det var Phillip Balham också.

Tomek fick syn på mördaren ett par hundra fot framför sig, vacklande, med avtagande tempo.

Och så vände mannen sig om. Så snart han såg Tomek komma farande efter sig ökade han farten och utökade avståndet mellan dem.

Några minuter senare, båda flämtande efter luft, båda önskande att de aldrig gett sig ut och sprungit, nådde de de branta trapporna som ledde ner till Old Leigh. De var de metaforiska stegen mellan nya och gamla centrum, och Tomek hade klättrat i dem hundratals gånger – ensam, på sina löprundor, med vänner – men ingen gång hade varit svårare än nu. När han nådde dem var benen som gelé, och med varje steg kändes det som om kroppen skulle ge vika. Som tur var fanns ett räcke att hålla sig i och avlasta vikten. Med det styrde han sig nerför trapporna, glad att offra sin värdighet för en kväll.

Nere vid trappans slut linkade han efter Phillip, som fortfarande låg några steg före, på väg mot en liten bro som gick över järnvägen från Londons Fenchurch Street till Shoeburyness. Den här gången tvingades han ta trappan, och han grymtade för varje steg, med lungor och kropp som skrek åt honom.

Avståndet mellan dem minskade gradvis.

Tio fot.

Nio.

Tomek kunde känna lukten av mannens desperation att komma undan.

Och han kunde känna lukten av sin egen vilja att stoppa honom till varje pris.

När avståndet mellan dem bara var några få fot kastade sig Tomek över Phillip och rugbytacklade ner honom i marken uppe på krönet av bron. Mannens kropp kändes mjuk när han lade all sin tyngd på den. År av rugbyträning, både socialt och i kårens lag, hade lärt honom hur man attackerar korrekt, säkert och utan att orsaka skador. De hade också lärt honom hur man kan få ner någon på marken på värsta möjliga sätt, genom att använda sin kroppsvikt mot deras för att krossa dem och orsaka så mycket smärta som möjligt.

På Phillip Balham använde Tomek den senare tekniken.

"Släpp mig!"

"Dra åt helvete! Du ska vara jävligt glad att jag inte slänger ner dig från den här jävla bron!"

Med vänster underarm pressade Tomek fast Phillips ansikte mot betongen på bron, samtidigt som han tryckte den andra armen mot mannens svank.

Han kämpade mot varje impuls i kroppen att sänka underarmen mot mannens hals och hålla den där.

"Du ska få betala för vad du har gjort", sade han.

"Jag tror att du kom för sent", sade Phillip och hetsade honom. "För sent för att rädda din egen dotter. Vad är du för sorts pappa?"

"En som är väldigt nära att ta lagen i egna händer."

Phillips blick flackade från marken upp till Tomek för ett ögonblick.

"Gör det", sade han, medan han tuggade på smuts och spottade ut den igen. "Gör det. Det kommer inte att få henne tillbaka. Det får ingen av dem tillbaka."

"Jag vet att det inte gör det. Men det hindrar dig från att ta fler offer."

"Kasia skulle alltid bli den sista", sade Phillip. "Jag sparade henne till sist."

"Varför?"

"För att hon var den stora finalen. Död genom beröring. Död av jordnötter. Hur kan något så litet och obetydligt ha den effekten på en människa? Jag gjorde alla en tjänst. Jag befriade världen från dess svagheter."

"Så du dödade tonårsflickor genom deras allergier? Blev vän med dem tills de litade på dig? Litade tillräckligt för att åtminstone kliva in i din bil?"

"De där flickorna litade inte på mig", flämtade Phillip mellan andetagen när Tomek ökade trycket mot hans ansikte. "De såg mig bara ett par gånger i veckan i skolan eller när jag kom över för att lära dem sina språk. De var dumma i huvudet och såg att jag hade bil. Jag var den vänlige läraren i polska, franska, tyska och spanska; vem skulle ens få för sig att ifrågasätta mig?"

Tomek hade inte gjort det. Mannen hade inte gett honom någon anledning. Phillip hade verkat normal på alla sätt och vis. Bara en vanlig snubbe som försökte ta sig fram i världen och klara sig på pengarna han tjänade på privatundervisning, att undervisa i skolor och att jobba på casinot.

"Dödade du James Elliott också?" frågade Tomek så fort tanken dök upp.

Phillip svarade inte. I stället började han skratta maniskt ner i smutsen.

"James var en lös tråd som behövde knytas ihop", svarade han. "Han ville träffas på nyårsafton, så jag ställde upp. Han började bli orolig över de frågor du ställde om bilen, så jag tog hand om honom. Kunde inte låta honom öppna käften och låta mitt namn trilla ur den."

Tomek kämpade för att hålla ilskan från att koka över inom honom. Den ökade varje gång Phillip pratade, varje gång mannen visade det där självgoda flinet. Som om han var stolt över sina bedrifter, stolt över allt han åstadkommit: att rensa världen från fem personer som hade en särskild svaghet. Tomek kände en våg av frustration skölja genom honom och tryckte ner mannens ansikte ännu hårdare.

Fortsatte att pressa och pressa.

Pressa och pressa.

Tänkte på Kasia ... Och sängen ... Och jordnötterna ... Och intrånget i hans hem.

Tills ...

"Tomek! Tomek!"

Rösten, djup och hes, följdes av tunga steg som dundrade mot betongen. En stund senare dök Nick upp uppe på bron, flämtande, flåsande, hans mage och manbröst hann ifatt resten av honom en bråkdels sekund senare.

"Vad gör du här?" frågade Tomek, fortfarande med all sin tyngd över Phillip.

"Jag följde efter dig", sade han. "Det tog bara ett tag att komma ikapp." Nick tvärstannade några fot från Tomek och satte händerna på knäna, dubbelvikt, flämtande. "Gör inget dumt, Tomek. Han är inte värd det."

Nick tog ett trevande steg framåt och höjde långsamt händerna.

"Släpp honom, Tomek. Låt mig ta över här."

Men Tomek hörde honom inte. Han hörde ingenting. Vid det här laget hade aggressionen och vreden i hans huvud dämpat alla andra ljud, och det enda som påminde honom om att han fortfarande krossade Phillips ansikte mot betongen var den sprattlande mannen själv.

Så fort Nick kom fram lade han en hand på Tomeks axel och fick honom att vakna till.

"Släpp honom, kompis", sade Nick mjukt. "Det är klart. Det är över. Du fick honom."

Men Tomek hörde honom inte. Det enda han kunde tänka på var att det var klart. Att Phillip Balham inte längre skulle kunna skada någon.

Att Kasia skulle vara trygg.

KAPITEL
SEXTIOTVÅ

Tomek vaknade så snart han kände den mjuka beröringen av hennes fingrar på hans händer. Han öppnade ögonen, dåsig och omtöcknad, och tittade upp och fick syn på Kasia vid fotänden av sjukhussängen, uppkopplad till apparaterna, hennes bruna hår uppsatt högt på huvudet.

I det ögonblicket var hon så lik sin mamma. Vacker, elegant, kraftfull, trots att allt med situationen och hennes omgivning antydde motsatsen.

"Hur länge har du varit här?" frågade hon.

"Jag har inte gått härifrån", svarade han medan han satte sig rakt upp. Sedan kramade han hennes hand och kände hur de små benen och brosket gav efter under hans grepp. "Hur mår du?"

"Som om jag blivit påkörd av en buss."

"Dubbeldeckare eller enkeldäckare?"

Kasia himlade med ögonen. "Minibuss, faktiskt", sa hon, med ett "faktiskt" som Kaptenen skulle vara stolt över.

Sedan började hon skratta. Men så fort hon kom igång brast hon ut i en hostattack. Efter bara några ögonblick hade innehållet i hennes lungor hamnat på hennes händer, och hon torkade av dem mot sängen.

"Läkaren sa att det kunde vara en av biverkningarna", sa Tomek.

"Hosta?"

"Nej. Ett torrt sinne för humor."

"Jag tror det bara är ett symtom på att vara din dotter."

Tanken fick honom att le.

Din dotter.

Hans dotter.

Min dotter. Själva tanken kändes fortfarande märklig för honom. Så mycket hade hänt sedan hon kom in i hans liv, en total omvälvning, men han skulle inte ha ändrat på något.

Nja, inte riktigt allt.

"Det var sista gången du tar en polskalektion. Vill du lära dig språket kan du titta på några polska tv-serier och snappa upp det så. Eller så kan du åka till din mormor och lära dig det i lugn och ro i hennes vardagsrum, av henne. Ditt val."

På ett tag svarade Kasia inte. Hennes ansikte förvreds och hon såg ut att vara i djupa tankar.

"Inte bokstavligt talat, förresten. Du behöver inte välja nu."

"Jag vet, jag bara..." Hon sänkte huvudet. "Jag undrade... Vad har hänt med honom? Hittade du... hittade du honom?"

"Ja", sa Tomek rakt på sak. Han ville vara öppen och ärlig mot henne och hoppades att hon en dag i framtiden skulle vara öppen och ärlig mot honom. "Du kommer aldrig mer att behöva träffa Phillip Balham."

"Varför inte?"

"För att vi tog in honom till polisstationen och han åtalas för det han gjorde mot dig."

"Som med Paddy", upprepade Kasia. "Samma som hände med Lucy?"

"Ja, så."

"Har du sagt till Mum att jag är här?" frågade Kasia.

Inte bara rösten överraskade honom och ryckte honom ur tankarna, utan även själva frågan fick honom att haja till. Kasia hade inte pratat om sin mamma på veckor, nästan så att Tomek hade hunnit glömma att hon fanns, och han hade varit övertygad om att hon också hade glömt henne.

Men nu hade hon valt att nämna henne. Just nu, av alla stunder.

Han suckade och tuggade på underläppen.

"Det har jag inte, nej. Inte än. Vill du att jag ska det?"

"Ja."

Och då dök en idé upp i huvudet.

"Vad sägs om att vi berättar det för henne tillsammans, ansikte mot ansikte?"

En glimt av uppskattning for över hennes ansikte.

"Ja tack. Men se till att det blir på en skoldag. Jag vill ha en ursäkt att slippa gå dit", sa hon och lade ner huvudet på kudden igen.

Det var ett argument som Tomek inte kunde säga nej till.

KAPITEL
SEXTIOTRE

A llt med det här kändes nu bekant för honom. Ropen, pladdret och skrattet över fräsandet från maten i pannan. Doften av bacon och ägg och allt möjligt gott som svävade genom luften och lade sig behagligt i näsan. Synen av kaféets stamgäster.

Och till och med sällskapet han befann sig i hade blivit bekant för honom nu.

Abigail Winters hade, som alltid, ordnat mötet i sista minuten och förväntat sig att han skulle släppa allt i sitt liv för hennes skull. Och den här gången, som tur var för henne, hade han inget som höll honom upptagen: Nick hade tvingat honom att ta ett steg tillbaka medan han bearbetade det som hade hänt Kasia. Samtidigt hade Kasia gått tillbaka till skolan. Så lägenheten var tom, och det fanns ingenting för honom att göra.

Kvinnan som satt bredvid Abigail var däremot inte bekant för honom.

Abigail hade presenterat henne som Martha Buhl, möjligen Phillip Balhams första offer.

"Du vet, du borde egentligen göra det här med Sean eller någon annan i teamet", sa han till Abigail precis när servitrisen kom med deras beställningar: två ägg, dubbelt bacon och dubbelt rostat bröd. Tomek tackade henne och såg henne sedan gå. Och när hon gav sig av märkte han att hon vände sig om och mötte hans blick.

"Jag *vill* inte prata med någon annan i teamet", svarade Abigail och drog tillbaka honom till samtalet. "Jag vill att Martha ska berätta för *dig*."

"Okej. Berätta då." Han vände sig mot Martha, som hade skjutit undan maten. "Vad gjorde Phillip Balham mot er i Tyskland?"

Och då fick han veta.

För flera år sedan, tio för att vara exakt, hade Martha Buhl bott i ett hyreshus i en lugn, avskild del av Frankfurt. Hon hade först träffat Phillip strax efter att han flyttat in i huset, och de två hade blivit vänner. Hon hade beundrat hans mod att flytta till ett land i ett år bara för att han skulle lära sig språket. Vid den tiden hade Martha arbetat på ett sjukhus, bott i en lägenhet på bottenvåningen, jobbat dygnets alla timmar och somnat vid alla möjliga tider på dygnet. Tills en kväll, när hennes dåvarande pojkvän sov över, en katt hade kommit in genom fönstret och orsakat att hon fick en svår allergisk reaktion. Hade det inte varit för hennes pojkvän – den som Phillip inte visste något om – som räddade henne med hennes EpiPen och ett snabbt samtal till larmcentralen, hade hennes allergier – de som Phillip visste *allt* om – till slut dödat henne. Marthas första misstankar hade väckts så snart Phillip hade börjat visa ett brinnande intresse för hennes allergier och hennes ogillande av katter. Han hade, enligt henne, tagit hand om en katt under sin tid i huset, matat och skött den som om den vore hans egen. Samma katt som hade klättrat in genom hennes fönster om natten, utskickad för att döda henne, ditmanad av den hämndlystne mördaren, Phillip Balham.

Så snart hon hade skrivits ut från sjukhuset hade Martha tagit ärendet till polisen, bara för att bli utskrattad och avfärdad. Och när hon sedan hade återvänt till hyreshuset hade Phillip flyttat ut och dragit till en annan del av landet. Ett kort tag hade hon ropat och stått i på nätet, men till slut tog orken slut och hon bestämde att han aldrig skulle komma tillbaka för att skada henne.

Tills hon hörde om historierna i Storbritannien.

Den i Manchester som bar samma kännetecken, och den som i det närmaste hade bekräftats tack vare att Phillip Balhams namn dök upp på hyresgästförteckningen vid samma tid som Diana Greenock dog.

"Abigail har sagt att Phillip har dödat fyra andra kvinnor?" avslutade Martha.

"Ja. Han kände dem antingen genom att arbeta på deras skolor i en elevvårdande roll, och på så sätt tränga djupt in i livet hos dem med allergier, eller genom att undervisa dem i främmande språk, antingen i skolan eller ... hemma hos dem. Han valde ut dem utifrån deras ålder och deras allergier. De var svagare, sårbara, mer mottagliga för honom."

"Han är avskyvärd," väste hon.

"Det är han," sa Tomek. "Det är han."

"Hur gjorde han?"

"Tja, hans första offer i Storbritannien var Diana Greenock från Manchester. Sjuksköterska, kattallergiker, bodde i en lägenhet på bottenvåningen, precis som ni. Vi tror att han lärde känna henne under sin tid på fotbollsmatcher. Ett slumpmöte som blev till ett mord. Och utifrån det ni har berättat skulle jag säga att det han gjorde mot er var mallen för det han gjorde mot henne. Vid den tiden undervisade han i området, där han blev vän med Mandy Butler, sitt andra offer. Där lärde han henne spanska på hennes secondary school inför hennes GCSE. Och när han fick veta att hon skulle flytta ner till Essex, följde han efter. Bara för att snubbla över en uppsjö av möjligheter i våra skolor. Det dröjde ett tag innan han slog till igen, men under den tiden valde han ut dem och tog sig in i sina offers liv på ett eller annat sätt. Han undervisade dem, hjälpte dem, vann deras förtroende." Tomek åt upp det sista av sin frukost. "Men nu kommer han inte att kunna skada någon igen. Förutom sig själv."

"Det vore en feg utväg för honom," svarade Martha.

"Tyvärr tror jag att det är precis den sortens människa han är."

När mötet till slut var över betalade Tomek notan och följde sedan de båda kvinnorna till Abigails bil. Martha gled ner i passagerarsätet medan Abigail rundade bilens front och stannade rakt framför honom.

"Jag sa ju att jag kunde fixa ett möte med henne," sa hon triumferande och lät blicken svepa upp och ner över honom.

"Jag är imponerad."

Hon lade handen på hans arm och kramade till. "Det vet jag att du är. Glöm inte," sa hon och öppnade förardörren.

"Vad ska jag inte glömma?"

"Du är skyldig mig."

"Nej, det gör jag inte", svarade han.

"En dejt, Tomek Bowen. Det är allt jag ber dig om. Det är ju inte som att jag ber dig att gifta dig med mig."

SLUTET

Men inte riktigt. Historien fortsätter i *Dödens Kyss*:

När kroppen efter en hemlös man hittas, varsamt instoppad mellan de slitna badhytterna i Thorpe Bay vid Southends strandpromenad, höjer invånarna i Essex knappt på ögonbrynen. Det vill säga, tills obduktionen chockar alla genom att avslöja offrets identitet: Herbert Tucker, den lokale parlamentsledamoten med ett ökänt förflutet.

När det politiska och mediala trycket sväller som ett stigande tidvatten tvingas kriminalinspektör Tomek Bowen navigera en förrädisk underström av lögner, svek och skandaler. När han gräver i Herberts grumliga förflutna hamnar han intrasslad i en labyrint av hemligheter där varje skugga döljer en möjlig misstänkt – och varje spår fördjupar gåtan.

Ta reda på vad som händer i *Dödens Kyss* redan nu!

ÄVEN AV JACK PROBYN

Mordmysterieserien om DS Tomek Bowen:

Bok 1: Dödens Rättvisa

Southend-on-Sea, Essex: DS Tomek Bowen — driven, envis och hemsökt av sin brors död — kallas till en av de mest chockerande brottsplatser han någonsin har sett. En man har ritualmördats och dumpats på en kolonilott nära den lokala flygplatsen. De tidiga utredningarna tyder på att det var en man med ett förflutet. Ett förflutet som skaffade honom många fiender.

Bok 2: Dödens Grepp

Annabelle Lake trodde att hon kände igen Ford Fiestan som väntade utanför hennes skola, och föraren i den. Hon hade fel. Hennes kropp hittas en tid senare, hängande från en gunga på en lokal lekplats på Canvey Island.

Bok 3: Dödens Beröring

När dimman lättar en decembermorgon i Essex, upptäcks kroppen av en tonårsflicka liggande med ansiktet nedåt på ett fält. Följaktligen hamnar ärendet snabbt på DS Tomek Bowens bord som, medan han försöker jonglera sin nyfunna tillvaro som ensamstående förälder till en trettonårig dotter, måste kartlägga den dödliga händelsekedjan och föra sanningen i dagen.

Bok 4: Dödens Kyss

De mörkaste hemligheterna förblir sällan hemliga länge...

När kroppen av en hemlös man upptäcks på strandpromenaden i Southend, inkilad mellan strandhytterna i Thorpe Bay, är det ingen i Essex som höjer på ögonbrynen.

Men när obduktionen visar att det rör sig om den lokale parlamentsledamoten Herbert Tucker, börjar staden vakna.

Bok 5: Dödens Smak

Vissa hemligheter går aldrig att skölja bort...

På en blåsig och bitande kall morgon besöker Morgana Usyk, ägare till Morgana's

Café, Mulberry Harbour drygt en och en halv kilometer ut till havs. En kort stund senare hittas hennes kropp i det grunda vattnet, flytande intill hamnen.

Bok 6: Dödens Ängel

När flygvärdinnan Angelica Whitaker anmäls saknad efter en utekväll på en av de populäraste nattklubbarna i Southend, hamnar fallet på kriminalinspektör Tomek Bowens bord – för första gången i hans karriär. Så snart utredningen drar igång riktas misstankarna mot mannen hon dansade med på klubben, men när hennes kropp senare hittas i en kyrka, arrangerad som en ängel, börjar samma fingrar peka mot en beräknande, kontrollerad och sadistisk mördare.

OM FÖRFATTAREN

Jack Probyn är en brittisk kriminalförfattare och har skrivit kriminalthrillerserien om Jake Tanner, som utspelar sig i London.

Han bor numera i Surrey med sin partner och sin katt, och arbetar på en ny mordgåteserie som utspelar sig i hans hemtrakter i Essex.

Vill du inte skriva upp dig på ännu ett nyhetsbrev? Då kan du hålla dig uppdaterad om Jacks nya släpp genom att följa något av kontona nedan. Du får ett meddelande när jag släpper en ny bok, utan krånglet med att behöva prenumerera på mitt nyhetsbrev.

BookBub författarsida "Följ":
   1. Precis som för Amazon ovan, klicka på länken här: https://www.bookbub.com/authors/jack-probyn
   2. Bredvid min profilbild finns en knapp med texten "Följ"
   3. Klicka på den, så meddelar BookBub dig när jag har en ny utgåva.

Vill du ha ännu mer aktuell information om nya släpp, min skrivprocess och allt däremellan, är min Facebook-sida bästa stället för att hålla dig uppdaterad. Där växer det fram en liten gemenskap. Varför inte bli en del av den?